NACHTEN AAN DE NIJL

Heinz G. Konsalik

Nachten aan de Nijl

1990 – De Boekerij – Amsterdam

Oorspronkelijke titel: Nächte am Nil (Hestia Verlag, Bayreuth)
Vertaling: R. van den Akker
Omslagontwerp: Julie Bergen

CIP-gegevens Koninklijke Bibliotheek, Den Haag

Konsalik, Heinz G.

Nachten aan de Nijl / Heinz G. Konsalik ; [vert. uit het Duits door R. van den Akker]. – Amsterdam : De Boekerij
Vert. van: Nächte am Nil. – 1967. – Oorspr. titel: Sabotage aan de Nijl / Henry Pahlen. – Zwolle : Erven J.J. Tijl, 1969.
ISBN 90-225-1117-0 geb.
UDC 82-31 NUGI 340
Trefw.: romans ; vertaald.

DE NACHTWAKER Hassan Ibn Mahmut deed zijn ronde, die hij ieder uur maakte, door de gangen en kantoren, kelders en laboratoria van de research-afdeling van de staatswapenfabrieken. Hij stak zijn controlekaart in een ouderwetse prikklok en vergeleek de tijd met zijn grote zakhorloge.

Vier uur 's morgens.

Over een uur zouden de eerste arbeiders van de instrumentmakerij komen.

Over een half uur zouden de werksters door de vertrekken sloffen en de betonnen vloeren schoonmaken.

Om zes uur was de dienst van Hassan afgelopen. Dan kon hij gaan slapen. Ahmeh, zijn vrouw, zou lamsvlees koken en een dikke maïspap, sterk gekruid met uien, Spaanse peper en kleine groene paprikascheuten. En daarbij zou hij een flesje Coca-Cola drinken, een van de weinige verworvenheden van de blanken, die Hassan leerde liefhebben.

Nog vier kelders, dacht hij. Dan heb ik de laatste ronde gehad en ik kan weer naar de dansmuziek in de radio luisteren. O Allah, wat is zo'n nacht lang.

Hij slofte de betonnen trappen af, liep door ruime kelders, die gevuld waren met kisten en metalen onderdelen, stalen cylinders, bomkoppen, kardoezen, ontstekingen van messing, schroefringen en andere onderdelen van kleine proefraketten en kwam in de laatste kelder langs de omvangrijke apparatuur van de air-conditioning, die het mogelijk maakte ook 's middags, als buiten de gloeiende hitte boven de woestijn en de Nijl broeide, in de laboratoria en werkplaatsen arbeid te verrichten.

Verwonderd bleef Hassan Ibn Mahmut staan en hield luisterend zijn hoofd scheef. Er tikte ergens iets. Hij hoorde het heel duidelijk, al klonk het ook zwak. Klik – klik – klik – klik.

Hassan nam zijn grote zakhorloge in de hand. Een oud bakbeest, dacht hij. Stamt nog uit de tijd toen de Engelsen heer en meester aan de Nijl waren. Een Britse officier had hem het horloge cadeau gegeven, omdat hij een week lang met hem over de golfbanen getrokken was en de zware golfbags overal heengesleept had. Het horloge was niets waard, maar het liep uitstekend.

Hassan stopte het horloge weer in zijn zak en weer hoorde hij het tikken... een eindje bij hem vandaan. Langzamer dan het zakhorloge, seconde voor seconde, als een eeuwig druppelende waterkraan. Klik – klik – klik –

De nachtwaker Hassan Ibn Mahmut werd bleek. Voor hij aan het nachtwakersbaantje begon, had men hem geschoold. Een hoge officier had hem een eed op de toorn van Allah laten zweren en gezegd: 'Hassan, jij zal vanaf vandaag een van de belangrijkste plaatsen van onze staat bewaken. Denk er altijd aan, dat de invloedrijke positie van onze staat in het Midden-Oosten nu ook in jouw hand ligt.'

Dat had Hassan trots gemaakt, ook al was de betaling niet aangepast aan de belangrijke taak. Op dit ogenblik echter, toen hij het zachte tikken ergens in de kelder hoorde, wist hij, dat nu werkelijk het vaderland voor enkele minuten alleen in zijn handen lag. Niemand kon hem helpen. Geen minister en geen generaal. Zelfs voor alarm kon het te laat zijn. Boven hem lag een waarde van miljoenen en in de kluizen waren tekeningen en verslagen opgeborgen die onvervangbaar waren. Hassan bracht zijn hoofd naar voren als een snuivende jachthond en keek waar het tikken vandaan kwam. Hij klom tussen de slangen van de air-conditioning door, hij kroop langs de compressors en hoe dichter hij bij het tikken kwam, des te heftiger klopte zijn hart.

Daarna lag hij op zijn buik en staarde naar een metalen kistje. Iemand had het onder de hoofdbuis geschoven, van waaruit alle ontluchtingen naar alle bovenliggende ruimten voerden.

Als een vuurspuwend monster staarde Hassan naar het kistje. Toen pakte hij het beet, drukte het kistje tegen zich aan, kroop terug, preste het tikkende monster aan zijn borst en rende... rende... rende... Via de keldertrap, door de gang, door de ontvangsthal, naar buiten, het voorplein op, over het voorplein, door de palmen- en jasmijntuin, langs een fontein, de straat op, de straat over, velden strekten zich voor hem uit, in de verte schitterde de Nijl in de vroege morgen... En hij holde en holde en hief zijn armen op en slingerde het tikkende kistje tijdens het rennen ver van zich af in een groep struiken.

De explosie hoorde Hassan nog. Daarna tilden reuzenhanden hem hoog in de lucht en slingerden hem met een onvoorstelbare kracht terug op de grond. Hij werd vergruizeld als een glas, dat op steen valt. Zijn lichaam spatte letterlijk uit elkaar.

Waar de struiken gestaan hadden, gaapte een reusachtige, dampende krater en de zanderige bodem rondom was zwart, alsof hij uit kool bestond.

Een uur later stond minister Feisal Abdul Mossou voor de onherkenbare Hassan en staarde in de zwarte krater. Het gehele gebied was door militairen afgezet. Deskundigen onderzochten iedere centimeter grond op onderdelen van explosieven. Zij vonden een paar uit elkaar gereten veren, onderdelen van een uurwerk, een gebarsten huls. Maar het was voldoende om te zien wat er aan de hand was.

'Dit voorval blijft een streng staatsgeheim', zei hij en draaide zich om. Hassan's aanblik was misselijkmakend. 'Maar nu is spoed geboden. Het zal niet bij deze ene aanslag van onze tegenstanders blijven.' Minister Mossou ging naar de trechter. O God, dacht hij. Wat zou er gebeurd zijn als deze helse machine in de kelder ontploft was? Dan was er nu geen centrale raketbasis meer. Het werk van jaren zou vernietigd zijn. 'Overste Numi?'

Een officier trad op Mossou toe en bracht een korte groet.

'Laat aan alle research-instituten doorgeven: Hermetische afsluiting van alle gebouwen. Niemand mag eruit en niemand erin. Uiterlijk binnen drie weken overbrenging van de belangrijkste onderzoekers naar plan S. De operatie wordt geleid door generaal Yarib Assban. Hij is verantwoordelijk voor een geruisloze afhandeling van zaken.' Minister Mossou hoorde hoe achter zijn rug enkele ziekenhelpers de overblijfselen van de nachtwaker Hassan optilden en wegdroegen. En ook de gieren waren er al en beschreven met een hees keelgeluid cirkels boven de plaats waar zij aas roken.

'Radio-telegrammen worden direct uitgezonden, excellentie', zei overste Numi.

'Scherm voor alles die Duitse geleerde af, overste. Hij is hoofd van het onderzoekingsteam Gizeh en heet Alf Brockmann. Generaal Assban weet ervan. Brockmann is onze belangrijkste man, overste. Hij moet beschermd worden als een kleinood. Het zou een ramp zijn als er iets met hem zou gebeuren.'

Omstreeks dezelfde tijd klauterden twee mannen uit de mast van een breed, plomp Nijlschip op het dak en veegden zich het zweet van het voorhoofd. Vanuit de top van de mast hadden ze kunnen kijken naar de uitgestrekte gebouwencomplexen van de wapenfabriek. De oever was afgesloten met prikkeldraadversperringen en mijnenvelden.

'Mislukt', zei een van de mannen en rukte zijn hemd van zijn bezwete lichaam. 'Dat ding is daar buiten ontploft. Het is om te kotsen. Een betere plaats dan onder de air-conditioner was er niet.' Met stijve benen ging hij naar een kist, haalde uit een laag ijsblokjes een fles bier en zette die aan zijn mond. 'Jij ook?' vroeg hij toen hij hem weer neerzette.

De ander schudde het hoofd. 'Allah heeft alcohol verboden –'

'Nou dan, proost.' De man dronk de fles leeg en rekte zich uit.

'Onthoud één ding goed, Babu... er gaat niets boven koel Duits bier –'

Langzaam, bijna geluidloos gleed het brede, donkere schip de Nijl af. Een schip als zovele, met grote, schuin opgestelde zeilen.

Het doodsschip van de kleine, vaderlandslievende nachtwaker Hassan Ibn Mahmut.

Op een zondagmiddag wachtten bij de kruising van de beide rijkswegen Alexandrië-Gizeh en Gizeh-El Fayum twee zandkleurige jeeps en een gesloten vrachtwagen. Zij stonden iets terzijde van de weg tussen een paar palmen. De nomaden en fellahs die op deze zondag onderweg waren met kamelen en ezels, ossekarren of ook te voet, keken slechts kort naar deze groep, herkenden uniformen, staarden naar de machinepistolen, wendden hun hoofd af en haastten zich om de palmen voorbij te komen. Waar militairen zijn wordt het onprettig, dachten ze. De woestijn is groot, de Nijl is vol water, Allah ziet op alles wat leeft neer, het heiligste is echter de rust.

En die is verdwenen, waar een uniform opduikt.

Generaal Yarib Assban stond onder een van de door de wind scheefgewaaide, stoffige palmen en veegde het zweet van zijn voorhoofd. De zon brandde onbarmhartig op zand en stenen, op planten en levende wezens. De schaarse schaduw onder de palmen was slechts een illusie van koelte. De hitte van het zand drong door de schoenzolen heen en gaf de indruk dat men op een reusachtige grill lag.

'Bent u er zeker van dat zij op de terugweg van Oued el Haddadin hier langs komen?' vroeg generaal Yarib Assban. De jonge luitenant naast hem knikte.

'Absoluut zeker, generaal. Er is immers geen andere weg naar Gizeh.'

'En als ze een kameelspoor nemen?'

'Dat zou een omweg zijn, generaal.'

'Ik herhaal: het is dom geweest om ze hoe dan ook uit rijden te laten gaan. Men zou de toorn van Allah op jullie moeten laten neerdalen. U weet toch, dat sinds veertien dagen een versterkte isolering verordend is?'

'Het bevel kwam pas een uur geleden door, generaal.' De jonge luitenant trok de smalle schouders op. Allah is machtig, dacht hij daarbij. Maar de luiheid is machtiger. Dat verandert ook een generaal Assban niet.

'Veertien dagen geleden –' riep Assban.

'Onze radio-telegrafist ving het bericht een uur geleden op, generaal. Ik heb niets anders te melden.'

'Het is een grote bende, luitenant.'

'Zeker generaal, maar wie is daar de oorzaak van?'

Generaal Assban stapte in het zand heen en weer. Ongeduldig keek hij op zijn polshorloge, ging naar zijn jeep toe, haalde een thermosfles onder de zitbank vandaan en dronk een slok koude thee. Onder de palmen verspreid stonden de andere soldaten, suften voor zich uit, rookten of lazen in de krant. Assban leunde tegen de motorkap van de jeep. Een paar fellah-jongens, die om hem heen stonden, joeg hij weg als hinderlijke muskieten, roepende: 'Ga weg, kwajongens! Weg, weg, dat is niets voor jullie!' Dan rookte hij haastig, keek steeds weer de weg langs en wachtte op de typische kleine stofwolkjes, die dravende ruiters in het woestijnzand veroorzaken.

Tegen het middaguur meldde de jonge luitenant de komst van degenen die verwacht werden. Door zijn verrekijker had hij ze duidelijk gezien. Ze reden op de vastgestampte weg. Drie mannen en één meisje. Zij reden op prachtige, witte Arabische paarden en het zilverbeslag op de zadels en het tuig schitterde van ver in de zon.

Generaal Yarib Assban keek nog een keer op zijn horloge. Even na twaalven. Ook als ze alles mee hadden, kon men vóór middernacht de bestemming niet meer bereiken.

'Laten de soldaten zich gereed maken', zei Assban tegen de jonge luitenant. 'Het is niet nodig, dat we ze direct laten schrikken.' Hij keek de zwartharige jeugdige officier met samengeknepen ogen aan, waarboven de zware wenkbrauwen zich aftekenden. 'U weet, dat hier de hoogste graad van geheimhouding geldt. Als één woord hiervan openbaar wordt, kunt u uw pistool laden en op uw slaap richten.'

'Dat weet ik, generaal.'

'Nu dan. Laten we onze gasten begroeten –'

Generaal Yarib Assban veegde nog eenmaal het zweet van zijn gezicht, stopte daarna de zakdoek in zijn zak, pakte het rottinkje en klemde het onder zijn arm – nog een overblijfsel van Britse officiersmanieren – trok zijn kakimuts over zijn vaalgrijze haren en liep uit de beschutting van de palmen de weg op.

De beide eerste ruiters, ze reden twee aan twee achter elkaar, vertraagden hun draf, toen ze de geüniformeerde mannen de weg op zagen lopen. Vlak voor Assban lieten ze de paarden stilhouden en stegen af. Generaal Yarib groette. Hij richtte zich, nadat hij de beide Egyptische ruiters en vooral het bruinharige meisje in zich opgenomen had, tot de grootste van de ruiters. Van onder de tropenhelm kwamen enkele lichtblonde haarlokken te voorschijn.

'Mister Brockmann?' vroeg Assban in het Engels.

'Ja.' Alf Brockmann kwam nog een stap naderbij. Hij was groot en smal en zijn lichtblauwe ogen kregen een vragende en afwerende uitdrukking, toen hij met een snelle blik naar de palmen het kleine convooi in de gaten kreeg. 'Waar kent u mij van?'

'Staat u mij toe, sir, dat ik mij voorstel. Yarib Assban, generaal.'

'Dat zie ik', zei Alf Brockmann afwijzend. 'Ik ken de rangtekens van het Egyptische leger.'

'Ik heb opdracht van onze minister Feisal Abdul Mossou u hier op te wachten. Dat wil zeggen –' Yarib glimlachte breed – 'ik wilde u in het onderzoekingscentrum opzoeken. Maar u was uit rijden gegaan, niet zoals voorzien –'

'Ik ga iedere zondagmorgen wat paardrijden. Al bijna een jaar –' Alf Brockmann keerde zich naar het meisje om, dat met het paard aan de teugel dichterbij kwam. De beide Egyptische begeleiders hielden zich op de achtergrond. Het was hen aan te zien, dat ze minder zorgeloos waren dan Brockmann. Ze herkenden de situatie en trokken zich innerlijk terug in het mohammedaanse fatalisme: wat Allah wil, kan de mens niet veranderen. 'Generaal Assban', zei Brockmann tegen het meisje. 'Hij staat ons hier op te wachten, waarom, dat weet ik nog niet.' Yarib maakte een lichte buiging. 'Miss Hollerau, niet waar?'

'Ja.' Lore Hollerau trok het paardehoofd naar zich toe en streelde de trillende neusvleugels. Ook haar blik vloog snel naar de palmen en de wachtende soldaten. Assban merkte dat en klemde zijn stokje hoger onder zijn arm.

'Ik moet u verzoeken, uw prachtige paarden met deze harde auto te verwisselen,' zei hij beleefd. 'Ook als de profeet van de Allerhoogste geluk een goed paard noemt, is het noodzakelijk de profeet te moderniseren. Mag ik u voorgaan?'

Generaal Assban wees naar de palmen. De beide Egyptenaren, die met Brockmann meegereden waren, lieten de teugels vallen en gingen naar de soldaten toe. Alf Brockmann niet. Hij bleef staan en streelde de nek van zijn schimmel.

'Ik ben van plan over een uur in hotel 'Caid' het middagmaal te gebruiken,' zei hij. 'Juffrouw Hollerau en ik hebben een reuze honger –' Generaal Assban glimlachte weer. 'Wij zullen onderweg pauzeren en een stuk lamsvlees braden. Ik heb zelfs een koelkast bij me met gekoeld vruchtesap voor Miss Hollerau.'

'Onderweg? Hoe zo onderweg?' vroeg Brockmann luid.

'Ik heb opdracht u direct naar een nieuw werkterrein te brengen, sir. U zult niet meer naar Abu Zabal terugkeren.'

Een ogenblik was het stil. Brockmann en Lore Hollerau keken elkaar aan. De overrompeling was gelukt. Het was niets nieuws dat ze bewaakt werden sinds ze een jaar geleden naar Egypte kwamen om in de staatskernfysica-laboratoria raketten voor middelgrote en lange afstanden te construeren en Egypte daardoor tot de sterkste militaire macht in het Midden-Oosten te maken. Wat nu echter, op deze zondagmiddag op de wegkruising gebeurde, was een inbreuk op de persoonlijke vrijheid die hen contractueel gegarandeerd was.

'Dat is toch een grapje, generaal', zei Alf Brockmann hardop. Yarib Assban haalde zijn schouders op.

'Helaas niet, sir. De politieke toestand laat geen grapjes toe, die voor een natie dodelijk kunnen zijn. Wij weten uit zeer betrouwbare bron, dat het onze tegenstanders bekend is geworden, dat uw team, sir, voor de slotproeven met een nieuwe brandstof voor raketten staat, die het mogelijk maakt zeer zware stukken zonder moeite tot – nou, laten we zeggen – Tel Aviv te schieten.'

'Dat is, voor zover ik weet, ook de enige richting, waarheen ze moeten vliegen', zei Alf Brockmann sarcastisch.

Generaal Assban werd stuurs. 'Sir', zei hij stijf. 'U krijgt goed geld voor een goede arbeid: onze regering heeft het u mogelijk gemaakt uw eigen ideeën te verwerkelijken, waarvoor men in uw land noch belangstelling noch tijd had, laat staan geld. U bent fysicus en wetenschapsman en géén politicus. De wereld is onrustig, en het is de plicht van een staat om altijd paraat te zijn... de richting speelt dan geen rol meer. Wij hebben geleerd globaal te denken. Maar dat weet u zelf ook wel allemaal en het verwondert mij, sir, dat u de noodzakelijkheid van een absolute geheimhouding en doelmatige bescherming van onze belangen niet inziet. Op Abu Zabal, uw oude wetenschappelijk onderzoekingscentrum is de aandacht van de wereld gevestigd. Door wie, dat zal onze geheime dienst nog uitzoeken. Mag ik u dus verzoeken om in de wagen over te stappen.'

'En onze persoonlijke spullen?' Alf Brockmann nam een afwerende houding aan tegen generaal Assban.

'Die worden op dit moment met een helicopter van het leger naar uw nieuwe werkgebied gebracht.'

'En waar is dat dan?'

Generaal Assban maakte een wijd, allesomvattend gebaar. 'Ergens in de woestijn, sir – Allah heeft veel eenzame palmen laten groeien. En waar palmen groeien, kunnen ook mensen leven.'

'Een verbanning dus.'
'Wel nee, alleen een veilige plaats.'
'Alsof dat niet hetzelfde is.' Alf Brockmann omklemde de teugels van zijn schimmel. 'Ik protesteer, ook uit naam van juffrouw Hollerau. Overigens – wat gebeurt er met juffrouw Hollerau?'
'Ze is uw persoonlijke secretaresse en in deze hoedanigheid behoort zij tot het team en gaat vanzelfsprekend met u mee.'
'Ik zou van tevoren eerst met minister Abdul Mossou willen spreken.'
'Zijne excellentie spreekt morgen op een vredesconferentie in Genève.' Generaal Assban glimlachte breed en minzaam. 'U moet met mij genoegen nemen, sir. Ik garandeer u alle comfort. Vertrekken met air-conditioning, de modernste outillage, een zwembad, tennisbaan, een bioscoop met iedere dag een andere film. Bovendien zal mijn regering uw salaris met tweehonderd pond verhogen.' Assban schudde zijn hoofd. 'Het is absoluut onzinnig om u dit allemaal op straat te zeggen bij vijftig graden hitte. Ik wil daarmee alleen maar vaststellen, dat het geen verbanning, maar een promotie in uw werkzaamheden is. Sinds twee jaar bouwen wij het centrum Bir Assi op...'
'Bir Assi heet dat gat dus.'
'Het is zelfs op de beste kaart niet te vinden, sir. Wij hebben Allah beschaamd en met mensenhand iets geschapen. Juist Bir Assi. Het zal u bevallen, temeer omdat er niets verandert dan alleen uw verblijfplaats.'
'En mijn vrouw?'
Generaal Assban knikte een paar keer. 'Er verandert niets, sir, dat zei ik al. De post wordt door een militaire helicopter overgebracht. Om de geheimhouding volledig te garanderen gaat uw privé-post samen met de diplomatieke post per koerier naar Duitsland en wordt door onze ambassade of door het consulaat-generaal in Hamburg aan uw echtgenote doorgegeven. Een beetje omslachtige, maar des te veiliger weg.' Yarib Assban glimlachte vriendelijk. 'Tevreden, sir? Ik zou blij zijn, als u dat was, want ik merk dat ik begin uit te drogen.'
'En als ik desondanks weiger naar dat geheime woestijngat Bir Assi te gaan?' vroeg Alf Brockmann koel.
'Sir... moeten wij onze kostbare tijd verdoen met het bespreken van onnodige maatregelen?' Assban nam Lore Hollerau's paard bij de teugel en gaf hem over aan de jonge luitenant, die naderbij gekomen was. 'U heeft een contract voor vier jaar met mijn regering, sir.'
'Daarin staat, dat ik mijn vrouw en kind binnen een jaar naar Egypte kan laten komen en men mij daarvoor een villa bij Cairo ter beschikking stelt. De villa heb ik gekregen, maar nog geen inreisvergunning voor mijn vrouw. Het jaar is al om.'
'Ik zal het nog een keer aan de minister voorleggen, sir. Maar of het nu Cairo of Bir Assi is... maakt dat iets uit? Cairo is een gloeiendhete, stinkende steenzee... wij, u en ik, weten echter, hoe mooi de woestijn is. De sterren aan de koude, als het ware geschilderde hemel, de roep van de jakhalzen, de stilte van het zand, de oneindigheid die ons vroom maakt en de wind die als de adem van Allah is. Uw echtgenote zal zich op haar gemak

voelen in Bir Assi. Wie in de woestijn leeft, merkt niet dat hij ouder wordt. Men wordt een deel van de eeuwigheid.'

Alf Brockmann aarzelde. Hij keek naar zijn beide Egyptische begeleiders. Hij wist niets van hen dan dat ze net als hij natuurkundigen waren, in Duitsland, de Verenigde Staten en Engeland gestudeerd hadden, de alledaagse namen Jussuf en Faruk droegen, begaafde en daarbij ijverige geleerden waren, en tot de jonge generatie Afrikaanse fanatici hoorden wier verkiezingsleuze 'Alles voor het vaderland' hun gehele bestaan regelde. Sinds zijn aankomst in Cairo en zijn installatie in het raketonderzoek werkte Alf Brockmann met Jussuf en Faruk samen, ze waren bijna vrienden geworden, maar hoe nauw het contact ook was, er bleef toch nog een zekere geheimzinnigheid om hen heen. Hij wist niet waar ze vandaan kwamen, of ze nog ouders hadden, of ze getrouwd waren... Ze waren er eenvoudig en deden hun werk nauwkeurig en goed. Nu stonden ze in de schaduw onder de stoffige palmen en wachtten. Het scheen hun onbegrijpelijk te zijn, waarom de anders zo verstandige Duitser niet begreep, dat de staatsmacht, vertegenwoordigd door Yarib Assban sterker was dan alle ondertekende papieren, contracten of humanitaire overwegingen.

Alf Brockmann keerde zich naar zijn secretaresse Lore Hollerau om. Een lieftallig meisje van zesentwintig jaar met lang bruin haar en een slank, sportief lichaam. Ook zij was een jaar geleden naar Egypte gekomen. Voordien werkte zij als laboratorium-secretaresse bij Professor Hillebrechten in München. Waarom zij een contract met Cairo had afgesloten, kon Brockmann slechts vermoeden. Een paar keer had zij daarover gesproken, zoals men over iets weinig delicaats spreekt. Een man had een rol in het leven van Lore Hollerau gespeeld. Hij heette Benno. Een grote liefde, die op de een of andere manier kapot ging. Verlangens die verteerden, illusies die vervlogen, wensen en dromen, die door de sleur aan flarden gingen. Zij vluchtte voor het verleden naar Egypte, maar in het jaar dat zij nu met Alf Brockmann samenwerkte had ze de herinnering nog niet kunnen verdringen. Zo kon men haar vriendelijk zien, maar gereserveerd, beleefd, op de een of andere manier koel, zelden lachend en meestal met grote, nadenkende bruine ogen.

'Wat vind je daarvan, Lore?' Brockmann keek zijn paard na, dat nu door een soldaat weggeleid werd. 'In plaats van het middagmaal in 'Caid' deporteert men ons naar de woestijn. Wij mogen niet eens onze tandenborstel halen.'

Lore Hollerau schudde haar hoofd. 'Het zal wel een dringende reden hebben, chef.'

'Kunnen we gaan, sir?' vroeg Assban er tussendoor.

'Wij moeten ons aan uw wil onderwerpen. Maar ik zal toch nog protesteren, generaal.'

'Misschien. Als u uw nieuwe werkterrein ziet, geloof ik, dat u zelfs een protest zinloos zult vinden.'

Voor de gesloten vrachtwagen bleven ze staan. Brockmann draaide zich met een ruk naar Assban om. Jussuf en Faruk zaten al onder het zandkleurige autodak.

'Dáárin? Dus toch een gevangene?'

'Welnee, sir. De wagen heeft een automatische koeling. Het gaat er ons alleen om, dat u onderweg door niemand gezien wordt. U heeft in uw brein een van de belangrijkste staatsgeheimen van ons volk, sir. Dat moet beschermd worden. Begrijpt u me alstublieft toch –'

Brockmann hielp Lore Hollerau bij het instappen. Daarna sprong hij zelf in de wagen en ging op de gestoffeerde bank zitten. Er was een tafel, die op de vloer vastgeschroefd was, gedekt met koffiekan en serviesgoed van plastic.

De deur ging dicht. Van buiten ging er een grendel voor. De felle middagzon verdween, door een scheef, getralied bovenraampje viel mild daglicht, als gefilterd, het interieur van de wagen binnen. Een koelaggregaat begon zacht te zoemen. Met horten en stoten sloeg voorin de motor aan, de vloer van de wagen trilde, wielen knarsten en de tafel met het serviesgoed wiebelde heen en weer.

'We rijden, chef,' zei Lore Hollerau. 'Wilt u een kop koffie?'

'Nee, dank je.' Alf Brockmann keek naar zijn beide Egyptische collega's. Ze zaten als poppen op hun bank en staarden naar de wand. 'Wat vinden jullie van deze merkwaardige verhuizing?' vroeg hij luid.

Jussuf, een kleine, op een roofdier lijkende man met diepe littekens van pokken op zijn beide wangen, haalde zijn schouders op. 'Allah zal het wel goed maken,' zei hij.

Allah, dacht Brockmann en leunde achterover. Dat is hun enige wapen tegen het ondoorgrondelijke. Of komt het omdat ze weten en beseffen hoe weinig zij betekenen op deze wereld?

Bir Assi heet de nieuwe plaats, dacht hij verder, terwijl het kleine konvooi naar het zuiden reed. Zou Birgit zich in een kleine oase wel thuis voelen? Ze zal een zwembad hebben, zei generaal Assban. Dat zal het belangrijkste voor Birgit zijn. Ze zwemt zo graag.

Alf Brockmann knikte naar zijn secretaresse. 'Lore, schenk maar koffie in. Het wordt toch niet anders als men erover piekert. Laten wij maar zien wat er gaat gebeuren.'

En in zijn binnenste dacht hij: Over een paar weken zal Birgit komen. En mijn jongen. Detlef-Jörg. Hij is vijf. Hij zal op een ezel door de oase rijden en met fellah-jongens in de wadi spelen. Wij zullen een gelukkig gezin zijn. Is het dan niet om het even waar men leeft... als men alleen maar gelukkig mag zijn?

Vanuit de voorste jeep liet general Yarib Assban het volgende telegrafisch naar het zich meer en meer verwijderende Gizeh doorgeven: 'Operatie Zwaluw uitgevoerd. Bevinden ons op route 9. Over.'

Naast het konvooi liepen een paar wilde honden en blaften. Ze hadden honger. Hun verwilderde vacht was gelig wit van het stof, tussen hun botten verkleefden huidzweren.

De woestijn is niet alleen mooi... Ze is ook verschrikkelijk en meedogenloos.

Even buiten Lübeck, aan het Elbe-Trave-kanaal, lag het huis, dat Alf Brockmann als bouwval had gekocht, en dat hij stukje bij beetje door een jaren vergende, geduldige arbeid weer had opgeknapt, tot hij met zijn familie, die toendertijd alleen nog maar uit hem en zijn vrouw Birgit bestond, erin kon trekken. Later, na de plotselinge dood van haar man, trok ook haar moeder bij hen in, Detlef-Jörg werd geboren, de puinstortplaats werd een bloeiende tuin, die zich uitstrekte tot aan de oevers van het kanaal, waar een boot aan een steiger lag. Daarmee was Alf Brockmann altijd onder een brug gevaren, waar hij viste, als hij in de weekeinden uit Hamburg naar Lübeck kwam.

Zijn afscheid van de universiteit in Hamburg was plotseling geweest. Iemand anders, die tegelijkertijd schoonzoon van de deken van de universiteit werd, had de hem toegezegde baan van docent in de fysica gekregen. Maar dit was het niet alléén, waarom Alf Brockmann een aanbod van Cairo aannam, het was meer nog de beoordeling van zijn persoon, die hij bij toeval in handen kreeg.

Daarin schreef de deken:

'Brockmann is een goede werker, een bezeten wetenschapsman, maar hij mist de rijpheid en harmonie om docent te zijn. Zijn enorme vakkundigheid kan niet verhelen, dat hij met zijn moderne levensbeschouwing vijandig staat tegenover een academische levenswijze. Men moet vrezen, dat zijn invloed op de studenten een gevaarlijke socialistische tendens in de geest van de Alma Mater zal brengen. Men moet vermijden een zodanig modernisme vrucht te laten dragen door hem als docent toe te laten.'

Dat was meer dan een jaar geleden.

Nu woonden slechts Birgit en haar moeder, Berta Koller, met de kleine Detlef-Jörg in de kleine villa aan het kanaal en brachten de lange dagen en vooral de avonden door met ruzie maken of elkaar het leven zuur te maken.

'Wat is dat voor een huwelijk,' was de voortdurende redenatie van Berta Koller. 'Hij in Egypte, jij hier, het kind groeit op zonder de vaderlijke autoriteit, juist nu op een leeftijd dat hij een vader zo nodig heeft, iedere maand komt er een povere brief met nietszeggende frasen en altijd nieuwe uitvluchten... Nee mijn kind, dat is geen huwelijk.' En dan haalde Berta Koller diep adem en vuurde haar zwaarste geschut af: 'En terwijl jij hier op hem wacht, vermaakt hij zich in Cairo in bars met buikdanseressen en bajadères.'

'Alf niet!' riep Birgit steeds met tranen in haar ogen. 'Hij kan toch niets doen dan wachten. Hij kan toch de regering niet dwingen.'

'Omdat hij een zwakkeling is. Met de vuist op tafel slaan helpt altijd. Uiteindelijk hebben de Egyptenaren hém nodig en niet omgekeerd. Maar hij wil het immers helemaal niet. Met een vurige Soedanese in zijn armen heeft hij het veel beter dan met jou. En het kind? Een aanhangsel is het voor hem, verder niets. Hij is blij, dat hij een paar duizend kilometer van jullie vandaan is..'

'Dat zeg je alleen maar, omdat je hem niet kunt uitstaan.'

'Daar heb je gelijk in. Hij was me van de eerste dag af niet sympathiek.'

Berta Koller veegde met het servet haar mond af. 'Natuurlijk, hij beviel jouw vader, omdat hij mij de mond kon snoeren. Ik vergeet nooit hoe hij zei: 'Beste mevrouw, hoe graag ik naar u luister, – daar heeft u geen idee van.' Een lompe vlegel, verder niets. En je vader lachte zich bijna krom. Nooit, dat vergeet ik nooit.'

'Maar hij had toch gelijk, moeder. Je wilde hem vast al wat vertellen van bediening op afstand en je hebt nooit in je leven –'

'Iedereen kan zijn eigen mening hebben. En ik heb het recht, dat men mij respecteert.' Berta Koller wierp het servet op tafel. 'Jouw Alf heb ik altijd voor een ongeluk gehouden.'

'Maar ik hou van hem, moeder.'

'Dwaas, zoiets.'

'Ook al zou ik twintig jaar wachten... ik hou van hem. Hij is de vader van Jörg –'

'Om vader te worden heb je geen speciale hoedanigheden nodig.'

'Je wordt frivool, moeder!' Birgit Brockmann sprong op. In de tuin rende de kleine Detlef-Jörg achter een gekleurde bal aan en trapte die met krachtige beentjes tegen een witte muur. Hij had al gegeten en speelde, terwijl moeder en oma na tafel nog een kopje koffie dronken. Berta Koller maakte een energiek gebaar.

'Blijf hier, Birgit! Weglopen is nog nooit een goede oplossing geweest. Dat jij toch niet nuchter kunt denken. Wat is er aan de hand, als je modelechtgenoot je niet naar Cairo haalt?'

'Dat zal hij wèl, moeder,' antwoordde Birgit gekweld. Altijd dat addertje onder het gras, dacht zij. Altijd dat inhameren: Alf is de verkeerde man. Maak je van Alf los. Die amuseert zich in Cairo met bruine poppen, terwijl jij hier op hem wacht en iedere morgen de postbode tegemoet loopt om te horen: Nee, weer niks, mevrouw Brockmann. Cairo is verweg... die komt nooit, nooit terug –

'Goed. Hij zal het wel doen.' Berta Koller ging rechtop zitten als een advocaat van het gerechtshof die een verhoor afneemt. 'Wanneer heeft hij voor het laatst geschreven?'

'Dat weet je heel precies... zes weken geleden.'

'Aha. Men kan tegenwoordig in vierentwintig uur om de wereld vliegen. Geloof jij dat een brief dan zes weken nodig heeft... als men er een geschreven heeft?'

'Alf zal het wel druk hebben...'

'Zo erg, dat hij geen briefkaart kan schrijven? Als hij tijd heeft om te eten en te slapen, ja, zelfs om naar het toilet te gaan, heeft hij ook tijd om een paar regels te schrijven.'

'Je wordt weer beledigend, moeder.'

'Nee, ik zie de dingen alleen heel nuchter. Waar een wil is, is een weg. Maar hij wil immers helemaal niet. Zes weken taal noch teken en dat noem jij liefde? Kind, kind, ik heb toch geen idioot grootgebracht –'

'Misschien komt er helemaal geen post door, moeder.'

'Waarom? Waarvoor? In het Midden-Oosten is het rustig. Geen verwikkelingen. En dan geen post? Maak je toch niets wijs, Birgit. Nee, nee...

het is de ster van de groep buikdanseressen –'

'Dat vind ik smakeloos van je, moeder!' Birgit Brockmann ging voor het raam staan en keek naar haar zoon. Detlef-Jörg had bezoek gekregen, een jongen van dezelfde leeftijd uit de buurt. Zij zaten nu in het prieel en knoopten kleine netten, die de buurjongen kapot had meegebracht. 'Als ik jouw zin moest doen, zou ik me moeten laten scheiden en met die Gerrath trouwen.'

'Konrad Gerrath is ten eerste advocaat en ten tweede vermogend. Ten derde houdt hij van jou.'

'– en ten vierde noemt hij zich een vriend van Alf. Een mooie vriend, die de vrouw van de ander achterna rent. En Jörgi?'

'Gerrath houdt veel van kinderen. Hij zal de jongen als zijn eigen kind grootbrengen. En grootbrengen met autoriteit. Niet zoals de tegenwoordige vader, die zich nergens om bekommert en alleen maar geld stuurt, alsof alleen daarvan de wereld afhangt.'

'Ik vind Konrad afschuwelijk!' riep Birgit Brockmann. 'Hij heeft een slijmerig soort vriendelijkheid en ik walg van hem!'

'Een oester is ook slijmerig en toch smaakt hij uitstekend.' Het was een van die verbluffende vergelijkingen, die Berta Koller steeds weer ten beste gaf. Daarna volgde er alleen nog maar een hulpeloos zwijgen, waarvan Berta Koller genoot als het bewijs van haar retorische overwinning.

Ook vandaag was het niet anders. Birgit Brockmann wilde hier niets meer op terug zeggen en liep de kamer uit. In haar slaapkamer huilde ze een half uur, gemarteld door de verwijten van haar moeder en bang door de zes weken van zwijgen uit Egypte.

Zo was het in huize Brockmann aan het Elbe-Trave-kanaal toen Konrad Gerrath 's middags op bezoek kwam en door Berta Koller met de uitroep: 'Ha, mijn beste, beste Konrad!' werd ontvangen.

'Je moet Birgit eens met alle juridische helderheid duidelijk maken, Konrad,' zei Berta Koller, terwijl Gerrath een kopje koffie dronk en een stuk zelfgebakken appeltaart at, 'dat Alf met zijn vertrek naar Egypte ook uit haar leven gegaan is. Zes weken geen bericht... dat is het begin van het einde.' En, met een knipoogje, voegde ze er bijna schaamteloos aan toe: 'Vind je ook niet, dat jij en Birgit een goed paar zouden vormen?'

'Dat weet ik al heel lang, mevrouw.' Konrad Gerrath roerde diep in gedachten in zijn koffie. Hij was middelgroot, had lichtbruin haar en droeg een gouden bril. Zijn advocatenpraktijk liep uitstekend, hij ging door voor een handige prater, maakte overal de indruk van een absoluut betrouwbaar iemand en leefde ook naar buiten bescheiden en traditiebewust. Hij had Alf Brockmann op de universiteit leren kennen, ze waren vrienden geworden en toen Brockmann trouwde, werd Gerrath in het geheim zo verliefd op Birgit, dat hij voortaan als een stuk van de familie iedere vrije minuut in het huis aan het kanaal verscheen. En al kon hij er alleen maar bij zitten en Birgit zien... dan was het al genoeg. 'Ik heb de pech een sterkere medeminnaar te hebben,' zei hij bijna treurig.

'Kletskoek!' Berta Koller zwaaide met een hand door de lucht. 'Je weet, hoe ik over mijn schoonzoon, die windbuil, denk. Hij komt niet meer terug uit Egypte... maar jij bent hier. Mijn God, Konrad... voor het gerecht kun jij, door de wol geverfde advocatengeneraal, tot tranen toe ontroeren en hier faal je. Wees moedig! Ik weet, dat Birgit zich verweert tegen het inzicht dat ik gelijk heb... maar eens zal zij inzien, dat alles waar is. En dan moet jij er zijn, Konrad. Dan moet je door dik en dun gaan.'

Gerrath glimlachte minzaam. Hij sprong op uit zijn stoel toen Birgit de kamer in kwam en hem met nadrukkelijke koelheid de hand gaf. Voor hij wat kon zeggen, snoerde Birgit hem de mond.

'Heeft mijn moeder gezegd, dat Alf zes weken niet heeft geschreven? Dat is zo. Maar u ziet dat ik niet in het minst ongerust ben en ik heb daarom ook geen mannelijke steun en troost nodig. Goeden dag.'

Zij verliet dadelijk de kamer weer. Berta Koller gaf Konrad Gerrath een duw in de rug.

'Er achteraan,' fluisterde ze. 'Het ijzer smeden als het heet is.' En toen Gerrath zich ietwat in de war gebracht omdraaide, knipoogde ze hem toe en zei: 'Ik mag je werkelijk graag, Konrad. En aan mijn kleinzoon denk ik ook. Hij moet een echte vader hebben. En nu – veel succes.'

Gerrath trof Birgit Brockmann achter in de tuin. Zij harkte het zandpad, dat naar de steiger voor de boot leidde. Toen hij haar aansprak, dook ze ineen, maar ze draaide zich niet om en maakte het zand verder egaal. Alleen de bewegingen waren gehaaster en stugger.

'Je moet je niet van de hele wereld afsluiten, Birgit,' zei Gerrath. 'Wij zijn allemaal geen kinderen om treurig te zijn, ook Alf niet. Laat me alsjeblieft uitpraten, Birgit. Ik zou niet graag willen, dat je de manier van huwelijksbemiddelen van je moeder met mijn wensen verwart of vereenzelvigt. Ik hou van je, Birgit –'

'Konrad.' Birgit Brockmann maakte een beweging en liet de stalen bezem vallen.

'Nee. Wind je niet op. Ik zal het me nooit veroorloven deze liefde te tonen of je daarmee lastig te vallen. Ik wil alleen dat je weet, hoe ik erover denk. En ik vraag je om een kans als het noodlot wil, dat Alf in Egypte –'

'Alsjeblieft, praat niet verder, Konrad!' onderbrak Birgit hem scherp. 'Alf komt terug –'

'Ook het geciviliseerde Egypte kent gevaren. Een beet van een schorpioen, die te laat behandeld is, een adder, cholera, malaria, infectueuze geelzucht, vlektyfus... er zijn zoveel factoren, die het lot kunnen bepalen. Bij God, wij wensen Alf niet zoiets toe, maar als het zou gebeuren... mag ik hopen, Birgit?'

'Het is laster om over zoiets te spreken, Konrad.' Zij bukte zich en raapte de stalen bezem weer op. 'Ik hoop nog steeds op de inreistoestemming. Je hebt er geen idee van hoe ik er naar verlang om hier weg te komen.' Ze maakte een weidse armbeweging. 'Kijk eens om je heen, Konrad. Een blauwe, zonnige hemel, een bloeiende tuin, blauw water om zo in te springen, een wit huis in het groene hout – je zou zeggen: Dat is een klein paradijs. Nee – het is een hel. Een met bloesems omrankte hel. Ik vind het vreselijk om te zeggen maar de duivel die daarin zit is mijn eigen moeder.

Ze haat Alf en daarom haat ze alles wat bij hem hoort. Ik moet hier uit, Konrad, – of Alf moet terugkomen.'

'Hij heeft een contract voor vier jaar, Birgit.'

'Dan ga ik naar Egypte.' Zij streek enkele lokken van haar lichtblonde haar dat in haar gezicht was gevallen, weg. 'Ik heb het vandaag goed overlegd. Ik zal zelf naar de Egyptische regering schrijven. Misschien is het wat anders als een vrouw en een klein kind erom vragen.'

'Als het weer "nee" is?'

'Dan moeten we verder wachten.'

'Wachten? Waarop?'

'Ik weet het niet, Konrad.' Zij leunde met haar kin op de bezemsteel. Door het kanaal schoof geruisloos een vrachtboot voorbij de tuin. 'Ik heb het opgegeven om te vragen. Ik hou van Alf en ik weet, dat alles wat hij doet, goed moet zijn. Egypte, zijn onderzoekingen, alle opofferingen... hij doet het toch alleen maar voor mij en het kind.' Ze glimlachte dapper en Konrad Gerrath merkte hoe zijn hart pijnlijk trilde. 'We bijten ons er wel doorheen... juist omdat ze allemaal tegen ons zijn.'

Gerrath knikte. 'Ik benijd Alf om zijn vrouw,' zei hij hees. 'Hij is rijker dan de rijkste man ter wereld en hij weet het niet.'

Met snelle pas, bijna een vlucht voor zijn smartelijk gevoel, verliet hij de tuin en vermeed deze dag Berta Koller nog eens te ontmoeten.

De oase BirAssi was een groene plek temidden van zandduinen, kilometers in de omtrek. Alsof de hand van Allah, moe van de schepping, uitgerust had en een van zijn vingers in het zand had geboord en het daardoor bevrucht, groeide plotseling in de woestijn, waar ze het eenzaamste leek, een palmenbos, borrelde er een bron uit de grond, bloeiden welig oleanders en reuzencamelia's, rijpten olijven en dadels en bleef er zoveel groen over om er een paar koeien en schapen van te voeden. Waar men het water heenleidde groeide zelfs wilde tarwe en zo had het hart alles waar het naar verlangde: water, meelkoeken, dadels, kameelmelk, olijfolie. Allah had een paradijs geschonken.

Maar dit paradijs viel in mensenhand. Het werd een paar jaar geleden door een militair vliegtuig ontdekt, dat uit de koers geraakt was en over de woestijn zwierf, tot de radarverbinding weer tot stand kwam. Tot dan kenden alleen enkele nomaden de oase Bir Assi, deze groene vlek op het zandkleurige tapijt. En precies drieënveertig inwoners kenden zij, boeren, die van de karavanen stamden om op dit eiland in de zandzee hun rijk te stichten. De verwondering en de schrik waren natuurlijk zeer groot toen twee jaar geleden drie helikopters naast de palmentuin in het zand landden en zelfs een generaal door de tuin liep, in de hutten keek, het water liet onderzoeken en ten slotte zei: 'Daar heeft me Allah een goed werk gedaan! Bir Assi wordt verboden gebied!' Wat er toen gebeurde, was een nieuw wonder. Er ontstonden lange gebouwen van echte stenen, die allemaal per vliegtuig naar de oase werden gevlogen, glazen vensters, jalouzieën, een transformatorstation, akkumulatoren en turbines die door benzine voortgedreven werden, er werd een zwembad gegraven, kleine villa's stonden er op een rij omheen, een compagnie soldaten kreeg er een hele kazerne, waterspecialisten groeven kanalen en draineerden nieuw land, sloten pompen op de bron aan en zogen het levensvocht uit de schoot van de gloeiende aarde, er bloeide een plantage op, er werd een zendmast opgericht, met vliegtuigen werden waardevolle instrumenten gebracht, dag en nacht zoemden de helikopters als reuzenhorzels boven de oase en laadden uit.

Na twee jaar was Bir Assi vier maal zo groot als indertijd, toen de eerste boer de karavaan verliet en van palmenbladeren het eerste huis bouwde. Nu woonden er bijna tweeduizend mensen onder de palmen en buiten in de onder de zon dampende kazerne. Het waren bijna alleen mannen en omdat een oosterling zonder een vrouw niet kan leven, werd tussen de kazerne en de oase nog een langgerekt huis gebouwd, met een mooie binnenplaats en vele, kleine met gordijnen gesloten kamers. Hierin woonden meisjes uit Nubië en uit de Soedan, slanke vrouwtjes uit Abessinië en stevige poezen uit de zuidelijke provincie, ree-achtige meisjes uit Tsjaad en langbenige Kassaschoonheden. Als de woestijnnacht begon, werden er cimbalen en trommels geslagen, klaagde de fluit tegen de sterren en dansten de meisjes met wiegende heupen en stampende voeten. En in de kleine kamertjes rondom de binnenplaats werd de liefde gekocht als een liter olie of twee handen vol dadels.

De oase Bir Assi leefde als een zweer. Maar hij werd niet uitgedrukt, maar verzorgd en beschermd, afgeschermd en afgesloten. En op alle kaarten vergeten. Daar, waar tweeduizend mannen en veertig meisjes leefden, was alleen een gele vlek. Woestijn. Zand. Eenzaamheid. Oerwereld. Gloeiende zon. Dorst. Een linie, waarbinnen op alles geschoten werd.

Hier landden, met twee helikopters uit Assiut, Alf Brockmann, Lore Hollerau, Jussuf, Faruk, generaal Yarib Assban en drie andere officieren. Het was allemaal, zoals men beloofd had. Het zwembad was er, de villa's stonden er omheen, de laboratoria waren met de modernste apparaten uitgerust, er was zelfs een ondergrondse en een bovengrondse controlekamer en lanceringsbunker, een weerstation, een precisie-werkplaats voor het draaien van de fijnste controle-instrumenten.

Sprakeloos keek Alf Brockmann om zich heen, toen generaal Assban hem door de hallen en werkplaatsen leidde en hij ten slotte bij zijn werkruimte stond, het bureau van de chef in de constructie-bungalow.

'Ik ben overdonderd, generaal,' zei Brockmann eerlijk. 'Dat allemaal midden in de woestijn. En zoals ik zie, bekende gezichten in de staf van medewerkers.'

'Zoals u, sir, per vliegtuig aangevoerd uit Cairo en de andere instituten. Wij dienen allen dezelfde zaak, – de vooruitgang. Er zullen in de komende maanden nog andere landgenoten van u naar Bir Assi komen, vaklieden uit de vroegere onderzoekingscentra van Peenemünde en Rechlin. U zult zich niet eenzaam voelen, sir.'

'En mijn vrouw?'

'Wordt zo snel mogelijk hiergehaald. Ik beloof het u op mijn erewoord.'

'Ik dank u, generaal.'

De eerste nacht in Bir Assi, in een ander bed, in een alleen door hem bewoonde villa, in de volledige stilte van een ogenschijnlijk dode woestijn, was voor Alf Brockmann als een nachtmerrie. Hij kleedde zich na drie uur heen-en-weer-draaien onder de licht-zoemende ventilator weer aan, sloeg een wollen, Arabische 'dschellabah' om zijn schouders en verliet het huis.

Zoals overal in de woestijn was de nacht koud, terwijl binnenin het huis de muren de opgeslagen warmte afgaven en het ondragelijk zwoel was. De sterrenhemel glinsterde met een miljoen sterren en weer zei Brockmann bij zichzelf dat de hemel nergens zo mooi was als 's nachts boven de Sahara.

Langzaam liep hij om het grote zwembad heen en verliet de villawijk, liep de nieuwe weg af tot de bron van de inboorlingen en boog zich over de zonne- en waterklok, waarmee pijnlijk nauwkeurig, volgens eeuwenoude rite, de waterverdeling in de verschillende kanalen en tuinen geregeld werd.

Even buiten de witte, door elektrische hoge hekken beschermde laboratoria, ging hij op een stapel palmhout zitten en keek naar de kazernes en het nu ook slapende bordeel. Hij dook van schrik in elkaar toen een zachte hand hem aanraakte. Hij had eerst niets gehoord, geen stap, geen knarsen in het zand, zelfs geen ademtocht die de nabijheid van iemand verried. Hij draaide zich met een ruk om en keek in een glimlachend, betoverend mooi meisjesgelaat. Haar lippen glansden rood, haar zwarte ogen schoten vuur en haar lange zwarte haar had ze met twee rode banden vastgebonden. Desondanks viel het over haar schouders en reikte tot haar knieën. Haar huid was bronskleurig met iets van bruin, haar lichaam slank en toch goed geproportioneerd. Zij liep blootsvoets en droeg een witte, nauwe jurk, een goedkoop lapje stof, dat juist van de schouders tot iets boven de knie het hoognodige verborg. Zij was geen nomade, dat zag Brockmann direct. Zij moest uit Arabië komen of uit de Soedan. Als het laatste het geval was, had ze zelfs blank bloed in zich. Haar huid was te bruin en verloochende het zuidelijke zwart.

Ze ging naast Brockmann op de stapel hout zitten en legde haar hoofd iets opzij, zoals men een vreemd, maar interessant voorwerp kritisch bekijkt. En ze zweeg.

'Wie ben jij?' vroeg Alf Brockmann in het Engels, in de hoop dat ze hem kon verstaan. Het meisje knikte.

'Ik ben Aisha –' zei ze met een melodische, zangerige stem. 'Ik woon daar –' Ze wees op het langgerekte huis van plezier. Brockmann glimlachte terug.

'Jij komt niet uit de woestijn?'

'Nee, ik kom uit Jordanië.'

'Hé. En wat doe je in Bir Assi?' Brockmann lachte stilletjes. 'Domme vraag, hè, Aisha? Jij woont dus daar aan de overkant. Heb je vroeger in Cairo gewerkt?'

'Ja –' Het klonk aarzelend. Aisha sloeg haar ogen neer en keek naar haar slanke vingers. 'Ik moet geld verdienen. Veel geld. Mijn vader heeft schulden gemaakt, ze hebben ons alles afgenomen. Ik heb nog zes kleine broertjes en zusjes, daarvoor werk ik hier. Hier kun je veel verdienen, weet je. Als ik iets anders deed, zouden mijn broertjes en zusjes verhongeren.' Ze vertelde het met horten en stoten, zo, dat Alf Brockmann zou moeten merken, dat ze loog. Maar hij geloofde haar. Hij gaf zich niet de moeite over haar woorden na te denken. Arm ding, dacht hij. Maar zo is het Oosten. Als iedereen voor zichzelf zorgt, is Allah bij hem. Het slechte en zieke bederft, – dat geldt voor vruchten, dieren en ook voor mensen. En het is allemaal handelswaar... een mand vol granaatappels, een lamsbout of een meisjeslichaam. Allah steunt de nijveren.

'En wat doe jij hier?' Brockmann keek Aisha vragend aan. Haar schoonheid was verwarrend, maar achter deze glans van jeugd en lichamelijke pracht stond de afwerende vuist: Ze komt uit het 'grote huis'. 'Je weet toch dat de wijk voor de Europeanen voor jullie afgesloten is?'

'Ik kon niet slapen. En jij?' Aisha legde haar hoofd achterover. Haar rode mond was als een gespleten granaatvrucht. 'Hoe heet jij?'

'Alf Brockmann.'

'Een grappige naam. Olf – Oulf Brockmann...'

'Alf Brockmann.'

'Dat onthou ik nooit.' Aisha lachte zacht. Haar bovenlichaam wiegde daarbij mee op de maat van een onhoorbare melodie. 'Waar kom je vandaan?'

'Uit Duitsland.'

'Waar ligt dat?'

'Hoog in het Noorden. Daar, waar vandaan in de winter de ooievaars naar jullie toekomen.'

'Waar witte regen is?'

'Ja.' Brockmann glimlachte, in zichzelf verzonken. 'Witte regen... dat heb je mooi gezegd, Aisha.'

'Ik heb daarover gehoord... van soldaten en die hadden het ook alleen maar gelezen. Is het mooi daar in het Noorden?'

'Heel mooi.'

'Mooier dan hier?'

'Soms wel.'

'En heb je daar een meisje?'

'Ik heb een vrouw en een kleine jongen, vijf jaar oud.' Brockmann zag Aisha's ogen dichtbij. Zijn ademhaling werd zwaarder en hij wendde zijn hoofd af. 'Ze zullen spoedig hier naar Bir Assi komen.'

'Een blonde vrouw, hè? Blond, net als jij?'

'Blond als schitterend goud.'

'Hou je van haar?'

'Heel veel.'

Aisha stond van de stapel hout op en gaf Brockmann haar smalle hand. 'Welterusten, Oulf...' zei ze zacht. 'Toen ik jou alleen in de nacht zag zitten, dacht ik: daar is iemand die net zo eenzaam is als jij. Maar ik heb me vergist... jij hebt altijd je vrouw bij je, je mooie, blonde vrouw. Je draagt haar altijd bij je, in je hart. Het moet mooi zijn, Oulf, als iemand zo van je houdt... en niet alleen voor een zilverstuk. Welterusten.'

'Welterusten, Aisha.' Alf Brockmann sprong op. 'Nog een vraag... Wil je het "grote huis" uit?'

'Heel graag. Maar waarheen? Ik moet geld verdienen, Oulf...'

'Ik zal met de generaal spreken. Ik betaal je vijf pond per week, als je als huishoudster bij me komt.'

'Vijf pond, Oulf?' Aisha's glimlach werd diep en gelukzalig. 'Vergeet je vrouw niet, Oulf... haar gouden haar –'

Alf schudde het hoofd. 'Ik wil alleen dat jij geholpen wordt. Ik heb nog geen personeel in huis, ik woon pas sinds vandaag hier. Wil je komen?'

'Als het toegestaan wordt, Oulf.'

'Ik zal het proberen. Kom je morgen weer hier naartoe?'

'Nee. Pas over een week. Ik heb daar in het huis keukendienst. Het is precies zo als in de kazerne, alleen zijn we meisjes.'

'Dan over een week, Aisha. Hier bij de stapel hout.'

'Ja, Oulf. Over een week. Allah zegene je –'

Alf Brockmann keek haar na, hoe ze geluidloos, alsof ze zweefde, tussen de palmen weggleed en in de wirwar van tuinmuren en hutten van de inboorlingenwijk verdween. Het was alsof haar tere gestalte zich tussen zand en sterrenhemel oploste.

Bij de deur van een oude hut, die nog met palmenbladeren bedekt was als tijdens de vroege pionierstijd, bleef Aisha staan als een wild dier dat de lucht van iets probeert op te snuiven. Zij wachtte meer dan een half uur in de schaduw van de tuinmuren. Daarna betrad ze pas door de scheve houten deur het huis en kwam in een groot vertrek, dat geheel leeg was en naar schapenmest stonk. Uit een hoek haalde ze vanonder oude rommel een kaars tevoorschijn, stak hem met een lucifer aan en groef uit een hoop rottend, stinkend hooi een klein metalen kistje. Zij klapte het open, trok er een antenne uit en draaide aan een paar knopjes. Een minuscuul hoorapparaatje stak ze in haar rechter oor en zocht door voorzichtig draaien aan de knoppen de frequentie.

Na enkele minuten klonk er getik in het hoorapparaat. Heel zacht, ver weg, nauwelijks hoorbaar.

'Gamma één – Gamma één – Gamma één –'

Aisha, het meisje uit het 'grote huis', haalde een hendel in het kistje over. Een morsesleutel werd zichtbaar.

'Hier Gamma één –' seinde ze. 'Gamma één... Gamma één... opdracht begint... Hij heet Alf Brockmann, is Duitser en getrouwd, één kind... vrouw komt na... ga bij hem als huishoudster werken... Gamma één... Gamma één... Gamma één... Over...'

Daarna zat ze in de duisternis, nadat ze alles weer verstopt had en staarde in de diep donkere nacht.

Hij is een beste man, dacht Aisha. Het zal me moeilijk vallen hem te verraden. Maar ik zal het doen, want ik haat zijn goudharige vrouw zonder haar te kennen. Ik haat haar, omdat zij zijn vrouw kan zijn –

Ze ging achterover liggen in het oude hooi en dacht eraan hoe teder een man kon zijn, die Oulf heette en heldere, blauwe ogen had.

VIER dagen later landde onverwachts generaal Yarib Assban in Bir Assi. Hij kwam geheel buiten het plan om en zonder voorafgaand bericht. Alf Brockmann was juist aan het werk op het brandstofbeproevingsplatform, waar Egyptische technici met de bouw van een nieuwe proeflanceerinrichting begonnen.

'Wat een verrassing!' riep Alf en kwam Assban met uitgestoken hand tegemoet. 'Ik wilde u al schrijven. Ik heb een verzoek. Niet iets zakelijks, nee, een privé-verzoek. U zult me achteraf verwonderd aankijken en wie weet wat denken, maar – dat van tevoren – zo is het niet. Ik heb er ook met juffrouw Hollerau over gesproken – wij zullen het wel met elkaar eens worden.'

Generaal Assban stak zijn kin vooruit en keek Brockmann lang en onderzoekend aan. Toen zei hij met geknepen stem: 'Sir, ik moet met u alleen spreken. Het beste in uw huis. Kunnen wij gaan?'

'Maar natuurlijk, generaal. En zo ernstig? Zegt u toch niet dat mijn nieuwe verzoek om vrouw en kind na te laten komen weer afgewezen is.' Brockmann bleef staan. 'Generaal,' zei hij ernstig, 'in dat geval word ik kwaad, wat voor gevolgen dat ook mag hebben. Ik heb nu in een jaar vrouw en kind niet meer gezien. Ik doe het zo niet langer.'

'Het gaat over uw echtgenote.' Generaal Yarib Assban maakte een afwijzend gebaar. 'Thuis, sir. Niet op straat.'

In de kleine villa bij het zwembad liet Assban zich in een rotanstoel vallen en haalde een brief uit zijn zak. Alf Brockmann merkte, dat er iets gevaarlijks op hem afkwam. De plechtigheid van Assban was alarmerend.

'Zegt u dan toch wat, generaal!' riep hij.

'Er is een treurige reden, die mij naar Bir Assi voert, sir. Wij hebben gisteren een telegram uit Duitsland gekregen, uit Lübeck. Direct na ontvangst hebben wij door onze consul-generaal de waarheid ervan laten onderzoeken. Het klopt helaas. Sir –' Generaal Assban stond plechtig op. 'In naam van mijn regering betuig ik u onze innigste deelneming...'

'Deelneming...?' stamelde Alf Brockmann. Hij voelde, hoe er lood in zijn ledematen stroomde. 'Deelneming –'

'Bij een verkeersongeval is gisteren uw door ons allen vereerde echtgenote om het leven gekomen.' Generaal Assban hield Brockmann een telegramformulier voor. 'Hier ons telegram uit Hamburg. Het consulaatgeneraal bevestigt het...'

'Birgit... verkeersongeval... dood...' Brockmann streek over zijn ogen, maar het flakkeren bleef. Cirkels en punten en dansende rode en gele vlekken voor zijn ogen. 'Dat is toch niet waar. Dat kan toch niet waar zijn?! Birgit! Zij is niet dood. Nee, nee, nee!'

Generaal Yarib Assban liet het telegram zakken. 'Sterkte, sir,' zei hij met onzekere stem. 'De wegen van Allah zijn ondoorgrondelijk. Ik onderga uw smart als mijn smart.'

'Birgit – dood –' zei Alf Brockmann met een door tranen verstikte stem. 'Ik ben geen held, generaal... neemt u me niet kwalijk.'

Hij draaide zich om, zocht met zijn voorhoofd steun tegen de muur en huilde.

Zachtjes verliet generaal Assban de kamer.

Een half uur later kwam Alf Brockmann het huis uit. Zijn gezicht was als versteend. Generaal Assban zat op het terras in een rotanstoel en rookte stilletjes voor zich heen.

'Wanneer kan ik weg met een vliegtuig?' vroeg Brockmann.

'Weg?' Assban liet het rijzweepje opwippen.

'Voor de begrafenis.'

'Dat zal niet mogelijk zijn.'

Brockmann leunde tegen de gewitte muur. 'U zult me toch zeker niet tegen willen houden om me mijn vrouw de laatste eer te laten bewijzen, generaal?'

'De politieke toestand, sir –'

'Uw politieke toestand interesseert me geen donder,' schreeuwde Brockmann. 'Mijn vrouw is dood en ik wil haar gaan begraven. Ik moet voor mijn kleine jongen zorgen, ik zal de huishouding in Duitsland ontbinden en –'

'Later, sir, later. Over enkele weken, – nu is het onmogelijk. Grootmoeder zal zich om uw zoon bekommeren, uw vereerde echtgenote zal de weg naar God zonder uw hulp moeten vinden... Wij kunnen u niet laten gaan. En u weet precies waarom. Egypte kan het zich niet veroorloven jarenlange succesvolle onderzoekingen door zulke strikt menselijke lotgevallen op het spel te zetten. U weet, dat er groepen agenten onderweg zijn om ons raketprogramma in de war te sturen. Met alle middelen – al zou het om uw leven gaan, sir. Uw leven is echter voor ons waardevoller dan de krans die u op het graf van uw echtgenote neerlegt...'

Alf Brockmann keek over de boven het woestijnzand heen en weer zwaaiende palmen. De ronde koepel van de kleine moskee schitterde in de zon. Het schreeuwen van kinderen kwam met de wind overgewaaid, het scherpe gekrijs van een pakezel, stemmengeluid van de andere kant van de hoge muur, die de villawijk afsloot van de oaseweg.

Birgit.

Lange, blonde haren. De zeiltocht bij Grömitz. De wind dreef hen over de spiegelgladde Oostzee. 's Avonds dansen in het hotel aan zee. Voor de deur van het pension, waarin ze logeerde, de eerste schuchtere kus. 'Ik weet niet of ik morgen kan komen,' zei ze bij het afscheid. Maar ze kwam toch. Drie heerlijke weken in het warme zand, onder de blauwe hemel, aan de oever van een met goud overstraalde zee. Daarna de verloving, de bruiloft, het ongrijpbare geluk in een kleine, eigen wereld. De geboorte van Detlef-Jörg. O God, hoe ontzettend heerlijk is het leven! O God, geluk is als een gebed, men kan erin verzinken.

Voorbij. Alles voorbij.

Een ongeluk. Een auto begon te slingeren, wierp haar tegen een huizenrij en vermorzelde haar. En in de tijd van een seconde spatte een paradijs uit elkaar.

'Ik zal hier in mijn huis in staking gaan, generaal, als u mij niet ogenblikkelijk naar Duitsland laat vliegen,' zei Alf Brockmann hees. 'Uw regering heeft anders niet zo'n gebrek aan fantasie. Maakt u direct een valse pas voor me klaar, laat mij in een koffer als diplomatenbagage reizen, verzint u iets... maar zorg ervoor dat ik in Lübeck kom.'

'Aan de mogelijkheid van een staking hebben wij gedacht, sir.' Assban drukte zijn sigaret uit. 'Afgezien van andere maatregelen, kunnen wij u daarop zeggen, dat wij uw kleine zoontje niet hier naartoe halen.'

'Dat is gemene chantage.'

'Sir, laten we toch nuchter denken.' Generaal Assban stond op en liep op het overdekte terras heen en weer. 'Voor een uur ingetogenheid zetten wij de veiligheid van onze natie op het spel. Dat is niet reëel. Wij zouden u willen vragen voor ons en uw werk dit offer te brengen en in Bir Assi te blijven.'

'En mijn zoon?'

'Brengen wij hierheen.'

Alf Brockmann deed een stap vooruit en hield zich aan de balustrade vast. Hij keek in het blauwe water van het zwembad. Zij zwom zo graag, dacht hij. Daar, van het startblok af, zou ze met een kopduik in het water gesprongen zijn. Ze kon duiken als een zilveren vis, een pijl die door het water gleed en wanneer ze boven water kwam, lachte ze helder en schudde het natte, gouden haar.

'Generaal –'

'Sir?'

'Ik zou mijn vrouw bij mij willen hebben. Zorgt u ervoor dat ze hierheen gebracht wordt.'

Generaal Yarib Assban zweeg. Toen klemde hij het rijzweepje weer op Engelse manier onder zijn arm. 'Het zal alleen mogelijk zijn om na een crematie de urn naar Bir Assi te laten brengen, sir.'

'Belooft u mij, dat dat mogelijk is?'

'Op mijn erewoord, sir.'

'Ik dank u, generaal.' Alf Brockmann liet zijn hoofd hangen. Hij liep vooruit en liet de deur die toegang tot het huis gaf open. Assban volgde hem en opende in de woonkamer de met hout beklede ijskast.

'U moet nu wat drinken, sir,' zei hij.

'Dank u, generaal.' Brockmann keek naar zijn gevouwen handen. 'Wanneer zou de urn hier kunnen zijn?'

'Over een dag of tien misschien. Ik zal hem met de koerier van de ambassade hierheen laten brengen.'

'Over een dag of tien. Wat kan dat ineens snel.' Hij sloeg de handen voor zijn ogen en boog zich ver voorover. 'En zo zien wij elkaar weer, Birgit –'

VIJF keer had Birgit naar Egypte geschreven. Naar het geheime adres, zoals ze het hele jaar al deed. De heer Alf Brockmann, Cairo I, Postbus 176.

Dertig keer, iedere morgen, stond zij achter het gordijn en tuurde langs de straat, waar de postbode voorbij kwam.

Rijdt hij voorbij? Stopt hij? Belt hij?

Nee, hij gaat niet langzamer rijden. Voorbij. Weer een dag zonder bericht.

Of: hij remt. Hij komt over het pad door de voortuin naar de deur. Hij belt! Alf! Alf! Alf! Eindelijk, eindelijk. Mijn lieve, lieve Alf.

Maar het is alleen maar een brief van tante Martha. Of reklame. 'De goedgeklede dame laat alles bij Hembrecht maken.' Of een massadrukwerk. In veertien dagen valt u door Hoplakee tien pond af. Hoplakee is ongevaarlijk. Per speciale verpakking slechts 49 Mark.

Maar geen brief uit Egypte, geen postzegel met de pyramiden of de Nijlschepen met hun brede zeilen erop. Geen glimlachje van de postbode vooraf. 'De postzegels, mevrouw Brockmann. Mijn zoontje spaart postzegels en als u ze niet kunt gebruiken... ik week ze zelf af, de enveloppe...'

Niets. Dertig keer niets.

En dan haar brieven. 'Waarom zwijg je, Alf? Ben je ziek? Gisteren heb ik de ambassade opgebeld. Ze zeggen, dat alles op rolletjes gaat. Ze geven me veel hoop. Schrijf toch alsjeblieft een paar woorden, alleen maar een kaart en al staat er alleen maar Birgit op. Maar dan weet ik, dat je leeft, Alf –'

Op een morgen – Berta Koller was naar Lübeck gegaan om een pakje te kopen, het was de derde van de maand en zij had haar pensioen gekregen – werd er gebeld. Instinktief keek Birgit naar de klok. Nee, geen postbode. Die kwam pas over een uur. Maar misschien een expresbrief?

Zij gooide de stofdoek neer, waarmee ze net de meubels afgestoft had en rende naar de voordeur.

Op de weg, dat zag ze door het gangraam tussen de bloemen door, was een grote, witte, buitenlandse wagen geparkeerd. Een Amerikaans model. Voor de deur wachtte in een donker costuum een man met lichtbruine gelaatskleur en een dun, zwart snorretje.

'Wat wilt u?' zei Birgit Brockmann toen ze de deur opengooide. Haar hart klopte wild. De ambassade, dacht ze onmiddellijk. Hij komt van de ambassade. Het gaat om mijn toelating. Nu is het zover, nu komt alles zo plotseling, dat je er duizelig van wordt. Duizelig van geluk.

'Wat wilt u?' herhaalde ze. 'Komt u verder.' Ze hoorde een naam, die ze niet verstond en ook niet onthield, ze rook een scherp herenparfum en volgde de man, die bijna geluidloos voor haar uit liep, de kamer in. Daar bleef hij staan en keek Birgit met iets melancholisch in zijn grote, ronde, donkerbruine ogen aan.

'U komt... u komt vanwege mijn verzoek?' vroeg ze dapper, toen de bezoeker na enige seconden nog zweeg en haar alleen maar zo treurig als een hond aankeek.

'Nee, madame –' De bezoeker sprak een mengeling van Duits en Frans met een Engelse tongval. Het klonk eigenaardig en op de een of andere manier fascinerend. 'Ik kom van de ambassadeur, madame. Een bericht. Een zeer slecht bericht...'

'Slecht?' Birgit Brockmann ging snel op de dichtstbijzijnde stoel zitten.

Haar benen begonnen ineens heftig te trillen. 'Weer afgewezen? En waarom dan? Wij, Detlef-Jörg en ik, wij zijn gezond. We hebben alle formaliteiten vervuld, wij zijn al ingeënt.'

'Uw man –' zei de bezoeker.

Een donkere, zware wolk kwam op haar neer. De zon voor het raam hield op te schijnen, de lucht bevroor, ze had het koud, alsof ze in een ijsblok was opgesloten.

'Wat is er met Alf?' vroeg ze moeizaam.

'Hij is dood, madame –'

'Dood?' herhaalde ze hol, alsof ze dat woord nog nooit gehoord had, alsof dat woord helemaal niet bestond.

'Ja, dood, madame.'

Stilte. Langdurige stilte.

Een grote schijf begon te cirkelen, door de kamer, rood en goud en groen en oranje. De zon valt van de hemel. De wereld gaat ten onder. Het wordt nacht, eeuwige nacht. We bevriezen allemaal. Allemaal.
Ook Jörgi. O Jörgi. Jörgi, waar ben je? Kom hier, Jörgi. Laat ons samen sterven. Je vader is dood. En nu ontploft de zon. De stukken vliegen in het rond. Alles is rood. Rood als bloed. De hele wereld bloedt leeg. O Jörgi... je vader –

Zij werd wakker en lag op de bank. De vreemde bezoeker had een handdoek gehaald, in water gedrenkt en hem op haar voorhoofd gelegd. Een keukenhanddoek, rood-wit gestreept. Door het open raam hoorde ze Jörgi's stem. Hij riep 'Trekken! Trekken.' Hij was met een vriendje aan het touwtrekken.

'Blijft u rustig liggen, madame,' zei de vreemdeling. 'Haalt u heel diep adem. Heel diep...'

Birgit Brockmann sloot haar ogen weer. De wereld was niet vergaan, ze leefde nog. De zon scheen verder, op het kanaal hoorde ze het geluid van de vrachtaken, ergens in de verte toeterde een auto.

Het leven was niet uitgeblust. En toch was alles anders. De wereld om haar heen was vreemd. Een grenzeloze verlatenheid. Een benauwende eenzaamheid.

'Wanneer?' vroeg zij. Het klonk hol.

'Drie dagen geleden, madame.' De bezoeker, wiens naam Birgit niet onthield, ging naast haar op de bank zitten. 'Het bericht kwam van het ministerie in Cairo naar de ambassade en van daaruit naar ons in het consulaat-generaal. Ik ben direct naar u toe gekomen.'

'Komt u uit Hamburg? –'

'Ja, madame.'

'En hoe? Hoe?'

'Een naar ongeluk. Een vrachtwagen reed achteruit om te keren. De chauffeur zag in de achteruitkijkspiegel de doctor niet... Hij stond in de dode hoek. Hij werd omgeduwd, viel onder het linker achterwiel en – madame, we hebben alles geprobeerd in de kliniek, gelooft u mij.'

Birgit Brockmann sloot haar ogen weer. Drie dagen geleden. Maar tevoren had hij wekenlang niet meer geschreven. Waarom? Mocht hij niet?

En haar brieven? Vijf waren het er geweest, smekend, bedelend: Alf, één woord maar. Eén enkel woord. En hij zweeg. En nu was hij dood. Lag in een kelder van een kliniek in Cairo. Het wiel van een vrachtauto. Over zijn borst.

'Wij hebben de chauffeur direct gearresteerd. Maar hem treft werkelijk geen schuld, madame.'

Ze knikte. Toen nam ze de handdoek van haar voorhoofd weg en bracht haar benen moeizaam van de bank op de grond. Voor het raam lachte Jörgi. Dat hij van niets wist, knaagde aan haar.

'Mag ik nu... nu eindelijk naar Cairo om mijn man te begraven?' vroeg ze hard.

'Nee, madame.' De bezoeker trok zijn schouders op toen ze zich plotseling omdraaide en hem recht in de ogen keek. 'Het is geen persoonlijke kwestie, – het is de politieke toestand.'

'Dan verzoek ik, dat mijn man naar Duitsland overgebracht wordt.'

'Daaraan is gedacht, madame. De urn zal –'

'Geen urn. Ik wil geen as, ik wil mijn man.' De bezoeker streek nadenkend met zijn rechter wijsvinger over zijn snorretje. Zijn donkere ogen namen Birgit op en er stond geen uitdrukking van medelijden meer in.

'Het transport van een lijk is volgens onze wetten verboden, madame. Wij kunnen de urn sturen.'

'Nee. Ik zou mijn man graag nog éénmaal zien. Ik vlieg morgen naar Cairo.'

'U zult op het vliegveld geïnterneerd worden en met het volgende vliegtuig teruggestuurd worden. Waarom deze moeilijkheden, madame? Een dode ziet er nooit mooi uit.'

'Het was mijn man!' riep Birgit uit.

'Wij voelen met u mee in uw smart. Bedaart u alstublieft, madame.' De bezoeker maakte een buiging en liep achteruit naar de deur. 'Ik zal de urn zelf brengen. Hij zal dezer dagen met de diplomatenbagage aankomen.'

Toen de bezoeker weggegaan was en de witte Amerikaanse wagen tussen de berken en de zonneglans verdween, stond zij aan het raam en keek naar het kanaal, de tuin en naar Jörgi, die Indiaantje speelde. Het besef, plotseling weduwe te zijn, zo plotseling als kortsluiting optreedt, was verlammend en aangevuld met een loodzwaar ongeloof. Het is onmogelijk. Het kan niet waar zijn. Het is allemaal een kwestie van verwisseling. Alf leeft. Zoiets bestaat niet. Flarden van gedachten, die met het bloed door haar lichaam stroomden, zich in haar hersenen vastzetten en weer verdreven werden door nieuwe gedachten.

Een vrachtwagen. Hij reed achteruit. Alf staat in de dode hoek. Een stoot. Een val. Een doffe kreet. Uit. Voorbij. Zo eenvoudig is dat allemaal. Zo logisch. Zo snel. Ja, bijna zo vanzelfsprekend. Maar wie zou dat geloven? Wie kan er zich van de ene minuut op de andere mee vertrouwd maken alleen te zijn? Wie kan begrijpen, dat de dood een verschrikkelijke waarheid is? Iets absoluuts. Iets dat niet te veranderen is, terwijl alles op de wereld verandert.

Ze had niet de kracht om Jörgi binnen te roepen. Wat moest ze zeggen, hoe moest ze het zeggen? Papa is dood... hij zou het niet begrijpen. Wat weet een vijfjarig kind van dood? Papa is een engel... dat zou hij begrijpen. Maar hij zou nooit vatten, dat papa nooit meer terugkwam.

Zij legde haar hoofd tegen het raam en huilde. Stilletjes. Na de eerste schok, na de starheid van het begripsvermogen kwamen nu de tranen.

’s Middags verscheen Konrad Gerrath. Hij droeg een donker pak en een zwarte das. Berta Koller had hem opgebeld. ‘Mijn schoonzoon is in Cairo dodelijk verongelukt. Komt u alstublieft direct. Praat Birgit uit het hoofd, dat ze naar Cairo vliegt. Ze is het vast van plan. En ze wil de jongen meenemen. Dat is toch onzin!’

Gerrath trof Birgit alleen in de tuin aan. Zij zat aan het kanaal en staarde met lege ogen over het water.

‘Het is vreselijk, Birgit,’ zei hij zonder pathos en ging naast haar in het gras zitten... ‘Maar je moet het overgeven.’

‘Dat zal ik nooit kunnen, Konrad. En ik geloof het ook nog niet.’ Ze keek op en schudde haar hoofd. ‘Het is allemaal zo merkwaardig. Ik heb – hoe langer ik erover nadenk – steeds minder het gevoel alleen te zijn. Ik ben er bijna zeker van, dat hij leeft.’

‘Je zenuwen zijn de laatste uren teveel belast geweest, Birgit.’ Gerrath nam haar slappe hand en streelde hem. ‘Dat gaat bij ons allemaal zo, als wij iemand verliezen van wie wij veel houden. Soms duurt het weken of maanden, voordat je eraan went, dat hij niet terugkomt. Je wacht op een teken, op zijn stap, op zijn stem. Tot je weet: Het heeft geen zin meer, tot je de dood accepteert. Mag ik je helpen, Birgit?’

‘Ja. Help mij dat ik in Egypte kom.’

‘Dat is wel zo ongeveer uitgesloten.’

‘Zie je nou, Konrad, hoe alleen ik in feite ben?’

‘Wat wil je dan in Egypte, Birgit?’

‘Alf zoeken.’

‘Mijn God, hij is dood. Je krijgt zijn urn.’

‘Die is er nog niet.’

Maar hij kwam.

De witte Amerikaanse wagen van het consulaat-generaal bracht hem. In een mooie, lichtbruine koffer van kameelleer. Een rijk met Arabische tekens versierde, van koper gedreven urn. De deksel was rondom dichtgesoldeerd en de naad was prachtig behamerd. Een andere Egyptische diplomaat bracht nog eens de condoleance van de ambassade over, liet een bewijs van ontvangst tekenen en overhandigde ook de bevestiging van zijn dood. Een papier in de Egyptische taal en het Egyptische schrift, ondertekend door een Dr. Zaharedi.

Birgit Brockmann zat voor de urn en staarde er naar.

Detlef-Jörg was naar bed gebracht. Wie kon hem zeggen, dat in het mooie blinkende koperen vat zijn vader zat? Twee handen vol as als overblijfsel van een mens, die kon liefhebben en denken, die teder was en in de toekomst geloofde, die kon dromen en de baan van een raket van het ene continent naar het andere berekende?

Birgit was alleen. Berta Koller was gaan slapen, Konrad Gerrath had weer afscheid genomen, toen hij merkte dat zijn aanwezigheid ongewenst was. Zijn tijd kwam nog, ja, de tijd werkte voor hem. Iedere smart wordt éëns minder. Daarna komt een wedergeboorte. Uit een tronk komen jonge loten. Het was slechts een kwestie van tijd en geduld. Hij nam zich voor, beide te beoefenen.

Steeds weer keek ze naar de doodsbevestiging en de urn. Dat ze tegenover Alf zat, dat dit koperen vat geen zand, maar het verpulverde lichaam van haar man bevatte, dat daarnaast de officiële bevestiging van zijn dood lag, werd haar geen ogenblik bewust. Zij verweerde zich ertegen om eraan te geloven.

Zij nam de doodsbevestiging en keek de Arabische letters door. Zij zag ornamenten en punten en cirkels, kunstig in elkaar gedraaide vormen en toen, volledig vreemd op dit toverbriefje het woord Cairo, een datum en de handtekening Dr. Zaharedi.

Cairo, 14 juli.

14 juli?

Birgit Brockmann schrok op. Zij bukte zich voorover, nam de krant uit de krantenbak en keek naar de datum.

20 augustus. Daar was geen vergissing mogelijk. Vandaag was het 20 augustus.

Alf Brockmann was tien dagen geleden gestorven. Zo had men het haar gezegd. Zijn urn stond nu op tafel. Maar de doodsbevestiging bewees, dat hij al zeven weken geleden moest zijn gestorven. Zeven weken geleden had in Cairo een Dr. Zaharedi bevestigd, dat Alf Brockmann niet meer in leven was.

Ze kreeg weer het gevoel, dat ze in een ijzige hal zat. Ze omvatte de urn met beide handen en die was ook koud, glad en vijandig. Wat is de waarheid, dacht ze. Wat houdt men voor mij geheim? Wat is er in Cairo gebeurd? Waarom liegt men tegen mij? Deze datum op de doodsbevestiging is geen schrijffout meer, zo erg kan men zich niet verrekenen. Als Alf gestorven is, was het op 14 juli en niet op 10 augustus.

Als –

Ze stond op en wilde, gevolggevend aan een plotselinge ingeving, een taxi roepen om met urn en doodsoorkonde naar de politie te gaan, toen ze in de open deur van het terras iemand zag staan. Stom, onbeweeglijk. Hoe lang zij daar al stond, wist ze niet, ze had met haar rug naar de deur gezeten. Tegen de maanverlichte hemel stak ze scherp af. Een smalle, bijna elegante gestalte. Een meisje met korte haren.

'Wat... wat wilt u hier?' stotterde Birgit Brockmann. Ze drukte de urn tegen zich aan en merkte, hoe zij beefde. 'Waar komt u vandaan? Ik – ik roep om hulp –'

'Doe dat maar niet.' De stem van het meisje was donker. Haar woorden sprak zij met een zingende tongval. 'Mag ik binnenkomen?'

'Ja.'

Een paar onhoorbare stappen. Ze kwam in de lichtbundel van de tafellamp. Een jong, donkerharig meisje, buitenlands, knap, slank, bijna jongensachtig, in een donkere jurk. Grote ogen keken naar Birgit Brockmann, die nog steeds de urn tegen zich aangedrukt hield.

'Ik heet Zuraida,' zei het meisje. 'Weest u maar niet bang. Wij zijn vrienden.'

'Vrienden?'

'Men heeft u vandaag de urn van uw man gebracht.' Zuraida ging aan tafel zitten. Zij graaide met een snelle beweging naar de doodsbevestiging en las hem. 'Een merkwaardige dood. Iedere medische dienst heeft tegenwoordig slangengif bij zich.'

'Slangengif?' stamelde Birgit. De urn werd zo zwaar als een rotsblok.

Ze zette het koperen vat neer en had nog steeds het gevoel een berg weg te dragen.

'Hier staat het. Doodsoorzaak: exitus door intoxicatie van een adderbeet in de beenslagader.'

'U moet zich vergissen –' stotterde Birgit.

'Ik lees Arabisch als mijn moedertaal.' Zuraida schoof de doodsoorkonde van zich af. 'Wat heeft men tegen u gezegd?'

'Een verkeersongeluk. Een vrachtwagen –' Birgits stem brak. 'Wie bent u toch?' vroeg ze nog moeizaam.

'Ik zal het u later precies vertellen.' Het meisje Zuraida stond op en liep op de prachtige koperen urn toe. Oneerbiedig nam ze hem op en schudde ermee. Binnenin rammelde het. Met een kreet hield Birgit haar beide oren dicht. Zij liet haar handen pas zakken toen Zuraida de urn weer op tafel zette.

'Ik wil u helpen,' zei Zuraida. 'Onze tijd is wreed. Zij houdt geen rekening met liefde. Wat is een mens? Hij is er voor een bepaald doel en aan dat doel wordt hij ondergeschikt gemaakt. Ik ook. U bent mijn vriendin omdat u liefheeft. Uw man is echter onze vijand, omdat hij in een land werkt, dat ons haat en wil vernietigen. En hij maakt het met zijn geest mogelijk ons te vernietigen. Wij moeten ons verweren... niet als helden, dat bestaat niet meer, dat heldendom uit de schoolboekjes, maar uit het donker. Wilt u mij vertrouwen?'

'Ik ken u niet, juffrouw –'

'Zuraida.' Het meisje glimlachte. Haar ogen glansden als gepolitoerde onyx. 'Ik kom uit Tel Aviv.'

'En wat... wat wilt u van mij?'

'U helpen. Ik geloof niet, dat uw man Alf dood is.'

'U gelooft niet –' Birgit Brockmann steunde tegen de muur. 'Maar de urn –'

'Heeft u hier een hamer? Een beitel –'

'Wat – wat wilt u daarmee?' Zij vroeg het en wist precies, wat ermee gebeuren moest. Afschuw kwam in haar ogen.

'Met de beitel de deksel van de urn af halen.' Zuraida boog zich over het koperen vat. 'U heeft er geen vermoeden van hoe wreed de mensen zijn.'

Met starre ogen keek Birgit Brockmann toe hoe het meisje Zuraida de urn weer optilde en hem opnieuw schudde. Nu had ze niet meer de kracht om haar oren dicht te houden. Zij moest het gerammel verdragen, het lichte getrommel van botten tegen de koperen wand.

'Het zouden stenen kunnen zijn,' zei Zuraida nadenkend en hield haar oor tegen de urn. 'Heel eenvoudig stenen en stom woestijnzand –'

'Nee...' stamelde Birgit Brockmann. 'Nee! Nee! Nee! Laat u die urn dicht. Ik smeek u –'

Wat nu volgde, waren de vreselijkste minuten in het leven van Birgit. Zuraida verliet snel de kamer door de deur van het terras. Een ogenblik schoot door Birgit de gedachte op te springen en de deur te vergrendelen. De volgende stap zou dan naar de telefoon zijn. Politie! Hulp! Wat gaat mij Tel Aviv aan? Wat Cairo? Wat raketten? Alf is dood! Of hij is niet dood! Ik wil alleen Alf terughebben!

Maar de weg naar de terrasdeur liep langs de urn. Als een gepantserde vuist stond hij tussen de deur en Birgit. En zij had niet de kracht langs hem heen te gaan en de deur dicht te slaan.

Zuraida kwam terug. Zij had de zaag gehaald, die in de tuinschuur lag. Zij moest wel goed de weg weten op het gebied van Brockmann om in het donker onmiddellijk een zaag te vinden.

'Alsjeblieft niet,' stotterde Birgit en hief smekend haar handen omhoog. 'Alsjeblieft... als het geen zand is. Als het geen stenen...'

Zuraida schudde haar hoofd. Ze legde de urn op zijn kant, zette de zaag op de soldeernaad van de deksel en begon de urn open te zagen. Het krijsen van de tanden van de zaag op het metaal verscheurde bijna Birgits hersenen. Het was alsof ze iemand met vreselijke pijn hoorde schreeuwen. Steeds weer gingen de tanden van de zaag door het metaal, de korte haren van Zuraida kleefden door het zweet aan elkaar, haar adem stokte als bij een opgejaagde hond.

Krijsen! Krijsen! Krijsen!

'Nu... bijna –' hijgde Zuraida.

Nog een keer er doorheen. De gedreven deksel wankelde. Zuraida wierp de zaag weg, stak haar beide handen in de zaagsnede en rukte de deksel van de urn. Daarna blies ze het metaalstof van tafel en zette de urn op zijn kop.

Een armzalig bergje donkerbruin stof hoopte zich op tafel op toen ze de urn omhoog trok. Tussen het stof enige witgele delen, staafjes, kogeltjes. Als de uitgeschudde inhoud van een stofzuiger. Een hoopje as.

Met spitse vingers verdeelde Zuraida de as, nam een van de witte staafjes op, hield het onder de lamp, legde het terug, veegde de as bij elkaar en hield de urn tegen de rand van de tafel. Met drie bewegingen van haar hand had ze de as er weer in geschoven en zette de urn weer op tafel. Voorzichtig, alsof ze nu nog iets breken kon, legde ze de afgezaagde deksel er weer op.

'Wat... wat is het?' vroeg Birgit Brockmann nauwelijks hoorbaar. Ze zat op haar hurken in een hoek als een geslagen hond.

Zuraida klapte haar handpalmen tegen elkaar. Haar mooie, glanzende ogen keken een beetje treurig. Op de tafel lag nog wat as die door de wind die haar handen veroorzaakten opgewaaid werd.

'Het is een mens –' zei ze hardop.

In de donkere hoek van de kamer viel Birgit Brockmann bewusteloos op de grond.

Drie dagen lang verscheen Alf Brockmann niet in de laboratoria. Men had er begrip voor; Jussuf en Faruk, de beide Egyptische wetenschapsmensen, controleerden de bouw van het nieuwe brandstofbeproevingsplatform.

Brockmann zat in die drie dagen als verdoofd in zijn eenzame, witte villa of wandelde om het zwembad heen. Steeds er maar omheen, in een dodelijke eentonigheid, als een machine...vijftien stappen, kwartslag om. En weer opnieuw... urenlang... steeds er rondomheen. Armen op de rug, gezicht naar de stenen plavuizen, met een mist voor zijn ogen, geen antwoord op vragen, geen reactie als hij geroepen werd. Alleen maar lopen... lopen... lopen...

Het ergste waren de nachten. In de eerste nacht liep hij rond als een dolle tijger, sloeg met zijn vuisten op de muur en brulde: 'Jullie zwijnen! Jullie zwijnen!'

De tweede nacht was hij rustiger.

Lore Hollerau zorgde nu voor hem, ze hield de villa met twee fellahmeisjes schoon, ze bracht Alf Brockmann koffie of gekoeld sinaasappelsap, als hij, drijvend van het zweet aan de rand van het zwembad stond en zijn benen beefden. Ze zei nauwelijks wat tegen hem, maar toen de tweede nacht begon, bleef zij in het huis en ging op het tweepersoonsbed naast Brockmann liggen.

Bijna een uur lang lagen ze zonder een woord te zeggen naast elkaar. Boven hen zweefde nog de ventilator met vier propellers en bracht de nachtelijke koelte van de woestijn tussen de muren die warmte uitwasemden. Aan de rand van de oase, tussen de half door het opwaaiende zand begraven palmen en stenen muren, blaften de jakhalzen hees.

Niemand wist waar ze vandaan kwamen en hoe ze de oase Bir Assi gevonden hadden. Maar waar leven in de woestijn ontstond, waren ze er plotseling en met hen de gieren. De woestijn is schoon... er ligt geen rottend afval.

'Ga toch naar huis, Lore,' zei Alf Brockmann na een uur. 'Je hebt vandaag genoeg met me te doen gehad.'

'Ik blijf,' antwoordde ze eenvoudig.

Ze zwegen.

Alf Brockmann ging uit bed en liep op het raam toe. De tuin met het zwembad lag in het bleke maanlicht. Aan de rand van het bad hurkte een donkere, smalle gestalte en streek met de vlakke handen over het water alsof ze het strelen wilde.

Lange zwarte haren omhulden het gehurkte lichaam als met een sluier. Aisha.

Alf Brockmann draaide zich naar de kamer om. Hij zag vaag het figuurtje van Lore Hollerau op het witte laken.

'Je bent een beste meid, Lore,' zei hij treurig. 'Ik dank je wel.'

'Ik maak me zorgen om u –' antwoordde ze zacht.

'Zorgen?'

'U mag nu niet alleen gelaten worden. U bent in staat om een domheid te begaan.'

'Nu niet meer, Lore.' Brockmann schudde moe zijn hoofd. 'Op de dag, dat Assban mij het bericht bracht, toen was ik bijna zover om er een eind aan te maken. Maar toen dacht ik aan Jörgi. Op het laatste moment. Ik had het pistool in mijn hand. En ik heb besloten naar Duitsland terug te gaan en voor mijn kind te gaan zorgen. Ik wil mijn dienst hier beëindigen.'

'Weet generaal Assban dat al?'

'Nee. Ik zal schriftelijk mijn ontslag vragen.'

'En als ze ons niet laten gaan?'

Brockmann ging naar de deur. Bij het zwembad had Aisha de gevlochten sandalen uitgetrokken en was met haar benen in het water gegaan. Ze liet ze heen en weer bungelen en vond daarin een kinderlijk genoegen.

'Wij zijn geen gevangenen, Lore,' zei Brockmann.

'Maar ik heb het gevoel, chef, dat we ook geen vrijheid meer hebben –'

Toen Brockmann de tuin in ging, zag hij Aisha niet meer aan de rand van het zwembad. Er lag alleen een klein bundeltje kleren in elkaar gerold in het maanlicht. In plaats daarvan dreef haar lange haar als zwart zeewier door het water. Af en toe glom er een naakte schouder, twee armen, lichte voetzolen... bijna zonder geluid, als een zwemmende door het water glijdende slang bewoog Aisha zich door het zwembad.

Brockmann stapte uit de schaduw van de struiken. Aisha zag hem, ze wenkte onbevangen vanuit het water, zwom met snelle slagen naar het trapje en klauterde uit het bad. Ze was naakt en toen de maneschijn over haar natte, bruine, prachtige lichaam viel, was het alsof het pas gegoten brons was. Haar lange haren kleefden aan haar lichaam en deden streepsgewijze haar naaktheid verdwijnen. Als een tijgerkatje kwam ze geruisloos naar Brockmann toe en hield ongegeneerd haar van water druipende hand uitgestoken.

'Goeienavond, Oulf.' Haar fluweelzachte stem was als een streling. 'Je hebt vergeten die arme Aisha? Er zijn zeven dagen om –'

Brockmann knikte. 'Dat klopt. Ik heb niet meer aan jou gedacht, Aisha.'

'Aisha is erg bedroefd.' Ze ging aan zijn voeten zitten op de stenen rand en zette haar handen onder het hoofd. Van haar naakte lichaam liep het water in kleine stroompjes in het bad terug. Vlakbij haar lagen haar kleren, ze trok ze niet naar zich toe, maar bleef bloot, alsof dat vanzelfsprekend was. 'Heb jij met generaal gesproken?'

'Nee, ik –' Brockmann wendde zich af. De naakte nabijheid van het meisje irriteerde hem. 'Mijn vrouw is dood,' zei hij hees.

'Je mooie, trotse vrouw met haar gouden haar?'

'Ja.'

'Allah zal haar liefhebben, als ze in de zevende hemel komt.'

'Dat heb je mooi gezegd, Aisha.' Brockmann beet zijn tanden op elkaar. Het gevoel te moeten huilen kwam weer in hem op. Hij dook in elkaar toen Aisha's natte hand zijn been aanraakte.

'Nu heb je me pas goed nodig, Oulf,' zei ze en streelde zijn voet. Haar onderdanigheid, de fluwelen toon in haar stem, haar koude, natte hand, haar naakte nabijheid, deze lichamelijkheid aan zijn voeten maakte hem onzeker. Maar zij was als een plotseling genezend medicijn. De verschrikkelijke innerlijke druk, die hij sinds het bericht van de dood van Birgit had gevoeld, vervloog als gas dat een uitweg gevonden had. De grote smart die hem verlamde, loste zich op. De wanhoop viel van hem af, de hopeloosheid, waarin hij geloofde vast te groeien, de volledige hulpeloosheid tegenover het noodlot, alles wat de laatste twee dagen zijn hart als met ijzeren klemmen omsloten hield, verdween plotseling. Hij draaide zich om en keek Aisha aan en hij zag ook haar naakte schoonheid, zonder zich daartegen innerlijk te verweren, nu, juist nu, zoiets te erkennen.

Aisha begreep zijn blik. Haar uitgesproken vrouwelijk instinct merkte het. Zij streek haar haren van haar slanke lichaam en ging op haar rug liggen. Over haar stevige borsten gleed het schijnsel van de maan. Het natte bruin van haar huid zag eruit alsof het pas geschilderd was.

'Heeft iemand je gezien?' vroeg Alf Brockmann.

'Nee, Oulf. Ik ben over de muur geklommen. Ik weet, dat niemand van ons hier binnen mag. Maar in Bir Assi slaapt alles al.' Zij legde haar hoofd in de nek. Toen zij lachte en haar lippen haar witte tanden lieten zien, sprong iets roofdierachtigs van haar op Brockmann over. 'Mag ik bij je blijven, Oulf? Morgen komt generaal weer. Dan kun je het hem meteen zeggen.'

'Hoe weet jij, dat generaal Assban morgen komt?'

Aisha haalde haar smalle schouders op. 'Men spreekt erover in het "grote huis". Er komen ook officieren bij de meisjes. Er wordt zoveel verteld bij ons, Oulf –'

Brockmann knikte. Hij wendde zich af. Plotseling kwam het hem onverdragelijk voor naar een naakt, prachtig mooi lichaam te moeten kijken, dat voor een paar zilverstukken te koop was. Iedereen kon het bezitten als hij geld op tafel legde... van de Egyptische schoenenpoetser tot de kameelhandelaar, van de zwetende waterfietstrapper tot de fellah-boer.

'Kleed je aan!' beet hij Aisha toe. 'En ga terug naar het "grote huis". Ik laat je wel roepen als het zover is.'

Aisha nam haar kleren en rolde zich in een katoenen, felgekleurde doek. Plotseling greep ze Brockmann's hand en kuste die. Met een ruk trok hij hem terug. Aisha struikelde en klemde zich aan hem vast. Door zijn dunne hemd voelde hij de druk van haar borsten. Haar smalle, glimmende gezicht, haar zwarte, gloeiende ogen, haar halfgeopende lippen waren heel dicht bij hem. Hij voelde haar adem, rook haar natte haar.

'Ben je boos, Oulf?' zei ze zacht. 'Waarom ben je boos op Aisha?'

'Je moet gaan!' riep Brockmann grof. 'Je wordt in het "grote huis" verwacht.'

'O, wat ben je onrechtvaardig.' Aisha deed een stap terug. Haar hoofd viel naar voren. Het was een deemoedige, klagelijke houding. 'Ik zal nooit weer komen, Oulf.'

'Welterusten.' Alf Brockmann wendde zich af en ging, zonder om te kijken, het huis weer in. In de vestibule trof hij Lore Hollerau aan. Ze had een zakdoek tussen de vingers en scheurde die in kleine stukjes.

'Wie was dat, chef?' vroeg ze, zich moeizaam beheersend. 'Een inboorlinge –'

'Een meisje, Aisha.' Brockmann ging naar de slaapkamer. Hij keek uit het raam. Aisha was verdwenen, als een tovervogel, die doorgevlogen was. 'Ze wil bij ons als huishoudster komen werken.'

'Bij ons?'

'Ik had het idee dat jij en ik dat meisje zouden kunnen delen.'

'Nooit! Nooit!'

'Maar waarom dan niet, Lore? Je kent Aisha immers nog helemaal niet.' Brockmann draaide zich om. Lore Hollerau stond in de deur van de slaapkamer en gooide de stukjes zakdoek op de grond. Haar gezicht vertoonde zenuwachtige trekken. 'Ik heb gezien hoe zij is. Ik zou geen vijf minuten met haar samen kunnen zijn.'

Brockmann legde zich zuchtend achterover op bed en vouwde zijn handen onder zijn hoofd. De ventilator boven hem zoemde nog steeds, de propellers flitsten een seconde op als de metalen vleugels door de maneschijn cirkelden.

'Ze zal niet bij ons komen, Lore,' zei hij vermoeid. 'Ik weet helemaal niet, hoe het allemaal nog zal worden. Op het ogenblik ben ik moe, ben ik aan het eind. Het is me allemaal hetzelfde. Welterusten.'

'Welterusten, chef.'

Lore Hollerau liep het terras op en ging daar in een rotanstoel zitten.

Een jaar lang werk ik bij hem, dacht zij. Iedere dag zijn we tien uur bij elkaar. En hoeveel nachten zaten we naast elkaar in het laboratorium. Altijd was ik om hem heen, nader dan ieder ander en nooit heeft hij me als vrouw beschouwd. Ik was zijn stenoblok, zijn dicteerapparaat, zijn datumgeheugen, zijn derde hand. Ik was voor hem geslachtloos. Hij heeft nooit gevraagd wat ik voel. Hij had altijd alleen maar gezegd: Lore, vergeet niet... herinner me eraan... denk er aan... Ik was zijn opslagplaats voor ideeën, verder niets. Maar een klein, bruin inboorlingenmeisje, dat ziet hij. Een naakt dier. Aisha.

Lore Hollerau hield haar adem in. Uit het raam van de slaapkamer hoorde ze de diepe ademhaling van Brockmann. Toen sloeg ze een deken om zich heen, wikkelde er zich in en bleef op het terras bivakkeren als een waakhond.

Aan de rand van de oase tussen de kazernes en het 'grote huis' huilden nog steeds de jakhalzen.

HET werd een korte nacht.

Tegen 3 uur deed een explosie de oase Bir Assi opschrikken. Een hoge steekvlam schoot naar de sterrenhemel, de luchtdruk van de explosie drukte alle ruiten in, de bodem wankelde, alsof de oase als een vlot op zee dreef en daarna hoorde men pas het donderende geweld van instortende muren en het veelstemmig geschreeuw van mensen. Alf Brockmann sprong op en rende naar het raam. Hij sneed zijn voetzolen aan de glassplinters, maar hij merkte het door de opwinding niet. Boven de palmentuin laaide een helle vuurgloed. Op het terras bevrijdde Lore Hollerau zich uit een wirwar van dekens en rotanstoelen. Zij was door de luchtdruk omvergegooid.

'Dat is bij de nieuwe controlekamer!' riep Brockmann uit. 'Er moet een ontsteking voortijdig de lucht in gegaan zijn. In hemelsnaam, de hele Afdeling II kan in de lucht zijn gevlogen.'

De oase Bir Assi leek één groot geschreeuw. De Egyptische onderzoeker Faruk rende van de weg af door de ingang de tuin in, om het zwembad heen naar het huis van Brockmann.

'Sabotage!' brulde hij toen hij Alf aan het venster zag staan. 'Komt u direct!' Hij bleef met rochelende adem staan en hield zijn hand op het hamerende hart gedrukt. 'Ze hebben Lab III in de lucht laten vliegen. Alles is weg! Het vuur slaat over op de springkamers met de brandstof. Als die ontploft...'

Faruk rende verder. Alf Brockmann stortte zich op zijn kleren. Mijn God, dacht hij, zou dat de oplossing van alle problemen zijn? Als het vuur bij de brandstofreservoirs komt, is er geen oase Bir Assi meer. Dan zal het er hier midden in de woestijn uitzien als in Hiroshima na de eerste atoombom. Dan zijn er geen palmen meer, geen huizen, geen tuinen, geen mensen, geen dieren. Zelfs het zand zal smelten en als glas verstarren.

En ook Aisha zal er niet meer zijn. Er zal alleen een verkoolde klomp overblijven.

Op blote voeten, omdat hij zijn laarzen niet meer over zijn kapotgesneden voeten kon krijgen, rende hij het huis uit. Lore Hollerau volgde hem. Hij merkte de pijn aan zijn voeten alleen maar als een doffe druk.

Toen hij op de oaseweg kwam en naar de wadi ging, het brede, uitgedroogde rivierbed, waardoor sinds mensenheugenis geen water meer gestroomd had, werd hij omspoeld door het wilde geschreeuw van de Arabieren en een paniek alsof de wereld verging. Uit de richting van de kazernes hoorde hij het huilen van sirenes. Vrachtwagens raceten naar de oase, de eerste troepeneenheden sloten reeds het gebied van de laboratoria af en drongen de schreeuwende inboorlingen terug.

Aan de andere kant van de muren die het gebied van de laboratoria omgaven, lagen op dekens al de eerste doden. Uit elkaar gerukte lichamen, onherkenbaar verscheurde, bloedige vleesklompen zonder vorm – Onverdragelijke hitte sloeg Brockmann tegemoet toen hij in de buurt van Lab III kwam. Hier stonden twee brandweerwagens van het leger. De soldaten hielden de slangen en spuiten vast, maar er kwam geen druppel water uit. Een officier brulde als een krankzinnige. De schroefkoppelingen tussen slang en tankwagen pasten niet aan elkaar. Er was water, maar men kon het niet in de vlammen spuiten. De vuurgloed verlichtte de nachtelijke hemel. Als reusachtige fakkels stonden brandende palmen naast uit elkaar gereten gebouwen. Met levensgevaar brachten ziekenhelpers steeds weer doden en gewonden uit de gloeiende puinhopen en legden ze naast de muur op het woestijnzand.

Veertig meter naast het brandende Lab III lag, door de explosie zwaar beschadigd, Lab II. In de kelder hiervan was onder een betonvloer van een meter dik, de vloeibare brandstof voor de raketproeven opgeslagen.

En het vuur kroop naderbij... door het verdorde gras, over de palmen, door de nachtelijke lucht, gedragen door de zachte woestijnwind. Majoor

Saduk Ibn Belcahem stond in een gescheurd uniform naast de nutteloze tankwagen en trok zich de haren uit het hoofd.

'Wat een corruptie!' riep hij uit. 'Altijd weer die corruptie! Leveren slangen die niet passen. Die zijn beslist goedkoper dan de passende.' Hij zag Brockmann die met bloedende voetzolen door het zand rende en wenkte met beide armen. 'Doktor! Doktor!' brulde Majoor Saduk. 'Wij zijn het slachtoffer geworden van de geldzucht! Allah vervloeke alle kooplui!'

'Laat Lab III branden!' hijgde Brockmann. Hij leunde tegen de nutteloze brandweerwagen en staarde naar de verwoesting. 'Haal emmers, leren zakken, potten, alles waar wat in kan. Lab II mag niet in brand raken, anders vergaat de wereld hier! Dat is alles wat wij hier kunnen doen!'

Hij rende verder en ontmoette bij de ingang van de betonnen kelder Jussuf. Hulpeloos stond de Egyptenaar in de gloeiende hitte van de brand die op hem toe kwam, alsof hij met zijn kleine lichaam het overslaan van het vuur op de brandstofreservoirs wilde verhinderen. En de vlammen kropen naar hem toe... de dood kwam hem sissend en rokend tegemoet.

Alf Brockmann rende terug naar de altijd nog schreeuwende en om Allah's vervloeking smekende majoor Saduk. 'We moeten een gang graven!' riep hij. 'Laat alles wat handen heeft, graven! En de daken met water nathouden!'

Zonder een antwoord af te wachten, stoof hij terug naar de betonnen kelder. Daar stond nog steeds Jussuf, klein, met kromme benen, alsof hij door de hitte gekrompen was. Naast hem stonden nu twee leren emmers met water. Twee emmers water voor een wand van vuur die op hem af kwam.

Door de vlammen renden nu soldaten met spaden, schoppen, hakken en zelfs twee ploegen. Een officier met een groep, die een handspuit droeg, maakte het brandende gras nat. Via een ketting van handen vlogen de emmers naar de eenzame spuit. Het begon te sissen en er ontwikkelde zich een geweldige rook, maar om de groep heen brandde het gras verder. Deze vormde slechts een klein eiland.

Majoor Saduk dook weer op. Hij was buiten zichzelf. De boeren van Bir Assi weigerden te helpen. 'Dat is de vervloeking van Allah,' riepen ze en liepen weg toen ze mee moesten helpen. Ze barricadeerden de deuren van hun huizen en de soldaten moesten ze opentrappen en met geweld de schoppen en houwelen, de emmers en de potten halen.

In haar vervallen huis, weggekropen onder het rottende stro, lag Aisha en gaf met trillende vingers het laatste radiotelegram door. '–Gamma één – Gamma één – Gamma één – opdracht 2 uitgevoerd over – Gamma één – Gamma één – Gamma één...'

Daarna verstopte ze het kleine apparaatje weer en ging tegen de brokkelige muur zitten.

Er was hem niets gebeurd, dacht ze. Ik heb hem beziggehouden tot de tijdbom ontplofte. Er zal hem nooit iets gebeuren. Nooit. Ik hou van je, grote, blonde Oulf –'

Een nieuwe explosie deed de aarde beven. De muur van vlammen had twee benzinetanks bereikt.

Nu stroomden twintigduizend liter brandende benzine en dieselolie over de woestijngrond. Een laaiende, in zwarte wolken gehulde hel stortte zich in de richting van Jussuf en Alf Brockmann.

'Allah zij ons genadig,' zei Jussuf vroom en maakte een buiging naar het Oosten. Voor hem was het leven reeds afgelopen.

Tweehonderd soldaten schepten en groeven als gekken. Het water uit de emmers werd nu niet meer op het gras gegooid, maar men overgoot de soldaten ermee om de gloeiende hitte te kunnen verdragen en de rondvliegende vonken op hun uniformen te blussen.

'Vlugger, misgeboortes!' schreeuwde majoor Saduk. 'Vlugger! In de hel komen jullie in ieder geval... maar jullie kunnen het leven verlengen! Vlugger, zonen van hyena's!'

De hemel boven Bir Assi was rood van de gloed. Wie het uit de verte zou zien, moest geloven aan een geheimzinnig schouwspel in de natuur, want daar waar de hemel brandde, was immers geen leven, maar alleen zand... zand... oneindig veel zand.

Maar niemand zag het behalve een paar Bedoeïenen die aan de voet van een zandheuvel overnachtten. En zij begrepen er niets van. In deze nacht vochten tweeduizend mensen om hun naakte bestaan –

ZAREB Ibn Omduran was een bescheiden, altijd beleefde, zeer geziene en zelfs eerlijke handelsman. Hij had aan de haven van Hamburg een bescheiden pakhuis en in de stad een kantoor, importeerde ruwe katoen en reuzenuien uit Egypte, reed in een oude Volkswagen en viel nooit door druk gedoe op. Hij was onbetekenend tussen de miljoenen burgers van Hamburg, betaalde Duitse belasting, zat 's avonds voor de televisie, ging af en toe uit, eerst naar een eethuisje, dan naar een variété en ten slotte naar een bar, dronk overal als streng gelovige alleen maar appelsap of limonade, zocht een meisje dat te koop was uit en amuseerde zich. Waarom ook niet? Hij was vrijgezel en Mohammed verbood veel, alleen de liefde niet. Integendeel, daaraan was het merendeel van de hoofdstukken in de Koran gewijd. En zo leefde Zareb Ibn Omduran rustig en onopvallend, verdiende behoorlijk aan katoen en uien en had weinig vrienden, omdat hij een stil, gesloten mens was.

Af en toe ontving hij bezoek van een landgenoot die een winkel voor Egyptische kunstnijverheid dreef. Dan zaten ze bij elkaar, rookten een waterpijp, aten met honing gevuld reuzelgebak en wisselden wederwaardigheden uit.

Ook deze avond kwam die vriend op bezoek. Hij bracht een paar papieren mee en Zareb bladerde ze door, terwijl de bezoeker koffie met honing dronk.

'Dat is een vervelende kwestie, zeker,' zei Zareb, terwijl hij de papieren teruggaf. 'Die vrouw gelooft eenvoudig niet, dat haar man verongelukt is. En die datum op de oorkonde. Ik kan me voorstellen, dat de ambassadeur razend was. Zoveel domheid is – bij Allah – dodelijk. En nu wil ze naar

Egypte. En ik zeg je – ze komt er. Er zijn genoeg verraders, die voor geld het vaderland opofferen. Wat zijn grenzen, waarde vriend. Kan men van de Middellandse Zee tot aan de Rode Zee de kust meter voor meter afsluiten? En dan heb je Sinai nog en de Tunesische grens. Nee... deze vrouw mag absoluut niet op reis.'

De bezoeker haalde zijn schouders op en knabbelde aan zijn zoete gebak. 'Hoe wil je dat verhinderen, Zareb?'

'Ze heeft een kind –' Zareb keek nadenkend naar het mondstuk van zijn pijp.

'Ja, Detlef-Jörg. Vijf en een half jaar oud.'

'Kinderen zijn de beste boeien.' Zareb Ibn Omduran schonk zich een klein kopje van de olieachtige, zwarte koffie in. 'Ik zal morgen naar Lübeck gaan. Dat kun je melden. En je kunt de generaal zeggen, dat die vrouw niet op reis gaat.'

Een ogenblik hing er stilzwijgen in de halfdonkere kamer. Koffiegeur en de zoete geur van honing vulde de lucht.

'En het kind?' vroeg de bezoeker. Zareb overhandigde hem het mondstuk van de waterpijp.

'Weet ik dat? Dat moet je afwachten, vriend. In het ergste geval –' hij blies rook tegen het plafond. 'De schoot van een vrouw is vruchtbaar en draagt niet slechts één keer. We moeten niet zoveel denken, maar ons vaderland dienen –'

De volgende morgen bromde de oude Volkswagen van de katoen- en uienimporteur Zareb Ibn Omduran over de autobaan naar Lübeck.

Een monster zonder menselijk gevoel was op weg om het leven van Birgit Brockmann te vernietigen.

KONRAD Gerrath had zich bereid verklaard Birgit naar Hamburg te begeleiden, om de raadselachtige tegenstrijdigheid tussen doodsbericht en doodsbevestiging op te helderen. Terwijl op de andere kant van de autobaan Zareb Ibn Omduran naar Lübeck reed, raasde de grote wagen van Gerrath in de richting van de Noordzeekust en de Elbe.

De twijfel aan de dood van Alf Brockmann was steeds groter geworden. Nadat Birgit uit de diepe onmacht ontwaakt was, waarin ze gevallen was na de gewelddadige opening van de urn, merkte ze dat ze op de bank lag. Zuraida zat naast haar, dronk een glas water en had de knoopjes van haar bloes opengemaakt. Weer overviel Birgit een kille huivering toen haar eerste blik op de urn viel, die nog steeds op tafel stond. De gedachte, dat enkele minuten geleden dat wat er van Alf Brockmann was overgebleven als een grauw hoopje as op het tafelblad gelegen had, verlamde haar totaal. Ze kon zelfs niet spreken. Ze staarde Zuraida slechts met grote, smekende ogen aan.

'Kunt u opstaan?' vroeg het meisje uit Tel Aviv en legde haar hand onder Birgits hoofd.

Birgit schudde haar hoofd. Ze probeerde haar benen te bewegen. Het was alsof ze helemaal niet bij haar lichaam hoorden.

'De schok was te groot.' Zuraida ging naar een kleine tafel, stak een sigaret aan en kwam ermee terug. Ze stak hem Birgit tussen haar bevende lippen. Toen Birgit moest hoesten, ontspande zich haar innerlijke kramp. Ze hief haar rechter hand op en greep zich vast aan Zuraida's jurk.

'Het... het was verschrikkelijk –' stamelde zij.

'Zeker.' Zuraida rookte de sigaret verder en blies de rook naar het plafond. 'Maar al is het de as van een mens – ik geloof niet, dat het uw man is.'

'Maar waarom... waarom dan toch –' stotterde Birgit. Zij merkte hoe de kamer weer om haar heen begon te draaien. Met haar laatste kracht verweerde ze zich tegen de nieuwe onmacht en haalde een paar keer diep adem.

'Wat weet u van uw man?' vroeg Zuraida.

'Dat hij in Egypte een onderzoekingsopdracht heeft.'

'En dat hij raketten ontwikkelt, die eens ons land en ons volk zullen liquideren –'

'Nee –' zei Birgit Brockmann zwak.

'Uw man ontdekte een nieuwe brandstof, waarmee men raketten zonder moeite duizenden kilometers weg kan schieten. Het is een brandstof die de bouw van raketten totaal veranderd heeft. Vroeger had men viervijfde van de raket nodig voor de brandstof en slechts een vijfde was voor de eigenlijke springlading. Dankzij uw man kan men nu viervijfde springstof laden en heeft men voor de aandrijving maar een kleine ruimte nodig. Wat dat betekent, kunt u zich voorstellen. Men zal raketten kunnen afschieten, waarvan er maar één voldoende is om Haifa of Tel Aviv of een heel gebied van kibboetsjim geheel te vernietigen.'

Zuraida nam Birgits handen in de hare. Ze waren ijskoud. 'Begrijpt u nu, hoe waardevol uw man voor Egypte en voor ons is? Wij zijn allemaal van mening dat Alf Brockmann niet door een ongeluk om het leven is gekomen, maar dat men alleen maar het bericht van zijn dood de wereld in gestuurd heeft en dat hij op een geheime plaats verder werkt. Hij *moet* dood zijn, opdat niemand de laatste werkzaamheden stoort. Men heeft namelijk nog geen staal dat de hitte van de nieuwe brandstof kan verdragen.'

'Alf leeft –' stamelde Birgit met grote ogen. 'En de doodsoorkonde?'

'Vervalst.'

'En – en de urn –'

Zuraida stond op en liep als een gier om de tafel heen. 'As van een ander mens. Beste mevrouw Brockmann, u weet hoe weinig een mens in het Oosten waard is. Er zijn doden genoeg die men kan verbranden... een oude fellah, een verhongerde bedelaar, een onbekende Bedoeïen... ze liggen overal als droog hout en sterven in de massazalen van de opvang-klinieken van de staat en niemand bekommert zich om hen. Men kent niet eens hun naam. Wat betekent dan een urn vol as?'

Wat later was Zuraida weggegaan langs dezelfde weg waarlangs ze was gekomen. Over het terras en door de tuin. 'Ik en mijn vrienden helpen u altijd,' had ze bij het afscheid gezegd. 'U hoeft alleen maar dit nummer op te bellen.'

Ze gaf Birgit Brockmann een papiertje met een telefoonnummer in Hamburg. Birgit stak het bij zich als iets walgelijks, dat men iemand opdringt en dat men niet weggooien kan, zolang de ander toekijkt. Toen Zuraida in het nachtelijke duister tussen de struiken en het kabbelende kanaal was verdwenen, ging Birgit de kamer weer in en belde Konrad Gerrath op. Ze moest de telefoon lang laten bellen voor ze de slaperige stem van Gerrath hoorde.

'Kom alsjeblieft direct, Konrad!' riep ze met trillende stem. 'Het is dringend. Ik... ik ben bang –'

'Over een kwartier ben ik bij je!' Hij vroeg niet langer, maar wierp de hoorn weer op de haak. Birgit Brockmann herademde. Ze schoof een grendel voor de deur van het terras, maakte een ronde door alle kamers en draaide overal het licht aan, deed de buitenlichten aan en kroop dan weg in een hoek van de bank tot ze buiten het knarsen van de remmen van een auto hoorde en de huisbel scherp door de nachtelijke stilte klonk.

Steeds en steeds weer had ze tijdens de minuten dat ze moest wachten naar de blinkende urn moeten kijken. Het is Alf niet, dacht ze daarbij en prentte zich dat in, omdat ze er zelf aan wilde geloven.

Het is Alf niet... Alf niet... Alf niet...

'Mijn hemel, wat is er aan de hand, Birgit?!' riep Gerrath, toen hij in de kleine vestibule stond. Hij had zich maar half aangekleed, zoals een dokter, die 's nachts bij een patiënt wordt geroepen, waarbij het op de minuut aan komt. Hij had zijn pak over zijn pyjama aangetrokken. Op zijn kin en wangen prijkten stekelige baardstoppels. Ook zijn haren had hij maar vluchtig gekamd, enkele lokken hingen over zijn ogen.

'De urn –' stamelde Birgit en leunde tegen hem aan. 'Ik heb zonet bezoek gehad –'

'Bezoek?'

'Een meisje. Zuraida heette ze. Ze heeft... ze heeft de urn – opengezaagd.'

'Lieve God!'

'En ze zegt dat Alf helemaal niet dood is... Men heeft ons alleen maar wat wijs gemaakt. En Alf zou raketten bouwen. Wist jij dat?'

'Ja,' antwoordde Gerrath gedwongen. Hij sloeg zijn arm om Birgits schouders en bracht haar in de woonkamer. Met één oogopslag zag hij de afgezaagde deksel van de urn en de zaag, die nog steeds tegen de tafelpoot stond.

Op dit ogenblik wist hij precies, dat Birgit Brockmann en daardoor ook hij in het spanningsveld van internationale agenten was geraakt. Hij was genoeg realist om te begrijpen, wat dat betekende: zonder erbarmen of scrupules, moord en chantage. Vooreerst echter het grootste, allergrootste gevaar voor Birgit. Hij zag aan haar, dat ze niet merkte in welk middelpunt ze nu stond. Het gruwelijke spel van de geheime dienst was vreemd voor haar. Ze had er een paar keer over gelezen, in kranten en tijdschriften, misschien ook een film gezien en daarna weer de fantastische gebeurtenis vergeten, die een schrijver verzonnen had. Hoe zou ze kunnen weten, dat de werkelijkheid veel gruwelijker was? Hier werd niet hard geschoten en gevochten – hier gebeurde alles in stilte, in het geheim, als achter een zwart gordijn. Een dood op vilten pantoffels.

Birgit Brockmann ging bij het raam van het terras staan en staarde naar buiten. Hoewel het zoel weer was, had ze het koud en haalde haar schouders op.

'Alf werkt dus voor de bewapening?' vroeg ze zacht.

'Zo mag je het niet zien.' Gerrath ging bij de urn staan, haalde de deksel eraf, keek erin en zette de deksel er weer gauw op. 'Voor Alf gaat het erom zijn grote ideeën verwerkelijkt te zien. Hij is door en door wetenschapsmens... in politiek opzicht is hij een zuigeling. Of hij zijn onderzoekingen in de woestijn of op de Noordpool verricht is hem hetzelfde. De hoofdzaak voor hem is dat men hem de mogelijkheid geeft zijn ideeën in daden om te zetten. Hij denkt niet aan bommen, maar aan een vlucht naar de maan. Voor hem is zijn brandstof geen aandrijving voor een vernietigingsraket, maar de vervulling van de droom in het wereldruim rond te vliegen, zoals je tegenwoordig met een taxi door de straten rijdt.' Konrad Gerrath ging achter Birgit staan en legde zijn handen op haar trillende schouders. 'Zulke dromers zijn gevaarlijk, Birgit. Zijzelf weten het niet – maar hun omgeving weet het uit te buiten. Een man als Alf Brockmann is meer waard dan miljoenen – hij kan een heel volk uit de weg ruimen, als hij in handen van eerzuchtige politici valt.' Hij pauzeerde even en voegde er met een plotseling hese stem aan toe: 'En wij zijn nu in deze duivelse cirkel terecht gekomen, Birgit.'

'Dan is Alf dus werkelijk niet dood? Dan is de as in de urn werkelijk van iemand anders –'

'Ik weet het niet.' Gerrath haalde zijn schouders op. 'Ik weet maar één ding. *Als* Alf leeft, is in ieder geval de rust uit ons leven verdwenen.'

Tot de vroege morgen zaten ze bij elkaar en beraadslaagden wat ze moesten doen. Berta Koller stootte een scherpe kreet uit toen ze voor het ontbijt beneden kwam en de opengezaagde urn zag.

'Wat moet dat, Konrad?!' riep ze en weigerde de kamer binnen te komen. Zelfs al was het maar as in een koperen vat, dan lag toch de geest van een dode over iedereen. 'Wie heeft die –'

'Later, mevrouw Koller.' Gerrath keek op de klok. In het consulaatgeneraal in Hamburg werd nu met het kantoorwerk begonnen. Hij liep naar de telefoon en sprak enkele minuten met een ambtenaar van het consulaat.

'Ja, wij komen,' zei hij ten slotte. 'En ik sta er opde consul-generaal zelf te spreken. Pas na dit onderhoud zal ik besluiten of ik de Duitse politie inschakel. Goed, wij zijn tegen de middag in Hamburg.'

'Wat willen jullie in Hamburg?' vroeg Berta Koller vanuit de gang. 'Jullie kunnen me toch niet met de geopende urn alleen laten.'

'Er zal geen geest uitkomen,' zei Gerrath luid.

'Je weet niet wat je zegt, Konrad.' Beledigd ging Berta Koller de trap op naar haar kamer. Maar op de overloop bleef zij staan en keek naar beneden. 'Waarom willen jullie naar Hamburg?' herhaalde ze.

'Alf is niet gestorven,' zei Gerrath vastberaden. 'Hier is iets geheimzinnigs gebeurd.'

'Maar de urn –'

'Is iemand anders.'

De ogen van Berta Koller werden groot van schrik. Met een luide zucht rende ze de laatste treden op, zwaaide de deur van haar kamer open, gooide hem achter zich dicht en draaide de sleutel tweemaal om.

Op weg naar Hamburg brachten Gerrath en Birgit Brockmann de kleine Detlef-Jörg naar de crèche. Ze zeiden tegen de zuster dat Jörgi 's avonds naar huis moest worden gebracht, als ze nog niet uit Hamburg terug mochten zijn. Daarna reden ze de autobaan op en raasden in de richting van de Elbe.

De Egyptische consul-generaal ontving hen onmiddellijk, nadat de secretaris hen telefonisch aangekondigd had. Men bracht Birgit en Gerrath in een groot vertrek met leren meubels, dikke Oosterse tapijten en bijzonder mooie Oosterse mozaïektafeltjes. Aan de smalle kant van de kamer hing in een eenvoudige houten lijst het glimlachende portret van generaal Nasser.

De consul-generaal was een kleine, dikke, zeer bewegelijke man met een kalend hoofd. Zijn bijzondere beleefdheid maakte een stroperige indruk en Birgit overwon zichzelf haar hand niet abrupt terug te trekken toen de kleine dikke deze naar zich toe trok en kuste.

'Mag ik u in naam van mijn regering nog eenmaal persoonlijk onze oprechte deelneming –' begon hij. Daarna zweeg hij, naar het scheen zeer onder de indruk, toen Birgit hem onderbrak.

'Waarmee?'

'Madame, uw echtgenoot is –'

'Om de waarheid te weten te komen zijn wij hier.' De consul-generaal keek zichtbaar van zijn stuk gebracht Konrad Gerrath aan die deze vraag als een zweepslag gelanceerd had.

'De waarheid? Ik denk –'

'De door de regering gezonden officiële doodsbevestiging heeft een verkeerde datum. Toen op 14 juli zijn dood werd vastgesteld – dood door een beet van een adder – leefde Alf Brockmann nog, want volgens de andere officiële versie verongelukte hij dodelijk op 10 augustus. Wat klopt er nu?'

De consul-generaal was verbluft en dit keer was het niet gespeeld. Een mooie rotzooi, dacht hij. De ambassadeur zal razend zijn, in Cairo zal men zich de haren uit het hoofd trekken en enkele domkoppen weer in de gevangenis gooien. Wat een blamage.

'Mag ik de doodsbevestiging zien?' vroeg hij beleefd.

'Ik heb hem direct in een kluis opgeborgen,' loog Konrad Gerrath. 'Hij moet aan de Duitse politie –'

'Politie? Maar mijnheer. Waarom moet de Duitser direct dreigen? Steeds direct met zijn hoofd tegen de muur.' De consul-generaal glimlachte en wees beleefd naar de met leer beklede stoelen. 'Een schrijffout is toch geen misdaad. Wij zullen ogenblikkelijk in Cairo laten nagaan, hoe deze stommiteit ontstaan is.' Hij boog zich voorover en keek Gerrath met donkere, brandende ogen aan, waarin op de achtergrond het kille gevaar op de loer lag. 'Of verdenkt u er onze regering van, valse papieren af te geven?'

'Nee. Natuurlijk niet.' Gerrath ging zitten. 'Maar een verklaring is desondanks noodzakelijk.'

'Wij zullen er u zo snel mogelijk een geven.'

Het werd een vrijblijvend bezoek met veel zinloos gepraat. De consul-generaal liet sterke, dampende koffie komen, er werden enkele stukken zoet gebak gegeten en bij het afscheid verzekerde de kleine dikke man dat de regering oprecht betreurde, een medewerker als Alf Brockmann op zo tragische wijze te hebben verloren.

Verward, weer onzeker, verliet Birgit het oude patriciërshuis. Kan een mens zó liegen? Kan men zó met de ziel van een vrouw spelen? Konrad Gerrath zweeg. Hij had de ogen van degene die tegenover hem zat gezien ...schattende, loerende, gevaarlijke roofdierogen, die in een vriendelijk, glimlachend gezicht stonden – een masker met een genadeloze blik.

Toen beneden voor het huis de wagen van Gerrath wegreed, wenkte de consul-generaal zijn secretaris die bij de deur stond.

'Bel Zareb op,' zei hij met plotseling koude stem. 'Of nee... stuur Nagib naar hem toe. We moeten voorkomen dat het publiek hierover iets te weten komt. Hoe – dat laat ik aan Zareb over. Hij moet nu maar eens met ideeën komen.'

Nog eens reden Gerrath en Birgit Brockmann naar Hamburg. De consul-generaal had hun gevraagd naar hem toe te komen om een verklaring in ontvangst te nemen.

Het was op de dag, waarop hun wagen de Volkswagen van Zareb ontmoette en de totnutoe rustige wereld van Birgit Brockmann open zou breken. In Hamburg kregen ze te horen dat de consul-generaal in Bonn was, maar zijn secretaris had de opdracht een brief te overhandigen. Konrad Gerrath maakte de enveloppe open en las sprakeloos een nieuwe doodsbevestiging, dit keer in het Engels en met de juiste datum van 10 augustus. Als doodsoorzaak was bovendien ook 'ten gevolge van een verkeersongeluk' opgegeven.

Gerrath vouwde het schrijven op en hield het de beleefd glimlachende secretaris voor.

'Dat is toch zeker een grapje?'

'Ik weet niet, waarom, sir.' De secretaris haalde zijn schouders op.

'Ik neem zo'n verklaring niet in ontvangst. Je kunt toch iemand niet twee keer op twee verschillende dagen en door twee doodsoorzaken laten sterven. Ik verlang een informatie of Alf Brockmann nog leeft.'

De secretaris strekte bezwerend zijn handen uit. 'Ik kan u alleen overhandigen wat mij opgedragen wordt, sir. Ik weet verder niets.' En toen zei hij iets, dat Gerrath de oren deed spitsen: 'U heeft een doodsbevestiging, u heeft de urn met de as gekregen. Iedere Duitse autoriteit zal dit als bewijs van overlijden erkennen. Hoe kan men anders nog bewijzen, dat iemand gestorven is?'

Gerrath knikte. Hij pakte Birgit onder de arm, liet de nieuwe doodsbevestiging op de mahoniehouten tafel van de ontvangstkamer liggen en verliet het consulaat-generaal. Pas in de wagen veegde hij over zijn ogen en het was een gebaar van vertwijfeling.

'Alf is ambtelijk dood,' zei hij zacht. 'Daaraan is nu niets meer te veranderen. Er zal geen Duitse dienst zijn die wegens een verdenking er een zaak van maakt. Waarom ook? Deze zal niets anders bereiken dan wij: papier en urn. Het doek is voorgoed over Alf gevallen.'

'Nee,' zei Birgit Brockmann luid. Zij tuurde naar de weg, de mensen, die langs de auto liepen, de andere voertuigen, die in rijen van drie vooruit gingen, naar wat er in de etalages was uitgestald en toch zag ze dit allemaal niet. Ze zag een oneindige woestijn, rijen zandduinen achter elkaar, een paar palmen, een kleine oase om een verloren bron, uit de wolkeloze, vaalblauwe hemel brandde een genadeloze zon. Een grote, slanke man, slechts gekleed in een witte broek en een wit hemd zat onder het beschuttende dak van een veranda van een armzalig huis, en staarde naar de trillende, gele woestijn.

'Nee,' zei ze nog eens vastberaden en keek Gerrath aan. Het woestijnvisioen trok weg, ze werd weer omspoeld door de Hamburgse werkelijkheid.

'Wat betekent nee?' vroeg Gerrath.

'Ik zal Alf zelf gaan zoeken.'

'Jij?'

'Ja.'

'Neem me niet kwalijk, maar dat is onzin. Dat is, voorzichtig gezegd, eenvoudig waanzinnig.'

'Ik heb, toen ik het bericht van Alfs dood kreeg, aan de ambassade geschreven, dat ik naar Egypte zou komen. Men heeft dat afgewezen. En ik heb nog eens opgebeld en gezegd: 'Als u mij niet legaal het land in laat, kom ik door de achterdeur." En dat zal ik doen.'

'Ik weet nu bijna zeker, dat Alf leeft. En al heeft niemand de moed de waarheid te onthullen – ik heb die wel. Als alle autoriteiten genoegen nemen met het ambtelijke schrijven en de urn – ik neem er geen genoegen mee. Ik laat me niet bedriegen. Ik ga ook niet voor complicaties uit de weg. Goed, men mag mij voor gek verklaren… mij stoort het niet. Wat zijn het voor mensen, die een urn met as sturen en zeggen: Dat is Alf Brockmann? Moet ik me daarmee tevreden stellen?'

'Wij hebben geen andere mogelijkheid dan te wachten tot het toeval ons helpt.'

'Toeval? Nee – ik ga dit toeval tegemoet. Ik daag het uit. Konrad –' Zij draaide zich plotseling om en pakte Gerrath bij de revers van zijn jasje. 'Zeg eens eerlijk: Geloof jij dat Alf dood is?'

Gerrath aarzelde. Hij wist wat er van zijn antwoord afhing. Maar toen zag hij de grote, smekende ogen van Birgit en schudde zachtjes met zijn hoofd.

'Nee, Birgit, nu niet meer –'

Zij leunde achterover en legde haar hoofd in haar nek. Terwijl zij sprak, sloot zij haar ogen en vouwde haar handen.

'Ik zal de woestijn in gaan –' zei ze heel langzaam.

'Dat zal een utopie blijven, Birgit.'

'Nee. Ik heb een telefoonnummer gekregen. Van daaruit zal men mij helpen. En jij moet op Jörgi passen, Konrad –' Ze ging rechtop zitten, pakte haar handtas en begon hierin naar het papiertje te zoeken, dat Zuraida haar gegeven had. Intussen sprak zij verder, alsof het ging om details voor een uitje op zondag. 'Moeder is immers ook thuis, maar ze is een beetje vreemd, weet je. Zij zal ook wel op Jörgi passen, maar ik vind het prettiger, als je je iedere dag met hem bemoeit. Je hebt toch gezegd dat je altijd voor me klaarstaat –'

'Ja.' De stem van Gerrath klonk gedwongen. 'Ik zal me om Jörgi bekommeren, alsof hij mijn eigen kind is. Maar Birgit... ik smeek je: Zet deze waanzin uit je hoofd. Naar Egypte, alleen de woestijn in, naar een dode zoeken... Birgit, men zou je met geweld ervan moeten terughouden.'

Birgit Brockmann zweeg. Ze had het briefje met het telefoonnummer gevonden. Haar hele hoop was op het komende gesprek gevestigd. Zuraida heeft beloofd te helpen, dacht zij. Ik weet dat ik nooit alleen naar Egypte kan komen en als het wel zou lukken, zou ik toch ellendig in dat verre, hete woestijnland ondergaan. Maar als Zuraida mij kan helpen, kan een krankzinnig plan werkelijkheid worden.

'Wil je me alsjeblieft naar het dichtstbijzijnde postkantoor brengen Konrad?' vroeg ze zacht.

'Birgit –' probeerde Gerrath nog eens om haar ervan af te houden.

Ze legde haar hand op zijn arm en glimlachte tegen hem. In haar grote blauwe ogen fonkelden tranen.

'Alsjeblieft –'

In de telefooncel liet Gerrath haar alleen. Hij zag, hoe ze het nummer draaide, hoe ze wachtte tot ze antwoord kreeg. Hij zag met een ijzige schrik hoe er trekken van vreugde en hoop op haar gezicht verschenen, hoe ze van binnenuit licht uit begon te stralen.

'Ik heb uw telefoontje verwacht,' zei op dit ogenblik Zuraida. 'Wij weten dat u in Hamburg bent. Komt u naar ons toe. Elbaussicht 17. Een oude villa van baksteen. Wij zullen u verder helpen, want ook voor ons is Alf Brockmann de belangrijkste man geworden –'

'S MIDDAGS bracht de zuster van de crèche de kleine Detlef-Jörg weer naar huis.

Op straat gaf ze hem een duwtje in de rug, woelde door zijn haar en zei: 'Lopen, Jörgi. En doe de groeten aan je oma.'

Detlef-Jörg knikte en rende op het witte huis toe. De zuster wachtte tot Jörgi het tuinhekje van de voortuin achter zich dichtgedaan had, sprong toen weer op haar fiets en reed tevreden terug naar de stad.

In plaats van door de huisdeur, betrad Jörgi het huis door de tuin en over het terras. Daarvoor moest hij een omweg door de moestuin maken. Na een paar passen door de bedden van de bessenstruiken bleef hij verwonderd staan, want op het oude afgezaagde benzinevat, waarin men regenwater verzamelde, zat een man met een bruine huid en rookte een si-

garet die hij in de holte van zijn hand verborg.
'Wat doet u hier?' vroeg Jörgi luid. Onbevangen kwam hij dichterbij. Angst kende hij niet. Het was hier zijn tuin, zijn benzinevat.
Zareb Ibn Omduran sprong op de grond en trapte zijn sigaret uit. Hij glimlachte breed en knikte de kleine jongen vertrouwenwekkend toe.
'Wie ben jij?' vroeg hij.
'Detlef-Jörg Brockmann.'
'Een mooie naam.'
'En wie ben jij?'
'Een prins uit sprookjesland,' zei Zareb romantisch. Daarbij liet hij zijn tanden schitteren en rolde met zijn donkerbruine, bijna zwarte ogen. Jörgi hield zijn hoofd wat scheef en keek de vreemde, bruine man wat kritisch aan.
'Wat doe je hier?'
'Ik heb van de weg af gezien hoe rood de aalbessen zijn. Zoiets is er bij ons niet. En toen ben ik over het hek geklommen en heb een paar aalbessen gegeten. Mocht ik dat wel?'
Jörgi overlegde een seconde. Hij is vriendelijk, dacht hij. En hij is werkelijk een man uit het land, waar de mensen bruin zijn. Hij is niet geverfd, zoals ik mij voor het carnaval beschilder, als ik een Indiaan wil zijn. Hij is echt.
'Ja,' zei hij. 'Wil je er nog een paar?'
'Nee, dank je. Ik heb genoeg. Wij eten in ons land alleen zoete dingen. Deze bessen zijn zuur.'
'Maar gezond.'
'Wie heeft je dat verteld?'
'M'n moeder.'
'En waar is je moeder?'
'Ik weet het niet. Ze is met Oom Konrad weggegaan.'
'Wie is oom Konrad?'
'Een vriend van papa.'
'En waar is je papa?'
'Ver weg. In Egypte. Ken jij Egypte?'
'Nee.' Zareb keek om zich heen. Op het terras verscheen nu een vrouw met wit haar. Berta Koller nam het tafelkleed van de tuintafel af en vouwde het op.
'Dat is oma,' zei Jörgi en stak zijn wijsvingertje uit. 'Moet ik ze roepen?'
'Nee. Waarom?' Zareb dook wat in elkaar. Hij was bereid Jörgi naar zich toe te trekken en hem de keel dicht te drukken, als de jongen zou roepen. Het verschijnen van Berta Koller maakte het hem ook onmogelijk Jörgi nu al mee te nemen. Het was zeker, dat de jongen zich zou verweren. Het was belangrijker het vertrouwen van Jörgi te winnen en hem morgen of overmorgen weg te lokken. Zareb had tijd. Het kwam niet op een paar dagen aan. Het was nog steeds niet zeker, of Birgit Brockmann werkelijk zou proberen in het geheim Egypte binnen te dringen.
Alleen de weg tot de Middellandse Zee zou al moeilijk zijn. Overal op het traject tussen Lübeck en de zee waren de nodige maatregelen al getrof-

fen om haar tegen te houden. Van een schot uit een hinderlaag tot het uit een rijdende D-trein gooien waren alle mogelijkheden overwogen. Men kende geen scrupules. Het ging om meer dan één enkel mens.

'Ik moet nu gaan,' zei Zareb en gaf Jörgi een hand. 'Zal ik morgen terugkomen? Ik kan je veel vertellen uit verre landen. Ik heb rovers gezien en menseneters –'

'Echte menseneters?' vroeg Jörgi verwonderd. Zijn ogen glansden.

'Ja. Met puntige tanden. Ze hadden allemaal een kookpan aan hun riem hangen.'

'O, wat mooi!' Jörgi klapte in zijn handen. 'Wil je niet binnenkomen en oma ook over de menseneters vertellen?'

'Nee. Oma's zijn altijd zo bang. Maar wij zijn immers mannen, niet? Ik kom morgen terug om dezelfde tijd. Hier bij de ton.'

Zareb streelde Jörgi over zijn lichtblonde haar. Hij voelde daarbij geen gemoedsbeweging, het was alleen maar een mechanisch gebaar, dat bij zijn rol hoorde. Hij wuifde zelfs terug toen hij onder de beschutting van de struiken met een zwaai over het hek weer op straat sprong en daarna, iets gebogen, wegliep. Op een zijweggetje, dat naar het kanaal liep, stond zijn oude Volkswagen geparkeerd. Jörgi ging in gedachten verzonken naar het terras. Menseneters, rovers, puntige tanden, kookpannen aan de riem. O lieve God, was het toch maar morgenavond –

Berta Koller zette het terrasmeubilair recht onder het overhangende dak, toen Jörgi door de tuin eraan kwam.

'Goedenavond, meneer Brockmann,' zei ze vrolijk. 'Zo in gedachten? Wat voer je weer in je schild, schurk? Hoe was het in de crèche? Zeg alsjeblieft niet weer vervelend, anders krijg je geen chocoladepudding. Wat heb je op je hart?'

'Niets, oma. Helemaal niets.' Jörgi ging het huis binnen. Het rook naar roerei, tot op het terras. Roerei met spek, wat Jörgi helemaal niet lustte. Hij keek om zich heen, legde zijn handen tegen zijn mond, knipperde met zijn ogen en zei zacht: 'Het was toch vervelend. Lekker!'

In Hamburg, Elbaussicht 17, zaten Birgit Brockmann en Konrad Gerrath niet alleen tegenover Zuraida, maar ook nog tegenover vier tamelijk zwijgzame mannen. Zuraida had ze voorgesteld met hun werkelijke naam. Eerste luitenant Ben Abraham, tweede luitenant Moshe Gav'riel, majoor David Goldsohn – Konrad Gerrath had het gevoel in een sauna te zitten en heftig te zweten. Hij zag, dat hij in een centrale van de geheime dienst zat en het openlijke vertrouwen, dat men hem toonde, bewees, dat hij en Birgit belangrijke figuren in een bloedige, ondergrondse strijd geworden waren. Op dit moment vervloekte hij Alf Brockmann en zijn geniale uitvindersgeest. De vooruitgang die Alf Brockmanns ideeën de mensheid beloofde, werd, als zoveel goede dingen, tot een dreigende ondergang van de volken. 'Ons plan staat vast,' zei majoor Goldsohn en liet zijn wijsvinger over een kaart van Zuid-Europa en Klein-Azië glijden. 'In Hamburg staat een privé-vliegtuig klaar, een tweemotorige, veilige machine, die u naar

Rome zal brengen. Van Rome uit reist u met een wagen naar de kust van de Adriatische Zee, naar Coppafolio, een klein vissersplaatsje ten zuiden van Bari. Daar wacht een groot motorschip op u, dat u naar Malta brengt. In Malta stapt u over op een privéjacht, dat naar Bengasi in Lybië gaat. Daar gaat u aan land en u wordt daar verwacht.'

'En wat gebeurt er dan?' vroeg Gerrath hees van opwinding.

'In Bengasi zal men intussen weten, waar de grens met Egypte zo week is, dat men er kan binnendringen.' Majoor Goldsohn keek Zuraida even aan. Zou men haar zeggen, dat Alf Brockmann inderdaad nog leeft, betekende deze blik. Zullen wij bekennen dat een van onze vrouwelijke agenten, die Aisha heet, in zijn huis is?

Zuraida schudde onmerkbaar haar hoofd. Nee. Wij hebben de sensatie van deze reis nodig om de wereld attent te maken op dit perfide spel. Als Birgit Brockmann in Egypte is, zal de wereldpers op de hoogte gebracht worden. Bij verrassing. En er zal voor Egypte geen andere uitweg meer zijn dan de waarheid te erkennen.

Majoor Goldsohn begreep het en zweeg. Hij rolde de kaart op en schonk vruchtesap in de lege glazen.

'Nog één ding,' zei hij en keek daarbij ostentatief Gerrath aan. 'U heeft vandaag een blik kunnen werpen in een huis, dat als woonplaats van een groothandelaar in matrassen bekend staat. Ik hoef niet te beklemtonen, dat u bij mij matrassen besteld hebt, als iemand u ernaar zou vragen.'

'Vanzelfsprekend.' Gerrath glimlachte bitter. 'Twee schuimrubbermatrassen met tijken. Met grote bloemen. Ik hou van bloemen.'

'Ik ook, Dr. Gerrath.' Eerste luitenant Gav'riel glimlachte beleefd. 'Maar bóven de grond –'

Gerrath begreep het en sloeg zijn blik neer.

Er was nu geen weg terug meer.

EEN eindje buiten Cairo, in de richting van Gizeh, waar de villawijken van de rijken beginnen, de toverachtige, door het Nijlwater besproeide tuinen, de luxe-zwembaden en bloeiende, betoverend geurende jasmijnen cameliahagen en waar de woestijn tot aan de hoge muren reikt, waarachter een paradijs begint, dode, door de zon uitgeloogde bodem naast de meest vruchtbare aarde, in deze wijk van de witte tinnen en oranje markiezen, de helderrode tennisvelden en de geruisloze, in witte pofbroeken geklede nubische of soedanese bedienden lag ook het huis 'Roseneck'. Omgeven als al deze soort villa's met hoge muren, een veelkleurige tuin, een zwembad met groene tegels en een groot, overdekt terras, waar voortdurend de propellers van ventilatoren draaiden.

Huize 'Roseneck' hoorde toe aan een man die zich Jussuf Ibn Darahn noemde. Ondanks zijn door de zon donkergebrande huid en het snorretje dat voorname Egyptenaren met voorliefde dragen, zag iedereen, dat Jussuf Ibn Darahn geen zoon van de woestijn was, maar een blanke.

Het eerste leven van kapitein Josef Brahms werd beëindigd op de morgen van 31 augustus 1942. Op deze dag werd zijn Tijgerpantser in de woestijn kapotgeschoten en terwijl het leger van Rommel tevergeefs de Britse stellingen bij El Alamein bestormde, haalden halfverdorste Tommies kapitein Brahms en vier van de inzittenden van de Tijgerpantser uit de gloeiende stalen kist en brachten ze naar Alexandrië in gevangenschap.

Daar werd Josef Brahms goed verzorgd, daar ontmoette hij ook andere kameraden die officier waren en toen hij na het einde van de oorlog hoorde, dat men hem per schip naar Engeland wilde brengen, verdween hij spoorloos in de woestijn. En met hem zeven andere officieren en een sergeant-majoor van de voormalige 'Woestijnvossen'.

Toentertijd werd er niet lang naar deze acht vluchtelingen gezocht. De woestijn zal hen wel spoedig weer prijsgeven, dacht men. En als dat niet zo was... ze konden niet gevaarlijk worden. Ze konden dadels oogsten, naar de sterren turen, de zon vervloeken, het verschaalde water drinken, zich 's nachts warmen aan een vuurtje van gedroogde kamelenmest, zich tegen de zandvlooien verweren, de jakhalzen om hen heen laten huilen, hun vuisten schudden tegen de rondcirkelende gieren. Het was een hondeleven waar in ze gevlucht waren. Waarom zou men de moeite nemen hen te zoeken?

Vijf jaar lang leefde Brahms met zijn trawanten in de oase Dachla, een groen gebied midden in de Lybische woestijn ter grootte van het Rijnland. Het kleine dorp Ain Chebir werd hun woonplaats. Daar bouwden ze moderne irrigatiesystemen, waagden zich aan de eerste verbouw van sinaasappels en handelden in vee en vrouwen, een door de Bedoeïenen begeerd artikel, die jonge meisjes in hun kleine afgelegen woestijndorpjes konden gebruiken en zo nodig waren als zout en stenen potten.

Dit eenvoudige en vaak moeizame leven veranderde op slag toen generaal Nasser in maart 1954 minister-president van Egypte werd. In Suez, bij een bezichtiging van het kanaal werd Josef Brahms met zijn zeven metgezellen aan de generaal voorgesteld.

'Wat kunt u bijdragen aan de opbouw van Egypte?' vroeg Nasser. En de voormalige kapitein Brahms antwoordde, terwijl hij zijn hakken tegen elkaar klapte:

'Wij kunnen alles, generaal.'

Vanaf die dag werd Brahms Darahn, Josef het Arabische Jussuf. Brahms en zijn vrienden bezochten in Alexandrië een school, hielden zich als militaire adviseurs in de Negev-woestijn, aan de Israëlische grens, op. Ten slotte kreeg Brahms het huis 'Roseneck', een geheime zender en de opdracht, spionageafweer te bedrijven.

In de ogen van Brahms zag het er als volgt uit: geld uit Egypte, opdrachten uit Duitsland, sabotagemateriaal uit Engeland. Vaak was het een hele kunst om alle drie de kanten in gelijke mate tevreden te stellen en ze niet door elkaar te halen. Het werd heel ingewikkeld toen de Duitse handelsattaché Hans Ludwigs naar Cairo kwam om voor een Duitse metaalfabriek een filiaal in het midden-oosten te stichten. Het kon niet uitblijven, dat Ludwigs op een dag in de Duitse club Jussuf Ibn Darahn ontmoette en zo na een uur van voorzichtig aftasten ontdekte, dat Hans Ludwigs luitenant bij een afdeling luchtdoelartillerie geweest was, die bij Tobroek tien Engelse tanks kapotgeschoten had.

Bij deze gelegenheid kwam echter ook aan het licht, dat Ludwigs niet alleen buizen verkocht, maar ook voor die staat spionage bedreef die als aartsvijand van Egypte gold en dat de groep Brahms op de agenten van deze staat uitgestuurd was.

'Dat is een mooie bende,' zei Brahms in een hoekje van de Duitse club en hief een glas op de gezondheid van Ludwigs. 'Theoretisch moest ik u laten arresteren. In de praktijk is dit echter niet mogelijk, want wij oude kameraden van Rommel – Proost, Ludwigs! Laten we eens kijken of we niet kunnen samenwerken.'

Het was mogelijk. Maar het spelletje werd steeds gecompliceerder. Niemand mocht de ander pijn doen en toch verwachtten alle opdrachtgevers resultaten.

Toen het laboratorium aan de oever van de Nijl in de lucht moest vliegen en door de nachtwaker Hassan Ibn Mahmut werd gered, ontving Brahms zijn vriend Ludwigs met een zuur gezicht.

'Wat denk je eigenlijk wel?' zei hij. 'Als Abu Zabal in de lucht gevlogen was, hadden wij ook leren vliegen. Wij hadden afgesproken, dat de bom niet sterker zou zijn dan een normale granaat. Maar wat daar ontplofte was een mijn.'

Hans Ludwigs knikte. 'Het pakje kwam regelrecht uit de centrale. Ik had er zelf geen idee van.' Hij legde zijn benen op tafel en nam een slok sterk verdunde whisky. 'Je kunt revanche nemen. Morgennacht gaat er een klein schip met wapens uit Dahab op Sinai, vaart door de Golf van Akaba en moet in Eilat, Israël, landen. Het schip heeft katoen aan boord, maar onder de katoen liggen geweergranaten.'

'Dat is goed.' Brahms noteerde de route, verliet snel de kamer en ging naar de ruimte waar de zender stond opgesteld. Toen hij terugkwam, zag hij Ludwigs bij de kaart van Opper-Egypte staan. Zijn wijsvinger bewoog zich boven een lichte plek.

'Dat is kale woestijn, vriend,' zei Brahms.

'Je vergist je. Hier ergens ligt de oase Bir Assi.'

'Bir Assi? Nooit van gehoord.' Brahms ging naast Ludwigs staan. Wat zijn vinger aanwees, was op de speciale kaart een gele plek. Brahms schudde zijn hoofd. 'Onmogelijk. Daar is geen bron. Daar heeft zelfs nog niemand op de grond gespuugd. Op de maan is het herbergzamer dan daar.' Ludwigs draaide zich om en liep in de grote kamer heen en weer. Brommend cirkelden de ventilatoren in het rond en zogen de warme lucht uit het vertrek.

Brahms volgde deze onrust sprakeloos, hij verwachtte dat er nog iets komen ging. Hij kende Ludwigs. De tip van het wapenschip had nog een nasleep, die belangrijk onaangenamer was dan de bom van Abu Zabal.

'Jij weet dus niets van Bir Assi?' vroeg Ludwigs.

'Nee. Ik hoor de naam voor het eerst van jou.'

'Op je erewoord?'

'Natuurlijk.'

'Bir Assi moet een nieuw onderzoekingscentrum voor de aandrijving van raketten zijn. Daar werkt een specialistengroep onder leiding van een Europeaan.'

Brahms zweeg. Hij wist het werkelijk niet. Zijn gebied was Cairo en de kust, – wat er in de woestijn gebeurde, hoorde tot de competentie van een andere groep.

'Een landgenoot?' vroeg hij daarom.

Ludwigs haalde zijn schouders op. 'Dat hebben ze mij niet gezegd. Maar ik geloof het niet, anders had een ander de opdracht gekregen.'

'Een opdracht?' Brahms trok een zuur gezicht. 'Weer een bom?'

'Nee.' Ludwigs ging zitten. 'Wij hebben in Bir Assi een agente. Zij moet een pakketje springstof naar het huis van deze Europeaan brengen.'

'En als hij het openmaakt gaat het knallen en wordt hij versplinterd.'

'Precies.' Ludwigs deed zijn hemd open, waaronder hij niets aanhad.

'Ik dacht dat jij Bir Assi zou kennen en mij kon zeggen of hij een Duitser is of niet.'

'Geen idee, op mijn erewoord.' Brahms ging weer bij de grote kaart staan en keek naar de gele, kale plek. Een oase, daar, midden in het zand? Merkwaardig, dat men er tegenover hem over gezwegen had.

'Als het een Duitser is,' zei Ludwigs langzaam, 'laat ik het pakket namelijk van te voren verongelukken.'

'Dat zou in elk geval goed zijn. Ik zou je agente bij voorbaat maar ernaar vragen.'

'Ik heb geen contact met haar.'

'En het pakket?'

'Neemt een Egyptische soldaat mee, die verlof had en terug naar Bir Assi gaat. Gisteren hebben ze een laboratorium laten ontploffen, maar ze hebben het vuur bedwongen. De ring om Bir Assi is nu verdrievoudigd. Het heeft geen zin meer gebouwen te vernietigen. Nu gaat het om het hoofd, waar de hele zaak om draait, deze Europeaan. En dan is een pakket met een ontsteking die in werking treedt als men eraan trekt het beste.'

Brahms stak zijn onderlip vooruit. Hij wist ook geen raad. Vragen kon hij niet. Generaal Assban zou ogenblikkelijk op zijn qui vive zijn, als zo'n heilig staatsgeheim aan de groep Brahms ter kennis gekomen zou zijn.

'Ik kan je niet tegenhouden, Hans,' zei hij. 'Bovendien kan ik niets verhinderen, waarvan ik officieel niet weet, dat het bestaat.'

'Jij krijgt er dus helemaal geen moeilijkheden door?'

'Nee.' Brahms schudde zijn hoofd. 'Ik heb met de woestijn niets te maken. Dat is alleen het gebied van Assban.'

'Dank je.' Hans Ludwigs schonk zich een glas ijswater in. 'Dan kan het pakket overmorgen verzonden worden.' Hij nam een flinke slok en veegde met de rug van zijn hand het plotseling uitbrekende zweet af. 'Je moet er gewoon niet bij stilstaan, hoe wij ons geld verdienen,' zei hij zacht. 'Kerel, kapitein, – wat is er van ons geworden –'

RONDOM Lab II woedde nog steeds de brand, twee dagen al. Maar het vuur was onder controle, de greppels beschermden de waardevolle onderaardse bunkers, met helikopters waren er nu ook passende slangen gebracht en grote schuimblussers. Om deze voor eventuele volgende branden te sparen, liet men de benzine in de greppels verbranden en verhinderde men het overspringen van vonken. Zo stond twee nachten lang een laaiende fakkel boven de woestijn en de Bedoeïenen, die hem uit de verte zagen, geloofden aan een natuurwonder en smeekten Allah hen voor het vuur dat uit de hemel regende te bewaren.

De aanslag had zeven doden gekost. Onherkenbaar verminkt en verbrand lagen ze nu in blikken kisten in de kleine moskee opgebaard. Tien soldaten hielden de erewacht. De volgende dag zou de begrafenis zijn. Aan de rand van de oase dolf men de graven. Maar het bleef een geheime begrafenis. De doden mochten niet dood zijn, nog niet. Geen familielid werd in kennis gesteld. Er was strengste geheimhouding bevolen. Er vlogen echter wel al de volgende morgen vijf officieren van de geheime dienst naar Bir Assi en begonnen iedereen te verhoren. De soldaten, de fellah's, de technici, de arbeiders, vrouwen en kinderen, ouden van dagen en invaliden. Ook de meisjes in het 'grote huis' werden verhoord. Ook Aisha.

Op de derde dag na de aanslag landden weer enkele helikopters op het plein voor de kazerne van Bir Assi. Ze brachten soldaten terug die met verlof waren geweest.

En er landden nog twee andere dingen.

Generaal Assban kwam aan. Een ordonnans droeg hem een houten kistje achterna.

De urn van Birgit Brockmann was gearriveerd. Met plechtige ernst droeg Assban deze naar het huis van Alf Brockmann.

En uit een transportvliegtuig stapte de jonge soldaat Hassan Ben Alkir. In zijn militaire bagage bevond zich een klein pakketje. Een kartonnen doos, met pakpapier omwikkeld en een normaal alledaags touwtje.

Er is geen oase, die zo eenzaam is, dat de dood haar niet vindt –

Aisha zat in haar kleine kamer op haar armzalige, met maar twee wollen dekens bedekte bed en las in een al zeer verfomfaaide comic strip, die eens een keer een soldaat van verlof meegebracht had en nu van hand tot hand ging, toen er drie maal kort en een maal lang op de deur werd geklopt.

Het kleine benauwde kamertje, waarin behalve een bed alleen een kast, een wasbekken en twee leren kussens de indruk van een 'woonruimte' hooghielden, bevond zich niet in het 'grote huis', waar Aisha van verteld had. Zij wist, dat Alf Brockmann nooit het bordeel zou bezoeken en had daarom juist deze plaats als haar verblijfplaats aangewezen.

In werkelijkheid woonde ze in een fellah-huis aan de rand van de oase en knoopte matten van palmvezels. Dat was haar officiële beroep. Ze stond als 'onverdachte inboorlinge' bij de bewakingsdienst geregistreerd en ging door voor een bewoonster van de oase, die niet in de gaten gehouden hoefde te worden.

Aisha wachtte, tot het kloppen op de deur herhaald werd. Drie maal kort – een maal lang. Daarna deed ze de deur op een kier open en keek naar buiten.

De soldaat Hassan Ben Alkir stond buiten en grijnsde vriendelijk tegen haar. Aisha deed een stap opzij en liet Hassan het huis binnenglippen.

'Dag, zuster,' zei hij, haalde een linnen zakje uit het meegebrachte pakket en legde het op tafel. Aisha keek er naar en deed toen bliksemsnel twee stappen achteruit, zo vlug, alsof ze in een vuurstraal was geraakt.

'Wat moet dat, Hassan?'

'Wat is dat voor een vraag.' Hassan ging bij het raam zitten, stak een sigaret op en blies de rook naar het plafond.

'Voor wie?' vroeg Aisha zacht. De ontzetting was duidelijk in haar ogen te lezen. Zij had geen antwoord meer nodig, ze vermoedde het al.

'De blanke –'

'Alf Brockmann.'

'Hoe hij heet, weet ik niet. Men zei alleen maar: Aisha weet ervan.'

'En... en wanneer?'

'Zo snel mogelijk. We hebben nu twee missers gehad. In Cairo en hier. Men wil niet langer wachten. We moeten nu de wortel uitroeien.'

'Alf Brockmann is niet de wortel.' Aisha deed moeite om heel rustig te spreken. Zij staarde naar het onschuldige pakket en wist wat er zou gebeuren als iemand het touwtje losknoopte. 'Hij is alleen maar een klein radertje in deze geweldige machinerie. Gelooft men soms, dat er iets verandert als Brockmann door dit pakket in de lucht vliegt?'

'Waarschijnlijk wel. Anders hadden ze het mij niet gegeven.' Hassan keek naar buiten op de brandend hete oaseweg. Kinderen speelden met een gummibal, waar geen lucht meer in zat. Als ze hem tegen de muren trapten, klonk het als het klappen van een oorvijg.

'Dat is verkwisting,' riep Aisha.

Hassan haalde zijn schouders op. 'Weet ik het? Wij moeten gehoorzamen, verder niets. Denken doen de anderen, zuster.'

'Ze denken niet – ze haten blindelings.'

'Is dat niet hun goed recht?' Hassan drukte de sigaret uit op de vastgestampte grond. 'Waarom ben jij anders hier in Bir Assi?'

Aisha zweeg. Ze wist, dat er geen mogelijkheid was om aan de opdracht te ontkomen. Als ze hem niet uitvoerde, was het verraad en er waren mogelijkheden genoeg om het dan uitgesproken doodvonnis te voltrekken. Ook Hassan zou dat doen, zonder zich te bedenken. Hij was een mens, die alleen maar gehoorzaamde en daarom ook niet vroeg.

'Ik zal het pakket afleveren,' zei Aisha hees. 'Maar van te voren spreek ik nog met de centrale.'

'Ook dat zal niet mogelijk zijn. De volgende veertien dagen niet.' Hassan stond op en ging naar de deur. 'De centrale verandert van verblijfplaats. De nieuwe situatie wordt nog bekendgemaakt.'

'Dan wacht ik zolang.'

Hassan haalde weer zijn schouders op. 'Zoals je wilt. Maar men verwacht, dat je het pakket een dezer dagen aflevert.'

Aisha keek door het raam Hassan na en zag hoe hij over straat liep, tegen de holklinkende gummibal trapte, twee kameraden ontmoette en met geroep begroette. Arm in arm en luid pratend verdwenen ze om de hoek de hoofdstraat in, waar twee winkels van limonadeverkopers waren.

Ik moet Alf waarschuwen, dacht Aisha en keek vol haat naar het bruine pakket. Ik moet hem op de een of andere manier waarschuwen. Hij mag niet sterven.

GENERAAL Assban liet Brockmann alleen nadat hij hem plechtig de urn had overhandigd. Alleen Lore Hollerau bleef en ging naast Alf op het gevlochten bed zitten.

'Dat blijft er dus van een mens over,' zei Brockmann na een lange tijd van stilzwijgen. Hij ondersteunde zijn hoofd met beide handen en keek wezenloos naar de urn. 'Een hoopje stof en as. Het kan er bij mij niet in, dat dat Birgit geweest moet zijn. Ik kan het gewoonweg niet begrijpen...'

Lore Hollerau legde haar hand op zijn arm. Het was een schuw, teder gebaar.

'De dood is altijd iets onbegrijpelijks, chef. Ik weet, hoe ik er ook niets van begreep toen ik mijn moeder uit de puinhopen van ons huis uitgroef. Voltreffer. Luchtmijn. Het huis was als een kaartenhuis in elkaar gestort... maar alle kelders waren intact. Toen wij daar binnenkwamen, lag moeder op haar geïmproviseerde bed met de handen gevouwen en sliep. 'Moeder word wakker!' heb ik geroepen. Ik heb haar door elkaar geschud en heb steeds weer geroepen: 'Word toch wakker. Je moet de kelder uit! Goeie God, hoe kan iemand zo diep slapen!' Ik kon het eenvoudig niet begrijpen, dat moeder er zo vredig bij lag en niet meer leefde. Een scheurtje in de long, zeiden de artsen. De geweldige druk van de luchtmijn. Wat begreep ik daarvan? Ik wilde het immers niet begrijpen? Zij sliep immers alleen maar en zelfs, toen ze begraven werd, stond ik aan het graf te roepen: 'Wat doen jullie toch? Ze slaapt toch alleen maar! Haal haar terug! Haal haar terug!' Lore legde haar hoofd tegen Brockmann's schouder. 'Het heeft lang geduurd tot ik er aan gewend was alleen te zijn. Ik heb een jaar lang ook een plaats voor moeder aan tafel gedekt. Een blikken lepel en een grote porseleinen schotel. Dat was toentertijd al luxe. Maar dat weet u allemaal zelf wel, chef.'

Alf Brockmann knikte. Hij legde zijn arm om de schouders van Lore en zo zaten ze, met de armen om elkaar heen en zwijgend voor de urn die in de zon glinsterde en dachten terug aan hun vroegere leven. 'Waar wilt u de urn bijzetten?' vroeg Lore na een lange tijd. Brockmann dook in elkaar.

'Assban laat in de tuin een grafteken bouwen.'

'En tot dat klaar is?'

Brockmann zweeg. Waar moet ik de as van Birgit neerzetten, dacht hij. Wat doe je met een urn? Je kunt hem toch niet op het dressoir zetten als een vaas of als een paar oude schoenen in de kleerkast. De eerbied voor de dood eist een heilige plaats... maar was in de woestijnoase Bir Assi zo'n plaats te vinden?

'Ik zal de urn in de tuin zetten, onder de grote maluwestruik,' zei

Brockmann hees. 'Birgit hield altijd van bloeiende struiken, ze was gek op bloemen. Onder de maluwe zal ze een waardige plaats hebben.'

Hij stond op, greep met beide handen de urn vast, drukte hem aan zijn borst en verliet langzaam het huis. Lore Hollerau liet hem begaan. Ze ging voor het raam staan en keek toe hoe hij de urn onder de bloeiende struik zette, hoe hij met zijn handen zand bij elkaar krabbelde en het ophoopte om de urn niet om te laten vallen en hoe hij er dan met neerhangend hoofd voor stond en zijn handen gevouwen hield.

Hij moet veel van haar hebben gehouden, dacht zij en deze gedachte deed jammer genoeg een beetje pijn. En tegelijkertijd dacht ze: Wat moet het mooi zijn om van iemand zo'n liefde te ontvangen. Ik heb dit geluk nooit gehad... ik werd alleen maar steeds weer teleurgesteld.

Ik heb de mannen leren haten tot ik Alf Brockmann ontmoette. Zonder dat hij het merkte, kreeg ik de achting weer terug. Ik vergroeide innerlijk met hem, ik dacht wat hij dacht, ik wist van tevoren wat hij zou doen, ik was bang dat er iets met hem zou gebeuren en was toch gelukkig alleen maar om hem heen te zijn, hem alleen maar te zien, te horen, om zijn lichamelijke nabijheid te voelen. Ik ben verliefd als een jong meisje op haar eerste vriend en het was moeilijk het altijd voor hem te verbergen.

Maar nu zal het anders worden. Nu heeft hij een nieuw steunpunt in zijn leven nodig. Wat is een man zonder de liefde van een vrouw? Iemand die eeuwig rondzwerft, een landloper op zoek naar de zin van het leven. Dat klinkt verduveld romantisch, – maar het gevoel heeft men totnutoe nog niet kunnen moderniseren.

's Avonds zaten Alf Brockmann en Lore Hollerau op het terras en dronken zoete wijn. Uit een transistor-radio klonk zachte, tedere muziek.

'U moet niet zoveel piekeren, chef,' zei Lore Hollerau en streek Brockmann over zijn blonde haar. 'Ons leven gaat verder en we hebben er niet eens invloed op. Ons vaderland is ver weg en wij zitten midden in de woestijn. Als ik een man was, zou ik zeggen dat het allemaal waardeloos was als wij elkaar niet hadden.'

Alf Brockmann glimlachte zwak. 'Jij bent een dapper, sterk meisje, Lore.' Hij boog zich voorover en kuste haar op de inplanting van haar haar. 'Het is zo – ik zou nu geweldig eenzaam zijn als jij er niet was –'

Vanuit de schaduw van de muur, waar ze al een lange tijd gestaan had, verdween Aisha geluidloos in de nacht en rende voorover gebogen in de bescherming van de struiken weg. Haar zwarte ogen gloeiden. Hij heeft haar gekust, riep een stem in haar binnenste. Hij heeft haar gekust.

Zij rende naar haar huis, griste het pakket van tafel en gleed de nacht weer in.

Het was niet moeilijk in de kleine bungalow van Lore Hollerau binnen te dringen. De deuren van de veranda stonden open, zoals iedere nacht. In Bir Assi brak niemand in, stal niemand iets. Waar moest hij immers met het gestolen goed heen?

Heel voorzichtig legde Aisha het kleine pakket op tafel, midden in een kleine berg post, die met de morgenhelikopter was gekomen en die Lore Hollerau nog niet had doorgezien. Zodoende was het vanzelfsprekend, dat Lore het pakket ook zou aanzien alsof het met de post gekomen was en het niets vermoedend zou openen.

Net zo geruisloos en onzichtbaar als Aisha gekomen was, verdween ze ook weer. Ze rende naar haar schuilplaats, haalde de kleine zender uit het stro en tastte de ether weer af voor een gesprek met de centrale. 'Gamma één... Gamma één... Gamma één... Alstublieft melden! Alstublieft melden!'

Tot haar grote verbazing meldde de andere kant zich dadelijk. De centrale. Men scheen daar heel opgewonden te zijn, want de woorden werden zo snel uitgesproken, dat Aisha ze niet kon verstaan. Pas toen ze nog een keer vroeg, kreeg ze duidelijke inlichtingen: 'Pakket bij u houden – pakket bij u houden –' hoorde ze. Haar hele lichaam begon te trillen. 'Pakket niet afleveren. Nieuwe meldingen afwachten. U wordt vanaf nu ter bescherming van de betrokken persoon ingezet. Pakket bij u houden. Over.'

Aisha antwoordde niet meer. Ze wierp de zender in het stro en rende door de straten van de oase en dwars door de tuinen naar de witte villawijk. Hijgend bereikte ze de hoge muur, die om de bungalows heen stond. Met haar laatste kracht klom ze op de muur, liet zich in de tuin vallen en rende op wankele benen naar de bungalow van Lore Hollerau.

In de kamer brandde licht.

Lore stond bij de tafel en las de post door. De brieven had ze al gesorteerd, ze hield nu het kleine pakket in haar handen en draaide het met een licht hoofdschudden om.

'Nee!' wilde Aisha roepen. 'Nee! Niet openmaken! Stop!'

Maar haar stem liet haar in de steek. Ze stond als verlamd in de tuin en staarde naar de vrouw in het felle licht, die nu een schaar ter hand nam en het touwtje doorknipte.

Nog één keer probeerde Aisha een stap voorwaarts te doen, maar het was te laat om nog te redden. Toen Lore aan de knoop trok, die aan de binnenkant aan de treklijn van de bom vast zat, liet Aisha zich zijdelings op de grond vallen, drukte haar gezicht op de grond en hield haar oren dicht.

In de kamer ontsprong een fel gesis uit het pakket toen Lore aan de knoop had getrokken. Met tegenwoordigheid van geest wierp ze het pakket van zich af, het sloeg tegen een kast aan... maar er bleef geen tijd voor haar over om de kamer uit te rennen of zich op de grond te gooien... Een hoge steekvlam schoot uit het pakket, iets heets veegde over Lore's gezicht en ogen, de wereld verging in een verblindend vuur. De knal van de explosie hoorde ze niet meer... met het gevoel dat ze zou verbranden, viel ze bewusteloos neer.

IN het legerhospitaal van Assiut aan de Nijl kwam Lore Hollerau bij. Ze had het gevoel op zachte donzen kussens te zweven, een dik verband zat om haar hoofd gewonden. Op haar beide ogen voelde ze een lichte druk, alsof men er proppen watten op had gelegd. Ze had geen pijn, alleen het branden en jeuken aan haar ogen was onaangenaam. Toen ze zich bewoog en een arm ophief om haar hoofd te bevoelen, pakte iemand haar hand en legde hem terug op de deken. Een stem – de stem van Alf Brockmann – zei geruststellend:

'Heel rustig blijven liggen, Lore. En wees maar niet bang. Dat duivelse ding heeft je maar licht verwond. Je hebt ontzettend veel geluk gehad –'

'Het pakket –' zei Lore zwak. 'Ik haalde het touw eraf –'

'Rustig. Niet zoveel praten.' Alf Brockmann hield haar hand die de deken betastte vast. 'Het was een van de gruwelijke dodelijke acties waar de geheime diensten mee werken. Totnutoe weten we niet hoe het pakket bij jou op tafel kwam.' Brockmann aarzelde, toen voegde hij eraan toe: 'Overigens was dat pakket voor mij bestemd.'

'Wie zegt dat?'

'Assban.' De stem van Brockmann klonk bitter. 'Ik heb altijd geloofd voor de vooruitgang te werken. Maar er bestaat geen vooruitgang die niet tegelijkertijd ook vernietiging kan betekenen. Dat is het duivelse van de beschaving. Ik heb me met dit avontuur ingelaten, – ik zal moeten zien hoe ik het overleef. Maar dat jij, Lore, daaronder moet lijden, is voor mij vreselijk.'

Het zwaar verbonden hoofd van Lore draaide zich langzaam naar Alf Brockmann toe. Het was alsof ze door de dikke bandages heen kon zien.

'Het was goed zo,' zei ze nauwelijks hoorbaar. 'U bent gezond gebleven. Voor mij is het niet zo erg... wat beteken ik eigenlijk?'

'Dat mag je niet zeggen, Lore.' Brockmann boog zich over haar heen. Heel licht streek hij over haar hals en merkte hoe zij door deze aanraking trilde. 'Als je weer genezen bent, zullen we het er eens over hebben hoe onze gemeenschappelijke toekomst eruit zal zien.' Lore Hollerau zweeg. Haar oogholtes brandden. Ook werd het weldadige gevoel van het zweven minder. Op haar gezicht verschenen trekken van pijn alsof zij door de bliksem getroffen werd.

'Waar ben ik nu?' vroeg ze en keerde haar hoofd weer naar Alf Brockmann.

'In Assiut. De beste artsen hebben je verzorgd.'

'En wat heb ik?'

'Een paar verbrandingen, verder niets.'

'In mijn gezicht? Ik zal er dus later lelijk uitzien? Zeg toch alstublieft niet nee. Ik heb in de oorlog die verbrandingen gezien. Het was verschrikkelijk.'

Alf Brockmann slikte een keer. Kracht, zei hij tegen zichzelf. Kracht om nu verder te spreken.

'Het waren alleen maar een paar splinters, Lore, verder niets. De littekens kunnen later geopereerd worden en dan zie je er niets meer van.'

'En de ogen?'

'Wat zou er met je ogen zijn?' vroeg Brockmann mat.

'Ze branden zo –'

'Dat gaat weer over. Met je ogen is niets aan de hand, Lore.'

Hij pakte haar hand weer en hield hem troostend vast. Daarbij dacht hij aan de woorden die de behandelend chirurg, majoor Bakal, hem een uur geleden pas had gezegd. 'Ze zal aan beide ogen blind blijven. Hoornvlies en netvlies zijn vernield. Er is absoluut geen hoop meer –'

'Blijft u nu hier, chef?' De stem van Lore klonk weer vermoeid. Ze voelde hoe ze weggleed, klampte zich aan haar bewustzijn vast en kon het toch niet vasthouden.

'Ja, ik blijf hier, tot ik je weer kan meenemen.'

'Naar de oase?'

'Nee. Hopelijk naar Duitsland. We zullen de rest van ons leven zonder de voortdurende angst voor de dood doorbrengen.'

'En... wat... wat zegt Assban daarvan?'

'Hij zwijgt. Maar hij zegt ook geen nee.' Hij boog zich over haar vormeloze hoofd en kuste de welving van haar hals. 'We kunnen nu alleen maar wachten, Lore. En je moet dapper zijn, heel dapper. Ik ben nu altijd bij je–'

Met een gelukkige glimlach sliep zij in. Maar niemand zag deze glimlach... hij lag verborgen onder de verbanden.

TEVERGEEFS wachtte Detlef-Jörg op zijn nieuwe vriend, die de menseneters kende. Al meer dan een uur wachtte hij bij de regenton, daarna ging hij teleurgesteld het huis in, had geen zin in het avondeten en ging pruilend naar bed.

Zareb Ibn Omduran had, toen hij naar Hamburg terugkeerde, een andere order gekregen.

'Alleen observeren,' zei de bemiddelaar tegen hem. 'Dat kind loopt niet weg. Pas wanneer de vrouw werkelijk op reis zou gaan, grijpen we naar dit laatste middel. Zolang men opzien vermijden kan, moet men het doen. Dus, – afwachten.'

Zareb vond het goed. Er waren nieuwe partijen uien onderweg en hij onderhandelde met enkele grossiers en supermarkten. Er was een heel schip vol met uien onderweg en hoe eerder Zareb de lading verkocht, des te minder was natuurlijk het verlies door rotting en uitdroging. In deze dagen werd de urn van Alf Brockmann ook bijgezet. Het gebeurde in alle stilte, het was slechts een formaliteit. Noch Jörgi noch andere familieleden hoorden er iets van, want voor Birgit was in de urn niet haar Alf, maar vreemde as. Alleen Berta Koller, Konrad Gerrath, Birgit en een man van het kerkhof, die hun de plaats op het urnenkerkhof aanwees, begeleidden het koperen vat, dat men weer dichtgesoldeerd had. Hoewel het onnodig was, maar om de schijn van rouw te bewaren, legde Birgit zelfs een bloemenkrans naast de urn en stond stil als in een stom gebed.

Berta Koller was in de afgelopen dagen heel stil geworden. Zo min ze haar schoonzoon gemogen had, zo zeer greep haar de droefenis aan en de opstand tegen het noodlot, die haar dochter Birgit sinds het eerste uur van het doodsbericht liet merken. Gerrath had in dit verband tegen Berta Koller gezegd: 'Het is volledig zinloos om Birgit van de waarheid te overtuigen. Ze gelooft het gewoonweg niet.' En later, na de terugkeer uit Hamburg en het bezoek aan het mysterieuze huis aan de Elbaussicht, meende hij: 'Er zijn dingen, die men werkelijk niet kan geloven, – men moet ze eenvoudig accepteren.'

Dat klonk geheimzinnig. Berta Koller begreep het niet, maar ze hield op met op Alf Brockmann te schelden. Een dode heeft recht op rust. Plotseling, op een zoele zomeravond, stond Zuraida weer in de kamer. Ze droeg een reiscostuum en begroette Birgit als een oude vriendin.

'Het is zover,' zei ze. 'Het vliegtuig wacht op ons.'

Birgit merkte, hoe haar hart ophield met slaan. 'Wanneer?' vroeg ze.

'Direct –'

'Maar dat gaat toch niet...'

'Waarom niet? Vanwege uw kleren soms? Een kleine koffer is voldoende. Wat we in Afrika nodig hebben, kopen we in Bengasi. We hebben nog een uur om het vliegtuig op tijd te bereiken.'

Birgit bleef midden in de kamer staan, haar armen hingen slap langs haar lichaam.

'Maar er is nog helemaal niets geregeld... M'n moeder... m'n kind... ik kan toch niet zomaar weggaan...'

'Het gaat er ons om, dat er zo min mogelijk van gemerkt wordt. Schrijft u aan uw moeder en aan mijnheer Gerrath een brief.'

De stem van Zuraida was plotseling koud en heerszuchtig. Ze sprak niet meer, ze beval. 'We moeten ons ook naar de omstandigheden richten en deze worden niet hier bepaald.'

'Wat... wat kan ik meenemen?' vroeg Birgit zacht.

'Een kleine koffer met het meest noodzakelijke. Kom, ik help u inpakken.'

Een half uur later had Birgit haar kleine reiskoffer gepakt en twee korte brieven geschreven. Daarna ging Zuraida met haar mee naar boven naar de kamer van Jörgi.

De jongen lag in een diepe slaap en had zijn vuisten gebald. Er ging een schok door Birgits lichaam. Zij hield zich aan het voeteneinde van het bed vast en ademde diep en luid.

'Maak hem niet wakker,' fluisterde Zuraida. 'Het mag allemaal een beetje wreed en onbegrijpelijk klinken, maar daar hebben we onze redenen voor.'

Birgit knikte zwijgend. Ze boog zich over Jörgi heen en kuste hem heel zachtjes op zijn voorhoofd en zijn eigenzinnige lippen. Toen trok Zuraida haar van het bed weg en sloot de deur achter haar. Ze voelde de tegenstand van Birgit en zag in haar ogen de wil om niet te gaan.

En nu, in deze kritieke minuut, zei Zuraida iets wat in Birgit alle tegenstand ophief.

'Kom mee... verweert u zich niet... Wij weten, dat uw man nog leeft –'

Met stijve benen als een opgewonden pop, liep Birgit voor Zuraida uit de trappen weer af. Ze pakte haar koffer, ging niet meer de kamer in, maar opende de huisdeur. Pas buiten, toen ze door de voortuin liepen, kreeg zij haar spraak weer terug.

'Hij leeft?'

'Ja. Wij weten het heel precies. Hij is in de oase Bir Assi, midden in het zand van de woestijn.'

'En zal ik hem terugzien? Zouden wij hem uit die oase kunnen halen?'

'Als God ons helpt –' Zuraida bleef staan en nam van Birgit de koffer over. Ze zag hoe loodzwaar die voor Birgit was. 'Weet u dat wij iets ontzettend dwaas ondernemen, iets dat zo fantastisch is, dat niemand ons zal willen geloven?'

'Ja.'

'En u bent niet bang?'

'Nee.' Birgit Brockmann stootte het tuinhekje open. 'Ik doe het toch uit liefde –'

BIJ Zareb Ibn Omduran rinkelde de telefoon.

'Een moment,' zei de uienimporteur en greep de hoorn. Voor hem zaten juist drie heren van een supermarktorganisatie in onderhandeling over 50.000 kilo uien. Naar goed Oosters gebruik pingelde men over een ellendige 100 Mark, die bij deze prijs geen gewicht in de schaal legden, maar tot het prestige behoorden.

'Actie B begint,' zei een stem, zo rustig alsof hij goedendag zei. 'Rijdt u dadelijk weg.'

Zareb zuchtte hoorbaar, legde de hoorn op de haak, klapte in zijn handen en zei met pijnlijke trek om zijn mond. 'Goed dan, mijne heren, ik geef me gewonnen. U krijgt die honderd Mark korting extra. Ik moet voor dringende zaken naar de haven, mijn secretaris zal alles in orde maken. Goeden dag.'

Enkele minuten later zoemde Zareb met zijn Volkswagen over de autobaan naar Lübeck. Op dit uur was alles voorbereid... de ontvoering zelf, de schuilplaats, de verzorging van de jongen en – als ook dat werd bevolen – het uit de weg ruimen van het kleine lichaam in een zinken teil met zwavelzuur. Deze stond in de kelder van het huis, dat voorlopig als schuilplaats moest dienen.

Zareb Ibn Omduran kwam tegen de middag in Lübeck aan. Hij reed direct naar de crèche, waar de kinderen nog in de tuin speelden. Detlef-Jörg was er niet bij, – Zareb wachtte meer dan een uur bij de muur en observeerde ieder kind. Toen was hij zeker, dat Jörgi vandaag thuis gebleven was; vermoedelijk huilde hij omdat zijn moeder zo plotseling op reis was gegaan.

In de tuin van het kleine, witte huis aan het kanaal zag hij de jongen treurig op een tegel zitten en in het water turen. Hij floot zachtjes, Jörgi hief zijn hoofd op en herkende zijn lang gemiste vriend van de menseneters. Hij keek naar alle kanten of niemand naar hem keek, zag Konrad Gerrath en oma onder de parasol op het terras zitten en koffie drinken en slenterde, met zijn handen op zijn rug en voor zich heen fluitend, van de oever van het kanaal naar de struiken, waarin Zareb zich verstopt had.

'Je bent een verstandige jongen,' zei Zareb prijzend toen Jörgi bij hem achter de struik kwam. 'Heeft niemand je weg zien gaan?'

'Niemand.' Jörgi trok Zareb aan zijn jasje. 'Heb je de foto's meegebracht?'

'Maar natuurlijk. Ze liggen in de auto. Een heleboel. Kom mee –'

Ze slopen de tuin uit, renden in de bescherming van de haag naar de zijweg en kwamen bij Zarebs wagen.

'Instappen, jongeman,' zei Zareb vrolijk. 'Jij kan immers sluipen als een Indiaan.'

Jörgi lachte. Hij klom in de wagen en trok de deur achter zich dicht. Op dit moment drukte Zareb hem een prop watten tegen zijn neus en mond. Jörgi wilde schreeuwen, hij ademde een zoetig-sterke geur in, zijn armen die hij als verweer uitgestoken had werden slap en vielen langs zijn lichaam, zijn hoofd gleed achterover, zijn kleine lichaam strekte zich.

Zareb wikkelde de prop watten in een plastic zak, deed een ogenblik alle deuren van de auto open om het chloroformgas weg te laten trekken, schoof daarna naast Jörgi achter het stuur en stoof door zijstraten naar de oprit van de autobaan. Daar, achter een bosje, drukte hij nog een keer de prop watten tegen Jörgi's neus, legde de jongen daarna op de achterbank en legde een deken over hem heen. Daarna ging hij de autobaan op, terug naar Hamburg. Hij deed zelfs de radio aan.

Evergreens. Een stemmetje zong: 'Max, je kunt er wat van –'

Zareb Ibn Omduran trok een brede grijns.

Het is immers zo gemakkelijk voor noodlot te spelen.

TWEE uur later wemelde het kleine huis aan het kanaal en de grote tuin van politie-uniformen en mensen van de recherche.

Berta Koller lag bewusteloos op de sofa, een arts deed zijn best voor haar met hartversterkende injecties. Konrad Gerrath liep als een roofdier in zijn kooi heen en weer, terwijl de ambtenaren die belast waren met het nagaan van sporen achter de haag de sporen van de banden van een auto met gips vulden. Meer was er niet te ontdekken. Geen tekenen van geweld, geen sleepsporen, boven alles geen bloed.

'Het staat buiten twijfel, dat de jongen vrijwillig meegegaan is,' zei de rechercheur die het onderzoek leidde. 'Een bekende moet hem afgehaald hebben.'

'Jörgi heeft geen kennissen die met de auto voor komen rijden!' riep Gerrath. 'De jongen is $5^1/_2$ jaar, voor zijn leeftijd zeer opgewekt en verstandig. De enige uit onze kennissenkring met een wagen ben ik. En ik zat op het terras toen het gebeurd moet zijn.'

'En u heeft niets gehoord?'

'Nee.'

'Hetgeen bewijst dat de jongen niet gedwongen werd.' De rechercheur klopte met zijn ballpoint op het tafelblad. 'Misschien blijkt het allemaal een onschuldig uitstapje te zijn? Alleen op aandringen van u zijn we hier gekomen. U weet als advocaat zelf dat aangifte van vermissing pas na vierentwintig uur zin heeft.'

'Wat kan er in vierentwintig uur allemaal gebeurd zijn!' riep Gerrath.

'Of wat niet. We moeten eerst maar afwachten. De sporen hebben we.'

'U moet alle autobanen en toevoerwegen afsluiten!' riep Gerrath.

'Daartoe hebben we momenteel geen recht. Pas wanneer vaststaat dat er iemand ontvoerd is – Wat zoudt u zeggen als die jongen over een uur doodgemoedereerd bij de deur staat? Wilt u dan een groot alarm verantwoorden?'

'Met andere woorden: pas als er wat gebeurd is, wordt er gehandeld. Dat is om van te kotsen, mijne heren.'

Twee politiemannen hadden intussen met hulp van de dokter Berta Koller naar haar kamer gedragen. Een rechercheur bleef beneden bij Gerrath, terwijl de anderen weer verdwenen.

'Het zijn de sporen van de banden van een Volkswagen,' zei de leider van het onderzoek nog bij het afscheid. 'Heeft u in uw kennissenkring iemand die in een Volkswagen rijdt?'

'Nee.' Gerrath draaide zich om. Totnutoe had hij met zichzelf gestreden. Nu zag hij geen andere mogelijkheid meer.

'Laat u alstublieft het hoofd van de politieke afdeling van de recherche roepen,' zei hij. De rechercheur trok als door een slag getroffen zijn hoofd tussen zijn schouders.

'Politieke? Maar hoezo dan?'

'Dit hier is een politieke misdaad.'

'Ik begrijp u niet –'

'Het is ook moeilijk te begrijpen. En het is een verdomd nevelige zaak. Het begon met de as van een overledene.'

Hoofdschuddend verliet de rechercheur de kamer. In de gang belde hij zijn bureau op.

'Zegt u alstublieft tegen Dr. Scheuring, dat hij hierheen komt. Het schijnt belangrijk te zijn. Wat er is? Ik weet het niet. Daar ben ik niet bevoegd voor. Maar het schijnt, dat er met de ontvoering van die jongen toch wat is –'

Het grote apparaat van de politie was op gang gebracht. En toch liep het vanaf dit ogenblik als op geruisloze, goed gesmeerde kogellagers. Een politieke misdaad... in zo'n geval is een vilten handschoen nog niet zacht genoeg. Dan is fluisteren nog te hard.

Om het kleine, witte huis aan het kanaal werd een onzichtbare ring gelegd. Het werd van de omringende wereld voorlopig afgesloten.

JÖRGI kwam weer bij bewustzijn en lag in een grote kamer op een sofa. Zijn hoofd bonkte, hij voelde zich misselijk en nog steeds zat die afschuwelijk zoete geur in zijn neus en kleefde aan zijn verhemelte. Hij wist niet wat er gebeurd was, hij kende de kamer niet, maar toen zijn blik op Zareb viel, die in een stoel zat te roken, was zijn angst ineens verdwenen. Met een pieperig geluidje kwam Jörgi overeind.

'Waar ben ik?' vroeg hij en hield met zijn beide handjes zijn slapen vast. 'O man, mijn hoofd.'

Hij ging zitten en keek om zich heen.

Een mooi ingerichte kamer, grote ramen, vóór hen een vergezicht en de brede band van de Elbe. Grote schepen, veel grotere dan Jörgi ooit in

Lübeck gezien had, voeren langzaam langs de ramen voorbij.

'Je bent in Hamburg,' zei Zareb vriendelijk. Hij stond op en hield Jörgi een glas sinaasappelsap aan zijn droge lippen. De jongen dronk gretig en pakte toen het glas in zijn hand.

'Hamburg?' vroeg hij niet begrijpend. 'Wat is Hamburg?'

'Een grote stad.'

'Heb je me daar heen gebracht? En oma? En oom Konrad? Kerel, wat zullen die schelden.'

'Ze weten het wel. Ik heb het ze van tevoren gevraagd. Omdat je moeder op reis is, ga je nu bij mij logeren om een beetje op te knappen. Vind je dat leuk?'

'Ja –' het klonk langgerekt en niet erg overtuigend. Voor de ramen daalde de avond over de Elbe.

'Kom maar mee,' zei Zareb en nam Jörgi bij de hand. 'Ik zal je nu je kamer laten zien.'

Hij bracht hem uit de kamer, door een donkere gang en maakte aan het eind van de gang een andere deur open. Jörgi stapte in een klein kamertje, waarin een bed, een kast en een tafel stonden. Bovendien stonden er op de grond enkele kartonnen dozen met allerlei dingen om te knutselen opgestapeld. Vliegtuigen, schepen, auto's, natuurgetrouw om zelf als model te maken. Er was ook een raam, maar er zaten aan de buitenkant tralies voor.

'Hier kun je spelen, zolang je wilt,' zei Zareb. Hij gaf Jörgi een duwtje in zijn rug, de jongen tuimelde de kamer in, de deur viel achter hem dicht, van buiten werd er een sleutel tweemaal omgedraaid. Jörgi draaide zich om. Hij wilde de kamer uitlopen, maar de deur was glad en vijandig. Zij had van binnen geen klink.

'Doe open!' riep Jörgi en sloeg met zijn kleine vuisten tegen de deur. 'Alstublieft, alstublieft, doet u open. Ik wil naar m'n oma –'

Bijna tien minuten riep en klopte hij, smeekte hij en ten slotte schreeuwde hij. Daarna stapte hij naar het bed, ging zitten en liet uitgeput zijn hoofd hangen.

Hij was bang en hij begon van angst te snikken en te huilen.

DE tweemotorige machine landde veilig op het sportvliegveld bij Rome. Het was een prachtig gezicht om Rome in het vroege morgenlicht onder zich te zien. De koepel van de St. Pieter glansde al als verguld, terwijl de straten er nog als zwarte gangen uitzagen. Birgit Brockmann gespte zich aan haar zitplaats vast, toen de machine daalde en landde. Zuraida naast haar sliep en werd pas wakker, toen de wielen de grond raakten en het vliegtuig beefde en bromde.

'Rome!' riep ze. 'De eerste landingsplaats. Hoe voel je je, Birgit?'

'Een beetje moe.'

'Je moet straks in de wagen maar wat slapen. De tocht naar Cappafolio is inspannender dan zo'n vliegreis. Bovendien is het gloeiend heet, als de zon doorkomt. De zomer in de Napolitaanse Apennijnen kan als een hel zijn. En het ziet er naar uit dat we een hete dag krijgen.'

De slanke machine reed uit, draaide zich om en reed met afgezette motoren naar de hangars. Daar wachtte een grote, zwarte reiswagen. Alsof hij een president-directeur afhaalde, stond een chauffeur naast het reeds geopende portier en keek naar het bijdraaiende vliegtuig. Ietwat versuft stapte Birgit uit. Het was haar eerste vliegreis geweest en zo weinig ze ervan gemerkt had toen ze op enige duizenden meters hoogte boven het land en de Alpen zweefden, zo zeer was ze misselijk geworden toen ze landden. Nu ademde ze krachtig de frisse morgenlucht in en voelde hoe de druk op haar maag verminderde.

'Onze auto,' zei Zuraida. Ze wenkte de beide piloten ten afscheid toe, die in de cockpit bleven en de machine lieten wegrollen naar de grote hallen.

'Goedendag,' zei de chauffeur in een Duits met een keelklank en wees naar de wagen. 'Instappen alstublieft. Weinig tijd. Zijn een uur te laat –'

Birgit liet zich in de dikke, zachte kussens vallen. De chauffeur sloeg de deur dicht en wendde zich tot Zuraida.

'Ze hebben het kind ontvoerd –' zei hij zacht in zijn moedertaal.

'Wat een gemene streek.' Zuraida deed alsof ze iets in haar reistas zocht. 'Wie?'

'De anderen. Men wil de vrouw dwingen niet op reis te gaan en om te keren.'

'Wanneer is het gebeurd?'

'Gisteravond. Jullie komen een dag te laat.'

'De majoor moest de vrouw eerst nog inenten.' Zuraida klapte haar reistas weer dicht. 'Staat er al wat in de kranten?'

'Nog niet.'

'Alle kranten moeten bij haar vandaan gehouden worden.'

Zuraida ging naar voren, naar haar zitplaats. 'Van het kind mag ze pas horen als ze in Egypte is. En dan is ze dichter bij haar man dan bij haar jongen. Haar beslissing zal dus duidelijk zijn.'

Wat later bromde de grote wagen over de Strada del Sol naar het Zuiden. Op de achterbank was Birgit uitgeput in slaap gevallen. Deze morgen echter werden ook de titelpagina's van de grote dagbladen tijdens het drukken verwisseld en werd een nieuwe cylinder in de rotatiepers geschoven.

Een kop met balken.

Detlef-Jörg Brockmann ontvoerd. De zoon van de bekende raketonderzoeker – slachtoffer van een politieke machtsstrijd?

Een uur later riepen de krantenjongens in Rome het op straat.

Cappafolio was werkelijk een troosteloos vissersgat. Behalve precies negenendertig huizen van ruw uitgehouwen steen en een kapel, die iedere zondag door een jonge priester werd bezocht om de vissers een zondagse zegen te bezorgen, was er iets buiten Cappafolio alleen nog een klein kampeerterrein. Het lag aan een breed zandstrand en werd alleen door 'kenners' gebruikt, meestal Engelsen die naar de zon verlangden, die zich niet bekommerden om de volledige eenzaamheid, maar hier in het voorjaar en de zomer een piepkleine Engelse kolonie vormden.

Verder was er niets dan zee, met kiezelstenen gemengd zand, naar het land toe oplopende bergen die door de zon uitgegloeid waren en verdorde houten palen, waaraan de vissers hun netten lieten drogen. Het bijzondere van dit eenzame vissersdorp was echter een aanlegsteiger, die pas een jaar geleden door een vreemde ploeg bouwarbeiders in zee gebouwd was. Op ongeregelde tijden ging daar een witte motorboot voor anker. Hij nam onbekenden, die met grote reiswagens aankwamen, aan boord, en als een spookschip verdween het dan weer. Meestal 's nachts. De vissers van Cappafolio dachten daar weinig over na. Voor hen was deze motorboot een extra bron van inkomsten. Hij bracht bij iedere keer dat hij aanlegde voor ieder van de negenendertig huizen een goede opdracht mee. Hij kocht alle pas gevangen vis op zonder naar soorten en kwaliteitsklassen te vragen en betaalde de hoogste prijzen.

Birgit Brockmann zat vermoeid en verslagen achterin de wagen naast Zuraida toen ze in de late namiddag Cappafolio bereikten. Het geopende schuifdak gaf weinig verfrissing. Er woei zand en stof door naar binnen en dat overtrok alles als met grijs meel.

'Het schip is er nog niet,' zei Zuraida en boog zich voorover naar de totnutoe zwijgende chauffeur. Ze waren over de smalle weg uit de bergen gekomen en konden het dorp en de zee overzien.

'Weer pech met de tijd.' De chauffeur keek op zijn polshorloge. 'Het hele plan loopt in het honderd. Ergens is er iets niet pluis. We zullen nu wel tot de volgende nacht moeten wachten –'

Ze reden naar een groot huis, dat breder en langer was dan de andere stenen huizen. Het behoorde toe aan de 'burgemeester' Renato en bezat als enig huis drie kamers, die men kon verhuren. Renato hield ze pijnlijk schoon en incasseerde daarvoor prijzen die het 'Palacehotel' in Rome anders op de rekening zet.

Renato stond al voor de deur toen de grote wagen met knarsende remmen stopte.

'Welkom!' riep hij en maakte drie diepe buigingen. 'O, er is ook een bella bionda bij. Ik zal de beste wijn uit de kelder halen, die er maar te krijgen is. Wilt u een gebraden lammetje of moet het vis zijn? Frutti di mare – o, madonna.' Hij klakte met zijn tong, klemde de bagage onder zijn armen en rende het huis weer in.

Birgit Brockmann at weinig. De vermoeidheid zat als lood in haar ledematen. Ze dronk drie slokjes wijn, veegde daarna haar blonde haar uit haar ogen en keek Zuraida aan alsof ze om excuus vroeg.

'Ik ben totaal uitgeput. Ik ga wat liggen –'

'Ik zal je waarschuwen als de boot komt.' Zuraida knikte. Maar voordat Birgit van tafel kon gaan, pakte Zuraida haar hand en hield die vast. 'Ben je bang?' vroeg ze zacht.

'Bang? Nee. Waarvoor?'

'Wat wij van plan zijn, is uniek. Ik zou me kunnen voorstellen, dat je bang was. Ik voel me ook niet zo prettig.'

'Ik zoek mijn man.' Birgit Brockmann maakte haar arm los uit de omklemming van Zuraida. 'De gedachte alleen, dat Alf leeft, geeft me zoveel kracht, dat niets me in de war kan brengen... ook niet de angst voor het onbekende.'

Op haar kamer ging Birgit bij het raam zitten en staarde naar de zee, waarin de ondergaande zon eruit zag als gesmolten goud. Ze was moe, maar het was niet mogelijk om te gaan liggen en te slapen. Haar zenuwen vibreerden, ze trilde over haar hele lichaam. Wat Zuraida tevoren gezegd had klopte. Hoe verder ze naar het Zuiden gekomen waren, eerst met het vliegtuig, dan met de auto, hoe meer haar angst toenam. Zij had zich met een deling van haar ziel en gevoelens ingelaten, waarover ze het met zichzelf nog niet eens was: Hier haar man Alf, die volgens zeggen dood zou zijn – daar de kleine Jörgi, die nu dagelijks naar zijn moeder zou vragen en steeds weer ontwijkende antwoorden kreeg.

Onrustig liep Birgit in de grote, lage kamer op en neer. Ze kon zelfs niet meer bij het raam zitten. 'Ik hou vol,' zei ze hardop tegen zichzelf en schrok van haar eigen stem. Deze klonk hol en alsof ze in een grote ruimte werd geblazen. 'Ik heb de kracht Alf te zoeken. Ik heb de kracht. Die heb ik.'

Er werd aan de deur geklopt. Birgit dook van schrik in elkaar en zei luid: 'Wie is daar?'

'Signora, alstublieft –'

Renato, de burgemeester. Birgit opende de deur op een kier en keek in het glimlachende gezicht van de visser. Hij had een klein pakje kranten onder zijn arm en hield ze Birgit voor.

'Dank u.' Ze nam de kranten aan, sloot de deur en wierp de bladen op de tafel. Renato verwijderde zich hoofdschuddend. Blonde dames in Italië zijn anders minder afwijzend.

De kranten, die Renato gebracht had, kwamen van zijn zoon, die een buitenbeentje was en geen visser, maar vrachtwagenchauffeur geworden was. Ook vandaag had hij de ochtendkranten uit Rome meegebracht.

Terwijl Birgit weer met haar onrustige wandeling door de kamer begon, zat achter het huis de chauffeur in de grote wagen. Hij had de antenne uitgeschoven, maar niet voor muziek, want onder het dashboard, bevond zich, uitklapbaar, een seinsleutel en de antenne was een kortegolfzender. Een paar minuten luisterde de chauffeur naar het zachte tikken, dat in zijn koptelefoon te horen was. Wat hij hoorde, schreef hij op. Daarna schakelde hij om op zender en meldde: 'Alles begrepen. Over.'

'Ze komen vannacht,' zei hij toen hij bij Zuraida in de woonkamer terugkwam. 'Er zijn moeilijkheden geweest. Er moet aan de Nijl ergens iets misgegaan zijn. We worden ook niet in Bengasi aan land gezet, maar ergens in de Nijldelta. Daar zal men ons verwachten.' Zuraida las het papiertje met de melding, daarna hield ze er een lucifer bij en liet het papier verbranden. Zelfs de as wreef ze nog tussen haar handen fijn en strooide hem uit het raam in het goudgele zand.

'Hoofdzaak is, dat we vannacht nog uit dit gat wegkomen,' zei ze zacht. 'Ik heb zo'n merkwaardig gevoel. Als Birgit van de zaak met haar jongen hoort –'

'Hoe zou dat kunnen?' De chauffeur maakte een afwijzend gebaar. 'Hier zijn geen kranten... en in Egypte zal ze andere zorgen hebben.'

INTUSSEN bladerde Birgit lusteloos en alleen maar om afleiding te zoeken van de angstige gedachten over haar krankzinnige onderneming in de kranten en tijdschriften, die Renato haar had gebracht. Ze kende geen Italiaans. De grote koppen zeiden haar niets, waren alleen maar een klank van een taal. Van de foto's uit de politiek en het maatschappelijke leven walgde ze op het moment. Glimlachende gezichten, gelukkige ogen, paartjes die elkaar kusten, naakte schoonheden aan het strand... en in de woestijn verdwijnt een man en niemand maakt er zich druk over.

De laatste krant, een Romeins ochtendblad, lag onderop en Birgit wilde het al wegleggen net als de andere kranten toen haar blik op een reusachtige kop op de eerste pagina viel. Een dikke kop met balken. Een naam, die maar éénmaal op de wereld voorkwam.

Detlef-Jörg Brockmann.

Met een kleine kreet hield ze het blad omhoog en ging bij het raam staan om in het avondlicht beter te kunnen lezen. De drie stappen daarheen waren een kwelling, waren het wegslepen van benen die honderd kilo wogen.

Voor haar ogen verwaterden de grote letters toen ze de naam Jörgi weer las. Ze leunde tegen de muur en begroef haar vingers in het papier, omdat ze voelde, dat de krant uit haar handen viel. Jörgi –

Er moest iets verschrikkelijks zijn gebeurd, als zelfs de Italiaanse kranten zo'n uitgebreid verslag gaven. Uit de wegzwemmende letters, die in rode en gele cirkels voor haar ogen dansten, onderscheidde ze woorden, die ze niet begreep, maar het woord 'morte' zag ze nergens. Dood is hij niet, – dat was het enige, wat ze tegen zichzelf riep op dit moment. Hij is niet dood. Maar iets is er met Jörgi gebeurd, hij is het middelpunt van de belangstelling van de wereld geworden, hij –

En plotseling wist ze het. Op dit moment van beseffen stond het haar heel koud, heel duidelijk voor ogen: Men had Jörgi als pressiemiddel gebruikt. Men had Jörgi in de onderaardse strijd betrokken.

Zij balde haar vuisten, scheurde de eerste pagina van de krant af en stopte hem opgevouwen in haar blouse. De geweldige opwinding viel van haar af. Ze stond er zelf verbaasd van, hoe weinig hartstochtelijk ze opeens kon denken, hoe ijskoud en berekenend, hoe logisch en consequent.

Dat is een bewijs dat Alf leeft, dacht ze. Jörgi moet verhinderen, dat ik hem ga zoeken. Niemand weet, wat er met hem gaat gebeuren, of men hem werkelijk levend terugbrengt, als ik terugkeer, of hij eigenlijk nog wel leeft, op dit moment, dat ik de krantenpagina op mijn hart verstop.

Wat moet ik doen, riep een stem in haar binnenste. Mijn God, help mij, wat moet ik doen? Ze zat met gevouwen handen midden in de kamer en voelde zich uitgeblust.

Moet ik verder reizen naar Egypte? Moet ik terugkeren en daarmee Jörgi redden? Er is immers nu maar één beslissing mogelijk: Alf of mijn kind.

O God, wat moet ik doen?

Haar hoofd viel op het tafelblad. Zo lag ze een hele tijd, als het ware bewusteloos, maar haar hersenen waren tot een slagveld van tegenstrijdige gevoelens geworden.

Terug... dat was het sterkste in haar. Terug naar Jörgi. Het kind had zijn moeder nodig, en zij alleen was het, die het kind kon redden, als zij haar man opgaf. Jörgi zou weer worden vrijgelaten als zij in Lübeck aankwam. Hij was de sterkste kabel, die haar kon binden, de dikste muur voor de waarheid, die zij niet mocht weten.

Terug. Die beslissing was vanzelfsprekend. Welke moeder laat haar kind in gevaar? Dit terug betekende echter ook het uiteindelijke opgeven van Alf. Dit terug betekende: Hij is dood. Hij zal nooit weer terugkomen. Iemand is voor altijd verdwenen.

Birgit stond op en liep naar het raam. Boven de zee lag de nacht, het zachte klotsen van de golven die op het zand spoelden was het enige geluid.

'O Alf... Alf...' stamelde Birgit en drukte haar voorhoofd tegen de ruiten. 'Je moet het begrijpen... en je zal het ook begrijpen... Onze Jörgi... ons kind... alles wat we hebben op deze wereld... Vaarwel, Alf... Je weet hoe ik je liefheb... maar Jörgi, onze kleine onschuldige Jörgi...'

Haar stem brak af. Ze zonk voor het raam door haar knieën, sloeg haar handen voor het gezicht en huilde vrijuit.

Hoe lang ze zo op haar knieën gelegen had, wist ze niet. Ze sprong van schrik op, toen ze stappen op de trap hoorde. Toen werd er ook geklopt, Birgit sprong op en steunde tegen de muur. Zuraida. De stem van de ondraaglijk geworden werkelijkheid.

'Wil je niet beneden bij ons komen?' vroeg het meisje en klopte nog een keer op de deur.

Birgit drukte haar handen tegen haar hart. Ze deed moeite om volledig onbevangen te antwoorden. Het lukte haar zo goed, dat ze er zich zelf over verwonderde.

'Dank je, Zuraida. Ik ben even gaan liggen. Of is het schip er al?'

'Nee. Nog niet. Goed, ga nog maar wat slapen. Ik wek je zo gauw we het schip zien. Heb je eigenlijk helemaal geen honger?'

'Nee. Ik ben op van de reis.' Birgit probeerde zelfs te lachen. 'Ik weet dat ik een tamelijk zwakke avonturierster ben.'

'Het is allemaal een kwestie van wennen. En verder ben ik immers altijd bij je. Welterusten, Birgit.'

'Dank je, Zuraida.'

Zachte stappen, de trap weer af. Het slaan van een deur beneden in de gang.

Birgit Brockmann wachtte en legde haar oor tegen de deur. Heel in de verte hoorde ze muziek. In de woonkamer amuseerden Zuraida, Renato, de burgemeester en de chauffeur zich bij muziek uit een zakradio. Ik ben immers altijd bij je... deze laatste zin had voor Birgit plotseling duidelijk gemaakt wat ze in werkelijkheid was: een gevangene van de geheime dienst, die er alles op gezet had Alf Brockmann op te sporen en uit Egypte te halen. Het had helemaal geen zin om Zuraida de krant te laten zien, haar te smeken terug te keren naar Lübeck, alles op te geven en Jörgi te redden. Het tegendeel zou het geval zijn. Men zou haar dag en nacht bewaken, haar, die de sleutelfiguur in de strijd om Alf Brockmann was geworden, en men zou het uitgestippelde plan uitvoeren zonder er rekening mee te houden of Jörgi daarbij opgeofferd zou worden of niet.

Birgits besluit kwam net zo plotseling als het besef slechts een speelbal van intriges en machtsstrijd te zijn.

Vluchten, dacht ze. Vandaag nog, deze nacht! Eerst maar ergens heen... naar het Noorden of naar het Zuiden, dat is precies gelijk. Alleen maar weg uit dit nauwelijks begonnen avontuur, me alleen maar verbergen voor alle naspeuringen, misschien een paar dagen, tot alle sporen uitgewist zijn en dan terug naar Lübeck, ook al wordt het een weg door de hel.

Om haar kind te redden vecht een moeder zelfs met de duivel.

Birgit opende zachtjes het raam. Vanuit haar kamer tot op de zandige grond waren het nauwelijks drie meter. Als ze naar beneden sprong zou niemand het horen. Ook kon niemand haar zien, want de woonkamer van Renato lag aan de voorkant, terwijl haar kamer aan de zijkant, aan de kant van de zee, lag.

Met bevende handen stopte ze het meest noodzakelijke in haar reistas. Daarbij merkte ze met grote schrik, dat de wat kleinere tas, waarin haar geld, haar pas en alle papieren zaten, zich beneden bij de bagage van Zuraida bevond.

Weer aarzelde Birgit slechts één moment. Maar er was geen weg terug meer. Ze vermoedde, dat ze op het moment dat ze Zuraida de krant liet zien een soort gevangene zou zijn. Er bestond slechts één vrijheid voor haar... de vlucht in het ongewisse, de weg in de duisternis en door de duisternis.

Zonder pas, zonder geld, een bijna naakt mens.

Birgit drukte de reistas tegen zich aan, klom op het smalle raamkozijn, bracht haar benen naar buiten en sprong. Ze kwam met een dof geluid neer, veerde door haar knieën, viel voorover en steunde zich met beide handen. De reistas rolde een meter verder. In het zand hurkend, met ingehouden adem, bleef ze zitten luisteren en wachten, zoals een haas die naar alle kanten kijkt of het wel veilig is. Daarna, toen zich niets in het huis bewoog, kroop zij naar haar tas en rende langs de huismuur, langs de stal, door de tuin, tussen de netten door naar de bergen, maakte toen een omweg en keerde terug naar de zee. Op de tocht had ze uit de verte de kleurige vlaggetjes van het kampeerterrein gezien. Daar wilde ze nu heen. Onder de mensen... dat was haar enige gedachte. Tussen andere mensen ben ik veilig.

Het duurde bijna een uur voordat ze het kampeerterrein bereikte. Een oude wagen met een Engels nummerbord hobbelde juist tussen de tenten door naar de toegangsweg. Op het dak, op het imperiaal was de in tentdoek verpakte kampeeruitrusting opgestapeld.

Birgit ging op de weg staan en wenkte met beide armen. Knarsend stopte de wagen, een smal, bruinverbrand gezicht kwam voor het geopende venster.

'Wat is er aan de hand?' vroeg de man in het Engels. Door het andere raam kwam nu het hoofd van een vrouw. Haar vaalblonde haar was met veel papillotten gekruld.

'Gaat u weg?' vroeg Birgit en haalde al haar school-Engels bij elkaar. 'Gaat u naar het binnenland?'

'Ja.' De man nam haar kritisch op. 'En?'

'Kunt u mij meenemen?'

'Nee. Waarom?'

'U heeft achterin toch nog een plaats vrij.'

'Twee zelfs!' riep de vrouw met de papillotten geërgerd. 'Maar wij nemen geen vreemden mee. Rijden, Philipp.'

Birgit hief weer smekend haar handen omhoog, toen het geluid van de motor aanzwol. Ze had haar grote kans te pakken om nog deze nacht zo ver mogelijk van Cappafolio weg te komen, zodat al het zoeken, als men haar vlucht ontdekte, tevergeefs zou zijn.

'Neemt u mij alstublieft mee. Zie ik er uit als een gangster? Integendeel – ik ben zelf overvallen.' Birgit begon te huilen. Ze wilde huilen en het kostte haar geen moeite. Ze hoefde alleen maar aan Jörgi te denken.

'Overvallen. Dat is interessant, Mabel.' Philipp, zoals de man door zijn vrouw genoemd werd, deed de deur open. 'Stapt u in, miss –' 'Berta Koller –' zei Birgit met tegenwoordigheid van geest.

'– Miss Koller.'

Later, tijdens de tocht, vertelde Birgit een wilde geschiedenis van een overval in de bergen. Men had haar kleine wagen, al het geld en alle papieren afgenomen. 'U heeft toch gehoord,' zei ze ten slotte, 'dat juist hier in de bergen nog de laatste straatrovers verblijven.'

Philipp en Mabel hadden het niet gehoord, ze kampeerden al voor het derde jaar bij Cappafolio. Ze geloofden ook geen woord van de geschiedenis van de overval, maar ze vroegen ook niet verder. In Potenza, de op 823 meter hoogte gelegen bergstad in de Lukanische Apennijnen, hielden ze de eerste rust.

Daar liet Birgit ook het krantenartikel vertalen.

Detlef-Jörg Brockmann, de zoon van de Duitse raketonderzoeker, ontvoerd. Is het een politieke misdaad? Totnutoe geen spoor van de jongen.

Ontvoerd.

Birgit Brockmann stopte het verfrommelde krantenpapier weer in de opening van haar blouse. Eén moment raapte ze al haar kracht bij elkaar om tegen zichzelf te zeggen: Ook dat houdt me niet terug van het zoeken naar Alf... maar dat was zelfbedrog. De smart, Jörgi verloren te hebben, was zo geweldig, dat ze na een hulpzoekende blik naar Philipp en Mabel door haar knieën zakte en bewusteloos naast de auto in het verdorde gras viel.

OM vier uur 's morgens gleden een groen en een rood positielicht door de nacht in de richting van de kust bij Cappafolio. Daarna zag men de omtrekken van een mooi, wit schip, dat met afgezette motoren naar de aanlegsteiger dreef en als een bizarre witte zwaan op de lichte golfslag schommelde.

Zuraida, door burgemeester Renato gewekt, rende de trap op naar Birgit's kamer en klopte.

'Opstaan!' riep ze. 'Het schip is er. Doe open –'

Na een keer of tien kloppen zonder dat er antwoord kwam werd Zuraida steenkoud. Ze rende de trap af, riep wat tegen de chauffeur en beiden renden de trap weer op. In de gang hoorde Renato, die krampachtig in zijn handen wreef, hoe na vier dreunende slagen de deur versplinterde. Daarna rende Zuraida de trap weer af, het huis uit en bleef onder het geopende raam staan. Boven kwam het hoofd van de chauffeur naar buiten.

'Hier zijn haar sporen,' hijgde Zuraida. 'Heel duidelijk. Ze zijn nog vers, ze kan nog niet ver weg zijn.'

Terwijl het witte schip aanlegde, raasde de donkere reiswagen over de bergweg. Hij kwam op de terugweg ook langs het kampeerterrein. Maar hier sliep alles. De beheerder had geen jonge, blonde vrouw gezien. 'Zoiets zou mij toch opvallen, signore,' zei hij trouwhartig. 'Zo blond is toch iets voor het hart –'

Zuraida stond intussen tegenover de kapitein van het jacht, majoor Ephraim Ganal.

'Een vervelende zaak,' zei majoor Ganal ernstig. 'U zult zich moeten verantwoorden. U had de opdracht niet van de zijde van mevrouw Brockmann te wijken. Het enige, wat wij kunnen doen, is het huis in Lübeck bewaken. Wat er echter in de toekomst tussen Lübeck en Cairo gebeurt, onttrekt zich aan onze aandacht – behalve wanneer we een ontzettend geluk hebben. En daaraan geloof ik niet. Ik ben realist.'

Zuraida liet haar hoofd hangen. Haar zwarte haar viel over haar bleke gezicht. 'Wat... wat gebeurt er nu met mij?' vroeg zij. Haar stem klonk zo iel als een kinderstemmetje en trilde.

Majoor Ganal beet op zijn lippen. 'We zullen u naar de centrale brengen, Zuraida,' zei hij. 'Die alleen beslist. Mijn opdracht is het, heen en weer te varen.'

Tegen alle plannen in bleef het witte jacht tot de middag aan de steiger liggen. Matrozen zwermden uit en vroegen overal naar een blonde vrouw. Een contactman in Napels en in Rome werden op de hoogte gesteld, dat was alles, wat men kon doen.

Birgit Brockmann bleef weg.

Ook het zoeken naar een oude Engelse auto, die 's nachts het kampeerterrein had verlaten en die Birgit had kunnen meenemen, draaide op niets uit.

'Er blijft werkelijk nog één hoop over,' zei majoor Ganal, toen hij alle resultaten van het zoeken op hun waarde toetste. 'Mevrouw Brockmann heeft geen geld en geen pas bij zich. Geld is niet zo belangrijk... maar de papieren. Zonder pas is tegenwoordig een mens niet in staat te leven. Ergens moet ze dus opduiken om zich nieuwe papieren te verschaffen. Dat is alleen mogelijk bij een Duits consulaat. We zullen vanaf nu alle Duitse consulaten in Italië in de gaten laten houden. Dat is onze laatste zweem van hoop –' Maar ook deze vervloog, toen na een week Birgit Brockmann bij geen enkel consulaat gezien werd. Des te nauwkeuriger werd het kleine huis aan het kanaal bewaakt.

De ontbrekende afgescheurde titelpagina van de krant, die men op de tafel had gevonden, wees duidelijk de weg. Het was duidelijk, dat een moeder haar kind niet in gevaar laat.

Alleen – hoe komt een vrouw zonder pas van Zuid-Italië naar Lübeck? En zo wachtte men op het opduiken van Birgit Brockmann als op het verschijnen van een natuurgebeuren.

In Lübeck was men geen stap verdergekomen.

De ingeschakelde politieke afdeling van de recherche liep vast.

De rechercheur bracht Konrad Gerrath met een zuur gezicht verslag uit van zijn mislukkingen.

'We lopen tegen een muur van zwijgen en niet-begrijpen,' zei hij. 'Het huis Elbaussicht. Vals spoor. Daar wonen brave handelaars die nog nooit van een geheime dienst gehoord hebben. Het Egyptische consulaat? Dat weet zich niets te herinneren –'

'Maar dat is toch onmogelijk.' Gerrath stak met bevende vingers een sigaar aan. 'Ik was daar toch zelf. Ik kan u precies beschrijven hoe het er in de kamer van de consul uit zag. Als je door de deur naar binnen komt, dan staat links –'

'Ik geloof u wel, hoor,' zei de rechercheur enigszins gekweld. 'Maar bewijst u het eens zonder grote politieke controversen te veroorzaken. Met fluwelen handschoentjes aanpakken luidt ons devies. Niemand irriteren, altijd zó doen alsof iedereen de waarheid zegt. En dan handelen. Maar ook hier: voorzichtigheid. Beste man, er is geen linkere zaak dan de geheime diensten. En in deze molen bent u terechtgekomen –'

'En wat nu?' vroeg Gerrath hees.

'Laten we afwachten, wat er gebeurt. Onze V-mannen hebben ook geen vermoeden en juist zij zouden moeten weten, waar de jongen is.

Hier is echter de muur van zwijgen absoluut.' De rechercheur boog zich voorover naar Gerrath. 'Zegt u eens – die Brockmann, is dat werkelijk zo'n belangrijke man?'

'Hij is raketspecialist.'

'Dat weet ik. Maar daar zijn er veel van.'

'En bovendien is hij op zijn gebied, dat wat men een genie noemt.' Gerrath legde zijn sigaar weg, hij smaakte plotseling bitter. 'Het is u dus volledig duidelijk dat het verdwijnen van Jörgi een politieke ontvoering is.'

'Ja,' antwoordde de rechercheur zonder aarzelen.

'En wat raadt u me aan?'

'Het meest verstandige: zorgt u dat Mevrouw Birgit terugkomt.'

'Ik weet niet waar ze op het ogenblik is.' Gerrath haalde hulpeloos zijn schouders op. 'Ergens in het Zuiden... de mensen aan de Elbaussicht weten het precies.'

'De onschuldige handelaars.' De rechercheur keek naar zijn ineen gestrengelde vingers. 'Dan blijft er voor ons nog maar één weg over, die ik het minst kan waarderen: het grote theater in de krantenwereld.

Wij zullen het bericht van de ontvoering van het kind vrijgeven. Misschien leest mevrouw Birgit ergens het bericht en komt terug.'

'Misschien –' Konrad Gerrath stond op en liep opgewonden heen en weer. 'Maar zo gauw geef ik me niet gewonnen. Ik zal er op eigen gelegenheid achter komen. Ik zal de sporen vinden. Ik zal het roepende geweten worden.'

'Bij tegenspelers, die geen geweten kennen? Gerrath, ik waarschuw u in alle vriendschap. Als u er alleen op uit gaat, bent u volledig zonder bescherming.'

'Dat weet ik!' riep Gerrath verbitterd.

'Geen enkele Duitse dienst kan u steunen. Integendeel – als iemand klachten over u heeft, moeten wij u tegenhouden. In het belang van de openbare veiligheid, zoals het zo mooi heet. Laat de tijd het werk voor u doen –'

'En de kleine Jörgi?' schreeuwde Gerrath.

De rechercheur haalde zijn schouders op. 'Ook hier zal de tijd veel doen.'

'Heel juist. Hij zal tot ontbinding overgaan –'

'Gerrath.' De rechercheur stond op en legde zijn hand op Gerrath's schouder. 'Ik begrijp uw leed en uw geweldige opwinding. Maar begrijpt u mij alstublieft ook. Onze mogelijkheden zijn uitgeput, omdat er maar weinig mogelijkheden zijn en alle personen die er deel aan hebben de diplomatieke onschendbaarheid bezitten. Wij kunnen werkelijk alleen maar op het beroemde toeval – of op een wonder hopen.'

Konrad Gerrath was niet bereid op dit wonder te wachten. Diezelfde nacht reed hij nog naar Hamburg en begon bij alle diensten die hij met Birgit bezocht had, navraag te doen.

Het begon in het Egyptische consulaat.

Een employé van het consulaat keek Gerrath verwonderd aan en schudde zijn hoofd.

'Er is ons niets bekend,' zei hij beleefd met een passend glimlachje.

'Maar ik ben toch hier geweest! U hebt me zelf bij de consul gebracht!' riep Gerrath.

'Ik? Nee. Ik ken u helemaal niet. Ik heb u nooit gezien, meneer.'

De consulaire ambtenaar glimlachte versteend. 'En een dame? Zoiets onthoudt men toch –'

'Ik kan u precies vertellen hoe het er daar achter de deur in de werkkamer van de consul uit ziet.'

'Waarom? Ik weet hoe het er daar uitziet.' De Egyptenaar stond op, ten teken dat hij het onderhoud als beëindigd beschouwde. 'Meneer, u moet zich vergissen. Alstublieft, frist u uw herinnering nog eens op.'

'En de urn? De beide doodsoorkonden?' schreeuwde Gerrath en balde zijn vuisten in onmachtige woede.

'O, de zaak Brockmann? Tragisch, niet? U kent de arme weduwe?' Gerrath gaf het op. Hij verliet het consulaat, alsof hij vluchtte voor een vuur dat hem op de hielen zat.

In het huis aan de Elbaussicht was het niet anders. Daar opende een jonge man de deur en bracht Gerrath, die van opwinding zweette, naar hetzelfde vertrek waarin hij met Birgit en de officieren had gezeten. De grote tafel stond nog midden in de kamer, waarop de kaarten hadden gelegen. En daar, dacht Gerrath, had dat geheimzinnige meisje gezeten. Zuraida heette ze.

'Hier? Hier hebben nooit officieren gewoond, meneer,' zei de jonge man beleefd, maar vastberaden, toen Gerrath naar de tafel wees en hem ernaar vroeg. 'Wij zijn een exportfirma voor tapijten en geweven stoffen. Nog jong, in opbouw, daarom ziet het er hier allemaal nog een beetje geïmproviseerd uit. Maar officieren? Nee. Hoe komt u daarbij? Ik dacht dat u ons een opdracht wilde –'

Konrad Gerrath liet zich in een van de stoelen neervallen en legde zijn hoofd achterover. 'Ik word gek –' steunde hij. 'Ik begin aan mijn eigen verstand te twijfelen. Hier, hier op deze stoel heb ik gezeten en tegenover mij zat een majoor David Goldsohn –'

'Er is in onze firma geen meneer Goldsohn,' zei de jonge man en glimlachte brutaal. 'Bent u zeker dat u zich niet in het adres vergist hebt? Hier is Elbaussicht 17 –'

Konrad Gerrath verliet ook dit huis met het gevoel door vuur en water getrokken te zijn. Hij liep naar de oever van de Elbe en keek wanhopig over de brede, trage stroom.

De muur van zwijgen. Niemand zou hem omver kunnen halen. En nooit zou men meer iets van Jörgi horen. Men had hem laten verdwijnen zoals eerst zijn vader Alf Brockmann.

Wat is een mens waard als het om de macht van een staat gaat? Verder, dacht Gerrath. Niet loslaten. Het geweten raakt nooit vermoeid. Wie niet op het gloeiende ijzer slaat, kan ook geen vonken zien. En ik zal slaan, steeds en steeds weer, tot er een zwakke plek ontstaat, tot de ketting breekt, want het is een oude wijsheid, dat een ketting altijd zo sterk is als zijn zwakste schakel.

Na veertien dagen wist Gerrath, dat er in Duitsland en nergens op de wereld een instelling was, die zich voor het lot van Jörgi en Birgit en zeker voor het lot van Alf Brockmann interesseerde. Een ambtenaar, in Bonn, zei het zelfs heel duidelijk, privé, bij een kopje koffie in de Beethovenhal:

'Beste heer Gerrath, uiteindelijk is die Brockmann er zelf allemaal de schuld van. Waarom gaat hij naar de Arabieren en bouwt raketten? Waarom blijft hij niet hier?'

'Omdat ons vaderland miljoenen voor de cultivering van het oerwoud en nog meer miljoenen voor de zin "de Berlijnse muur moet weg", die een of andere negervorst langs zijn neus weg gezegd heeft, wil uitgeven maar niet voor wetenschappelijk onderzoek.'

BERTA Koller had een zenuwschok opgelopen. Ze werd voor een kuur naar het Zwarte Woud gestuurd, het kleine huis aan het kanaal werd afgesloten. Het was uitgestorven. Met zijn neergelaten jaloezieën en de snel verwilderende tuin zag het er uit als een dodenhuis.

Konrad Gerrath probeerde het nog één keer. Hij vluchtte in de openbaarheid. Hij wilde aan het geweten appelleren.

Hij schreef een groot artikel in een krant. Hij beschreef alles. Hij beschreef de samenwerking met de officieren, de opengezaagde urn, Zuraida, het consulaat, de merkwaardige doodsoorkonde.

Het was een wild detective-verhaal... tenminste, zo werd het opgevat. Bij de ochtendkoffie werd het gelezen, 's avonds was men het al weer vergeten. De lotto-uitslagen waren belangrijker. En bovendien waren er nog interessante spelen in de Bundesliga.

Alleen Gerrath zelf merkte iets van de uitwerking. Op zijn schrijftafel op zijn kantoor ontving hij met de volgende post een brief zonder afzender. Met Oostindische inkt en grote letters stond er één enkele zin in:

'Wie langer wil leven, zwijgt.'

Gerrath bracht de brief direct naar de recherche. Daar schudde men het hoofd en glimlachte verlegen.

'Een naar grapje, meneer,' zei men afwijzend. 'U weet toch... sommigen houden van sensatie –'

En daarna weer zwijgen.

Een oorlog in het donker gevoerd moet in het donker blijven –

EEN week na zijn ontvoering werd Jörgi plotseling ziek. Zareb, die iedere dag keek of alles goed ging, stond voor het bed en keek naar de jongen die koorts had. Het gezicht van Jörgi was rood en van pijn vertrokken. Hij drukte beide handen op zijn buik en jammerde zacht. 'Dat ontbreekt er nog maar aan,' zei Zareb gedrukt. 'Zo als hij erbij ligt, ziet het er naar een blindedarmontsteking uit.' Hij dekte Jörgi weer toe en verliet samen met de huisbeheerder de kamer. Vanuit een soort bibliotheek telefoneerde hij met het consulaat.

'Ja, stuurt u dokter Sikku hier naartoe. Maar ik geloof, dat ook hij alleen maar kan vaststellen, dat het de blindedarm is. En wat dan? Hij kan toch niet in een ziekenhuis? Zal ik hem een spuitje geven –' Zareb hoorde met gerimpeld voorhoofd, wat de partner aan de andere kant van de lijn tegen hem zei. Dan legde hij de hoorn er weer op en draaide zich om naar de beheerder.

'Wat zegt hij?' vroeg deze. Zareb veegde zich over zijn voorhoofd.

'Dr. Sikku komt over een half uur. Wij moeten alles voorbereiden.'

'Het zuurbassin?'

'Nee.' Zareb ging zitten en stak met bevende handen een sigaret aan.

'Heet water, handdoeken. Je moet een tafel schoon schuren. Als het nodig is, moet hij de jongen hier opereren –'

'Wil hij de blindedarm eruit halen?'

'Ja.'

'Maar waarom dan? Het is toch eenvoudiger de jongen –'

Zareb Ibn Omduran maakte een afwijzend gebaar en trok aan zijn sigaret. 'Waarom zullen we denken?' zei hij zwaarmoedig. 'Politiek maken de anderen. Wij zijn alleen maar de vlooien die men uitstuurt om de anderen te bijten.' Hij stond op en ging de kamer uit om naar Jörgi te kijken. In de gang bleef hij staan en keek om naar de beheerder die hem hoofdschuddend volgde. 'Maar niet denken, vriend, dat bederft het leven. Bij ons in de woestijn heeft men een goed spreekwoord: Een kameel is waardevoller dan tien mensen. – Allah zij geklaagd... wij zijn de kamelen.'

Door de deur, door de lange gang, hoorden ze het jammeren en snikken van de koortsige Jörgi.

NA twee weken mocht Lore Hollerau opstaan. Met verbonden ogen ging ze aan de arm van Brockmann in de tuin van de moderne kliniek van Assiut wandelen.

Het was, alsof ze vermoedde, dat ook nadat de dikke hoofdverbanden eraf zouden zijn het altijd nacht om haar heen zou blijven. Vaak bleef zij staan, legde haar hoofd wat scheef en luisterde aandachtig naar geluiden om haar heen.

'Dat was een libelle, niet waar?' vroeg ze dan. 'Zij heeft een lang, spits lijf, dat groen glanst in de zon en haar vleugels zijn doorzichtig alsof ze van zijdepapier gemaakt zijn. Is dat zo?'

'Ja –' zei Alf Brockmann dan. Of ook 'nee' als ze zich vergist had. Hij gaf zijn stem een normale klank, ook als hem iedere keer de keel dichtgesnoerd werd, als hij Lore daar zo zag staan, met dikke bandages om het hoofd, luisterend, en haar voor altijd donkere omgeving aftastte. Hij probeerde dan te troosten:

'Over vier weken gaan die verbanden eraf, Lore. Dan kun je weer dit mooie, en toch lelijke, land weer zien.'

'Gelooft u?' vroeg Lore dan. Haar glimlach was geforceerd. Een pas gesloten, nog rood litteken trok haar linker mondhoek wat naar beneden. Onder het verband, dat wist Brockmann, was haar gezicht onberoerd gebleven en dit ene litteken kon men later wegopereren. Ze had door haar snelle besluit geluk bij ongeluk gehad. Toen ze het sissende pakket wegwierp, was het ver genoeg om haar gezicht te redden... alleen drong er een kleine splinter tussen haar afwerende handen door en vernielde de oogzenuw. Een wond, die nauwelijks een zichtbaar litteken achter zou laten... maar de ogen, haar grote, bruine, koele, maar soms bij boosheid of lachen glinsterende ogen bleven voor altijd dood. Wat er over bleef, was haar gezicht, mooi, rijp, streng en toch aantrekkelijk, maar leeg door de nog slechts in de herinnering levende ogen.

Brockmann dacht aan haar dagboek, aan de enkele regels, waarmee ze haar hele verborgen en nooit zichtbaar geworden liefde neerschreef en hij sloeg zijn arm om haar schouders en drukte haar tegen zich aan.

'Laten we naar de wadi gaan,' zei hij. 'Daar is het koeler.'

Daarna zaten ze op een ruwe, stenen bank aan de oever, Lore hoorde het kabbelen van het ondiepe water, de uitroepen van de Arabieren, het gescheld van de lastdragers, het schreeuwen van badende kinderen, het veelstemmige gewirwar, commando's van voorbijtrekkende groepen soldaten, stappen op de maat en het gerammel van wapens, het loeien van runderen en de schreeuw van kamelen, het knarsen van het oude, reusachtige waterrad bij de bron, dat door twee ossen met oogkleppen gedraaid werd en zij vouwde haar handen in de schoot en deed net alsof ze alles zag.

Alf Brockmann was helemaal veranderd.

Birgit was dood. Haar urn stond nu in de tuin onder een maluwestruik. Jörgi woonde bij zijn grootmoeder, die wel van het kind hield, maar de vader haatte. Hij had met Assban daarover gesproken en deze had hem gezegd:

'Als de nasporingen van deze duivelse poging tot een aanslag zijn afgesloten, zullen wij uw jongen hier naartoe halen. Het is zelfs mogelijk, dat u drie maanden verlof krijgt om uw huishouding in Duitsland te ontbinden en geheel naar ons land te verhuizen. U weet, sir, dat wij u de Egyptische nationaliteit hebben aangeboden. U zoudt niet de enige Duitser zijn, die hier is gebleven en een Egyptische naam draagt.'

'Dat weet ik, generaal.' Alf Brockmann had toen langs Assban heen gekeken in de oneindige woestijn. 'Ik dank u voor uw hulp. Na de dood van Birgit is er niets meer wat me aan Duitsland bindt. Ik geloof dat ik uw aanbod zal aanvaarden. Op het ogenblik ben ik zo leeg als de woestijn... en net zo levenloos als het uitgegloeide zand –'

Generaal Yarib Assban wist het beste middel daartegen, zoals hij vanuit zijn Oosterse instelling aan alle dingen van het leven geloofde. Hij sprak Aisha aan, die aan de kant van het zwembassin zat en bladeren uit het water viste en trok haar aan haar haren overeind.

'Hoor eens, jij zwarte wilde kat,' zei hij streng. 'Ik heb gehoord, dat je bij deze blanke heer in dienst wilt treden?'

'Ja, generaal, als ik mag –' antwoordde Aisha angstig en sloeg haar ogen neer. Assban lachte en liet haar los.

'Houd je van hem?'

'Nee!' riep Aisha met gespeelde schrik.

'Lieg niet! Zal ik je laten slaan? Ik zie het aan je ogen... ze glimmen als de sterrenogen van de houris in de zevende hemel van Allah. Je kijkt naar de blanke heer en denkt aan het bed.'

'O heer,' stamelde Aisha en viel op haar knieën. 'Verraadt u me niet. Hij zal me anders niet nemen –'

Het lukte Aisha uitstekend deze rol te spelen. Generaal Assban maakte een afwijzend gebaar en schoof zijn onderlip naar voren.

'Ik sta het toe, zwarte satan,' zei hij en gaf Aisha een knipoogje. 'Jij treedt bij hem in dienst als meisje voor alles. Begrijp je: voor alles. Weet je, dat zijn vrouw gestorven is?'

'Ja, heer. Ik heb de urn gezien.'

'Een man zonder vrouw is een verdorde wijnstok, zegt de profeet. Zorg ervoor, dat mr. Brockmann niet verdort.'

'Heer –' Over Aisha's gezicht trok een rode gloed. Assban maakte een afwijzend gebaar.

'Doe niet zo preuts, hete merrie. Ik weet, dat je er dag en nacht van droomt. Ik wil het. Ik leg je bij hem in bed. En nog iets –' Hij boog zich voorover en pakte weer Aisha's lange, zwarte haar. 'Het hoort tot mijn plannen, dat jij in zijn bed ligt, hoor je? Ik laat je door een reusachtige Nubiër met zweepslagen straffen als je niet binnen de kortste tijd zijn geliefde geworden bent.'

'Wat noem je korte tijd, heer?' vroeg Aisha zacht.

'Een paar weken. Hij moet vergeten wat er geweest is. Jij moet zijn leven zoet maken en zijn toekomst vergulden. Hij moet gelukkig zijn. Gelukkige mannen vragen niet. Begrijp je?'

'Ik begrijp het, heer.'

'Jij treedt direct bij hem in dienst. Over drie weken wil ik weten of je van hem houdt.'

'Ja, heer. Ik zal mijn best doen.'

Aisha liet deemoedig haar hoofd hangen. Assban aarzelde, dan streek hij haar over het hoofd, de schouder, haar borsten en zuchtte daarbij zacht. Het is moeilijk voor een man, ook voor een generaal om schoonheid zo maar weg te geven.

Zo was nu ook Aisha altijd in de nabijheid van Alf, woonde met hem onder één dak, schudde zijn dekens op, poetste zijn schoenen, waste zijn hemden, serveerde hem vruchtesappen en stond – als hij thuis was – altijd achter hem, als een slaaf, die bereid is op een wenk van zijn heer in de Nijl tussen de krokodillen te springen.

Alf Brockmann was zich bewust van haar aanwezigheid, hij was beleefd tegen haar en hielp haar zelfs bij het opruimen, meer was er echter niet tussen hen. Het korte gevoel, het trillen van zijn zenuwen, dat ze bij hun eerste ontmoeting in de oase Bir Assi bemerkt hadden, was na de dood van Birgit uit Brockmann verdwenen. Na de aanslag op Lore Hollerau werd zijn verhouding tot Aisha nog anoniemer. Nu was hij er alleen nog maar voor Lore en voor het grote plan, alles wat er geweest was vergeten, een nieuw leven beginnen, onder een Egyptische naam, met Jörgi en Lore. En met Aisha natuurlijk. Met Aisha als de goede geest van het huis. Als geruisloze engel, die de alledaagse wensen mogelijk maakte.

Aisha voelde dat anders. Zij haatte Lore Hollerau vanaf het ogenblik, dat ze bemerkte dat haar blindheid de sterkste band tussen Alf en haar werd.

Een paar dagen had Aisha nodig om de gloed in zich te onderdrukken en niet toe te geven aan haar wilde gevoel 's nachts door het raam in de ziekenkamer van Lore te klimmen en de blinde te doden. Als Alf Brockmann met Lore ging wandelen, zat Aisha wanhopig bij het raam van haar kamer of rende naar de wadi, staarde over het leemkleurige water en vervloekte zichzelf, omdat haar hart bloedde en haar verlangen naar Alfs omarming zo groot in haar was en van dag tot dag groeide.

En nòg iets verstoorde de rust van Aisha: ze was bang.

Na de aanslag op Lore Hollerau had ze alle contacten met de bevelvoerende centrale afgebroken. Haar radio-apparaat, haar terreuruitrusting, haar seinsleutel liet ze onder het rottende hooi liggen en gebruikte niets meer. Ze gaf geen meldingen meer door, ze zocht geen nieuwe opdrachten, ja, ze meldde zich niet eens af met de waarheid: Ik hou ermee op. Ik hou van Alf Brockmann. Einde voor Gamma één – Ze deed alsof het vervallen huis er nooit geweest was, alsof ze altijd alleen maar de gedienstige van de blanke heer geweest was, een slaaf die blij is met een glimlach.

En toen kwam de angst. Ze zei bij zichzelf heel duidelijk wat ze gedaan had. Verraad. Wat men met verraders deed, wist zij. Ze had het driemaal zelf meegemaakt. Het was afgrijselijk geweest. Maar daarvoor was Aisha niet bang, niet om haar eigen leven, maar om door haar dood van Alf Brockmann gescheiden te worden.

Op een van de laatste avonden, toen Lore Hollerau weer in de kliniek was en de verbanden omgewisseld werden, lag Aisha als een hond met lange manen voor de voeten van Brockmann en keek toe, hoe hij een glas sterk met water verdunde whisky dronk. De sterrenhemel van de woestijn welfde zich over de tuin. Uit de vijvers en plassen klonk het snerpende kwaken van de reuzenkikkers.

'Oulf –' zei Aisha plotseling.

Brockmann dook in elkaar van schrik. Hij was met zijn gedachten ver weg geweest, in Lübeck, in het kleine huis aan het kanaal. Hij had Jörgi gezien, alleen in de tuin, treurig over het olie-achtige water starend, als verloren in een vreemde wereld, die alleen door de aanwezigheid van zijn moeder zo mooi geweest was. Nu was zijn moeder gestorven, hij stond radeloos in het leven en wist niet, waarom hij eigenlijk bestond.

'Ja –' antwoordde Brockmann. 'Wat is er, Aisha?'

'Houd je van die blanke vrouw?'

'Welke blanke vrouw?' Brockmann keek verbaasd naar Aisha. Zij omvatte zijn benen en drukte haar hoofd tegen zijn knieën.

'Die vrouw in het ziekenhuis.'

'Lore Hollerau. O.' Brockmann legde zijn handen op Aisha's lange haren. Zij voelden als zijde aan en gleden bijna zonder gewicht door zijn vingers. 'Waarom vraag je dat?'

'Ik zie, dat je van haar houdt.'

'Nee. Misschien is het nu medelijden.'

'Nu nog. En later, Oulf?'

'Wie zal het zeggen?' Brockmann keek over het hoofd van Aisha heen in de nacht. Vanuit de richting van de wadi brulden dorstige kamelen. Er was een karavaan met levensmiddelen aangekomen, door militairen begeleid. Nu gaf men de dieren te drinken, voor ze verder moesten trekken, terug naar het Oosten, naar de Nijl, weg van de oase Bir Assi, die officieel niet bestond.

'Weet jij, dat ze nooit weer zal kunnen zien?' vroeg hij zacht.

'Nooit weer?'

'De artsen zeggen het, Aisha. Dat pakketje met die bom heeft het leven van Lore vernietigd. Wat is een mens zonder ogen? Hij hoort, voelt, hij bemerkt zijn omgeving... maar het zien, dit goddelijk besef, dat onzegbare geluk een bloeiende bloem in haar raadselachtige pracht te zien – dat heeft ze verloren. Door een klein pakketje met springstof. Aisha, ik ben iemand, die een afschuw heeft van alle geweld, maar als ik te weten zou komen, wie dat pakketje op Lores tafel gelegd heeft – ik zou hem ombrengen.'

Aisha liet haar hoofd hangen en drukte haar smalle gezicht tegen de knieën van Brockmann. O Allah, dacht zij. Hij zou me kunnen doden. Is dat waar? Of zegt hij het alleen maar? Moet ik opstaan en roepen: 'Oulf, ik was diegene! Ik heb het pakket binnengebracht. Het was voor jou bestemd, maar ik zou je nooit kunnen doden, omdat ik van je hou! Nu weet je het – en dood me nu maar!' Moet ik het doen?

Ze bleef voor hem liggen als een kleine, bevende hond en genoot van het strelen van zijn handen over haar haar. O, hield dit maar nooit op, o nacht, dacht ze. Blijf aan de hemel, sterren. Heilige Nijl, houd de duisternis vast... ik ben bang voor de zon, bang voor de dag, bang voor de sleur. Laat de dromen zo lang worden als ons leven –

'Ben jij niet bang, Oulf?' vroeg Aisha na geruime tijd van stilzwijgen. Brockmann schudde zijn hoofd.

'Bang? Waarvoor?'

'Voor een nieuw pakket misschien –'

'Nee. Die zulke pakketten sturen, zijn niet alleen wreed, maar ook dom. Wat is ermee gewonnen als ik dood ben? Mijn plannen liggen in veilige brandkasten en na mij zullen er anderen komen en ze verder ontwikkelen en nieuwe onderzoekingen verrichten. Het zal steeds verdergaan, ook zonder mij. De ontwikkeling van de wereld hangt niet van één mens af. Wie dat gelooft, is dom, Aisha. Maar juist die domme mensen zijn gevaarlijk.'

Aisha zweeg. Alf Brockmann had gelijk; hij sprak nu uit wat ze in de afgelopen weken al tegen zichzelf gezegd had. Alles wat men van haar verlangd had, was zinloos... nu nog zinlozer, omdat ze Alf liefhad en haar geweten gerust wilde stellen met het feit dat ze dom gehandeld had.

Zij stond op en maakte een diepe buiging op de manier van de Egyptische slavinnen voor hun farao.

'Welterusten, Oulf.'

'Welterusten. Slaap lekker, Aisha.'

Het afscheid kwam abrupt, maar Brockmann lette daar niet op. Hij zat nog lang op en keek naar buiten in de nacht en dacht aan de toekomst, die generaal Assban hem beloofd had.

Jörgi komt hierheen. Lore Hollerau zal bij hem blijven. Ze zullen een mooi huis krijgen en een nieuwe opdracht voor onderzoekingen in Cairo, zodat Jörgi daar naar school kan gaan. Hij zal zijn naam afleggen en zich Ali noemen. Of Mahmut. Of Belkacem. Hij zal nooit meer zorgen hebben. Het zal een leven zijn als in een sprookje van 1001 nacht.

Maar de eenzaamheid zal blijven. De eenzaamheid van iemand, die door luilekkerland loopt te dwalen op zoek naar een slokje water. Gewoon, helder water... maar overal borrelt er wijn en likeur en champagne en bier op.

Die eenzaamheid van een leven zonder wensen –

ALF Brockmann hoorde niet, hoe Aisha het huis verliet. Met haar bijzondere pas, die door generaal Assban afgegeven was, passeerde ze de militaire bewaking, die het kleine district van de villa's en laboratoria net zo hermetisch afsloot als de grote fabriekshallen, en ging naar de kasbah, de oude inboorlingenwijk met de kleine, in elkaar overlopende huizen.

Hier klopte ze op een deur, waarboven in Egyptische lettertekens het woord 'Café' stond. Twee maal kort, één maal lang. Pauze. Eenmaal kort. Van binnen werd een ijzeren schuif weggeschoven en een gebaard gezicht tuurde door de kier van de deur.

'Is Hassan bij je?' vroeg Aisha zacht.

'Wie is Hassan, dochter van de woestijn?' vroeg de oude man daarop.

'Hassan Ben Alkir, de soldaat.'

'Hij is hier. Kom maar binnen.' De oude man deed een stap terug en Aisha glipte door een kier in het binnenste van het huis.

Hassan Ben Alkir, de jonge soldaat, die het pakket springstof van verlof had meegebracht, keek Aisha met duistere, vragende en afwerende ogen aan. Hij stond niet op om haar te begroeten, maar legde zijn benen op tafel.

'Laat ons alleen, Omar,' zei hij tegen de oude man. 'Dit duifje heeft iets tegen mij te koeren.' Hij wachtte tot zij alleen waren, boog zich toen voorover en kneep zijn ogen samen. 'Waarom kom je nog? Is het te heet in het bed van de blanke man? Of kom je om je vonnis te horen?'

'Is... is het vonnis al geveld?' stamelde Aisha. Haar benen werden slap, haar hart sloeg over van schrik. 'Wat heeft de centrale bevolen?'

'Nog niets. Ik wacht erop. Ieder vrij uur zit ik hier en wacht op het tikken in de koptelefoon.' Ben Alkir maakte een nonchalant gebaar met zijn hand. 'Het is jammer van jou, Aisha. Jij bent het mooiste meisje tussen Nijl en Niger. Ik heb altijd gehoopt je eens in mijn armen te kunnen houden. Onze gemeenschappelijke opdracht zou ons bij elkaar gebracht hebben, dat weet ik. Maar jij hebt je afgekeerd. Kismet? Ik weet het niet. Ik geloof eerder, dat je niet alleen ons land, maar ook jezelf verraden hebt. Jammer.'

Aisha ging tegenover Ben Alkir zitten en legde haar hoofd op zijn benen die op tafel uitgestrekt lagen. Met haar mooie, zwarte amandelogen keek ze hem lang zwijgend aan tot Ben Alkir onzeker knipoogde.

'Wat is er?' vroeg hij hakkelend.

'Jij bent toch bij de bereden parate afdeling van het bataljon?' vroeg Aisha.

'Ja.'

'Ik heb een wagen nodig.'

'Ben je gek! Wanneer dan?'

'Nu direct. Over tien minuten.'

'Onmogelijk!' Ben Alkir sprong op. 'Hoe stel je je dat voor? De jeeps staan niet als taxi's hier overal maar klaar.'

'Ik moet naar El Minya. Vannacht nog.'

'Naar Alfa vier?'

'Ja. Ik moet direct met de centrale spreken. Ik móét, hoor je dat?' Aisha pakte Ben Alkirs hoofd en drukte hem tegen haar borst. Hij ademde de geur van haar huid in, bemerkte de zachte druk van haar vlees en sloot verward en verdoofd zijn ogen. 'Een wagen, Hassan. Hij is morgen weer terug. En overmorgen zullen we over je liefde praten –'

'Aisha.' Hij omhelsde haar en kuste haar handen en armen. 'Maak me niet gek. De wagens zijn –'

'Je kunt er een uit duwen. Ik weet dat je over een uur garage-wacht hebt. Of ben je een lafaard? Ben je alleen maar moedig in bed in de armen van een weerloze vrouw?'

'Kom,' zei Ben Alkir hees. 'Laten we gaan. Daar staat een oude wagen, een afgedankte jeep, met dak en deuren, een officierswagen. Hij rijdt nog, ook al zal hij naar de schroothoop gaan. Als die ontbreekt, merkt niemand dat.' Hij nam Aisha's hoofd tussen beide handen en kuste haar wild op de mond. 'Allah zal mij vervloeken als ik niet alles doe wat jij wilt. Kom, we gaan direct naar de boxen.'

Een half uur later reed Aisha op de nauwelijks herkenbare, alleen door sporen van rupsbanden zichtbare woestijnweg naar het Oosten.

Gelukt, dacht ze gelukkig. In El Minya ontmoet ik contactman Alfa vier. Hij heeft direct contact met de centrale. Ik zal hem alles zeggen. Ik zal hen smeken mij uit hun dienst te ontslaan.

Ze haalde diep adem en hulde zich dichter in de wollen sjaal. Ze had het koud in de woestijnnacht. Maar tegelijkertijd doorstroomde haar een gevoel van geluk.

Ze had nieuwe hoop. Zij zou aan de centrale haar liefde voor Alf bekennen en bovendien praten over haar idee dat de dood van Brockmann zinloos zou zijn, ja, zij wilde om het leven van Alf bedelen, ook al wist ze hoe hard de mannen kunnen zijn wier beroep het is zo gevoelloos als een steen te zijn.

Als Alf 's morgens opstaat, kan ik weer terug zijn, dacht ze en drukte op het gaspedaal. De oude rammelwagen steunde, de motor kreunde en rochelde, maar hij huppelde als een dronken vlo over het zandige spoor en daverde naar El Minya.

Militaire colonnes kwamen haar tegemoet, soldaten wenkten en maakten grapjes tegen haar, een MP op een motorfiets controleerde haar pas en groette zelfs toen hij de handtekening van generaal Assban herkende. Daarna was ze weer alleen in de nacht, omgeven door sterren en stilte. In de woestijn, heel in de verte, hoorde ze het blaffen van de jakhalzen.

Plotseling maakte de wagen een sprong naar voren, hij scheen zich in de lucht te verheffen, zweefde een ogenblik werkelijk met alle vier wielen boven het spoor, viel terug en verstierf met een bijna menselijke kreet van de motor. Aisha werd van haar zitplaats geslingerd, viel op de weg en rolde een paar meter verder tot ze tegen een zandheuvel aan kwam. Verdoofd richtte zij zich op en keek naar de auto. Hij stond midden op de weg en uit de motor drong rook door alle kieren van de motorkap.

'Ook dat nog,' zei Aisha hardop. 'Allah vervloeke die Hassan Ben Alkir. Hij heeft me een wrak gegeven.'

Met stijve benen en pijn in de heupen liep ze naar het oude vehikel en duwde het van het midden van de weg naar de rand van het karrespoor. Daarna ging ze op de treeplank zitten en wachtte, totdat er iemand zou komen om haar weg te slepen.

Terug naar Bir Assi.

Aisha's uitstapje in de moed der wanhoop eindigde met een motor die het begaf.

EEN dag voor deze gebeurtenissen vond er in het huis van de voormalige Duitse kapitein Josef Brahms in Cairo een korte, maar zeer heftige discussie plaats. Hans Ludwigs stond voor Jussuf Ibn Darahn, zoals Brahms nu heette, en had geen andere mogelijkheden ter verdediging dan vage verzekeringen.

'Ik heb van het pakket pas gehoord, toen het al in Bir Assi was,' zei hij. 'Heus, geloof me.'

'Geloven.' Brahms sloeg met zijn vuist op tafel. 'Dat is geen samenwerking meer, Ludwigs. Dat is geen kameraadschap. Wij waren het eens: om de beurt. Nu eens jij, dan wij weer. Steeds in evenwicht. Nu eens een Egyptisch commando, dus wij, – dan eens een Israelische commandotroep, dus jij, volgens het oude devies: sla ik jouw neger, sla jij mijn neger. Maar jij bokst vier maal, terwijl wij er als beddepissers bij zitten en moeten melden: Hebben er niets van geweten; Ludwigs – wil je ons in de lucht laten vliegen?' Brahms kreeg een vuurrood hoofd. 'Je moest je schamen. Zoiets onder oude Afrikakameraden.'

Hans Ludwigs was hulpeloos. Wat hij betreurde was de waarheid. Hij had pas over het pakket gehoord toen het al afgeleverd was. En dat hoorde hij ook pas toen de aanslag mislukt was en een onschuldige vrouw blind geworden was.

'Kapitein –' zei hij hakkelend. Brahms maakte energiek een afwijzend gebaar.

'Onzin! Noem me Jussuf, als iedereen. De kapitein is bij El Alamein gebleven. Wat moeten we nu? Ik heb voor mijn opdrachtgevers succesmeldingen nodig. Ik kan jou toch niet afleveren, hoewel je een dikke vangst zou zijn. Maar daar zit die oude, verdomde kameraadschapsgeest tussen.' Brahms liep onrustig heen en weer. 'Nou, wat wordt het? Wat kun je mij als schadeloosstelling bieden?'

'Ik reis vandaag nog naar het Zuiden. Naar Bir Assi.'

'Gut wat leuk. Weet je dan soms waar dat sprookjesachtige nest ligt?'

'Ja, we hebben het ontdekt. Er zijn daar nu twee agenten. En ik heb zelfs een bewijs van toegang, omdat mijn firma buizen voor draineerinstallaties levert.'

'Een geraffineerde job.' Brahms glimlachte zwak. 'En wat wil je in Bir Assi?' Hij vroeg het vol bange voorgevoelens. 'Je bedoelt toch niet... dat je weer wat in de lucht laat vliegen.'

'Nee.' Ludwigs gezicht verstrakte. 'Liquideren. Ik heb opdracht een ontrouwe agente –' Hij stokte en keek naar de grond. 'Je begrijpt het, Jussuf.'

'Natuurlijk.' Brahms bleef staan. Een vrouw dus. 'Hoe wil je dat doen, Ludwigs. Je kunt toch geen vrouw naar de andere wereld helpen. Verdomme, ik zou het ook niet kunnen.'

'Het moet zelfs een heel mooi meisje zijn. Ze is verliefd geworden op die blanke onderzoeker. Inplaats van hem, zoals bevolen, uit te schakelen, ligt ze bij hem in bed.'

'Ook een soort spionage.' Brahms lachte, maar net zo snel brak hij weer af en werd weer zeer ernstig. 'Alles goed en wel – maar het uitvoeren daarvan? Ludwigs, je gaat toch niet met eigen hand –'

'Nooit ofte nimmer. Ik heb volkomen vrijheid van handelen.' Hans Ludwigs ging bij het raam staan en staarde naar de nachtelijke villatuin. 'Ik heb gedacht alleen als overbrenger van bevel te fungeren en de uitvoering over te laten aan agent Gamma twee. Pistolen, gift, wurging – die Oosterlingen hebben een enorm scala –' Ludwigs streek over zijn voorhoofd. Hij transpireerde van opwinding. 'Aisha zal een hele bloemlezing tegenover zich vinden.'

'Aisha heet het meisje?' vroeg Brahms.

'Ja. Het bevel tot liquidatie heb ik bij me. Ik reken op geen enkele moeilijkheid, want die Oosterlingen hebben geen angst voor de dood, zoals wij.' Ludwigs keerde zich weer naar de kamer en merkte, hoe Brahms hem nadenkend aankeek. 'Als tegenprestatie voor dat ellendige pakje springstof bied ik je Aisha aan. Ik stuur je bericht, zo gauw ze –' Hij zweeg abrupt en staarde naar de grond. 'Jouw mensen kunnen dan het lijk afhalen,' ging hij hees verder. 'Jij kunt melden, dat je een gevaarlijke agente onschadelijk gemaakt hebt.' Ludwigs haalde adem. 'Staan we nu quitte, kapitein?'

Josef Brahms knikte. 'Natuurlijk.' Hij ging naar de kast en haalde er een fles cognac uit. 'Kom, beste kerel, laten we ons nog eens bezuipen. Wij handelen met mensen als anderen met aardappelen. Alleen als je bezopen bent is het mogelijk niet van jezelf te kotsen.'

In Salerno scheidde Birgit van haar nieuwe Engelse vrienden Philipp en Mabel. Voor ze afscheid namen, schreef Birgit nog een korte brief aan Konrad Gerrath. Een hulpkreet. Kom me halen. Ik ben in Salerno. Ik heb geen geld, geen pas, niets. Naar een consulaat kan ik niet, want ik vermoed, dat die bewaakt worden en ik er niet binnenkom. Ik zal vanaf overmorgen iedere dag om 12 uur 's middags op de markt staan. Daar kun je me vinden –

'Wilt u alstublieft deze brief verzenden,' zei ze tegen Philipp en gaf hem de enveloppe. 'Het is belangrijk. Alstublieft.'

Philipp nam de enveloppe, las het adres en stopte hem in zijn broekzak. 'Waarom brengt u hem niet zelf naar de post?' vroeg Mabel. Het was sinds uren de langste zin, die ze tegen Birgit zei. Birgit keek naar het stoffige plaveisel van de straat.

'Ik heb niet één lire,' zei ze zacht. 'Ik kan geen postzegel kopen –'

'En waarvan wilt u nu leven?' vroeg Philipp. Hij wilde een greep in zijn portefeuille doen, maar Mabel trapte hem waarschuwend tegen zijn scheenbeen.

'Ik zal hier een baantje aannemen, tot ik afgehaald word. Als u de brief direct afgeeft, kan over een week alles voorbij zijn.'

'Wat voorbij?' vroeg Mabel spits. Birgit zweeg. Het heeft geen zin hun alles te vertellen, ze zouden het nooit begrijpen.

'O.K.,' onderbrak Philipp het zwijgen. 'Ik zal de brief op de bus doen. Wij willen nog naar Sorrento en daarna naar Capri. Maar eerst gaat hij weg. Het beste, miss Berta.'

'Dank u. En... God sta ons bij.' Birgit zwaaide naar de oude wagen tot hij in de richting van de haven van Salerno tussen karren en toeterende vrachtwagens verdween.

Aan de haven stopte Philipp en keek naar het postkantoor. Mabel hield hem aan zijn hemdsmouw vast. 'Wil je het werkelijk doen?' vroeg zij.

'Waarom niet?'

'Weet jij wat voor een avontuur je daarmee tegemoet gaat? Wie was zij? Waarom zwerft zij hier rond? Zonder een cent op zak? Nee, nee. Daar moet je je buiten houden, Philipp. Jij hebt altijd een te goed hart. Geef maar eens hier.' Mabel nam de brief, verscheurde hem in kleine stukjes, stapte uit de wagen en strooide de snippers in het havenbekken. 'Zo,' zei ze tevreden toen ze weer naast Philipp zat, 'dat is gebeurd.'

'Zou dat nou wel goed zijn?' vroeg Philipp nadenkend.

'Voor ons was het goed. Wij zijn met vakantie, darling. En rijden maar ...ik verheug me al zo op Capri.'

Birgit keek meermalen om toen de wagen van de Engelsen zich aan haar blik onttrokken had. Waarheen, dacht zij. Naar rechts of naar links – dat blijft toch allemaal hetzelfde. Op de een of andere manier zal ik voor deze paar dagen onderdak vinden, tot Konrad Gerrath me afhaalt. Na een paar straten, in de buurt van de kerk van de Heilige Geest zag ze een restaurant met het bord 'Duitse keuken'. Dat is het, dacht ze. Daar heb ik een kans.

Ze betrad de wat donkere, grote gelagkamer en zag een kelner staan. 'Ik wilde de chef spreken,' zei ze moeizaam. 'Il patrone – prego –'

De volgende dag reed Hans Ludwigs met zijn Duitse wagen naar het Zuiden. Naar Bir Assi. Een identiteitsbewijs van het Egyptische Ministerie van Handel maakte het hem mogelijk alle versperringen te passeren en zich vrij in het land te bewegen. De Duitse staalfirma, die gereed produkt leverde en wier vertegenwoordiger Ludwigs was, had niet alleen een goede reputatie, maar de produkten uit Duitsland waren een belangrijke factor bij de industriële opbouw van het land. Daarom hield niemand de witte wagen tegen en niemand verwonderde er zich over, dat hij in de nacht van El Fayum naar het Zuiden tufte. Managers hebben andere tijden dan normale mensen – dat wist men nu zelfs aan de Nijl.

Tegen drie uur 's morgens passeerde Hans Ludwigs El Minya, tankte, dronk een kop koffie in het tankstation en reed verder.

Om vier uur zestien remde hij, want op de weg stond een slank, langharig, prachtig meisje dat met beide armen wenkte. Het tijdstip onthield hij precies, omdat hij op het ogenblik dat hij remde op zijn horloge keek en tegen zichzelf zei: Om vier uur zestien leer ik een engel kennen. Zoiets moet je goed onthouden.

Hans Ludwigs sprong uit zijn wagen en bekende zichzelf zelden zo'n mooi meisje gezien te hebben. Hij was dan ook navenant galant en glimlachte op de zonnigste manier.

'Kan ik u helpen?' vroeg hij in het Egyptisch.

Het meisje knikte. Haar zwarte ogen glinsterden. Het was alsof alle sterren van de woestijnhemel zich daarin weerspiegelden. Het hart van Ludwigs zwol op als een ballon.

'Ja, u kunt mij helpen, sir. Mijn wagen heeft pech. Kunt u me wegslepen naar Bir Assi?'

'Met plezier.' Ludwigs keek naar het oude vehikel. 'Het is zelfs strafbaar om zo'n mooi meisje 's nachts alleen door de woestijn te laten rijden. Een geluk, dat u mij tegengekomen bent. Ik zal u nu beschermen als de kalief zijn lievelingsvrouw.'

Aisha lachte en zwaaide haar lange haren uit haar ogen. Toen zij voor Ludwigs uit naar haar wagen ging, wiegde ze met haar heupen. Lieve hemel, dacht Ludwigs. Daar ga je naar Bir Assi om iemand te laten ombrengen en daar ontmoet je het sprookjesachtigste wezen van deze aarde. Hoe zou ze heten? Ze is vast de dochter van een rijke koopman in Bir Assi.

Hij keek op zijn horloge. De dood loopt niet weg, dacht hij. Vandaag of morgen, hij komt vroeg genoeg. Deze dag behoort aan deze engel van de Nijl. Die Aisha krijgt nog een dag cadeau.

Hij zocht in de kofferruimte de nylon sleepkabel en wikkelde deze uit elkaar, terwijl hij naar de oude wagen liep. Aisha stond tegen de deur geleund, een toonbeeld van schoonheid.

Hans Ludwigs kreeg een droge keel.

'Hier. Daarmee breng ik u zeker naar Bir Assi!' riep hij hees en hield de sleepkabel omhoog. Daarna bleef hij voor Aisha staan, keek haar met grote ogen aan en zei: 'Overigens, ik heet Ludwigs, Hans Ludwigs. Ik vertegenwoordig in Egypte een Duitse firma. Mag ik vragen, hoe ik u mag aanspreken?'

'Bent u een Duitser? Wat interessant.' Ze deed een stapje opzij. De vreemde man was haar op het eerste gezicht sympathiek. Hij heeft net zulke blauwe ogen als Alf, dacht ze. Het moet een goed mens zijn. 'Ik ben u zo dankbaar, dat u mij wilt helpen,' zei ze en glimlachte betoverend. 'Ik heet Aisha –'

HET glimlachje van Hans Ludwigs versteende. Het bleef in zijn mondhoeken hangen, maar zijn ogen veranderden met een duidelijke schrik. Het leek alsof een ijzige hand hem om het hart greep. Sprakeloos, met neerhangende armen, keek hij toe, hoe Aisha zich bukte om aan de carrosserie van haar wagen een haak te vinden waar de sleepkabel aan bevestigd zou kunnen worden. Daarbij spande haar rok zich om haar heupen en deed haar prachtige, zachte lijn vermoeden.

Ludwigs slikte als iemand die dorst geleden had, die alleen nog maar zijn speeksel heeft.

'Aisha –' zei hij hees. 'U komt uit Bir Assi?'

'Ja.' Aisha had een haak gevonden onder de motorkap, aan een ijzeren steun. 'Hier kunt u aanhaken –' Ze zag Ludwigs, die voor de wagen hurkte, verwonderd aan. Zijn plotseling veranderd gedrag viel haar op. Ze wierp haar lange haar in haar nek en lachte tegen hem. 'U wilt ook naar Bir Assi?'

'Ja,' zei Ludwigs gesmoord.

'Dan moet u een invloedrijk man zijn. Honderd kilometer naar het Zuiden beginnen de eerste controleposten. En komt een mijngordel. De enige weg daar doorheen is door het leger afgesloten. Heeft u een bewijs van toegang?'

'Ja.'

'Dan is het goed.' Aisha nam de nylonkabel en haakte hem aan. 'Anders had u mij naar El Minya moeten wegslepen.'

'U woont ook in Bir Assi?' vroeg Ludwigs en kauwde op zijn woorden als op beschimmeld brood.

'Ja. Ik werk daar.' Aisha kwam overeind en ging achter het stuur zitten. 'Kunnen we? Ik heb nog nooit een wagen op sleeptouw bestuurd. Weest u alstublieft een beetje voorzichtig met me.'

Ludwigs knikte. Voorzichtig, dacht hij. En ik heb haar doodvonnis in mijn zak. Direct te voltrekken. Nog iets heb ik bij me, iets wat ik die goeie Brahms niet kon zeggen: de opdracht deze geheimzinnige blanke onschadelijk te maken. Hij moet bezig zijn een raket te ontwikkelen die hele continenten kan overvliegen.

'Waar woon je, Aisha?' vroeg hij en controleerde de sleepkabel, alleen om haar niet aan te hoeven kijken.

Aisha zweeg. Daarna zei ze, toen Ludwigs zich oprichtte, eenvoudig: 'Zet u mij maar aan de wadi af. Misschien zien we elkaar later in de oase, ergens, op een keer.'

'Dat klinkt geheimzinnig.'

'Heel Bir Assi is geheimzinnig. Dat weet u toch.'

'U spreekt geweldig Engels.'

'Mijn overgrootvader was Engelsman.' Aisha leunde achterover. Haar jurk spande over haar borsten. Ludwigs keek snel een andere kant uit. De gedachte haar morgen dood te zien, brandde als een vuur in hem, dat zijn hart verslond. 'Bij ons thuis werden altijd twee talen gesproken.' Ze drukte op de claxon. Ludwigs dook van schrik in elkaar als bij een sirene die plotseling begint te loeien. 'Kunnen we, mr. Ludwigs?'

'Ja.'

Met stijve benen liep Ludwigs naar zijn wagen, bevestigde de kabel aan de sleephaak en ging achter het stuur zitten.

Nooit, dacht hij daarbij. Nooit zal ik haar doden. Ik zal met de centrale onderhandelen en als dat niets helpt, zal ik haar waarschuwen en helpen vluchten. En als ze iemand anders naar Bir Assi sturen, zal het vechten worden.

Hij zette de motor aan en het brommen en gieren ontnuchterde hem. Zij is de geliefde van de blanke onderzoeker geworden, dacht hij verder, en deze gedachte was bitter en afschuwelijk. Zij heeft haar opdracht verraden, omdat ze van die blanke houdt. Zij is het mooiste vrouwelijke wezen dat ik ooit gezien heb. Zij heeft het fascinerende van een kind van de woestijn en de koelheid van de Europeaan. Haar lichaam straalt een gloed uit, maar voor deze gloed staat een onzichtbare muur van ijs. Pas wanneer men hier doorheen gekomen is, verbrandt men door haar liefde. Zij is zo'n volledige wilde natuur, dat men zou moeten begrijpen, dat bij haar de liefde vóór de plicht gaat.

Ludwigs keek om. Aisha wenkte hem. Haar lange zwarte haar wapperde in de nachtelijke woestijnwind.

'Go on!' riep ze. 'Anders bereiken we Bir Assi niet meer voor de ochtendschemering! En als de zon komt, verdampt het koelwater!'

Ludwigs trok voorzichtig op. Een ruk, de nylonkabel spande zich en toen kropen zij over het woestijnspoor naar het Zuiden, in de richting van de geheimzinnige groene plek midden in de woestijn, waarvan men alleen wist, dat daar een van de grootste staatsgeheimen voor iedereen verborgen gehouden werd.

Ze werden vier maal gecontroleerd. Na het passeren van de mijnengordel werden ze drie maal door laagvliegende helikopters geobserveerd. Met sterke schijnwerpers tastten ze de woestijnweg af en meldden aan de controledienst dat er een Duitse wagen aankwam, die een oude jeep aan een kabel achter zich aan trok.

Dertig kilometer voor de oase stonden twee militaire wagens op de weg. Er werd met rode zaklantaarns gezwaaid. Machinepistolen werden dreigend op hen gericht.

Hans Ludwigs stopte. Ook Aisha stapte uit en kwam naar voren gelopen.

'Lieve hemel, wat is deze oase beveiligd,' zei Ludwigs. 'Hier kan nog geen zandvlo naar binnen kruipen.'

Een officier kwam op hen toe. Hij groette beleefd, maar gereserveerd, wierp een blik op Aisha en daarna op de Duitse wagen.

'U heeft toestemming, sir, deze plaats te betreden, werd ons door controlepost I doorgegeven. Mag ik dat schrijven zien, sir?' zei hij en stak zijn hand uit. Om beide wagens had zich ondertussen een kring van soldaten gevormd. Ludwigs voelde een onaangenaam gekriebel in zijn nek. Hij nam zijn portefeuille uit zijn zak en overhandigde de officier de legitimatie, die ondertekend was door de minister van Handel en Bewapening.

'Alstublieft, majoor –'

'Kent u onze leger-onderscheidingstekens?'

'Ja natuurlijk, majoor. Ik lever toch aan uw leger.'

De officier deed een stap achteruit en las bij het schijnsel van een sterke zaklantaarn de toestemming. Daarna ging hij weer naar Ludwigs en gaf hem de brief terug.

'Het spijt me, sir,' zei hij beleefd, maar zeker. 'Maar ik mag u niet in Bir Assi toelaten.'

'Waarom dan niet? Ik heb opdracht van het ministerie ter plaatse te weten te komen wat er in de komende weken geleverd moet worden.' Ludwigs keek achter zich. De kring van soldaten om de beide wagens heen zei hem, dat hier alleen nog een zelfverzekerd optreden zou helpen.

'Het staat in de brief, zeker, sir.' De Egyptische majoor knipte de zaklantaarn uit. In het Oosten begon het al licht te worden. Allah liet een nieuwe dag ontstaan. 'Maar sinds enige dagen zijn er nieuwe bevelen uitgevaardigd. Uw brief dateert van voor die bevelen. Ik moet u verzoeken hier te wachten tot ik met generaal Assban zelf gesproken heb.'

'Hier wachten?' Ludwigs draaide zich om. 'Waar dan?'

'Mijn mannen zullen een tent opzetten.' De majoor glimlachte. 'Ik neem aan, sir, dat u zich nog wel iets van het kamperen in de woestijn herinnert. Ik heb eens een Duits kamp bij Marsa Matruk veroverd. Toen was ik een jonge luitenant.'

Ludwigs glimlachte terug, hoewel enigszins zuur. Met ijzige schrik zag hij, hoe de majoor zich tot Aisha wendde en haar minder vriendelijk aansprak. 'En jij?' vroeg de majoor in het Egyptisch. 'Wat doe jij buiten Bir Assi? Jij bent bij' – hij onderbrak zichzelf, keek naar Ludwigs, schraapte zijn keel en zei toen – 'jij bent employé. Jij moet op je plaats blijven. Waar komt die jeep vandaan? Je pas interesseert me niet, die is alleen voor gebruik in de oase. Wie de plaats verlaat, heeft bijzondere toestemming nodig. Hoe ben je eigenlijk door de versperringen heen gekomen?'

'Geholpen door mannen die meer "gentleman" zijn dan u, majoor.' Aisha ging rechtop staan. Haar prachtige lichaam tekende zich tegen de hemel van de ontwakende morgen af als een spaarzaam bekleed beeldhouwwerk. 'Die hadden er begrip voor, dat een jong meisje er aardig uit wil zien en Bir Assi zo'n smerig gat is, dat je er niet eens mooie kleren kunt kopen. Ik wilde naar El Minya om twee jurken te kopen, majoor. Een rode en een gele met een split opzij. Zoals de meisjes in Hongkong. Ik wilde er aardig uitzien voor mijn broodheer –'

Dat was een bedekte waarschuwing. De majoor begreep het. Alf Brockmann, staatsgeheim no. 1, had bijzondere rechten. Het was onmogelijk hem te vragen of hij op de hoogte was van dit uitstapje van Aisha. Alleen generaal Assban kon inlichtingen geven en met hem probeerde men al een half uur lang in contact te komen.

Intussen zetten de soldaten aan de kant van het karrespoor een ronde tent op. Ludwigs had zijn wagen van de weg af gereden en wachtte nu op wat er ging gebeuren. Vanuit de verte zag hij de discussie tussen Aisha en de majoor, maar het leek hem niet raadzaam in te grijpen en haar te helpen.

Van een van de wagens wenkte een radiotelegrafist. Hij hield zijn koptelefoon omhoog en de majoor liep terug en zette hem op.

Generaal Assban. Hij hoorde de melding zwijgend aan en zei toen ietwat slaperig, want men had hem uit zijn bed gehaald en uit een mooie droom: 'Die Duitser, hoe heet hij, o ja, Ludwigs, houdt u vast tot ik kom. Ik moet hem eerst eens nauwkeurig bekijken en bij het ministerie navragen. Maar dat meisje Aisha, majoor, heeft bijzondere toestemming. Voor alles, begrijpt u? Als zij zegt, dat zij mooie kleren wil kopen, omdat mr. Brockmann dat wenst, is alles volledig in orde. Zij kan passeren, wanneer en waar zij wil. Zij heeft een speciale opdracht en heeft het vertrouwen van de regering, majoor. Ik wil niet, dat Aisha iets in de weg gelegd wordt.

Dat is een bevel, majoor.'

'Ik heb het begrepen, generaal.'

De majoor zette de koptelefoon af en zuchtte. Dienst als soldaat is een leven zonder vragen, dat had hij altijd geweten. Maar soms is het moeilijk blindelings te gehoorzamen, in het bijzonder als men zo'n merkwaardig gevoel had, zoals hij nu.

Even later bracht een jeep van de controledienst Aisha naar Bir Assi terug. Ludwigs stond voor de tent en zwaaide met beide armen naar haar. 'Tot ziens!' riep hij tegen haar. 'Wij zien elkaar bij de wadi, niet waar?'

'Mag ik u iets aanbieden, sir?' vroeg de majoor toen Aisha in een stofwolk verdwenen was. Ludwigs knikte.

'Ja, majoor. Een dubbele whisky.'

'Helaas nee.' De majoor glimlachte. 'Ik ben mohammedaan, sir. Maar een kopje koffie?'

'Daar zeg ik geen nee op.' Hans Ludwigs ging voor de tent op een klapstoeltje zitten en keek naar de woestijn, die in het morgenlicht met zon overgoten was. De controle-helikopters knetterden boven hem weg, terug naar Bir Assi. Gapend stonden de soldaten te koekeloeren. Zij wachtten op de aflossing.

Men moest er een eind aan maken, dacht Ludwigs plotseling. Een eind aan dit dubbele avonturiersleven. Weer van voren af aan beginnen. Maar dan goed.

Hij voelde zich in deze ogenblikken uitgesproken beklagenswaardig.

De patroon van het restaurant in Salerno, waar op de ramen 'Duitse keuken' stond, was een Zwitser uit Tessino. Hij sprak beter Italiaans dan Duits, maar hij begreep direct wat die jonge, blonde vrouw van hem wilde.

'Werken?' vroeg hij. 'Bij mij, signorina?'

'Ja.' Birgit Brockmann knikte. 'In de keuken, afwassen, serveren... ik wil van alles doen.'

'En waarom?' De patroon – hij heette Franco Bertolli – bekeek Birgit als een paard, dat hem wordt aangeboden. Zij is er niet een, zoals hij gewend is aan de afwasbak te zien, dacht hij. Ze ziet er verkreukeld uit, als na een lange reis, maar haar jurk is geen goedkoop confectiewerk en haar gezicht, hoe moe het er ook uitziet, is regelmatig en verzorgd en niet het gezicht van iemand die rondzwerft. 'Waar komt u vandaan?'

'Uit Duitsland. En ik wil ook weer naar Duitsland terug. Maar ik heb geen enkele lire en mijn pas is ook weg.'

'Gestolen? Madonna, de politie. Daar moet de politie direct bij helpen.'

'Nee, geen politie.' Birgit stak beide handen omhoog en weerde Franco Bertolli af, die naar de telefoon greep. 'Als u de politie roept kunnen er vervelende verwikkelingen ontstaan. En... en...' Ze dacht aan Jörgi, die nu ergens verborgen werd gehouden en wiens leven ervan afhing, hoe zijn moeder zich gedroeg. 'Het is een politieke kwestie, signore Bertolli –'

'Politiek? U, signora?' Hij had Birgit's trouwring aan haar rechter hand gezien en verwonderde zich nog meer. 'Waar is uw man?'

'In Egypte.'

'In –?' Bertolli nam zijn hand van de telefoon. Och God, dacht hij. Zij kon me wel zoveel vertellen en ik kan veel ervan geloven. Of helemaal niets. Wat moet ik ervan denken? Wie veel vraagt, stikt in de antwoorden. Bovendien zocht hij een meisje dat groente en sla klaarmaakte en de aardappels voor de 'Duitse keuken' schilde.

Hij nam Birgit weer nauwkeurig op. Stelen zal ze niets, zo ziet ze er niet uit. Ik zal haar ook niet bij de politie aangeven, want ze zal niet lang blijven, dat vermoedde hij. 'Nou goed dan,' zei Bertolli luid. 'Laten we het proberen. Wanneer?'

'Direct. Wat ik aanheb en deze kleine tas hier is alles wat ik nog heb.'

Birgit kreeg een piepklein, benauwd kamertje onder het dak, twee gummischorten en zat een uur later al in een smerig kamertje naast de keuken en zocht sla uit, spoelde die in grote houten tobben en liet die in versleten zeven uitdruipen. Daarna schilde ze aardappelen, drie emmers vol en af en toe wierp Franco Bertolli een blik in het vertrek, keek zonder wat te zeggen naar Birgit en ging weer weg.

's Avonds, toen vanuit de eetzaal het stemgeluid van de gasten en het rammelen van de borden haar zwak tegemoet klonk, toen ze het middagmaal van de komende dag voorbereid had, hield ze haar hand op toen Bertolli weer naar haar keek.

'Mijn loon alstublieft –' zei ze.

'Wat? Nu al?'

'Ik wil schrijfpapier en postzegels kopen. Meer niet.'

Franco gaf haar 2150 lire in de hand. '307 lire per uur,' zei hij. 'Dat is goed betaald. En verder ben ik met uw werk tevreden, signora. De sla is nog nooit zo schoon geweest. Er was geen enkel zandkorreltje dat tussen de tanden knarste –'

Deze avond schreef Birgit nog een keer naar Konrad Gerrath en deed de brief zelf op de bus. Daarna lag ze uitgeput en met een gevoel of al haar botten gebroken waren op het harde metalen bed en keek door het kleine raampje naar de sterrenhemel boven Salerno.

Op zijn laatst over drie dagen is Gerrath hier, dacht ze. Hij zal mij beschermen. Hij zal me veilig naar huis brengen.

Zij sprong op, liep naar het raam en deed de schuif ervoor. Hoe zinloos het ook was – ze had angst. Angst voor Zuraida, die ze totnutoe blindelings gevolgd was.

ACHT dagen later nam Birgit een dag verlof bij Franco Bertolli en ging met de bus naar Napels.

Uit Duitsland was geen enkel bericht binnengekomen. Wat zij gevreesd had, scheen waar te zijn: De post voor Gerrath en ook voor haar werd op geheimzinnige wijze in de gaten gehouden. Als Gerrath de brief die ze aan de Engelsen meegegeven had en later haar tweede brief had ontvangen, zou hij allang in Salerno aangekomen moeten zijn. Het minste was wel een telegram geweest. Maar er viel niets te bespeuren.

Na acht dagen wachten besloot Birgit nu toch de stap naar de Duitse consul te wagen. In deze acht dagen in de keuken van Bertolli, bij het snijden van de groente en het schillen van de aardappels, had ze de angst die ze in het begin had, overwonnen. Ik zal schreeuwen, dacht ze toen ze aan het busstation in Napels uitstapte en haar blik op de licht rokende Vesuvius viel. Ik zal voor mijn leven schreeuwen en er zal niemand de kans krijgen mij onopgemerkt weg te slepen. Ze zullen me allemaal helpen... de mensen op straat, de vrouwen en mannen, de politie, de employés van het consulaat. Men kan een mens niet op klaarlichte dag voor het oog van iedereen ontvoeren. Zoiets bestaat niet.

Birgit liet zich de weg naar het Duitse consulaat door een politieagent wijzen, die op zijn mouw een bandje met daarop: 'Spreekt Duits' droeg. Toen liep ze door de smalle straten, waar van raam tot raam, dwars over de stegen de natte was hing te drogen, kwam in een stadswijk met handelskantoren en banken en ontdekte al uit de verte het bord: consulaat der Bondsrepubliek Duitsland.

Op straat liepen heel weinig mensen. Het was rond het middaguur, de gloeiendhete lucht beheerste Napels als in een oven. Wie niet noodzakelijk op weg moest, lag in een koele kamer en dommelde.

Birgit bleef staan op de hoek van de straat en keek naar de enkele mensen, die in hun huisdeur stonden of in het beetje schaduw van de huizen moe van de hitte huns weegs gingen.

Er stonden een paar auto's langs het trottoir geparkeerd, meestal kleine Italiaanse wagens. Voor het consulaat stonden twee grotere wagens, ook met een Napolitaans nummer.

Er is geen gevaar bij, zei Birgit tegen zichzelf. Een paar grote stappen, het openen van de deur en ik ben in Duitsland. In veiligheid. Bij Jörgi –

Ze begon te rennen alsof ze achternagezeten werd. Met haar hoofd in de nek rende ze over de gloeiendhete straat naar het consulaatsgebouw.

Nog tien stappen... zeven – vijf... de deur. Ik ben er! Ik ben er! Jörgi! O, Jörgi!

Met beide handen omklemde ze de grote bronzen klink en drukte die naar beneden. Maar in de deur kwam geen beweging. Hij was op slot.

Diensttijd van 9 tot 12. Ook bij een consulaat. Ook consuls moeten eten.

Wanhopig rammelde Birgit aan de zware deur tot ze de bel zag. Maar voor ze haar vinger daarop kon leggen, pakte iemand haar bij de schouders en draaide haar om. Ze keek in een gebruind, vriendelijk gezicht, alleen de donkere ogen brandden fanatiek.

'Signora, het kantoor gaat pas om 3 uur open. Wij kunnen samen wachten,' zei de man in een hard soort Duits. Birgit merkte hoe in haa weer de panische angst oplaaide. Ze keek langs de man heen op straat. Deze was leeg, de paar mannen die in de deuropeningen zaten rookten en letten niet op haar. Maar tegen de trottoirband stond een wagen geparkeerd, waarvan de deuren openstonden.

Met één beweging rukte Birgit zich los. Toen de man haar weer wilde vastgrijpen, maakte ze een sprongetje achteruit en gaf hem uit alle macht een trap tegen zijn schenen. Met een scherpe kreet knikte de man door zijn knieën en hield zich aan de huismuur vast, zijn gezicht was van pijn vertrokken, zijn mond stond open. Birgit gaf hem nog een trap, nu tegen het andere been. Ze zag, hoe de man op de grond viel. Uit de wagen kwam een tweede man op haar af gestormd en toen zette ze het op een lopen, de straat uit, zonder om zich heen te kijken, met slappe armen en hijgende longen. Pas toen ze de hoofdstraat bereikte, die naar de haven leidde, liep ze weer wat rustiger en een paar meter verder leunde ze, uitgeput en met bevende knieën, tegen een huis.

Ze bewaken alles, dacht ze en deed haar mond wagenwijd open alsof ze zou stikken. Hier of in Rome of in Milaan... overal zullen ze staan. Ze weten dat ik een pas moet hebben, zonder pas ben ik niemand. En ze zullen overal verhinderen, dat ik een pas krijg.

Wat moet ik doen? Mijn God, help mij, – wat moet ik doen?

Ze ging naar de haven en reed met de eerstvolgende bus terug naar Salerno. Franco Bertolli vroeg niet waar ze geweest was. Hij vond het best, dat ze vroeger terugkwam en de aardappels voor de volgende dag schilde.

Alleen toen het werk 's avonds gedaan was, zei hij: 'Signora, als u verdriet heeft, zegt u het mij dan. Ik heb u nu lang genoeg in de gaten, ik heb nooit wat gezegd, maar ik heb het gevoel, dat ik u zou kunnen helpen als u mij alles vertelt.'

'Ik heb een Duitse pas nodig, verder niets,' zei Birgit zonder hoop.

'Die zult u krijgen.'

'Wat?' Birgit vloog van de harde kruk op, waarop ze zat als ze groente schoonmaakte. 'Zegt u dat nog eens, signore Bertolli.'

'Ik kan u een pas bezorgen. U weet helemaal niet wat je allemaal kunt krijgen. Maar hij kost wel 300.000 lire – of 2000 Duitse mark.'

'Dus onbereikbaar.' Birgit haalde hulpeloos haar schouders op. 'Ik heb geen rooie cent.'

'U heeft twee ringen, signora. En in uw reistasje zit een parelsnoer.'

'Onmogelijk.'

'Ze lag tussen het grote vak en het zijvak in de voering.' Bertolli bewoog zijn hoofd heen en weer. 'Neemt u me niet kwalijk, dat ik uw tas geïnspecteerd heb. Maar men wil wel eens weten wie men onder zijn dak heeft. Het parelsnoer en de beide ringen en – laten we zeggen – een maand werken in de keuken zou genoeg zijn voor een pas.'

Birgit keek naar haar handen. Rechts droeg ze haar trouwring, links een smalle ring met een briljant en een saffier. Alf had haar die bij de geboorte van Jörgi gegeven. Het parelsnoer kwam van haar moeder.

'Wanneer kunt u de pas hier hebben?' vroeg ze hakkelend.

'Misschien over een week.'

Birgit knikte. Ze schoof de ringen van haar vingers en gaf die aan Franco Bertolli. Toen ze haar trouwring overhandigde, beefde haar hand.

'Als het vlugger zou kunnen –'

'Waarom, signora? Denkt u aan de maand werk die ik nog van u te goed heb.'

'Ja.' Birgit liet haar hoofd hangen. Er verschenen tranen in haar ogen. Nog een hele maand. Zou Jörgi dan nog in leven zijn ...? 'Kom mee,' zei ze snikkend. 'Het parelsnoer... Ik neem niet aan dat u mij bedriegt, signore Bertolli. Ik geef me nu geheel aan u over – u bent mijn laatste redding.'

Acht dagen later kwam Bertolli met een Duitse pas en overhandigde hem met een wijds gebaar. Birgit had in een automaat een foto van zichzelf laten maken – toen ze de pas opensloeg, zag ze die onduidelijke foto, nu wanstaltig geworden door het officiële stempel.

'Helga Sommer –' las ze. Ze liet de pas zakken. 'Ik heet nu dus Helga Sommer?'

'Ja. We moesten een pas nemen, die het beste bij u paste. Wij kunnen geen namen gaan uitzoeken.'

'Een gestolen pas dus?'

Bertolli haalde zijn schouders op. 'Je moet niet vragen als je iets dringend nodig hebt... je neemt het aan. Je kunt toch ook met de naam Helga Sommer leven. Dat klinkt zo levenslustig. Sommer. De hoofdzaak is toch, dat u ermee naar huis komt. In Duitsland kunt u hem weggooien.'

'In Duitsland –' Birgit keek naar haar foto en naar de naam Helga Sommer. Er was een krankzinnige gedachte bij haar opgekomen. Die schoot als een bliksemschicht door haar geest.

De echtgenote van de onderzoeker Alf Brockmann was het verboden Egypte binnen te komen. Alle grensposten wisten het... de soldaat aan de Lybische grens, de patrouille van kameelruiters in Sinai, de jeepcontroles aan de grens met de Soedan. Maar Helga Sommer kende niemand. Helga Sommer kon met een schip in Alexandrië landen en als onschuldige toerist de Nijl opvaren... naar Gizeh, Assoean, Aboe Simbel. Niemand zou haar tegenhouden, zij zou een gast zijn net als duizenden andere reizigers.

'U heeft gelijk, signore Bertolli,' zei Birgit en drukte de pas tegen zich aan. 'Dit papier is waardevol. Waardevoller dan u kunt vermoeden –'

Dr. Sikku had zijn onderzoek beëindigd. Jörgi lag met wijd opengesperde ogen op de tafel, zijn kleine, naakte lichaam dreef van het zweet. Hij ging op in een koortsdelirium en herkende niemand meer.

'Hoe is het, dokter?' vroeg Zareb, die op een stoel tegen de muur zat.

'Zonder twijfel blindedarm. Acuut en kritiek bovendien. De jongen moet direct naar het ziekenhuis.' Dr. Sikku, de huisarts van het Egyptische consulaat had in Oxford en Heidelberg gestudeerd en stond in Hamburg als een goed chirurg bekend. Als zelfs hij een ziekenhuis aanraadde, was de toestand van Jörgi werkelijk kritiek.

'Onmogelijk,' zei Zareb en schudde zijn hoofd. 'Wij hebben order de jongen hier te houden.'

'Order. Bij deze acute blindedarm houden alle orders op.' Dr. Sikku dekte het blote, van de koorts trillende lichaam toe. 'Behalve wanneer de jongen daarmee terdoodveroordeeld wordt.'

'Uw manier van uitdrukken is niet erg kies, dokter.' Zareb stond van zijn stoel op. 'Eén ding is duidelijk – als alleen een ziekenhuis kan helpen, moet de jongen sterven. Maar u bent hier toch. U moet hier opereren.'

'Hier? Op de keukentafel? Nee. Niet zo'n geval.'

'Zeker, dokter.'
'Nee. Ik ben arts, geen moordenaar.'
'Het gaat om ons vaderland, Dr. Sikku. De jongen is zo waardevol als duizend jaar Egyptische geschiedenis.'
'Ook al stelt hij alle farao's in de schaduw – ik opereer niet.'
Dr. Sikku pakte zijn tas van tafel. Maar toen verstarde hij. Hij keek in de loop van een revolver. Zareb stond bij de deur, zijn gezicht was zonder uitdrukking en leek een masker.
'Pakt u de instrumenten uit, dokter –' zei hij compleet rustig. 'U gaat opereren. Er staat warm water klaar, er zijn ook genoeg ketels om de instrumenten steriel te maken. Ik assisteer u zo gauw u de buik open hebt. Dan weet ik zeker dat u niet wegloopt. Tot zolang zult u in de schaduw van mijn revolver moeten werken. Mijn secretaris zal u alles brengen wat u nodig heeft.'
Dr. Sikku keek naar de van koorts rillende Jörgi. Hij kan gered worden, als ik direct opereer, dacht hij. Maar hier helpt niet alleen meer de kunst van mijn vingers... hier moet ook het geluk meehelpen... of God, zoals de christenen zeggen... of Allah – Zijn grote kans is de redding... de dood kan hem in ieder geval bereiken, onder mijn scalpel of – met gesloten buik – aan de sepsis van een buikvliesontsteking.
Dr. Sikku zette zijn tas weer neer en trok zijn jasje uit. Zareb glimlachte flauwtjes.
'Wat begrijpen wij elkaar toch goed, dokter. Ik weet wat voor een kunstenaar u aan de operatietafel bent. Waarom zou u mij niet het genot gunnen u bij uw werk tegen de dood te bewonderen?'
Dr. Sikku antwoordde niet. Hij haalde zijn grote tas leeg. Het instrumentarium, ether, klemmen, watten in een steriel metalen doosje, naalden, zijde, catgut, desinfecterende middelen, zeep.
'Ik heb veel water nodig,' zei hij. 'En de instrumenten moeten uitgekookt worden.'
'Komt direct voor elkaar, dokter. Komt u mee naar de keuken. Daar staat alles klaar.'
Dr. Sikku gaf Jörgi, voor hij Zareb volgde, eerst een hartinjectie en voelde de pols nog eens, luisterde naar het hart en nam de bloeddruk op. Er was haast bij. Iedere minuut vlood er meer kracht uit het kleine, koortsige lichaam.
'Heeft u iets om de jongen aan de tafel vast te binden?' vroeg Dr. Sikku, toen hij in de keuken zijn handen en zijn armen boende en toekeek, hoe de secretaris de instrumenten in het kokende water legde. 'Mensen onder narcose zijn vaak onrustig.'
'Met het touw dat ik hier heb kan een hele kudde olifanten vastgelegd worden.'
'Dank u. Het is maar een klein kind –'
Zareb zweeg. Zijn mond werd smal. Hij stopte de revolver weg en begon met dikke koorden de armen en benen van Jörgi vast te binden. Dr. Sikku kwam na een poosje uit de keuken en knikte goedkeurend.
'Dat vastbinden heeft u goed geleerd.'

'Laat u die domme opmerkingen achterwege.' Zareb keek naar de koortsige jongen. 'Ik weet helemaal niet waarom men het kind zo ruw behandelt. Het resultaat van zijn ontvoering is uitgebleven, zijn moeder is niet teruggekomen. Waarom moeten we hem nog hier houden? Ik zou ervoor zijn, dokter, dat u de narcose zo instelde, dat hij niet meer ontwaakt.' Zareb hief beide handen omhoog, toen Dr. Sikku hem zonder wat te zeggen liet staan. 'Ik garandeer u, dat er alleen maar nieuwe moeilijkheden komen als hij blijft leven.'

Dr. Sikku legde de uitgekookte operatiewerktuigen op een witte doek naast Jörgi. Daarna dekte hij het lichaam met handdoeken af, reinigde de plaats waar geopereerd moest worden met alkohol en penseelde hem met jodium. Toen hij naar het scalpel greep en met zijn duim voelde of het scherp was, werd Zareb een beetje bleek.

'Heeft u mij nog nodig, dokter?' vroeg hij.

'Maar natuurlijk, u moet toch met de revolver achter mij staan.'

Zareb beet op zijn lippen en bleef staan. Toen de eerste snede in de huid werd gemaakt, keek hij een andere kant uit, hij hoorde het kletteren van klemmen en tangen, hoorde hoe Dr. Sikku tegen de secretaris zei: 'Dept u een beetje steviger. De jongen merkt er toch niets van,' en kreeg na korte tijd een afschuwelijke zoetige geur van bloed en etter in zijn neus.

Hij keek even snel naar de tafel en in de geopende onderbuikholte. Een grijs-rode, met etter doordrenkte vormeloze massa puilde tussen de haken en klemmen tevoorschijn. De reeds door de etter van de gebroken blindedarm verkleefde dikke darm.

Zareb voelde een wurgend gevoel in zijn keel. Zijn maag draaide zich om en kwam naar boven. Hij perste beide handen tegen zijn mond en rende de deur uit. Op het toilet gaf hij over en bleef daarna buiten voor het huis op een bank zitten, bleek en nog steeds misselijk als hij aan die aanblik dacht.

De operatie duurde meer dan een uur. Daarna waggelde de secretaris het huis uit en liet zich naast Zareb op de bank vallen. Hij sperde zijn mond open en hapte naar lucht als een vis op het droge.

'Hoe is het?' vroeg Zareb hees. 'Is hij dood?'

De secretaris schudde zijn hoofd. 'Dr. Sikku maakt de laatste hechtingen. O Allah, hij heeft gezegende handen. Hij heeft de darmen gereinigd, hij heeft gevochten als een leeuw, hij heeft het leven teruggehaald, waarvoor men geen cent meer gegeven zou hebben. Die hakim is een wonder.' Twintig minuten later kwam ook Dr. Sikku uit het huis. Hij zag er uitgeput uit, maar hij ging niet zitten. Hij keek alleen met een lange blik vol verachting op de beide mannen op de bank neer.

'Ik heb mijn plicht gedaan,' zei hij ruw. 'Nu kunnen de kerkerknechten weer aan het werk.'

'Dokter.' Zareb sprong op. 'Gelooft u, dat het voor mij een lolletje is?'

'Wat ik denk, zal ik niet zeggen.' Dr. Sikku stak met licht trillende handen een sigaret aan en inhaleerde begerig de rook. 'De jongen mag de komende week niet zonder toezicht blijven. Geen moment. Ik weet niet of wij een buikvliesontsteking voorkomen hebben. Dat zal pas blijken in de volgende drie vier dagen. Wat wij nodig hebben, is een verpleegster...'

'Waar vandaan?' Zareb schudde zijn hoofd. 'Dat is te gevaarlijk, dokter.'

'Ik stuur mijn praktijkhulp.' Dr. Sikku keek over de Elbe. Door sleepboten en loodsboten getrokken, gleden de grote vrachtschepen naar de haven.

'Kan ze haar mond houden?' vroeg Zareb.

'Ze is een Egyptische –'

'Akkoord.'

Nadat Dr. Sikku zijn sigaret opgerookt had, gingen ze samen het huis weer binnen.

Jörgi lag in zijn 'gevangenkamer' in bed. De narcose was nog niet uitgewerkt. Zijn klein, smal gezicht was spits en geelachtig wit. Maar de koorts was afgenomen. De pols was niet meer zo snel, de adem was, nog door de narcose, vlak en rochelend.

'Hij heeft onder narcose om zijn moeder geroepen –' zei Dr. Sikku zacht. Hij boog zich over Jörgi heen en veegde hem de kleine zweetdruppeltjes van zijn voorhoofd. 'Moeder, kom me halen... heeft hij geroepen –'

Zareb verliet zonder een woord te zeggen de kamer. Hij kende geen gevoel van wroeging, maar op de een of andere manier schaamde hij zich. Voor een man als Zareb was dat al iets afschuwelijks.

De 'grote raad' in de centrale had anders beschikt. De rij van mislukkingen was te groot om nu nog bepaalde consideratie te laten gelden. De agente Aisha was gedrost, de zaakgelastigde Hans Ludwigs liet niets van zich horen, Birgit bleef na het incident voor het Duitse consulaat in Napels onder water, uit vertrouwde Egyptische informaties wist men, dat Alf Brockmann in Bir Assi de constructieplannen voor een nieuwe lange-afstandsraket klaar had en specialisten voor elektronische besturing in Rusland en Engeland werden aangetrokken. De wedloop met de tijd scheen verloren te zijn, er was alleen nog een mogelijkheid voor directe actie.

Zuraida en een luitenant, Samuel Dobrah, werden uitgekozen om als toeristen naar Egypte te reizen en op ieder denkbare manier te proberen Bir Assi te bereiken.

'Uw opdracht is duidelijk,' zei overste Shinnor, één van de 'grote raad' tegen Zuraida. 'Wij hebben er geen belang meer bij om meneer Brockmann naar onze kant te halen. Daarvoor hebben de dingen zich te veel ontwikkeld. We moeten nu voorkomen, dat hij verderwerkt.'

Dat was heel netjes uitgedrukt. Zuraida knikte. 'Ik begrijp het, overste. En Birgit?'

'Die vrouw interesseert ons niet meer. Die moet naar huis kunnen gaan. Zij wordt voor ons pas weer interessant als ze op eigen houtje weer zou proberen naar Egypte te komen. Maar dat lijkt me gezien de stand van zaken niet urgent. Zij wil naar haar kind, begrijpelijk. De actie-Lübeck is hiermee dus geëindigd. Het gaat nu alleen nog maar om Alf Brockmann. Hij is het grootste gevaar voor ons land geworden.' Overste Shinnor keek

Zuraida van onder zijn borstelige wenkbrauwen lang en zwijgend aan voor hij verder sprak. 'Wij kunnen ons geen mislukking meer permitteren, luitenant Zuraida,' zei hij daarna langzaam. 'Wij zijn nu in een situatie gedrongen, waar scrupules zelfmoord betekenen. Begrijpen wij elkaar goed?'

'Ja, overste.'

'Ga dan met God! Uw uitrusting krijgt u in kamer 19.'

Zuraida en luitenant Dobrah groetten elkaar militair en verlieten de warme kamer van de overste.

Dit onderhoud vond in een huis op het eiland Cyprus plaats. Het was een villa in een groot park en ging door voor een buitenverblijf van een Griekse miljonair.

Ongeveer terzelfdertijd stonden in de kazerne van Bir Assi de Duitse handelsvertegenwoordiger Hans Ludwigs en de Egyptische verdedigingsspecialist Jussuf Ibn Darahn, alias kapitein Brahms, tegenover elkaar. Generaal Assban had bevolen, dat Ludwigs die bij de binnenste versperring vastgehouden werd naar de kazernes van Bir Assi gebracht moest worden en liet Brahms voor een verhoor overvliegen.

Nu zaten deze beide heren tegenover elkaar. Ze waren alleen in de kamer want Brahms had alle anderen eruit gestuurd.

'Dat is een mooi rot zaakje, mannetje,' zei Brahms en bood Ludwigs een sigaret aan. 'Nu moet ik jou erbij lappen.'

'Waarom?' Ludwigs glimlachte met een fatale vastberadenheid. 'Ik ben hier om buizen uit te meten. En jij hebt eindelijk bereikt, dat je Bir Assi kunt zien. We moeten elkaar feliciteren.'

'En de beloofde agente?'

'Valt in het water. Ze is te lief.'

'Dat is om van te spugen.' Brahms sprong op. 'Ik heb succes nodig. Generaal Assban kijkt me al scheef aan.'

'Als ik mij niet vrij mag bewegen, heb jij geen succes, Josef.'

Ludwigs strekte zijn benen uit. 'Er is hier in de kazerne een Egyptische soldaat, die contactman is. Is dat niet wat?'

'Een kleine vis. Een stekelbaarsje. Ik heb een snoek nodig.'

'Afwachten. Zorg ervoor, dat ik niet verdacht word. Ik zal dan met mijn centrale spreken en daar te weten komen, wat er zich voor nieuws voordoet. Dan kunnen we verder zien.'

'En als er zich niets voordoet?'

'Dan is er altijd nog die soldaat en de mogelijkheid van een ontdekking van een nieuwe aanslag met springstoffen. Niets is gemakkelijker dan een bommetje voor de deur te leggen en die ontdek jij dan. Maar, zoals gezegd, informaties uit de centrale zijn belangrijker voor mij.'

Het duurde tot de middag voor Hans Ludwigs vrij was en zich in Bir Assi kon bewegen alsof hij bij het wetenschappelijke team hoorde. Hij ontmoette de soldaat Hassan Ben Alkir, kroop in de stal van het 'café' en nam contact op met de centrale via de daar geplaatste sterke kortegolfzender. Overste Shinnor meldde zich persoonlijk en gaf het laatste nieuws door.

Een uur later stond Ludwigs weer voor Brahms.

'Omarm me, vriend,' riep hij. 'Over drie dagen gaat er in Alexandrië een meisje van boord van het schip 'Cesare'. Volgens haar pas heet ze Luisa Andrelli, in werkelijkheid is het luitenant Zuraida. Zij wordt begeleid door een jonge man, Allessandro Giubino. Normaal heet hij luitenant Samuel Dobrah. Wil je nog meer weten?'

'Nee.' Brahms krabde zich op zijn hoofd. 'Dat is allemaal zeker?'

'Absoluut zeker.'

'En voor jou heb ik ook nog iets om van te smullen.' Brahms genoot van het secondenlange zwijgen, dat hij daarop liet volgen. 'Wij hebben voor vanavond een uitnodiging bij die blanke onderzoeker. Jij kan je aartsvijand in de ogen kijken, maar verder niet. Hij staat onder mijn persoonlijke bescherming. Hij heet Alf Brockmann.'

Ludwigs trok zijn wenkbrauwen op. 'Alf klinkt nogal noordelijk –'

'En Brockmann goed Duits.'

'Is hij soms een Duitser?'

'Ik weet het niet.' Brahms haalde zijn schouders op. 'Over drie uur weten wij het. En als hij een Duitser is, jonge, jonge, dan hebben we de poppen aan het dansen. Het lijkt of wij overal de hand in hebben waar een luchtje aan zit...'

De kleine, witte villa achter de hoge muur en de elektrische omheiningen was hel verlicht. Ook het zwembad lag in het licht van de schijnwerpers en prikkelde iemand om er op deze zwoele avond met een snoeksprong in te duiken.

Op het terras had zich al een kleine groep verzameld. Men stond er met glazen vruchtensap in de hand en er werd gepraat. Officieren in gala-uniform, heren in witte smoking, daartussen een jonge, langharige vrouw in een nauwe, vuurrode jurk, die dranken uitdeelde en wier lachen schel door de stille nacht klonk: Aisha.

Het was een merkwaardige aanblik, deze elégance op een avond midden in de woestijn. Men kon zich wanen op het hotelterras van 'Sheppards' in Cairo. Zelfs zachte muziek ontbrak niet. Vanaf een bandrecorder werd deze via een radio de salon ingestuurd.

'Aha, daar komen de laatste gasten,' zei generaal Assban en wees op Brahms en Ludwigs, die door een ordonnans de tuin door geleid werden. Brahms droeg een smoking, Ludwigs had zijn witte linnen kostuum aan. Hij was niet voorbereid op een party midden in de woestijn. Generaal Assban liep hen tegemoet en drukte hen de hand. Hij droeg zelfs zijn onderscheidingstekens en iedereen had het gevoel, dat deze avond van bijzondere betekenis was.

'Dat zijn twee landgenoten van u, Brockmann,' zei Assban, toen hij Ludwigs en Brahms bij Alf bracht. 'Mr. Ludwigs van de Duitse Edelstaalfabrieken – hij zal u vast wel een bijzonder hittebestendig staal kunnen aanbieden voor het mechanische deel van uw raket – en Jussuf Ibn Darahn, een belangrijke man van het ministerie. Wat, verwondert u zich daarover? Vroeger heette hij Josef Brahms.' En tegen de twee mannen die Alf onverholen opnamen: 'En dat is Mr. Brockmann. Ons staatsgeheim. Mijne heren, u behoort tot de groep van misschien dertig personen, die Mr. Brockmann persoonlijk kennen –'

'Prettig kennis te maken,' zei Hans Ludwigs en gaf Alf een hand.

'Ook prettig kennis te maken.' Brahms maakte een lichte buiging. 'Ook officier geweest?'

'Nee.' Alf Brockmann begon te glimlachen. 'Ik was onmisbaar. Ik was in die tijd technisch assistent in Peenemünde.'

'Begrijp ik, begrijp ik.' Brahms wipte op zijn tenen. 'Atoombom. V1 en V2. Werner von Braun en zo. Dat was nog eens wat. Alleen te laat, veel te laat. Tja, en nu werkt u hier verder –'

'Ja –' Alf Brockmann keek naar Ludwigs. Hij voelde zijn blik. 'Hier drinkt iedereen vruchtensap, omdat ze allemaal mohammedaan zijn. Binnen heb ik koel bier. Wel geen Duits bier, maar ook het Engelse ale smaakt als er niets anders is. Komt u toch verder, mijne heren.'

Met wiegende heupen liep het meisje in de vuurrode jurk langs hen heen. Haar zwarte haar streek langs de schouder van Brahms.

Brahms hield Ludwigs aan zijn mouw vast. 'Man, wat een mooi stuk. Heb je dat gezien?'

'Ja. Dat is Aisha.' Ludwigs stootte Brahms zachtjes in de zij. 'Niets laten merken. Ik moet eerst weten hoe ze bij de uitgenodigde gasten komt. Als ze maar geen domme dingen doet.'

Brahms staarde Aisha gefascineerd na. 'Zo'n vrouw vergeeft men alle domme dingen.'

'Maar niet, wanneer wij over een half uur allemaal in de woestijnlucht vliegen. Ze heeft nu iedereen die belangrijk is in Bir Assi bij elkaar.'

'Dat is waar ook. Houd haar vast, Hans! Roep dat loeder hierheen.'

'Straks. Brockmann wacht in de salon op ons.' Ludwigs wreef zich over zijn voorhoofd. 'Dus toch een Duitser. Ik dacht al zoiets. En wat Aisha betreft: maak je geen zorgen, Jozef. Zolang ik hier ben, wordt er niet geknald.'

'Of juist wel.' Ze gingen de salon binnen en zagen hoe Brockmann aan de huisbar een coktail van gin, vermouth en champagne mixte. Brahms wenkte naar hem en stak snuivend als een hond zijn neus in de lucht.

'Ik ruik geen bier!' riep hij krampachtig-vrolijk. 'Anders antwoordt direct mijn reukantenne –'

'In de koelkast staan zes flessen.' Alf Brockmann gaf Brahms en Ludwigs de gevulde champagneglazen en keek hen toen over de rand van zijn glas kritisch aan. 'Kan ik met u toasten op "oude kameraadschap"?' vroeg hij zacht.

Brahms werd door een schok getroffen. 'In ieder geval.' Hij hief zijn glas. Hans Ludwigs aarzelde even, zette zijn glas naast zich op een tafel en keek Alf recht in zijn gezicht.

'Ik ben naar Bir Assi gekomen om u te doden,' zei hij heel rustig.

Brahms hapte naar lucht, voordat hij het uitbrulde:

'Hans! Ben je helemaal gek geworden?!'

Brockmann maakte een afwijzend gebaar. 'Laat hem maar, meneer Brahms. Je kunt beter met elkaar praten als je elkaar goed kent.' Hij keek achter zich. Ze waren alleen in de salon, de Egyptische officieren stonden nog buiten op het terras en lieten zich door Aisha bezighouden. 'Ook ik heb u iets te vertellen. Wat u hier ziet, de villa, het zwembad, de vrolijkheid – dat zijn allemaal coulissen, dorpen van Potemkin. Ik ben hier een gevangene, mijne heren, en ik moet naar de wil van mijn opdrachtgevers werken, wil ik zelf niet geliquideerd worden. Tot voor enkele weken was deze dwang bindend voor me. Ik had een vrouw en een kind. Maar toen is mijn vrouw dodelijk verongelukt. Nu kan ik nog alleen aan mijn jongen denken en daarom wil ik er hier uit. Op legale wijze gaat het niet, dus moet het in de vorm van een ontvluchting gebeuren. Beschikt u over de mogelijkheid mij daarbij te helpen?'

Brahms en Ludwigs zwegen beduusd. Ze keken elkaar aan en wisten bij deze blik, dat het niet om de ene of de andere kant ging, maar een derde hoofdstuk vormde van hun avontuurlijke leven: de helpende kameraadschap.

'Dat kan me m'n kop kosten,' zei Brahms zacht.

'Dat weet ik. Gaat u mee, terug naar Duitsland.'

'Dat gaat niet.' Brahms schudde zijn hoofd. 'Om persoonlijke redenen,' voegde hij er stijf aan toe. 'Maar wij zullen een mogelijkheid uitpuzzelen, Brockmann. Iemand alleen is hier niet gemakkelijk uit te smokkelen.'

'Twee personen –'

'Twee?'

'Komt u mee. Maar laat niets aan u merken... het gehoor registreert iedere verandering van stem –'

Hij bracht Brahms en Ludwigs naar een andere kamer. Deze was hel verlicht, er stond een feestelijk gedekte tafel onder de zachtjes draaiende ventilatoren. Bij het raam, in een gemakkelijke stoel, zat Lore Hollerau. Ze droeg een witte, lange avondjurk, die haar mooie, sportieve lichaam goed uit deed komen. Haar gezicht was op de deur gericht, voor haar ogen droeg zij een donkere zonnebril. Ze glimlachte toen ze de stap van Brockmann hoorde en hield haar hoofd een beetje scheef alsof ze hem naar zich toe zag komen.

'Bezoek uit Duitsland, Lore,' zei Brockmann vrolijk. 'De heer Brahms, de heer Ludwigs –'

Brahms kuste Lore de hand, Ludwigs staarde naar de donkere bril en wist, dat daar achter de dode ogen verborgen waren. Ogen, die ze voor Alf Brockmann geofferd had. Ook hij boog zich over Lores hand en zei met een krampachtige stem: 'Ik vind het prettig de goede geest in huize Brockmann te mogen begroeten.'

'Over tien minuten kom ik je halen, Lore.' Brockmann streek over haar nog bleke wangen. 'Wij als Duitsers gaan eerst een koel biertje pikken! Zal ik jou ook een glas brengen?'

'Nee, dank u, chef –' Lore glimlachte. Haar gezicht zag eruit alsof het van binnen door de zon beschenen werd. 'Ik drink straks wel een glas champagne.'

'Goed. Tot straks dan, Lore –'

In de salon veegde Brahms het zweet van zijn voorhoofd en goot de cocktail met één beweging in zijn keel.

'Vreselijk –' zei hij. 'Zo'n mooie vrouw – Zal ze voor altijd blind zijn?'

'Ja. Er bestaat geen hoop meer. De gezichtszenuw –' Brockmann keek Ludwigs veelbetekenend aan. 'Ik wil nu niet vragen, wie dat pakket verstuurd heeft. Het is gebeurd, maar het is nu zaak om iets goed te maken, in zoverre dat dan nog mogelijk is. Juffrouw Hollerau en ik moeten terug naar Duitsland. Ik heb geen ambitie om altijd op een bom te zitten. Ik heb mijn onderzoekingen in dienst gesteld van de vooruitgang, maar niet van politieke machtsstrijd. Mijne heren, nu duidelijk: Kunt en wilt u mij helpen?'

'Willen wel... maar kunnen?' Brahms keek Ludwigs aan. Jij hebt dat pakket op je geweten, knaapje, betekende deze blik. Nu krijg je de kans om je schoon te wassen. Ludwigs begreep deze stille uitdaging en knikte.

'Ik zal alle mogelijkheden onderzoeken. De eerste voorwaarde daarvoor is, dat u Bir Assi verlaat, Brockmann.'

'Makkelijker gezegd dan gedaan.' Brockmann opende de eerste fles bier. Generaal Assban keek in de salon, zwaaide, riep 'proost' en ging weer naar de andere officieren.

'U moet bij mij staalmonsters komen bekijken,' stelde Ludwigs voor.

'Men laat u eerder honderd keer heen en weer vliegen dan dat ik een stap buiten deze vervloekte oase kan zetten.'

'Dan zit er niets anders op dan te vluchten,' zei Brahms dapper.

'Door de onbekende mijnengordel? En waarheen vluchten? De woestijn is als een gele gedekte tafel. Een helikopter ziet ons meteen als donkere kruimels.'

'Als u naar het Noorden of Oosten vlucht.' Brahms nam een grote slok bier en zuchtte genietend. 'Maar in het Westen controleert er niemand.'

'In het Westen begint de Sahara –'

'Precies. Zevenhonderd kilometer ten Westen van hier is de Lybische grens, die loopt midden door de woestijn. Onbewaakt, omdat er nog geen zandvlo overheen komt.'

De drie mannen zwegen.

Zevenhonderd kilometer door de gloeiende woestijn. Dagenlang geen bron, geen struik, geen schaduw. Een hitte van 55 graden. Een zandwind, die het fijne zand in iedere plooi blaast, in de ogen, in de mondhoeken, in de oren. Zevenhonderd kilometer op de rug van een kameel, met een blind meisje, dat de verschrikking waar ze doorheen rijden meemaakt en dat hulpelozer is dan ieder ander schepsel op deze aarde. Zevenhonderd kilometer door een in de letterlijke zin van het woord hete hel, als enige begeleiders misschien de gieren, die erop wachten tot deze krankzinnige kleine mensen daar beneden in zand en stenen in elkaar zakken en een welkom aas gaan vormen.

'Het is de enige weg, Brockmann –' zei Ludwigs zacht. 'De vlucht in de verte. Niemand zal geloven dat u naar het Westen gegaan bent, omdat dat totaal waanzinnig is. Men zal in het Noorden en Oosten en ook in het

Zuiden zoeken. En alleen maar deze éne mogelijkheid –'

Alf Brockmann zweeg en dronk met korte teugen het ijskoude, wat bittere Engelse bier.

Door de woestijn, dacht hij. Zo ver als van Keulen naar München alleen maar door zand... zand... zand... onder de gloeiendhete zon... En als het water opraakt? Er bestaat geen vreselijker dood dan van dorst om te komen. Verhongeren maakt iemand apatisch, maar verdorsten leidt tot waanzin.

'Ik zal er nog eens over nadenken,' zei Brockmann hakkelend. 'Hoe lang blijft u in Bir Assi, heren?'

'Dat ligt helemaal aan generaal Assban.'

'Heeft u een kaart van de woestijn?'

'Ja.' Brahms knikte. 'Maar wat heb je daar aan. Bir Assi staat er bij voorbeeld niet op. Woestijnkaarten zijn mooie sprookjes.'

Brockmann keek naar buiten op het terras. Aisha wenkte door het raam.

'De heren worden ongeduldig.' Brahms zuchtte diep. 'Laten we verder de gastheer spelen. Ik haal juffrouw Hollerau en dan gaan we eten. En daarbij zal Assban zijn rede houden.'

'Wat wordt er eigenlijk gevierd?' vroeg Brahms en hield Brockmann vast.

'Mijn nieuwe ontdekking. Een elektronische besturing voor een raket.' Brockmann glimlachte zuur. 'Een revolutie.'

'En wat voor een rol speelt dat meisje daar?' Ludwigs wees op Aisha.

'Aisha? Dat is mijn huishoudster.'

Met snelle pas ging Brockmann naar Lore in de kamer ernaast. Ludwigs keek Brahms uit het veld geslagen aan.

'Zijn huishoudster –' zei hij langzaam. 'Zo kun je het ook noemen als men zijn eigen dood bemint.'

MET een tussenpoos van vier uur legden twee passagiersschepen aan de havenpier van Alexandrië aan. Eerst de trotse, witte 'Cesare' uit Italië, versierd met bonte vlaggetjes, in een wolk van muziek, een schip met vrolijke mensen.

Het andere schip, dat 'Fortuna' heette, was iets kleiner, goedkoper en dienovereenkomstig minder uitbundig bij de begroeting van Alexandrië. Hier speelde geen boordkapel, hoewel er wel enkele gekleurde vlaggen op waren. De douane-ambtenaren kwamen aan boord, controleerden en vonden niets waar ze iets op aan te merken hadden. Ook niet op de Duitse passagiere Helga Sommer. Ze bewonderden slechts haar mooie, blonde haar, groetten beleefd toen ze de pas teruggaven en wensten haar mooie dagen in Egypte.

Zo betrad Birgit Brockmann het uitgestrekte, gloeiendhete land, waarin ergens verborgen haar man Alf Brockmann moest wonen. Het leek haar alsof ze op een andere planeet was aangeland.

Aan de haven was een internationaal verkeersbureau. Daar ging Birgit heen. Een Egyptische stewardess onder het bordje 'Duits' ontving haar met een vormelijk glimlachje.

'Ik zou graag een kamer hebben,' zei Birgit. 'Een goedkope kamer. Ik heb niet veel geld.'

'In een hotel, pension of privé?' vroeg de stewardess.

'Dat maakt mij niets uit. Als het maar goedkoop is.'

Birgit kreeg een verwijsbriefje. In vier talen stond daarop: Kamer derde klasse, Lockwood Street 15. Achmed Sibkir. Verder een stempel en een handtekening van de Egyptische directeur van het vreemdelingenverkeer.

'Laat u dat papiertje maar aan de taxichauffeur zien, dan brengt die u er wel heen, mevrouw,' zei de stewardess en wendde zich tot de heer die achter Birgit stond.

Birgit knikte en ging weer de gloeiendhete straat op.

Ik ben in Egypte, dacht ze. De eerste stap heb ik gedaan. Maar wat nu? Hoe zal ik ooit te weten komen waar Alf Brockmann is? Hoe kan ik ooit een spoor vinden? Ik heb nooit geweten waar hij was. Alle brieven gingen naar een postbus in Cairo.

Ze wenkte een taxichauffeur, liet hem het papiertje zien, stapte in en liet zich in vliegende vaart door de stad rijden.

Totnutoe heb ik geluk gehad, dacht ze en sloot haar ogen. Franco Bertolli heeft voor de sieraden meer gekregen dan de pas kostte. Ik heb nu een beetje geld op zak, niet veel, precies 22 Egyptische ponden, maar ik sta er niet meer als een bedelares bij. Ik heb een strohalm om me boven water te houden... ik ben immers zo licht geworden.

De wagen stopte voor een oud huis. 15, Lockwood Street.

Een smalle, duffe straat. De hete lucht was te snijden. Wat kun je voor een half pond ook meer verlangen?

Birgit stapte uit en opende de deur die aanstond. Een geur van maïs en koeiemest golfde haar tegemoet. Geschreeuw van kinderen klonk met een hol geluid door het huis.

Birgit wierp het hoofd in de nek en deed de deur wijd open.

Ik ben in Egypte, dacht ze. En ik geef het niet op, nu niet meer. Ik zal dit land hoe dan ook moeten veroveren en het het geheim ontfutselen, dat Alf Brockmann heet.

Alf, mijn man –

Vier uur eerder had er zich op pier III een kleine, nauwelijks opgemerkte, andere scène afgespeeld.

Toen de trotse, witte 'Cesare' aanlegde en de passagiers van boord gingen, stond Brahms met drie van zijn mannen bij de loopplank en nam de vrolijke reizigers scherp op. Ze moesten lang wachten tot bij de uitgang een zwartharig meisje en een sportieve jongeman verschenen en net zo vrolijk als de anderen, zwaaiend en lachend, aan land gingen. Vanaf het schip wapperde een van de Egyptische douanebeambten met een zakdoek. Brahms knikte een paar keer.

'Dat zijn ze. Jongens... jullie nemen de luitenant. Het meisje is wat voor papa. En geen opzien. Afdeling... mars!'

Luitenant Samuel Dobrah pleegde geen verzet toen er vier handen op zijn schouders gelegd werden en iemand zei: 'Niet omdraaien. Rustig doorlopen. Het heeft geen zin scènes te maken –'

Brahms kleedde zijn arrestatie galant in. Hij maakte een buiging voor Zuraida en toen ze hem met haar grote, donkere ogen vragend en wantrouwend aankeek, gaf hem dat een steek in het hart. Hij kreeg een rood hoofd als een verliefde middelbare scholier en ergerde zich over het verschijnsel dat zijn hart in zijn keel klopte. Lieve hemel, dacht hij. Wat een vrouw. Aisha is al een vrouwelijk wonder... dit hier is een lichamelijke openbaring.

'Mag ik u verzoeken mij te volgen, juffrouw Zuraida?' zei hij galant en bood haar zijn arm aan. 'Geen tegenspraak alstublieft. Het is beter dat wij alles met een passend glimlachje afdoen.'

Zuraida glimlachte terug en haakte bij Brahms in. 'Wie bent u?' vroeg zij vanonder een vrolijk masker.

'Een man van de contraspionage, lieve juffrouw.' Brahms trok Zuraida met zich mee de pier af. Voor hem liep reeds luitenant Dobrah, door drie mannen geflankeerd. 'Al is het ook moeilijk voor een man een vrouw als u bent onschadelijk te maken –'

'U bent een beleefde dood –' zei ze met versteend gezicht. 'Ik ben ook officier. Luitenant. Ik verzoek daarom niet opgehangen, maar gefusilleerd te worden.'

Brahms glimlachte galant, terwijl hij Zuraida als een geliefde, die zojuist met het schip op bezoek is gekomen, naar zijn wagen bracht.

'Wie praat er nu over fusilleren, beste kind?' zei hij en hield de deur van de auto open. 'U verwacht altijd het slechtste –'

Zuraida liet zich in de kussens vallen en nam Josef Brahms scherp op. Onder half neergeslagen ogen keken haar grote, donkere ogen hem vragend aan. Wat wil hij? dacht ze daarbij. En wie is hij? Ondanks zijn snorretje, zijn bruine huidskleur en zijn zuivere Arabisch is hij geen man uit het morgenland. Juist omdat hij zo'n ideale Egyptenaar is, kan hij er geen zijn. Naar zijn type te oordelen kan hij uit Hongarije komen. Of uit Armenië.

Brahms bekeek Zuraida, die achterover leunend in de wagen zat. Haar lange, slanke benen waren over elkaar heen geslagen. Zij zat erbij als een rijk, tevreden, door het leven verwend luxe-vrouwtje en wist, dat met het dichtslaan van de deur van de auto ook haar leven beëindigd was.

Brahms beet op zijn onderlip. Ondenkbaar, dacht hij, dat men deze geweldige vrouw aan een paal vastbindt, ergens in de zandheuvels buiten Cairo, haar een doek voor de ogen bindt en dat een peloton haar prachtige lichaam met kogels doorzeeft.

Een Mata Hari van het Oosten... Brahms was er trots op, dat hij deze gelijkenis gevonden had. Maar – zo dacht hij ook direct verder – de grote spionne Mata Hari was niet alleen een beroemde agente, maar een nog beroemder geliefde. Zou er in Zuraida ook dit talent van gevaarlijk levende vrouwen zitten? Wie zag hoe ze met half gesloten ogen en enigszins geopende, zinnelijke mond in de auto zat, moest wel in al zijn aderen een kriebel bespeuren, behalve in het geval dat hij volledig verkalkt was.

Zuraida hief haar hoofd op. Haar haren wapperden in de wind, die uit de richting van de haven kwam. Brahms liet zich zuchtend naast haar achter het stuur neervallen.

'Waarom zucht u?' vroeg Zuraida. 'Het is niet uw borst die de kogels moet opvangen.'

'De gedachte, dat het deze borst zal zijn is wel een zucht waard.' Brahms keek naar Zuraida's boezem. 'Waarom heeft u dan toch zo'n riskant beroep?'

'Waarom heeft u dat ook?'

'Er bleef voor mij geen keus over.' Brahms zette de motor aan. Zuraida boog zich naar hem over. Hij rook haar wat zoetige parfum, hij voelde de nabijheid van haar lichaam als de gloed die uit een oven straalt.

'Bent u geen Egyptenaar?'

'Nee, Duitser.'

'O.' Zuraida ging weer achterover leunen. 'Overal Duitsers. Als je sarcastisch wilt zijn zou je zeggen: het wordt zo langzamerhand vervelend.'

'Klopt. U jaagt immers ook op een landgenoot van mij.' Brahms zette de handrem los, maar hij startte nog niet. De wagencolonne naast hem met zijn mensen en de gearresteerde luitenant Dobrah was de havenwijk al uitgereden. De laatste passagiers hadden het schip verlaten, – nu kwamen de bootwerkers en laadden de kisten en de dozen uit. Op het zonnedek werden reeds de planken geschrobd. Schoon schip. Over achtenveertig uur dreef het al weer op de Middellandse Zee, terug naar Genua.

'Wie heeft ons eigenlijk verraden?' vroeg Zuraida en legde haar smalle hand op de arm van Brahms. Een aanraking als van vuur.

'Dat is een domme vraag, Zuraida,' antwoordde hij hees.

'Waarom? In het aangezicht van de dood kan men eerlijk zijn. Wat u mij nu vertelt, zal morgen of overmorgen door de kogels van het vuurpeloton verscheurd worden.'

'Het is onverkwikkelijk daaraan te denken.' Brahms trok met huilende motor op. 'Zulke gesprekken moeten wij tot de kortste tijdsperiode beperken... namelijk kort van tevoren.'

Zwijgend reden ze door de straten van Alexandrië, kwamen in een voorstad met villa's en draaiden een doodlopende straat in. Aan het eind van deze straat versperde een hoge, witte muur de weg. Achter de muur lag een breed gebouw in bungalowstijl. Een gouden bord aan de met een prachtig smeedijzeren hek versierde inrit blikkerde in de zon.

Dr. Achmed Zadusesi. Arts.

Zuraida keek Brahms vanuit haar ooghoeken aan.

'Bent u een hakim?'

'Nee.' Brahms lachte. 'Meer dan de kennis van de hospitaalsoldaat Neumann heb ik niet van medicijnen.' Ze reden een met palmen begroeide binnenplaats op en werden door twee Egyptische soldaten ontvangen. 'Alles moet een naam hebben, beste kind. Een hakim is boven iedere verdenking verheven. Mag ik u verzoeken –'

In een grote kamer, waarvan de brede glazen deuren uitzicht gaven op een parkachtige tuin met fonteinen, begon Brahms tegen zijn gevoel in ambtelijk te worden. Zuraida zat in een diepe fauteuil en haar lange benen waren tot aan haar dijen zichtbaar. Zij heeft ondergoed aan in de kleur van theerozen, dacht Brahms en wendde zich geïrriteerd af, keek de tuin in en probeerde zich te concentreren.

'Ik heet Jussuf Ibn Darahn,' zei hij. 'Dan weet u hoe u mij moet aanspreken.'

'Alles moet een naam hebben –' herhaalde Zuraida glimlachend. Brahms krabde zich nerveus aan zijn neus.

'U heeft opdracht in Egypte een wetenschappelijk onderzoeker die Alf Brockmann heet te doden.'

'Nee.'

'Zuraida. Alstublieft, liegt u toch niet.' Brahms hief zijn beide handen omhoog. 'Doet u het mij toch niet aan ons gesprek door leugens moeilijker te maken. Wij weten immers alles...'

'Als u zegt, dat ik Brockmann wil doden, weet u helemaal niets.' Zuraida nam een sigaret uit een zilveren doosje en stak hem aan. 'Ik moet Brockmann naar Duitsland brengen, dat is alles.'

Brahms dacht aan het laatste gesprek met Alf in Bir Assi. Hij hoorde nog hoe Brockmann over zijn omgekomen vrouw vertelde, over zijn zoontje Jörgi, hij zag nog de mooie urn onder de maluwestruik staan, omgeven door verse bloemenkransen. En hij had nog precies de woorden onthouden: 'Kunt u mij helpen, heren, naar Duitsland terug te keren?'

'Ik heb onlangs met Brockmann zelf gesproken,' zei Brahms. Het hoofd van Zuraida schoot naar voren als bij een gier die toeslaat. 'Hij wil zelf terug. Hij kan alleen niet.'

'En daarom wilden wij hem eruit halen.'

'Waanzin. Uit Bir Assi kan je niemand halen.'

'Wij zouden het geprobeerd hebben.' Zuraida leunde weer achterover. 'Ziet u, wij wisten niet eens dat hij ons tegemoet zou zijn gekomen. Wij hebben erop gerekend, dat hij zich verweerde. En daarom wilden wij als beste lokaas zijn vrouw meebrengen.'

'Zijn vrouw?' Brahms staarde Zuraida sprakeloos aan. 'Nu praat u onzin, Zuraida. Zijn vrouw is er al... in de vorm van as in een koperen urn.'

Zuraida sprong ineens op. Haar ogen gloeiden. Zij was oneindig mooi in haar dierlijke wildheid.

'Hoezo urn?' riep ze luid. Brahms haalde zijn schouders op.

'U wilt me laten geloven, dat u alles weet? U weet helemaal niets. Mevrouw Brockmann werd het slachtoffer van een auto-ongeluk in Lübeck –'

'Zij ook?'

'Wat betekent dat: zij ook?'

'Brockmann ontving haar urn?'

'Ja.'

'Birgit Brockmann kreeg ook een urn. Met de as van Alf Brockmann. Doodsoorzaak: ongeluk in Cairo. Met doodsoorkonde.'

Brahms ging zonder wat te zeggen zitten en veegde over zijn voorhoofd. Het koude zweet stond op zijn gezicht. 'Het is dus zo –' zei hij na een minuut van volledig stilzwijgen '– dat ze voor elkaar dood zijn. Alf heeft de urn van zijn vrouw, Birgit heeft de urn van Alf... maar beiden zijn nog in leven. Dat is wel een grote smeerlapperij.'

'Alleen Birgit gelooft niet in de dood van haar man. Zij was, met onze hulp, onderweg om hem te zoeken. Toen sloeg de tegenpartij toe: de kleine Jörgi werd ontvoerd.'

'Godverdomme!' schreeuwde Brahms.

'U weet daar niets van?'

'Op mijn erewoord! Niets!'

'Birgit vluchtte uit onze bescherming om naar Lübeck terug te gaan en daardoor Jörgi te bevrijden. Een nare, verkeerde speculatie, want volgens ons leeft die jongen helemaal niet meer. Maar daarna konden wij haar door een contactman spreken en hebben aan haar laten zeggen, dat Jörgi naar Egypte ontvoerd is. Resultaat: zij keerde om en wij verloren haar weer uit het gezicht... en nu vermoeden wij dat zij al in Egypte is.'

'Op weg naar Brockmann –'

'Nog niet. Hoe zou ze moeten weten, dat hij in Bir Assi is?' Zuraida nam weer een sigaret. Dit keer trilden haar vingers, haar zekerheid was ze kwijt. 'Het zou uw taak zijn, Jussuf – of hoe u ook mag heten – Birgit te vinden en haar bij haar man te brengen. Dan zou uw verknoeide leven toch nog zin gehad hebben –'

Brahms aarzelde. Toen nam hij Zuraida's hand in de zijne en kuste deze. 'U bent een betoverende en tegelijk verstandige vrouw,' zei hij uit de grond van zijn hart. 'Het zou jammer zijn, als dat hoofd na de executie door een genadeschot verminkt werd.'

Zuraida's lichaam beefde. Zij hield de hand van Brahms vast toen hij deze weg wilde trekken.

'Wat ben je van plan, Jussuf?' vroeg ze zacht.

'Eerst laat ik die Birgit zoeken. Zij kan alleen in Alexandrië of in Port Said aan land zijn gegaan. Of per vliegtuig in Cairo. Daarna laat ik uw arme luitenant Dobrah afleveren... je moet inzien, Zuraida, dat men een leeuw iets moet toewerpen om hem niet voortdurend te laten brullen. Het is tragisch voor die jongen, maar spionage is altijd een persoonlijk risico. Jij echter –' Hij onderbrak zichzelf, boog zich plotseling over Zuraida en kuste haar voorhoofd. 'Jij moet me neerslaan en naar een vriend vluchten, van wie ik je het adres zo meteen geef. Daar wacht je op mij. Beloof je me dat?'

'Op mijn erewoord –' zei Zuraida met een stemmetje, dat plotseling klein geworden was.

'Wat betekent voor jou je erewoord, Zuraida?'

'Zoveel als mijn vrouwelijke eer.'

'Dank je.' Brahms trok haar uit de stoel omhoog, nam haar in zijn armen en kuste haar. Zuraida beantwoordde de kus en zo stonden ze een lange tijd innig omarmd en vergaten waar ze waren en wat hun de toekomst nog zou brengen. Toen zij elkaar na een laatste, lange kus eindelijk loslieten, lag in hun ogen de uitdrukking van het hoogste geluk. 'Ons leven was onvolkomen omdat wij elkaar nog niet kenden,' zei Brahms, diep in- en uitademend. 'Nu zal het anders worden... wij zullen door de hel gaan om ons paradijs te bereiken.' Hij trok Zuraida weer tegen zich aan. Zij legde haar hoofd tegen zijn schouder. 'Zou je wel met me terug naar Duitsland willen gaan?'

'En daar?' Zij hief haar hoofd op. 'Hoe heet je eigenlijk in werkelijkheid?'

'Josef Brahms. Voormalig kapitein in het Afrika-corps. IJzeren Kruis II, IJzeren Kruis I, Duits Kruis in goud, zilveren onderscheiding voor een gevecht van man tegen man, onderscheiding voor het vernietigen van een tank –'

'Hou op –' Zij legde haar beide handen op zijn mond en lachte. 'En wat moeten wij in Duitsland gaan doen... wij verloren zielen?'

'Alf Brockmann wil mij helpen. Misschien word ik zijn huisknecht en wied jij in de tuin het onkruid. Wie zal het zeggen? De hoofdzaak is, dat we dan uit de troep zijn. Wij zijn gelukkig. We zullen niet verhongeren.'

Op deze dag gebeurde er nog meer.

Het grote politie-apparaat kwam in beweging. In Cairo, Alexandrië en Port Said werden de hotels en pensions gecontroleerd, werden scheeps- en vlieglijsten nagezien, bij de verkeersbureaus navraag gedaan. Ten slotte bleek dat er de laatste dagen zevenenveertig vrouwen op wie de beschrijving van Birgit Brockmann van toepassing was, naar Egypte waren gekomen. Zesenveertig vrouwen waren onverdacht... ze reisden met hun mannen of met een reisgezelschap... alleen een blonde vrouw, die zich Helga Sommer noemde, had een goedkoop onderdak gezocht en gekregen. Hier in Alexandrië.

'Dat is ze!' riep Brahms. 'We hebben haar, Zuraida. Dan wordt er nog gezegd, dat onze politie niets anders kent dan de bordelen. Birgit noemt zich Helga Sommer en woont hier in de Lockwood Street bij een zekere Achmed Sibkir. Vooruit, in de wagen. Naar haar toe. Nu begint de film te draaien. Meisje, als je die snuggere Brahms toch niet had.'

Maar ze kwamen te laat. De kamer was leeg. Achmed Sibkir, eerst als aansporing om de waarheid te zeggen met tien stokslagen bedacht, jammerde en klaagde en zei dat het hem speet dat hij van niets wist. De lady had betaald en was toen verdwenen... ze had de kamer maar enkele uren bewoond.

'Allah is mijn getuige!' brulde Sibkir toen men hem weer met de stok bewerkte. 'Ik zal dood neervallen, mijn kinderen zullen schurft krijgen, mijn vrouw zal een bochel krijgen... ik zeg de waarheid, heer! Ze heeft niet één penny fooi gegeven!'

Brahms reed terug naar de bungalow achter de hoge muur en vloekte als een frontsoldaat.

'Weer weg. Het is om te kotsen. Hoe moet je nu in dat grote Egypte één enkele vrouw vinden? Zonder opzien te baren. Want wij hebben haar immers nodig, niet de Egyptische autoriteiten.'

'Laten we ons kalm houden, lieveling.' Zuraida streelde Brahms in zijn nek. 'Ergens duikt ze wel weer op. Je moet alleen kunnen wachten –'

's Avonds werd de Israëlische luitenant Dobrah naar de gevangenis in Cairo gebracht. De advocaat-generaal van de politieke afdeling nam hem in ontvangst. Het lot van Dobrah was daarmee bezegeld. Een groot demonstratief proces, een perscampagne, een dal in de zandwoestijn met daarin een eenzame paal. En daarboven een gloeiende hemel –

Op deze avond vond men ook de derde chef van de contraspionage, Jussuf Ibn Darahn, in zijn kamer met een gapende wond in zijn voorhoofd. Hij was buiten kennis. Zijn gevangene, de agente Zuraida, was er vandoor. Met een zilveren luchter had zij Darahn neergeslagen.

Groot alarm. Generaal Assban vloog zelf naar Alexandrië en ging bij Brahms aan zijn bed zitten. Vanonder een dik verband om zijn hoofd keek Brahms de generaal met een gewild glimlachje aan.

'Wat een kreng,' zei hij zwak. 'Slaat me met de luchter op mijn kop. En hoe. Generaal, – men kan werkelijk bij felle zon sterren zien –'

'Ze zal niet ver komen.' Generaal Assban legde een paar pakjes sigaretten en de nieuwste kranten op de deken. 'Kijkt u maar eens hier... de foto van Zuraida. Heel Egypte kent haar nu. Zelfs de honden zullen tegen haar gaan blaffen als ze ergens tevoorschijn komt.'

In Bir Assi logeerde Hans Ludwigs als gast bij Alf Brockmann. Generaal Assban had het zelf zo voorgesteld.

'U moet samenwerken, mijne heren, waarom zoudt u dan niet onder één dak slapen? Bovendien vertrouw ik op de Duitse mentaliteit om vertrouwen door zwijgzaamheid te belonen.'

'Hij is een idealist, die Assban,' zei Ludwigs, toen hij met Brockmann op een van de volgende avonden op het terras zat. Aisha baadde in het zwembassin, een bruinachtig glimmende, sprookjesachtige vis. Lore Hollerau zat naast Alf, hoorde het geplas van het water en wist wat ze niet kon zien: de schoonheid van een naakt meisjeslichaam tegen het bleke licht van de maan in de woestijn.

Sinds zij wist, dat zij blind zou blijven, had zij in lange, kwellende nachten een hel in zichzelf overwonnen: de jaloezie op Aisha. Zij voelde, meer dan vroeger, toen zij nog kon zien, hoe Alf Brockmann zich tot haar aangetrokken voelde, hoe de dood van zijn vrouw de weg naar haar, Lore Hollerau, vrijgaf, hoe hij in Aisha niets meer zag dan een dienstbare dochter van de woestijn. Vaak zat hij naast haar en hield Lore's hand vast, vertelde van de dagelijkse dingen en gaf haar met zijn woorden het gezicht weer, want waarover hij sprak, zette zij innerlijk in beelden om en beleefde alles mee. Twee dagen geleden had hij haar gekust. Niet zoals vroeger op het voorhoofd, op haar haar of op de dode ogen, maar op haar mond. En het was een echte kus geweest. Zijn hart stak daarachter, zij voelde dat. En wanneer hij haar op dat ogenblik opgetild had en naar zijn slaapkamer gedragen, zou zij zijn vrouw geworden zijn met zo'n gelukzaligheid, dat de duisternis voor haar ogen opgeklaard was als door honderd gouden zonnen.

Wat betekende dan een naakte, badende Aisha? Een roofdier, dat niet meer te temmen is? Een wezen, waarvoor Alf Brockmann bang moest zijn, want hij was niet iemand die van gevaar hield en dagelijks, ieder uur met een wilde kat wilde worstelen. Brockmann hield van het zachte, het vrouwelijke, de geborgenheid, de teerheid van de ziel. Voor de wilde oerkracht schrok hij terug als voor een borrelende vulkaan.

Twee keer vloog Ludwigs van Bir Assi naar El Minya om met zijn fabriek in Duitsland te telefoneren. Hij maakte voor deze vluchten gebruik van een militaire helikopter en leerde daarbij ook de soldaat Hassan Ben Alkir kennen, die hem van de kazerne naar het vliegveld reed.

'Kent u Grieks, sir?' vroeg Hassan bij deze rit. Ludwigs keek de Egyptische soldaat verbluft en enigszins radeloos aan.

'Grieks? Hoezo?'

'Bij voorbeeld Gamma één –'

Ludwigs dook in elkaar. Het herkenningswoord. Hassan zette de wagen halverwege de kazerne en het vliegveld stil. De spontane reactie van Ludwigs was voor hem het teken geweest, dat zijn stoot in het ongewisse juist was geweest.

'U bent de man, die mij aangekondigd werd –' zei hij. 'Ik weet waarom u gekomen bent.' Hassan Ben Alkir omklemde het stuurwiel van de jeep. Zijn smal, bruin gezicht was als van steen. 'Om het u maar meteen te zeggen, sir... ik zal Aisha nooit ombrengen. Nooit. Ik houd van haar –'

Ludwigs glimlachte flauwtjes. Hij ook, dacht hij. Mijn God, wie zou Aisha, dit wonder van een vrouw, niet lief kunnen hebben? Het is een grove fout van de geheime diensten om zich altijd van mooie vrouwen te bedienen. De conflicten worden daardoor alleen maar groter... maar ze leren er niets van.

'Ik kan u niets meer zeggen dan dat u de opdracht heeft het te doen,' zei Ludwigs stijf. 'Ik heb alleen maar het bevel over te brengen en – voor alle gevallen – twee capsules met gif. Wat u daarmee doet, is uw zaak. Ik heb mijn opdracht hiermee vervuld. Uw weigering moet u tegenover de centrale verantwoorden.'

'Dat zal ik ook, sir.' Hassan Ben Alkir, de jonge, verliefde soldaat, die van de handen en de lippen van Aisha droomde, knikte energiek. 'Kunnen we verder rijden, sir?'

'Natuurlijk. Wacht, nog één ding. Als ik gearresteerd zou worden, weet ik, wie de Egyptische geheime dienst de tip gegeven heeft. Wat dat betekent, weet u.'

'Ja, sir.' Hassans lippen vertrokken zich tot een brede glimlach. 'Het geluk van Aisha is het zwijgen. Ik ben toch niet gek, sir –'

Van zijn laatste vlucht naar El Minya bracht Hans Ludwigs enkele Franse kranten mee. Hij had alle bladen die er te krijgen waren gekocht en in zijn tas gestopt.

Alf Brockmann was in zijn laboratorium, toen Ludwigs in de villa terugkeerde. Aisha was aan het koken, Lore zat aan de kant van het zwembad onder een grote parasol en staarde naar haar omgeving alsof ze alles zag. Naast haar speelde een draagbare radio zachte muziek. Operettes van Johann Strauss. Wiener Blut in de woestijn, bij een hitte van 55 graden.

Ludwigs vouwde de kranten zó, dat de koppen direct zichtbaar waren en legde ze op de schrijftafel van Brockmann. Daarna kleedde hij zich uit, schoot in zijn zwembroek en rende naar het zwembad. Lore hoorde zijn stap en wendde haar hoofd in zijn richting.

'Zo, al weer terug, meneer Ludwigs?' Zij keek hem aan en Ludwigs streek geïrriteerd over zijn haar, hoewel hij wist, dat achter de donkere zonnebril de eeuwige duisternis was. 'Wat is er voor nieuws?'

'Niets, juffrouw Lore. De gewone boel. In Bonn strijd tussen de partijen, in Frankrijk een rede van de Gaulle, ergens weer eens een revolutie, de boeren willen de melkprijs verhogen, de vakbonden eisen loonsverhogingen. Wat leven we dan toch rustig in de woestijn –'

Lore Hollerau lachte. Ze rekte zich uit in de hete schaduw. Ook zij droeg een badcostuum en Ludwigs bewonderde sprakeloos haar sportieve, vrouwelijke figuur. Wat zou het leven toch mooi kunnen zijn als het alleen maar om de schoonheid ging, dacht hij bitter. In plaats daarvan moet je agent spelen en je door dit smerige leven heenliegen en – intrigeren.

Hij nam een duik en verdween in het opspattende water.

Tegen de middag kwam Alf Brockmann naar huis. Aisha had de tafel gedekt. Het rook in het huis naar lamsvlees en bonen.

Enkele minuten later schrok Lore Hollerau geweldig en ook Aisha dook op het terras van schrik in elkaar. Ludwigs lag onder een zonnescherm naast het zwembassin en bewoog zich niet. Hij had daarop gewacht.

'Die smeerlappen!' brulde Alf Brockmann. Hij vloog het terras op. In beide handen had hij kranten. 'Die smeerlappen! Die gemenerikken!' Zijn gezicht zag er verschrikkelijk uit. Vertrokken, druipend van het zweet, onherkenbaar. Aisha rende naar hem toe en rukte een van de kranten uit zijn handen. Ook Lore was opgesprongen en liep met haar armen uitgestrekt op de tast naar het terras. Een hartverscheurend beeld van hulpeloosheid.

'Ludwigs!' brulde Brockmann en leunde tegen een van de pilaren die het dak van het terras ondersteunden. 'Ludwigs! O, die vervloekte smeerlappen! Ze hebben Jörgi ontvoerd... ze hebben mijn arme, kleine Jörgi ontvoerd –'

Lore Hollerau bleef midden op het grasveld in de gloeiende middagzon staan. Aisha stond in de deur de krant te lezen, die ze van Alf afgepakt had, Ludwigs stond op en kwam langzaam naderbij.

'Mijn Jörgi, mijn kleine Jörgi,' steunde Brockmann. Na de eerste spontane kreet kwam nu de ineenstorting. Hij zonk in een rotanstoel, de kranten vielen op de grond, hij sloot zijn ogen en balde in onmachtige woede zijn vuisten. 'Wat zijn dat voor mensen! Een onschuldig kind ontvoeren. Ik maak er een eind aan. God, ik maak er een eind aan...'

Ludwigs legde hem zijn hand op zijn schouder. Het hoofd van Alf viel voorover en sloeg op tafel. Aisha verfrommelde de krant en wierp die ver weg alsof hij stonk als de pest. Haar ogen, die koolzwarte, heerlijk wilde ogen gloeiden.

'Kunt u helpen, sir?' vroeg ze aan Ludwigs. Haar stem klonk energiek. Ludwigs keek haar verward aan.

'Helpen? Waarom?'

'Oulf moet terug naar Duitsland. Direct. Hier zal hij verdorren als een boom, waarvan de wortels door de muizen aangevreten zijn. Hij moet direct weg.'

Lore Hollerau liep op de tast over het terras. Zij vond het hoofd van Alf en streelde het met een ontroerende tederheid. Met samengeknepen lippen keek Aisha in haar richting.

'Alf –' zei Lore zacht en boog zich naar hem over. 'Alf... wij kunnen er niets meer aan veranderen. Ik ben bij je – en het leven gaat verder, mòet verdergaan –'

'Mijn jongen. Mijn arme jongen –' Brockmann hief zijn hoofd op. Met verstarde ogen keek hij Ludwigs, Lore en Aisha aan. 'In wat voor een wereld leven we toch –'

'In een genadeloze wereld, Brockmann.' Ludwigs schopte de kranten in het gras. 'Wat is tegenwoordig een mensenleven waard?' Hij ging zitten en legde zijn handen op de nog steeds gebalde vuisten van Alf. 'Ik heb geprobeerd contact met Brahms te krijgen. In Cairo weet men niet waar hij is. Ergens aan de kust, zeiden ze. Ik heb in Alexandrië nagevraagd, maar ook daar werd ik niets wijzer. Maar ik weet dat hij daar is. In ieder geval zullen wij u helpen.'

'Helpen!' Brockmann sprong op. Zijn keel schreeuwde al zijn smart uit. 'Wie kan mij nu nog helpen?!'

'Ik zorg voor kamelen, waterzakken, proviand en alles wat wij nodig hebben,' zei Aisha in de stilte die plotseling intrad. 'Morgennacht verlaten wij Bir Assi... naar het Westen, de woestijn in...'

Brockmann zweeg. Daarna schudde hij zijn hoofd. Hij trok Lore tegen zich aan en drukte haar hoofd tegen zijn schouders.

'Het gaat niet, vrienden. Lore zou deze tocht nooit overleven. Nee, dat gaat niet.'

'Ik blijf, Alf –' zei Lore Hollerau zacht. 'Hetzij in de woestijn of ergens anders ter wereld – mijn leven zal nu altijd hetzelfde blijven.'

'Nee.' Brockmann schudde zijn hoofd. 'Ik ga alleen op weg als jij meegaat. Ik laat je niet in Bir Assi achter.'

'Ze zal het overleven, Oulf.' Aisha keek boos naar Lore Hollerau. 'Ik zal een zonnescherm boven haar zitplaats maken. De Bedoeïnen doen dat wanneer ze hun zwangere vrouwen of de moeders die net een kind gebaard hebben met hun zuigelingen tegen de felle zon willen beschermen.'

'Ik blijf hier!' zei Lore luid.

'Nee, je blijft niet!' riep Aisha plotseling uit. Ze kroop in elkaar alsof ze als een kat op Lore wilde afspringen. 'Als jij blijft, gaat hij niet weg. Maar hij moet weg! Hij moet! Wil jij, dat hij hier in de woestijn krepeert? Speel jij toch niet de heilige! In de woestijn overwint de satan, niet de engel.'

'Aisha!' riep Brockmann. Hij zag hoe Lore zich afwendde en met de stijve, tastende gang die blinden hebben de woonkamer in ging. Hij wilde haar achterna gaan, maar Ludwigs hield hem vast.

'Ho. Aisha heeft gelijk. U moet weg, Brockmann en dat zo snel mogelijk. Ik zei dat ik gekomen was om u te doden –'

'Nee!' Aisha schreeuwde het uit. Met een wanhopige sprong wierp ze zich tussen Alf en Ludwigs. In haar hand flitste plotseling een kleine dolk met een gebogen Damasceens lemmet. Ze moest hem onder haar jurk verborgen gehad hebben. Voor Ludwigs een stap achteruit kon doen, had ze toegestoken en sneed ze zijn arm die hij in een afweerreactie omhoog hield, open. Bloed spatte over Aisha en Brockmann. Ludwigs tuimelde achterover, maar Aisha sprong hem na en hief de dolk op voor een nieuwe, een dodelijke steek.

'Dat is een vergissing!' schreeuwde Ludwigs. Hij riep het op tijd... bij het opzwaaien bleef Aisha's arm in de lucht steken. Het blanke mes blikkerde in de zon.

Brockmann pakte Aisha's hand, kneep erin en ontfutselde haar de dolk. 'Ben jij gek geworden?' stamelde hij. 'Ludwigs is onze vriend.'

'Hij moest je doden,' jammerde Aisha. Ze zakte plotseling in elkaar. Alle wildheid stroomde uit haar. Ze was alleen nog maar een klein, huilend meisje. 'Hij heeft toch gezegd –'

Ludwigs had zijn hemd aan repen gescheurd en bond zijn arm daarmee af. Het terras was met bloed besmeurd. Alsof het bloed al mijlenver in de omtrek te ruiken was, cirkelden er reeds twee gieren boven de tuin.

'Zo'n duivel,' stotterde Ludwigs en staarde Aisha aan. 'Goeie hemel... zo'n satan.' Hij had een knevelverband gemaakt en zag dat het bloeden ophield. Aisha liet haar hoofd hangen, wendde zich af en rende het huis in. 'Ik kan u helpen, Brockmann,' zei Ludwigs met een onzekere stem. Nu begon de wond in de opengereten arm pijn te doen. 'Ik heb een speciale kaart voor de woestijn te pakken gekregen. Met alle plaatsen waar water te krijgen is. Dat is belangrijker dan wat ook. Als de kaart klopt, moet u de eerste vijf dagen van eigen watervoorraden leven want uw weg brengt u door een gebied, waar alleen maar zand en zoutmoerassen zijn. Daarna komen er een paar bronnen, steeds een dag rijden van elkaar verwijderd. Tot aan de Lybische grens moet u echter toch nog door het gebied van het beruchte "grote zandmeer". Dat is het eigenlijke traject van de dood. Hier is alleen nog maar zand en zon en gebed tot God: Laat me door, o Heer! Er zijn daar niet eens gieren, omdat daar nog nooit een levend wezen door het zand gekropen is. Als u dit zandmeer overwonnen hebt, kunt u voor God een kathedraal bouwen. Deze weg heeft nog niemand behalve u gemaakt. Als –' Ludwigs ging zitten. Het bloedverlies werd merkbaar. Zijn benen trilden. 'Als mijn woestijnkaart klopt, zou u het moeten kunnen redden. U mag alleen niet verdwalen –'

Aisha kwam het huis uit gelopen, de verbandtrommel in haar handen.

'Geef hier –' zei Brockmann en greep eerst naar het drukverband. Hij bond de arm af, reinigde de wond met alkohol en zag dat er geen slagader getroffen was, maar dat de dolk alleen de armspier flink geraakt had. 'Waar heeft u de kaart?'

'In mijn bagage. Ik haal hem zo meteen.'

'Gaan we, Oulf?' vroeg Aisha klagend. Ze hurkte naast de tafel als een negerslaaf.

'Ja. Kun jij voor alles zorgen, Aisha?'

'Alles.'

'Wat doet Lore?'

'Zij zit in de kamer en luistert naar de radio. Maar ze zit erbij te huilen.'

'Zeg haar, dat ik straks kom. Maar zeg haar niet, wat jij hier gedaan hebt.'

'Nee, Oulf.'

Aisha stond op en ging geruisloos naar het huis terug. Ludwigs keek haar opgelucht na. De wond brandde als de hel.

'Waarom is zij niet uw geliefde, Brockmann?' vroeg hij.

'Wie?'

'Aisha –'

Brockmann verbond de arm van Ludwigs. 'Ik ben bang om me volledig op te geven,' zei hij langzaam en wond de zwachtel om de beschadigde arm. 'Aisha te beminnen betekent alleen nog maar liefde te zijn – en verder niets meer. Daar ben ik bang voor.'

SLECHTS twee uur bleef Birgit in de kleine, stinkende kamer van de killer Achmed Sibkir. Op de binnenplaats van het huis krakeelde een groep kinderen, op het dak boven haar stampten eveneens vele voeten, het rook er naar verrot fruit, kameelurine en riool. Nadat ze de eerste opwinding te boven was nam ze daarom haar beetje bagage, drukte de in het Arabisch lamenterende Sibkir nog een halve pond in zijn hand en ging de smalle, hete straat op.

Waarheen, dacht zij. De oude, bange vraag: waarheen nu?

Ze liep een half uur kris-kras door de kasbah, de oude inboorlingenstad van Alexandrië, verwonderd nagestaard door vrouwen en kinderen, aangeroepen door de handelaars en limonadeverkopers, een keer zelfs vervolgd door een tapijtenhandelaar, die haar luidkeels een felrode loper wilde verkopen. Ze zag op een kleine, door de hitte verzengde markt een oude, blinde man zitten, die de oude Oosterse kunst van het sprookjes vertellen uitoefende. Kinderen en ook volwassenen zaten op hun hurken om hem heen en luisterden sprakeloos naar het oude sprookje van Harun el Raschid, van de betovering van de 1001 nacht en van de heldenliederen van de Mahdi.

Het was puur geluk, dat ze voor een oude moskee een taxi zag staan. Ze liet zich naar de haven terugbrengen, maar toen bleef ze toch in de auto zitten en dirigeerde hem naar het station.

Alf heeft eens iets over de Nijl geschreven, dacht ze. Vroeger, toen hij nog schreef of mocht schrijven. 'Als ik uit het raam kijk, kan ik over de daken de Nijl zien, de grote zeilen van de brede schepen en de nevel van het verdampende water. 's Nachts staan er miljoenen sterren boven de rivier en het water lijkt wel met diamanten geborduurd.' Zo had hij eens geschreven – zeven maanden geleden. Hij had dus in de buurt van de Nijl gewoond, buiten Cairo, ergens aan de grote rivier, die het eeuwige leven van Egypte bepaalt.

Ik moet dus naar de rivier, dacht Birgit. De gedachte is idioot. Een vrouw alleen aan de Nijl, die haar vermiste man zoekt. Maar er was geen andere weg.

Met de eerstvolgende trein reed ze naar Cairo. Om geld te sparen, reisde ze in de laagste klas, geperst tussen boeren, fellah's, stinkende lichamen, manden met kippen, ranzige boter, stoffige kleren en zweetvoeten.

De reizigers waren vriendelijk tegen haar, nadat ze gewend waren aan de sensatie dat een blanke vrouw niet in een luxe-compartiment, maar gewoon met hen reisde. Ze kreeg zoete aardappels aangeboden, olieachtige dadels, koude maïspap en een grote koek, die zoet en lekker smaakte. Pas later hoorde ze, dat deze van een speciaal soort meel gebakken was, dat uit maïsmeel en gestampte, gedroogde sprinkhanen bestond.

In Cairo liet zij zich direct naar de Duitse ambassade brengen. Een ambassade-secretaris van de afdeling toerisme en uitwisseling ontving haar en hoorde haar verzoek aan.

'Alf Brockmann?' vroeg hij nog eens en keek naar het plafond, een geliefd gebaar van iemand als hij wil bewijzen, dat hij gespannen nadenkt. 'Wetenschappelijk onderzoeker is hij, zegt u? In Egyptische dienst? Wacht u eens even, dat moet ik mijn collega van de handelsafdeling eens even vragen.'

De jonge secretaris telefoneerde en legde daarna een beetje bedremmeld de hoorn op de haak. Hij keek Birgit door zijn bril met een blik vol medelijden aan.

'Bent u familie van die meneer Brockmann?' vroeg hij.

'Nee,' loog Birgit. 'Maar van zijn vrouw. Ik moet hem de groeten overbrengen.'

'Dat is merkwaardig. Neemt u me niet kwalijk. De heer Brockmann is al een paar weken dood. Auto-ongeluk. Zijn weduwe heeft de urn met zijn as al lang gekregen. Hoe kan ze –'

'Ik ben de laatste twee maanden op Tenerife geweest.' Birgit legde haar hand op haar wild kloppende hart. Ook de ambassade weet niet beter, dan dat Alf dood is, dacht ze als verlamd. Voor het bezoek aan de ambassade had ze nog een kleine, zwakke hoop gehad. Nu verschrompelde ook die helemaal.

'O.' De secretaris knikte een paar keer. 'Tragisch. Een begaafd wetenschapsman. Zoals gezegd, een auto-ongeluk. Is al naar Duitsland overgebracht.'

'En waar heeft hij gewerkt?'

'Waarom?'

'Ik wilde graag een paar foto's voor Birgit – dat is zijn vrouw – maken. Ter herinnering, aan waar Alf gewerkt heeft.'

'Dat zal wel moeilijk zijn, mevrouw.' De secretaris van de ambassade glimlachte verontschuldigend. Een typische toerist. Een kiekje maken als herinnering. 'De heer Brockmann werkte in Fort Gizeh. Maar dat is een gebied dat streng door militairen is afgesloten. U zult daar niet zo dichtbij kunnen komen dat u daar kunt fotograferen. En als men het merkt, wordt uw fototoestel afgenomen. Doet u dat maar liever niet, mevrouw, we hebben dan naderhand alleen maar vervelende moeilijkheden met de Egyptische vreemdelingenpolitie.'

Fort Gizeh... fort Gizeh... fort Gizeh... Het was een naam, die Birgit nooit meer vergat. Ze mompelde hem voor zich heen toen zij de ambassade verliet en naar de aanlegsteigers van de boten die uitstapjes maakten op de Nijl liep. Grote borden in alle talen, ook in het Duits, wezen haar de weg.

Grote tocht op de Nijl. Gizeh – Benu Suef – Assiut – Assuan – Abu Simbel. Iedere maandag en donderdag.

En dan vele, kleinere boten, arabische dhau's, voorwereldlijke scheepjes.

Rondvaart Cairo – Gizeh. Met bezichtiging van de pyramiden en een kameeltocht in de woestijn.

Steeds maar overal Gizeh.

Bij de aanlegsteiger stond een gids. Op zijn felgele armband stond in lichtend rood ook: Duits. Birgit wendde zich tot hem en gaf hem eerst een half pond in zijn hand, die als toevallig opgehouden werd.

'Ik wilde graag naar fort Gizeh,' zei Birgit onbevangen. 'Hoe kan ik daar komen?'

'Helemaal niet, m'dam.' De tolk observeerde Birgit alsof ze schurft had. Fort Gizeh, dacht hij. Ze is gek, bij de baard van Mohammed.

'Maar ik moet er naar toe.'

'Dat kan heus niet.'

Birgit offerde nog een half pond van haar kleine reisbudget. De tolk hief zijn ogen ten hemel. O Allah, een fooi is altijd nog een genade van u. Ook voor een tolk die door de staat betaald wordt. Ik heb altijd nog zeven kleine, hongerige kinderen en drie vrouwen.

'U kunt fort Gizeh van de boot af zien, m'dam,' zei hij daarom. 'Maar u kunt nooit op de oever komen. Militairen, wachtposten, mijnen, elektrische omheiningen, schepen met kanonnen... onmogelijk. Er mag ook geen boot stilliggen, alleen maar snel voorbij varen. Dat is alles.'

Hij draaide zich om en liep op een Engelse miss af die zich met een Baedecker in de hand oriënteren wilde. Hij voelde dat als een godslastering aan, want Egypte leert men alleen maar door een goede gids kennen.

Birgit nam een plaats op een van de kleine motorboten, die met hoogstens tien passagiers rondvaarten op de Nijl ondernemen. Het bootje waar ze op ging, was slechts met drie zwijgende Arabieren bemand, die, in hun dschellabah's gehuld, als wassen beelden naar de Nijl staarden en niet op de blonde, jonge vrouw letten. Er kwam pas beweging in de beklede gestalten, toen een dikke, oudere man met een fez op zijn ronde schedel aan boord sprong. Toen pas merkte Birgit, dat die drie een soort lijfwacht van die dikke vormden. Op hetzelfde ogenblik dat de drager van de fez aan boord was, gooide men ook de lijnen los en de boot gleed de Nijl op.

Birgit was naar voren gelopen en tuurde naar het schuimende water, dat de kiel doorsneed, keek daarna naar de oever met de heerlijke tuinen en de witte villa's en sprookjespaleizen, tot – abrupt als alles in het Oosten – ook deze zone van rijkdom ophield en de meest erbarmelijke armoede, bouwvallige hutten en onder de zon brandende fellah-dorpen het beeld van de oever bepaalden.

En er viel haar nog iets op… overal, zelfs in de armelijkste dorpen, waren militairen, stonden vrachtwagens aan de oever geparkeerd, wasten soldaten hun wasgoed aan de kant van de rivier of spoten hun auto's schoon.

Daarna waren er ook geen hutten meer en de elektrische omheining begon, waarover de tolk gesproken had, onderbroken door wachttorens en lage, met gras begroeide heuvels, waaronder, dat wist iedereen, zich diepe betonnen bunkers bevonden.

'Mag ik mij voorstellen, mevrouw,' zei een zware stem achter Birgit. Ze draaide zich met een ruk om. De dikke met de fez stond achter haar en maakte glimlachend een buiging. 'Mijn naam is Faruk Ben Sahedi.'

'Helga Sommer –' Birgit had het onaangename gevoel door de blikken van Faruk uitgekleed te worden. 'U spreekt Duits met mij? Hoe weet u dat ik een Duitse ben?'

'Mijn oog, mevrouw.' Faruk glimlachte en ging naast Birgit zitten. 'Ik ben drie jaar in Duitsland geweest. Het blonde van uw haar, snit van uw kleding, de vorm van uw tas, uw Oxford-Engels, de romantische manier waarop u de Nijl gadeslaat – U zoudt niets anders dan een Duitse kunnen zijn.' Hij maakte een gebaar. Een van de drie lijfwachten bracht een dienblad met gekoeld vruchtensap. 'Reist u zo helemaal alleen, mevrouw? Zo buiten het Duitse toeristenleven om?'

'Ik ga mijn man bezoeken,' zei Birgit. Het was een duidelijke afweermanoeuvre. Op de een of andere manier was zij bang voor die dikke Egyptenaar, die zo rijk was, dat hij met drie bedienden reisde en een koelapparaat, dat op batterijen liep in zijn bagage had. Zijn ogen bevielen haar niet. Ze waren begerig en stekend, ze tastten het lichaam van Birgit af als handelswaar.

'Uw man. Zo. Werkt hij in Egypte?'

'Ja.'

'Mag ik vragen waar?'

'In Fort Gizeh,' zei Birgit. Dat zal hem er wel van afhouden verder te vragen, dacht ze. Fort Gizeh schijnt hier een mystieke klank te hebben.

Faruk Ben Sahedi trok zijn wenkbrauwen op. Hij overhandigde Birgit het vruchtensap en hief zijn glas. 'Op een goede, gemeenschappelijke reis, mevrouw. Tot Fort Gizeh is het nog een uur varen. Ik vraag me alleen af, waar u wilt aanleggen. Het fort is alleen maar over land te bereiken. Ieder schip, dat bij de oever stilhoudt of alleen maar langzaam de oever nadert, wordt zonder waarschuwing beschoten. Iedere roeier weet dat, ook onze kapitein.'

'Natuurlijk.' Birgit nam het glas en dronk het ijskoude sap met kleine, vlugge slokjes. De gloeiende hitte had haar werkelijk dorstig gemaakt. Het smaakte zoet en zuur tegelijk en er mengde zich een smaak van amandelen en noten doorheen. De drank verfriste direct, ze merkte, hoe het lood in haar aderen oploste. 'Ik wil Fort Gizeh ook alleen maar vanaf de Nijl zien. Vanavond ga ik dan naar mijn man.'

'Een benijdenswaardig iemand.' Faruk Ben Sahedi dronk Birgit toe. 'Ik heb nog nooit zoiets blonds als uw haar gezien, mevrouw. Het fascineerde me, toen ik u aan de oever zag. En toen ik hoorde, dat u met deze boot wilde varen, heb ik alle andere plaatsen gehuurd... alleen om met u deze tocht alleen te maken. Boos? O alstublieft, gunt u een rijk, maar eenzaam man toch dit onschuldige genoegen...'

Birgit probeerde te glimlachen, maar ze kreeg het gevoel of er iets niet pluis was. De blikken van Faruk waren onmiskenbaar. Ze waren smachtend en opeisend, begerig en als met waanzin doordrenkt. Ze keek achter zich... maar daar was niemand meer. De kapitein stond ver weg achter zijn stuurrad, de drie lijfwachten waren onder dek. De boot behoorde hun alleen toe, of beter gezegd: behoorde helemaal aan Faruk Ben Sahedi toe.

'De Nijl is de mooiste rivier ter wereld,' zei Faruk en maakte een breed handgebaar. 'Ik ken de Rijn... zeer romantisch. De Amazone... een zeldzame oerwereld. Maar de Nijl... dat is stromend leven. Dat is bloed uit het hart van Afrika. Dat is onvergelijkelijk. En zoals de rivier, zo zijn ook de mensen. Ze beminnen als de oerschoot van de natuur.'

Hij sprak nog een poosje en sloeg Birgit daarbij gade. Hij zag hoe haar hoofd iets naar voren zakte, hoe ze haar ogen sloot alsof een diep gevoel van moeheid haar overviel.

Wat is dat? dacht zij en bracht haar hoofd met een schok omhoog. Deze hitte maakt mijn bewegingen moeilijk, het lijkt wel of die verlammend werkt, ik zie het water van de Nijl de ene keer naast mij, de andere keer boven me in de lucht, het is gek, maar de hemel drijft onder me, en ik ben als een vogel, die ondersteboven vliegt.

Daarna sliep zij in. Faruk Ben Sahedi riep zijn lijfwachten. Ze droegen Birgit benedendeks en de boot draaide op de Nijl om en voer terug naar Cairo, maar in de richting van de andere oever.–

HET was wat later op de avond, toen Birgit haar ogen opsloeg. Ze lag op een brede divan temidden van een berg zijden kussens. Boven haar hingen drie ventilatoren te draaien die een aangename koele lucht brachten. De kamer was reusachtig groot, met tapijten gestoffeerd, de vensters waren met witte zuilen omgeven, waartussen een hekwerk van verguld metaal aangebracht was. De wanden waren met schilderijen op zijde behangen, het plafond was betegeld met tegels van goud en kobalt. Een kamer uit een droomverhaal, een wonder van schoonheid en kostbaarheid.

Birgit sprong op en rende naar het dichtstbijzijnde venster. Voor haar lag de binnenplaats met een fontein van marmer en een galerij met Oosterse zuilen. Drie vrouwen zaten om de fontein en praatten met elkaar. Op de achtergrond stond een zwijgzame, starre gestalte in een witte boernoes. Een wachter.

Birgit rammelde aan de tralies. Ze waren stevig in de zuilen vastgeklonken en er was geen beweging in te krijgen. Toen schreeuwde ze en haar stem schalde door de stille, grote ruimten en werd tienvoudig weerkaatst.

'Help! Help! Help!'

Een deur aan de andere kant van de kamer ging open. Ze had die niet gezien door alle ornamenten en versieringen. Faruk Ben Sahedi trad binnen. Hij had zijn Europese kleding uitgedaan en droeg nu een soort haikh van zijde, die zijn dikke figuur nog plomper liet uitkomen.

'Schreeuwt u toch niet, mevrouw,' zei hij en bleef onderdanig in de deur staan. 'In mijn huis hoort men alleen wat ik toesta dat gehoord wordt. En het woord "help" hoort men beslist niet.'

Birgit ging achteruit naar de muur. Weer deze blikken, deze onmiskenbare, begerige ogen.

'Waar ben ik?' vroeg zij. 'Wat moet dit allemaal?'

'Twee vragen ineens. Ten eerste: u bent bij mij. U heeft de mooiste kamer van alle vrouwen. U heeft een hele vleugel van de harem voor u alleen –'

"Van de harem –' stotterde Birgit. Haar hart kromp van angst samen.

'Uw blonde haar, mevrouw, heeft me m'n verstand laten verliezen.' Faruk hief bezwerend zijn armen omhoog. 'Dergelijke schoonheid aan de wereld te tonen, dat is een misdaad, vond ik. Zo iets behoort een man alleen toe, dat is een schat, waardevoller dan die van de farao's. En ik besloot u te stelen, ja, u eenvoudig van de ander te stelen, zodat u alleen voor mij leeft. Mevrouw –' Faruk maakte een allesomvattende handbeweging. 'Ik leg mijn huis, mijn geld, mijzelf aan uw voeten, als u mij verhoort. Ik ontsla al mijn andere vrouwen, als u mij het geluk schenkt, dat uw liefde moet inhouden. Ik leg miljoenen aan uw voeten –'

Birgit drukte haar handen tegen haar borst. Haar keel was dichtgesnoerd.

'Als... als u mij liefheeft...' stamelde zij... 'Ik vraag u, ik smeek u... laat u mij gaan. Wat u wilt, is toch waanzin –'

'Misschien voor een Europeaan, maar niet voor ons.' Faruk kwam langzaam dichterbij. 'Mohammed noemde drie dingen, die het belangrijkste en het schoonste in het leven zijn: een paard, de gezondheid van het lichaam en het hart van een vrouw. Ik heb honderd witte hengsten, ik heb vier artsen, die zich met mij bezighouden... voor het paradijs ontbreekt mij alleen nog uw hart. Weigert u mij dat niet. Laat u mij dit paradijs betreden, maar laat u het mij niet hoeven te veroveren –'

Birgit begreep dit dreigement. Ze wist, dat schreeuwen niets meer hielp. Verweer was zinloos. Hier hielp nog maar één ding... list.

Ze knikte daarom en ging op de brede zijden divan zitten.

'U hebt mij overtuigd, Faruk,' zei ze zacht. 'Maar laat u me alstublieft tijd. Verlang niets plotselings. Iedere gevangen vogel fladdert eerst voor hij aan zijn kooi gewend is.'

Faruk maakte een buiging en ging weer naar de deur terug.

'Ik zal wachten. Er staan zes kameniersters tot uw beschikking. U hoeft alleen maar op de klok op tafel te slaan.'

Toen klapte de deur weer dicht alsof een muur zich geopend en weer gesloten had.

Birgit wachtte een paar minuten, daarna liep ze weer naar de vergulde tralies.

De binnenplaats was leeg. De fontein lag in de maneschijn als een vochtig glanzend oog. Boven het huis welfde zich de nachtelijke hemel, geborduurd met miljoenen glinsterende diamanten.

Nachten aan de Nijl, dacht Birgit en drukte haar voorhoofd tegen de gouden tralies. Hoe vaak lees je daarover. Nu beleef ik het zelf... in een paleis van goud, kobalt, marmer en albast.

In de harem van Faruk Ben Sahedi.

O, Alf, wat moet er van ons worden –

Ze viel op haar knieën en huilde.

Achter haar serveerden drie zwijgzame kamermeisjes het avondmaal. Op grote, zilveren schalen lagen gebraden kippetjes en kunstig gegarneerde bergen vruchten.

De lievelingsvrouw, die nieuwe, blonde houri uit de zevende hemel had haar intrek genomen en de rest van de harem onderwierp zich aan haar.

En op de binnenplaats, verstopt in de schaduw van de zuilen, begonnen muzikanten te spelen. Cimbalen en fluiten, violen en trommels. Een klagelijke melodie.

Birgit lag op de divan en huilde zonder ophouden. Ze zag geen uitweg meer.

DRIE weken wachtte Konrad Gerrath op bericht van Birgit, toen ging hij weer naar de politie. Birgit's moeder, Berta Koller, bracht haar tijd in een sanatorium door sinds het verdwijnen van Jörgi – ze was niet te bewegen het lege huis weer te betrekken. 'Ik zou gek worden,' jammerde ze. 'Overal, in iedere hoek, kunnen misdadigers op de loer liggen. Ik zou sterven van angst.' Zo bleef zij als pensiongast in het sanatorium, ver van Lübeck verwijderd, in het Zwarte Woud. Daar zat ze vaak op een bank in het bos, schudde haar hoofd en zei op de manier van oude mensen: 'Nee, nee – hoe is zoiets toch mogelijk? Wat is dit voor een wereld? Zo iets bestond er in onze tijd niet –'

De commissaris van de politieke afdeling ontving Konrad Gerrath direct.

'Nog niets nieuws over de jongen, meneer,' zei hij, voor Gerrath zijn verlangen kenbaar kon maken. 'Geen enkel aanknopingspunt. Natuurlijk zijn onze handen, zoals u weet, gebonden, zo gauw we tegen de muur van de diplomatieke immuniteit opbotsen. En hier eindigt ieder spoor.'

'Mevrouw Brockmann is nu ook verdwenen –' zei Gerrath. Hij ging zitten toen hij de volledig beduusde blik van de commissaris zag.

'Ook ontvoerd? Ik dacht dat ze een reis naar Egypte maakte?'

'Daar schijnt ze nooit aangekomen te zijn.' Gerrath's gezicht was bleek en met rimpels doortrokken. De laatste drie weken hadden hem jaren ouder gemaakt. 'In drie weken geen bericht, geen brief, geen kaart, geen telefoontje. U geeft toch toe, commissaris, dat men in drie weken de mogelijkheid heeft op een kaart een kleine groet te schrijven, alleen maar een simpel levensteken.'

'Natuurlijk.' De commissaris haalde zijn schouders op. 'Maar dat is nog geen bewijs, dat mevrouw Brockmann "verdwenen" is, zoals u het uitdrukt.'

'Zij wilde naar Egypte om haar officieel dode man te zoeken.'

'Dat weet ik. Een idiote reis. Ieder zou haar dat afgeraden hebben. Je begeeft je niet in de molen van de politiek, zonder er mee rekening te houden dat je vermalen wordt.' De commissaris leunde achterover en draaide zijn ballpoint nerveus tussen zijn vingers. 'Bent u gekomen om opgave van vermissing te doen?'

'Ja,' zei Gerrath luid.

'Goed. We zullen het noteren. Maar welke mogelijkheden hebben wij? Interpol natuurlijk. Naspeuringen in de hele wereld. Zei u indertijd niet na de ontvoering van de jongen, dat mevrouw Brockmann zich bij een groep had aangesloten, die haar naar Egypte zou smokkelen?'

'Een jong meisje dat Zuraida heette begeleidde haar. Een Israëlische.'

'Klopt. Ik herinner me het. Zuraida. Klinkt als de 1001 nacht.' De commissaris wierp zijn ballpoint op tafel. 'Gelooft u werkelijk, dat Interpol een kans heeft mevrouw Brockmann te vinden, als geheime diensten de tegenspelers zijn? Wij zullen natuurlijk alles proberen wat voor de politie mogelijk is, maar het zal desondanks een slag in de lucht zijn. Weet u ongeveer de weg die zij zou nemen?'

'Via Zuid-Italië met een boot naar de Nijldelta.'

De commissaris hief hulpeloos beide armen omhoog. 'Aan uw eigen woorden zoudt u kunnen merken aan wat voor een verloren zaak wij werken. Van Zuid-Italië met een boot naar de Nijl. Beste Gerrath – ik zoek een verloren briljant in de Lüneburger Heide eerder voor u op dan een mens in de jungle van de geheime diensten. Bovendien is het zwijgen van mevrouw Brockmann volledig te begrijpen. Zij zal wel niet mogen schrijven.'

'Daar ben ik ook van uitgegaan. Daarom heb ik drie weken geduldig gewacht. Maar toen hield ik het niet meer uit en nu zegt mijn gevoel, dat er iets gebeurd moet zijn. Een nieuwe misdaad.' Gerrath balde zijn vuisten. 'Is een mensenleven dan helemaal niets meer waard?' riep hij plotseling uit.

'Haast niets meer.' De commissaris wreef over zijn ogen. 'U bent advocaat, u kent uit uw praktijk alle afwijkingen van karakter en ziel. Maar gelooft u mij... wat wij van de politieke afdeling hier allemaal zien, zou iemand ertoe kunnen brengen, God te vragen, deze hele aardbol met één enkele knal te vernietigen, opdat er eindelijk rust in de wereld zou zijn. Het is mogelijk het geloof in de mens totaal te verliezen. In dit complex is uw mevrouw Brockmann alleen een heel kleine vis, die we nauwelijks aan de haak zullen kunnen slaan.'

Konrad Gerrath verliet na een uur het politieke commissariaat met het gevoel naakt onder aangeklede mensen te lopen. Een jurist denkt van nature en door zijn beroep nuchter, hem brengt bijna niets van zijn stuk, wat in de wetboeken strafbaar gesteld is, van de kleine boef tot de lustmoord, het zijn uitwassen van de menselijke samenleving. En desondanks bracht het feit, dat twee mensen eenvoudig spoorloos kunnen verdwijnen en niemand de mogelijkheid had ze op te sporen, Konrad

Gerrath dermate van zijn stuk, dat hij pijn in hart en maag voelde als hij aan Birgit dacht.

Hij stapte in zijn wagen, die voor het commissariaat geparkeerd stond, draaide het contactsleuteltje om en zocht in de zak van zijn jasje naar zijn sigaretten. Hij vond geen pakje meer, stapte weer uit en liep de straat over naar een automaat, die naast de ingang van een levensmiddelenzaak hing.

Het kopen van de sigaretten redde hem het leven.

Gerrath had juist de mark in de automaat gestopt en wilde aan het bakje trekken toen hij achter zich een geweldige ontploffing hoorde. De luchtdruk wierp hem tegen de muur en drukte hem vervolgens op het asfalt, hij kreeg geen lucht meer, sperde zijn mond open – mijn longen, dacht hij, o, mijn longen scheuren... hij hoorde ruiten springen, een regen van glassplinters kwam op hem neer, deeltjes blik en ijzer snorden als granaatsplinters door de lucht, ergens schreeuwde een vrouw, afgrijselijk, doordringend, in doodsnood... daarna was het plotseling stil, alsof alles in de omgeving lamgelegd was.

Dan gilden er sirenen, mensen kwamen aangelopen, de vrouw schreeuwde nog steeds, iemand brulde: 'Een arts!', er struikelden mensen over Gerrath, ze renden, haastten, trapten op zijn hand en zijn rug, liepen hem onder de voet... daarna was ook dat voorbij, zelfs het schreeuwen van de vrouw. Slechts honderden stemmen vulden de straat.

Gerrath stond met moeite op. Hij bloedde in zijn gezicht en zijn nek door de glassplinters, zijn handen, waar overheen de mensen gerend waren, brandden. Hij leunde tegen de muur en het eerste wat hij zag, was dat de grote ruiten van de levensmiddelenwinkel volledig vernield waren.

Pas toen viel zijn blik op de andere kant van de straat, op zijn auto.

Een hoop verbogen uiteengereten blik was alles wat ervan overgebleven was. Voor het nog rokende wrak stonden vier ambtenaren van het politieke commissariaat, ook het hoofd van dienst en waren bezig met een vrouw die door een deel van de motor zwaar gewond op straat lag, omgeven door een grote plas bloed. Er kwam een ziekenwagen met gierend blauw licht aangeraasd, gevolgd door twee manschappenwagens van de politie.

De straat werd afgezet, de mensen weggedrongen. Konrad Gerrath mocht de straat overkomen toen hij zei dat hij de bezitter van de ontplofte wagen was.

'Mijn God, u leeft nog,' zei de commissaris en rende Gerrath tegemoet. 'Wij hebben al in de resten gezocht en gedacht dat u in losse stukken overal aan de dakgoten hing.'

'Dank u.' Gerrath probeerde te glimlachen. 'Ik wilde alleen maar sigaretten halen. Ik had het contactsleuteltje al omgedraaid –'

'Zo jaag je jezelf de lucht in.' De commissaris ondersteunde de bloedende Gerrath en bracht hem het huis binnen. 'Het is een oude truc, bom verbonden met de elektrische ontsteking. Zo zijn al veel lastige mensen de lucht in gegaan. Maar dat men dat hier voor onze ogen doet –

die knapen moeten zich wel verschrikkelijk zeker voelen –' Hij bracht Gerrath in een wasgelegenheid en draaide de waterkraan open.

'U klaagde er eerst toch over, dat u helemaal niets meer hoort,' zei de commissaris daarbij met sarcasme. 'U heeft zich vergist, zo u ziet... dat was een groet uit de duisternis. Wilt u nog meer?'

Konrad Gerrath zweeg. Hij trok zijn hemd uit en waste zijn bovenlichaam. Het bloed was tot aan zijn broekriem gelopen.

'Wat gaat u nu doen, commissaris?' vroeg hij toen hij zich afdroogde.

'Verslag uitbrengen.'

'En?'

De commissaris haalde zijn schouders op. 'Totnutoe is nog nooit een zaak van zo'n bomaanslag opgelost...'

DE crisis duurde meer dan acht dagen, toen was Jörgi, medisch gezien, gered. Dr. Sikku kwam iedere dag naar het eenzame huis en spoot antibiotica in om de dreigende buikvliesontsteking in de kiem te smoren. Bij het tweede bezoek bracht hij een verpleegster mee, een jong meisje met vurige ogen, dat Zareb direct bij zich liet komen, toen Dr. Sikku was weggegaan.

'Hoor eens, dochter van een hyena,' zei hij met duistere blik. 'Wat je hier ziet, bestaat helemaal niet, begrijp je? En als men in de buitenwereld hoort wat hier aan de hand is, kan het alleen van jou afkomen. Dan zal ik je mooie gezicht in elkaar drukken als een wijndruif.'

De verpleegster antwoordde niet. Zij liet Zareb staan en ging terug naar de kleine, bedompte ziekenkamer.

De vijfde dag na de zware en gewaagde operatie herkende Jörgi voor het eerst zijn omgeving weer. Hij opende zijn ogen voor een paar seconden en het eerste wat hij zag was het glimlachende gezicht van een vrouw.

'Mammie...' zei hij nauwelijks hoorbaar. 'Mammie, jij bent er...'

Toen viel hij in zijn bewusteloosheid terug.

De dag daarop onderscheidde hij al de voorwerpen in de kamer en merkte, dat de vrouw aan zijn bed niet zijn mammie was, maar een zuster met een wit kapje en een witte schort. Ook Zareb die een keer de kamer in kwam, herkende hij en in zijn ogen verscheen een zweem van angst en verweer. De verpleegster stond op en maakte een gebaar tegen Zareb.

'Gaat u eruit,' zei ze grof. 'Die jongen is bang voor u. Als iemand u aankijkt, kan hij ook niet gezond worden.'

Zareb was sprakeloos. Toen glimlachte hij breed en gemeen.

'Jij kat,' zei hij gedempt. 'Je zou je vel moeten laten verbranden. Ziet eruit als een houri en gedraagt zich als een schorpioen. Je zou zelf bang moeten zijn om in mijn handen te vallen.'

'Dat zou Dr. Sikku niet zomaar nemen.'

'Sikku. Wie is Dr. Sikku? Een buikopensnijder. Een pleisterplakker. Een darmspoeler. Ik blaas hem zo om.'

'Dr. Sikku is een vriend van de president.'

'Cairo is ver weg,' zei Zareb glimlachend.

'Maar zijn arm reikt tot hier toe.' De verpleegster dekte Jörgi, die zijn deken weggetrapt had, weer toe. 'En gaat u nu eindelijk weg. Uw gezicht is geen geneesmiddel.'

Zareb verliet de kleine kamer. Hij was diep beledigd. Woedend stapte hij in de tuin heen en weer. Een moslim wordt niet door een vrouw uitgescholden, dat verbiedt Mohammed. Een vrouw moet onderdanig zijn. De man is het hogere wezen. Maar hier in Europa was alles anders. Hier verruwden de zeden en ook de meisjes uit het Nabije Oosten vergaten de woorden van de profeet.

Zareb zuchtte en betreurde zijn machteloosheid tegenover die wilde woestijnkat.

Op de tiende dag besloot Dr. Sikku het onderzoek met de opmerking: 'Het is allemaal voorbij. Er bestaat geen enkel gevaar meer. De jongen moet nu goed verzorgd worden om weer op krachten te komen.'

'Waarom?' vroeg Zareb hierop.

Dr. Sikku keek hem met samengeknepen ogen aan. 'Ik zou graag sectie op u verrichten, Zareb,' zei hij. 'Ik zou werkelijk graag willen zien wat er bij u op de plaats van het hart in uw borstkas zit. Een steen? Een rottende pompoen? Een harige kokosnoot? Een opgezwollen dadel? Het kan van alles zijn... alleen een normaal hart, dat heeft u in geen geval.'

'Iedereen beledigt mij!' riep Zareb uit en maakte bijna een luchtsprong van woede. 'Iedereen zit op mij te hakken alsof ik aas voor de gieren ben! Waarom, waarom? Ik doe slechts mijn plicht! Ik voer uit wat mij bevolen wordt!'

'Dan beveel ik u de jongen te verzorgen als uw eigen ogen!'

'U bent arts. Ik neem alleen bevelen van mijn superieuren aan.'

's Avonds reed er een grote wagen voor en Zareb had het onaangename gevoel, dat het bezoek nieuwe complicaties met zich meebracht.

Een goedgeklede heer met een bruine huid en een klein snorretje onder zijn neus stapte uit, schoof Zareb, die in de huisdeur stond, voor zich uit, sloot de deur met een trap van zijn voet en sloeg als begroeting met zijn zachte vilten hoed Zareb vier keer om zijn oren. Het kletste hard en Zareb hield zich stil, verstard door verbazing en plotselinge angst.

'Zo broeder,' zei de vreemde bezoeker met een donkere, heerszuchtige stem. 'Dat was mijn visitekaartje. Is dat voldoende of moet ik me nog eens legitimeren?' Hij deed een greep in de zak van zijn elegante maatcostuum en haalde er een stalen, blikkerende boksbeugel uit.

Zareb sperde zijn ogen open en deinsde achteruit. Hij kende de uitwerking van dit boevenwapen. Een gezicht ziet er naderhand uit als een fijngewreven aardappel in tomatensaus.

'Ik herken u,' zei hij daarom snel en gedempt. 'Komt u binnen.'

De voorname heer ging de grote woonkamer binnen en liep naar het raam. Hij ging er met zijn rug naartoe staan, zodat zijn gezicht in de schaduw lag, maar het angstig vertrekkende gezicht van Zareb in het felle licht.

'De jongen wordt op de beste manier verzorgd,' zei de bezoeker. 'Dr. Sikku zegt, dat hij over acht dagen kan opstaan. Wat er dan verder moet gebeuren, hoor je nog wel, rat! In ieder geval moet hij kerngezond worden. Jij bent daarvoor verantwoordelijk.'

Zareb knikte en haalde zijn schouders op. 'Dat zal allemaal zo gebeuren... maar ik begrijp er niets meer van. Dat heeft toch allemaal geen zin.'

'Het is voldoende als wij het begrijpen.' De bezoeker ging bij het raam vandaan, liep langs Zareb naar de deur en maakte van de gelegenheid gebruik Zareb nog eens met zijn vuist een stoot in de rug te geven. De Egyptenaar struikelde en hield zich met moeite aan de kant van de tafel vast. 'Nog vragen?'

'Nee, heer.' Zareb wankelde naar de huisdeur en staarde naar de grote reiswagen. Achter het stuur zat een chauffeur in een onopvallend grijze livrei: 'Toch, nog één ding. Mag ik vragen met wie ik de eer had?'

De elegante bezoeker keek Zareb doordringend aan.

'Ik ben Delta II.'

Het flakkerde Zareb voor de ogen toen hij de deur sloot en de wagen wegreed. Daarna ging hij tegen de muur staan en veegde het koude zweet van zijn gezicht.

Delta II.

De geheimzinnige, beruchte beul van de contraspionage.

Zareb had de dood in de ogen gezien.

VILLA Roseneck, de residentie van Brahms in de villawijk van Cairo, had een nieuwe bewoner.

Weliswaar wist niemand dat behalve de dienaar en vertrouweling, de Nubische neger Baraf, een reus met het hoofd van een gorilla en bovenarmen als een drie maal opgedraaide scheepskabel. Baraf dankte zijn leven aan de Duitser Josef Brahms. Twee jaar geleden was hij door de Egyptische politie opgepakt, toen hij op het punt stond twee mensen te wurgen, met iedere hand één. Hij werd terdoodveroordeeld, maar Brahms zag hem in de dodencel toen hij een gevangen spion bezocht en zei later tegen generaal Assban: 'Dit Nubische oerdier is precies wat ik nodig heb. Als die Baraf bij mij is, zijn er geen verdere veiligheidsmaatregelen meer nodig.'

De Nubiër Baraf kreeg gratie en werd de dienaar van Brahms. Al twee jaar zweeg hij als het graf, waaraan hij ontkomen was. Hij had zich voor zijn meester laten vierendelen zonder een woord te zeggen.

Toen Zuraida in de 'Villa Roseneck' werd gebracht, was het Baraf die zich haar lot aantrok, haar een kamer gaf, haar eten en drinken en de nieuwste kranten en tijdschriften verschafte en haar voor alle bezoekers verborgen hield.

Vier dagen na de 'overval' werd Brahms naar Cairo gereden. Zijn wond heelde goed, generaal Assban zag in dat het beter zou zijn als Brahms in zijn huis lag in plaats van in een ziekenhuisbed, temeer omdat de voortvluchtige agente nog niet gepakt was. Nauwelijks echter had men Brahms uitgeladen en was de militaire ziekenwagen weer weggereden, of hij sprong op en rende de trap op naar de bovenste verdieping.

Zuraida ontving hem met open armen. Met luid gezucht omarmden ze elkaar. Baraf sloot de deur en liep zachtjes naar beneden.

'Meneer is erg ziek, hij slaapt juist –' zei hij tegen iedereen die in de volgende uren Brahms wilde spreken. 'Ik kan hem onmogelijk wakker maken. Dat zou niet goed voor hem zijn –'

De volgende dag echter ontwikkelde de 'Dienst Darahn' een grote bedrijvigheid. Volgens goed oud politiegebruik begon men het puzzelspel met de mozaïekstukken van geringe sporen en antwoorden op vragen. Drie dagen lang werd iedereen verhoord, die met Europese reizigers in contact kon komen... van de piloot tot aan de toiletjuffrouw, van de kameelverhuurder tot de smerigste roeibootverhuurder. Zelfs de limonadeverkopers aan de oever van de Nijl werden uitgevraagd en de 'blinde bedelaars' aan de aanlegsteigers. Ook die hadden niets gezien.

Maar dan, op de derde dag, kwam Brahms Zuraida's kamer binnengerend en zwaaide met een radiotelegram van wagen VI.

'Dat kan het zijn!' riep hij. 'Dat is een vers spoor! Zuraida, lieveling, hoe ziet die Birgit Brockmann eruit?'

'Middelgroot, prachtig blond haar, een gelijkmatig, niet te slank gezicht, een mooi, vrouwelijk figuur, blauwe, stralende ogen –'

'Dus een absoluut "Duits type"?'

'Niet helemaal. Ze ziet er, hoe zal ik het zeggen –' Zuraida zocht naar woorden –, 'ze ziet er interessant en toch beminnelijk uit –'

'Hier.' Brahms zwaaide weer met het radiotelegram van de Nijloever. 'Wij hebben een gids verhoord. Hij heeft drie dagen geleden een Duitse, blonde vrouw inlichtingen gegeven. Ze wilde weten hoe men naar Fort Gizeh komt. Dat heeft hem bijzonder verbaasd.'

Zuraida sprong op. 'Dat is ze geweest. Brockmann heeft in Fort Gizeh gewerkt tot men hem naar Bir Assi bracht.'

'Deze blonde vrouw is op een boot gegaan, een rondvaartboot; we hebben de kapitein ook verhoord. Hij zegt, dat de blonde vrouw na de rondvaart weer uitgestapt is.' Brahms ging zitten. 'Merkwaardigerwijze heeft de gids, die die dag tot de avondschemering dienst had, haar niet zien terugkomen.'

'Dan moet die kapitein nauwkeuriger verhoord worden.'

'Hij is al op weg hierheen, schatje.' Brahms glimlachte, greep in Zuraida's haar en trok haar naar zich toe.

Baraf, de Nubiër, was zo discreet eerst drie maal te kloppen voor hij de deur opende en luid zei: 'Heer, de gearresteerde wacht beneden.'

'Ik kom direct.' Brahms maakte zich los uit de armen van Zuraida en bracht zijn haren en kleding in orde. Zacht zei hij: 'Wij zullen elkaar nog met onze liefde om het leven brengen –'

'Zou dat niet de mooiste dood zijn, liefste?'

'Het zou mooier zijn het leven voort te zetten en tien jaar achter elkaar zo gelukkig te zijn.'

Zuraida schudde haar hoofd. Zij dacht nuchterder. Ze genoot van het moment, zij gaf zich volledig over aan het ogenblik. Ze wist, dat dit wonder van liefde en geluk net zo schielijk voorbij zou gaan als het begonnen was. Er was geen weg terug meer naar het burgerlijk leven, naar het kleine paradijs van een gezin met een geliefde man en een kinderschaar. Dat waren illusies. Luitenant Zuraida was met huid en haar bezit van de geheime dienst. Die alleen bepaalde haar leven. De dagen of weken aan de zijde van Josef Brahms waren zoiets als een vakantie van zichzelf, waren als een galgenmaal... de executie zou zeker plaatsvinden. Alleen het tijdstip wist men niet.

In de geluiddichte verhoorkamer van de 'Villa Roseneck' stond de kapitein met de handen op zijn rug gebonden tussen twee potige agenten van de geheime politie en keek met wijdopen ogen van schrik naar de deur die openging. Het was te zien: hij verwachtte Satan, maar er kwam alleen een grote man binnen, die gevolgd werd door een reus van een man, een pikzwart oerdier.

'Weet jij waar je bent?' vroeg Brahms aan de kapitein. De Egyptenaar schudde zijn hoofd.

'Allah zij mijn getuige, dat ik niet–'

'Laat Allah erbuiten! Jij hebt de politie belogen en jij bent hier –'

'Bij de baard van de profeet... ik heb nooit gelogen!' De kapitein viel op zijn knieën en staarde Brahms met fonkelende, gele ogen aan. Hij trok heftig met zijn gezicht. De politiemannen stonden als palen naast hem.

'Baraf!' Brahms draaide zich om. De reusachtige Nubiër kwam naast hem staan. Hij had een van de gevreesde nijlpaardzwepen in zijn hand, een wapen, waarmee men iemand verscheuren, in stukken rijten kan. De eerste slag van de van dik nijlpaardenvel gedraaide zweep rijt reeds de huid open, de tweede slag scheurt het vlees van het bot.

De gele oogappels van de kapitein kwamen uit hun kassen, toen hij het martelinstrument in de vuist van de zwarte reus zag. 'Nee, Heer!' brulde hij luid. 'Dat niet! Heer Genade! Allah zal u zegenen bij de ingang van het paradijs.'

Zijn hoofd viel voorover op de grond, hij sloeg er met zijn voorhoofd een paar maal op alsof hij voor de Kaäba in Mekka zat te bidden.

Brahms wenkte. Baraf hief de zware nijlpaardenzweep op, hij sloeg niet toe, maar liet de zweep slechts licht over de gebogen rug van de kapitein glijden. Maar deze aanraking alleen al was voldoende. De man gaf een felle schreeuw van angst en pijn.

'Genade!' brulde hij hees. 'Genade, o Allah!'

'Zeg de waarheid! Waar heb je die blonde vrouw heen gebracht?' Brahms trad op de man die geknield lag toe en gaf hem een trap in de zij. 'De volgende slag van Baraf is raak!'

'Ik heb haar in El Ma'adi uitgeladen, heer,' jammerde de kapitein. 'Uitgeladen?'

'Ja. Ze was bedwelmd.'

'Bedwelmd?' schreeuwde Brahms. 'Wie heeft haar bedwelmd?'

'Een heer.'

'Welke heer?'

'Ik ken hem niet.'

'Baraf–' zei Brahms kil.

Er volgde een korte en droge slag. De man op de grond brulde en kronkelde zich op zijn rug. Zijn ogen, bloeddoorlopen, staarden naar het plafond, uit zijn mond druppelde speeksel.

'Allah!' schreeuwde hij. 'O Allah! Allah!'

'Wie was die man?' vroeg Brahms onverstoorbaar.

'Hij heeft mijn hele boot afgehuurd, heer. Hij had drie zwaarbewapende bewakers bij zich. Hij was geen Egyptenaar. Hij zag eruit als een Arabier. Als een rijke sjeik. Hij bedwelmde de blonde vrouw en de drie bewakers droegen haar aan land. Dat is de waarheid, heer. Ik zweer het bij de profeet!'

'En zijn naam?'

'Wie vraagt naar een naam, heer, als iemand een hele boot voor zich alleen afhuurt?'

Brahms liet de jammerende kapitein liggen en ging bij de grote landkaart van Boven-Egypte staan. De kleine plaats El Ma'adi lag op de rechter Nijloever aan het einde van de Wadi Digla. Na een smalle zone van tuinen begon de woestijn, die reikte tot aan de Golf van Suez. Hier, aan de Nijl, in het vruchtbare kleigebied, stonden villa's van miljonairs. Witte paleizen, in steen verwerkelijkte dromen. De bezitters van deze droomhuizen waren meestal invloedrijke fabrikanten, vrienden van de ministers, internationaal bekende handelaren. Mannen, wier privé leven taboe was, zelfs voor een man als Jussuf Ibn Darahn. Het was ondenkbaar, dat iemand van hen een blanke toeriste bedwelmd en mee naar zijn paleis genomen had.

Brahms draaide zich weer om en gaf een wenk. De beide politiemannen trokken de kapitein omhoog en sleepten hem de kamer uit.

'Groep I moet bij elkaar komen,' zei Brahms tegen de wachtende Baraf. 'En jij gaat mee. Het zal een hete dag worden.'

Baraf zei niets, maakte een buiging en ging.

Groep I was de commandotroep van de voormalige kapitein Brahms. Deze bestond uit tien mannen, allen vroegere soldaten uit het Afrikacorps, meestal pioniers, die met springladingen en mijnen wisten om te gaan. Het waren kerels, die als men dat verlangde de duivel uit de hel verjoegen. Avonturiers, die niets vroegen, maar gehoorzaamden. Groep I... dat betekende: genadeloosheid. Het was het piepkleine 'Vreemdelingenlegioen' van Brahms.

'Wij weten nu waar Birgit Brockmann is,' zei Brahms enige tijd later tegen Zuraida. Hij lag naast haar op de divan en rookte gehaast en nerveus een brede, dikke Egyptische sigaret. 'In een harem, verdomme! En bij een kerel die zeer zeker een vriend van de een of andere minister is. Die naar links en naar rechts slijmt en je met fluwelen handschoentjes moet aanpakken.' Hij wierp de sigaret in een asbak, die met rozewater gevuld was. De gloed siste weg. 'Maar niet met Josef Brahms. Vanavond gaat er een commando op weg, zoals die keer bij Tobroek. Ook toen wist niemand waar we vandaan kwamen. Dat zal vanavond ook niemand weten.'

De uren tot de avond waren korter dan alle andere uren in de afgelopen jaren. Brahms gaf een staaltje van wat een generale staf vermag.

Een commandotroep 'stal' uit de tuinen van de villa's zeven tuinlieden. Zij werden ter plaatse in de regeringsboot verhoord. Daarna bedreigde men hen met zweepslagen tot ze dood zouden zijn als ze één woord loslieten en liet ze weer lopen. Ook de tuinman van de zwaar met miljoenen beladen Faruk Ben Sahedi. Hij had gezegd, dat sinds drie dagen een blanke vrouw de harem beheerste.

'Faruk Ben Sahedi,' zei Brahms, toen hij de melding per radiotelegram ontving. 'Een mooie troep! Dat is een vriend van minister Feisal Abdul Mossou. Ik weet dat ze hun vrouwen aan elkaar uitwisselen. En stiekem zuipen doen ze ook, al zijn het moslims! Uitgerekend hij!' Hij keek zijn stoottroepenleider nadenkend aan. 'Dat wordt een harde noot, Franz!'

'Geen zorgen, kapitein.' Franz Hobensam glimlachte breed. 'Met zwart gemaakte gezichten zien we er allemaal uit als te lang gebakken speculaaspoppen–'

Birgit had in de lange nacht, dat ze niet slapen kon in haar gouden kooi, een plan uitgebroed, dat haar het enige leek.

Ze moest ziek worden.

's Morgens, toen twee parmantige kameniersters met vurige ogen bij haar bed kwamen om haar naar het bad te brengen, dat reeds met sterk naar rozenolie ruikend water was gevuld, lag ze bleek en zachtjes steunend onder de zijden deken en gaf op geen enkele vraag antwoord. Zij draaide zelfs zo angstaanjagend met haar ogen, dat de beide dienaressen ontzet wegrenden en om Faruk Ben Sahedi riepen.

Hijgend kwam even later de dikke Faruk de kamer van Birgit binnen rennen en ging zwaar ademend op de rand van het bed zitten.

'Wat is er toch, mijn gouden duifje?' vroeg hij en keek verward naar het gezicht van Birgit dat vertrokken was en eruit zag alsof zij onder zware pijnen te lijden had. 'Ben je ziek? Heb je pijn? Zeg dan toch wat, oogappel.'

'Een dokter...' fluisterde Birgit nauwelijks hoorbaar. 'Een dokter, vlug. Mijn hart... ik krijg geen lucht meer... ik stik...' Ze kwam plotseling met een ruk overeind, klemde zich aan Faruk vast en zette haar vingernagels diep in zijn vlees. 'Lucht!' steunde ze luid. 'Lucht! O Lucht!'

Sahedi deed net of hij van de pijn niets merkte, maakte Birgit's vingers los van zijn gekrabde armen en sprong op.

'Ik haal de beste hakim van Egypte!' riep hij. 'Over een paar minuten, engeltje. De beste hakim zal je verplegen.'

'Ik stik!' hijgde Birgit en deed haar best een starre uitdrukking te vertonen en haar ogen te laten uitpuilen. Het lukte haar, ze hield de lucht binnen en kreeg werkelijk ademnood. 'O! O! Mijn hart –'

Sahedi rende in paniek de kamer uit.

Twintig minuten later verscheen de arts. 'De hakim,' zei Sahedi tegen de uitgeputte Birgit. 'Hij zal je beter maken. Hij is de beste dokter. Hij heeft in Duitsland en in Frankrijk gestudeerd.'

En tegen de arts die niets zei en Birgit alleen maar vragend aankeek, zei hij: 'Maakt u haar gezond, dokter. Ik betaal u een vermogen als mijn blonde engel weer kan lachen.'

'Laat u ons alleen, Faruk.' De hakim ging naast Birgit op de divan zitten. Hij pakte haar hand en hield die vast. Er ging een oneindig gevoel van rust van hem uit.

Sahedi aarzelde, maar toen liet hij Birgit en de hakim alleen. Maar voor de deur naar de gang van de lievelingsvrouw posteerde hij twee van zijn zwaarbewapende bewakers.

De arts liet de handen van Birgit los zo gauw ze alleen in de kamer waren. Hij stond zelfs op en legde zijn handen op zijn rug.

'U bent gezond,' zei hij in het Duits. 'Ik hoef alleen maar in uw ogen te kijken. De blik van een zieke is anders.'

Birgit knikte zachtjes. 'Ja –' Haar stem was klein en klonk machteloos. 'Alstublieft, helpt u me toch, dokter...'

De hakim keek om zich heen. Hij kende de Oosterse paleizen. Men was alleen en men werd toch gadegeslagen. In een zuil, in een arabeske versiering, in een lamp kon een afluisterapparaat verstopt zijn, achter een muur, door een kier in het talrijke houtsnijwerk, konden waakzame ogen loeren.

Hij antwoordde daarom niet, maar pakte een dokterstas uit, haalde er een stethoscoop uit en boog zich naar Birgit over.

'Spreekt u heel zachtjes, zonder uw lippen te bewegen,' fluisterde hij, terwijl hij deed alsof hij Birgit's hart beluisterde. 'Kunt u dat?'

'Ja –' fluisterde ze. Ze legde haar hoofd in haar nek en keek naar het plafond. De hakim kwam dichter bij haar.

'Hij heeft me bedwelmd en ontvoerd,' fluisterde Birgit. 'Hij wil me dwingen... u weet... wat ik bedoel... Maar alle miljoenen kunnen mij niet daartoe brengen... Ik zoek mijn man... Dr. Alf Brockmann... raketonderzoeker... daarom ben ik in Egypte...'

'Wilt u een paar keer diep ademen?' zei de hakim luid. 'En zegt u eens hard 'a'!'

'A –' deed Birgit.

De arts knikte en 'luisterde' verder. Hij betastte het hoofd van Birgit en bewoog daarbij zijn lippen als bij een gesprek met zichzelf zonder dat hij sprak. In werkelijkheid zei hij zacht:

'Er is maar één mogelijkheid hier uit te komen. U moet erg ziek zijn en naar een kliniek gebracht worden. Ik zal Sahedi zeggen, dat u zou sterven als u niet direct bij professor Babachelma zou komen. Babachelma is specialist voor hart en bloedsomloop. Ik zal zeggen dat u een zware hartkwaal heeft. Dat moet hij geloven.'

Birgit sloot haar ogen. Het was een teken van toestemming. 'Ik dank u, hakim –' zei ze zacht.

De arts glimlachte. Hij rolde de slangen van de stethoscoop in elkaar en stopte ze in de tas. Daarna dekte hij Birgit weer toe. Op hetzelfde ogenblik ging de deur weer open en trad Faruk binnen.

Dus toch geobserveerd, dacht de arts. Het zou geen harem zijn als er niet voortdurend een paar ogen op gericht waren.

'Wat scheelt mijn zonnetje?' vroeg Sahedi bloemrijk. 'Is ze erg ziek?' Zij lag met gesloten ogen, met haar handen op haar borst gevouwen alsof ze reeds gestorven was.

'Laten we de kamer uit gaan,' zei de arts op gedempte toon. 'Ze moet nu slapen.'

Voor de kamer, in een lege, pronkerige hal, liep de arts naar de getraliede vensters en keek naar de sprookjesachtige binnenplaats met de fontein en de banken van albast.

'Ze is erg ziek.'

Sahedi werd bleek. 'U laat me schrikken, dokter.'

'Van de waarheid schrik je altijd. En ik moet toch de waarheid zeggen.'

'De volle! Zonder aanzien des persoons.'

'Ze heeft een zware hartkwaal. De linker hartspier werkt nog maar ten dele, de doorbloeding is gestoord. Een kwaadaardige vorm van coronaire insufficiëntie.'

'En wat moet er gebeuren?' hernam Sahedi.

'Ze moet direct naar de kliniek van professor Babachelma.'

'Onmogelijk!' Faruk wendde zich af. Zijn dikke nek trilde. 'Moet ik mijn zon weggeven, nu ik die net veroverd heb?'

'Wilt u over drie of zes dagen een dode omarmen?' vroeg de hakim grof.

'Zo acuut zal het niet zijn.'

'Zo acuut is het!' De arts ging bij het raam weg en liep naar de uitgang. Faruk rende hem achterna en trok hem aan zijn mouwen naar zich toe.

'Ik heb genoeg vertrekken in mijn huis. Ik kan me een eigen kliniek veroorloven. Artsen, zusters, alle nodige spullen. Ik bezit miljoenen. Ik kan ook een professor Babachelma betalen. Hij moet bij mij komen en mijn gouden duifje behandelen. Ik huur Babachelma!' riep Sahedi. Zijn ronde gezicht gloeide.

De arts keek hem bijna medelijdend aan. 'Er zijn dingen die men niet met miljoenen kan kopen... Babachelma niet, geen nieuw hart en ook niet de liefde van een vrouw.'

'Alles heeft zijn prijs.'

'Koopt u dan de dood. Probeert u het.' De arts drukte de gouden klink naar beneden. Achter de deur stonden twee reusachtige dienaren in witte boernoessen op wacht. Aan hun riemen blikkerden dolken en met zilver beslagen pistolen met een lange loop. 'Ik heb u als arts een raad gegeven, de enige die bestaat. Van nu af aan draagt u alleen de verantwoording.'

Faruk Ben Sahedi gaf een wenk. De reusachtige bewakers gingen opzij en lieten de hakim passeren. Daarna sloot de deur zich weer en Faruk was alleen in de grote, lege zaal. Vanaf de binnenplaats klonk zwak het klateren van de marmeren fontein in de stilte.

Hij liep op de gouden wandversiering toe, schoof die wat terzijde en tuurde door het kleine kijkgaatje in de naburige kamer.

Birgit lag, zoals hij haar verlaten had, op haar rug, met haar handen gevouwen. Ze ziet eruit alsof ze opgebaard is, dacht Sahedi huiverend. O Allah, ze mag niet sterven... niet voordat ik haar heb bezeten, voordat ik van haar prachtige, blanke lichaam heb genoten als een opengebarsten granaatvrucht. Daarna mag ze, bij Allah, heengaan. Alleen deze ene nacht wil ik genieten... daarna kan ze begraven worden.

Hij wierp nog een blik op Birgit, schoof de gouden versiering weer terug en verliet vlug de harem.

Twee dagen wacht ik nog, dacht hij, toen hij weer in zijn bibliotheek was en zijn secretaris hem de brieven ter tekening voorlegde. Als haar toestand niet verbetert, moet ze werkelijk bij professor Babachelma komen. Maar ik zal meegaan. Ik zal naast haar wonen. Ik zal haar bewaken als de grootste diamant ter wereld. Oók al zou ik de hele kliniek moeten afhuren, voor haar alleen.

'Wat is er voor nieuws, Zehir? 'vroeg hij de secretaris.

De jonge Egyptenaar keek over het hoofd van zijn heer heen naar de tuin.

'Er is een Israëlische agente voortvluchtig. Ze wordt overal gezocht. Ze heeft de chef van de geheime dienst neergeslagen. Dat heeft mijn vriend in het ministerie me gemeld...'

'Voor mijn part.' Sahedi haalde zijn vette schouders op. 'Wat gaat het ons aan.'

HOE eenzaam de oase Bir Assi ook gelegen is, midden in een zandwoestenij, begrensd door uitgedroogde zoutmeren of nog onbekende, onbezochte en volledig onbegaanbare drassige zoutmoerassen, hoe zeer men het tevergeefs op de kaart zal zoeken en slechts enkelen weten dat er zelfs levende wezens zijn... er zijn altijd mensen te vinden, die voor geld bereid zijn alles te doen.

Aisha kwam na drie uur terug en ging met stralende ogen naast Brockmann, Lore en Ludwigs op het terras zitten.

'Wij hebben alles,' zei ze. 'Vijf kamelen, waarvan drie rijkamelen, twee tenten, waterslangen en leren zakken voor driehonderd liter water, conserven, sinaasappelsap, gedroogd vlees, dekens, kaas in blik, meel en maïs, gerst en rijst, melkpoeder, twee kooktoestellen met spiritus, vier snelvuurgeweren met munitie, drie revolvers, twee dolken, bedoeïenenkleding en een zonnescherm.'

'Je bent een geweldige meid, Aisha.' Brockmann boog zich voorover en streelde haar wang. Hoewel Lore het niet kon zien, vermoedde ze toch wat deze seconde stilte betekende en waarvan deze vervuld was. Hij streelt haar nu, dacht ze met heftig kloppend hart. En zij slaat haar ogen neer en is gelukkig. Natuurlijk, wat zou hij nu anders zonder Aisha zijn. Zij kan hem helpen, zij kan hem zijn liefde bewijzen door voor hem de sterren van de hemel te plukken – of vijf kamelen te verschaffen. Ik kan hem niet meer helpen... ik kan er alleen maar een beetje bij zitten, een beetje luisteren en wachten tot men mij aanspreekt als men mij opmerkt. Ik ben een last voor allen. Ik ben een blinde vrouw, nergens meer goed voor dan mijn eigen gedachten.

'Ik draag een kompas bij, mijn woestijnkaart, een paar laarzen, ja, en mijn wens dat het jullie mag gelukken,' zei Ludwigs ernstig. 'Wanneer willen jullie er vandoor?'

'De kamelen wachten bij het invallen van de duisternis aan de andere kant van de wadi –' Aisha keek Alf met flitsende ogen aan. 'Ze hebben zich zat gegeten, hun bulten staan stijf van het water als ijzeren torens. Ze zouden drie weken zonder water door de woestijn kunnen trekken. Het zijn de beste kamelen van heel Bir Assi.' Aisha legde haar armen om haar knieën en trok ze naar zich toe. Als een klein meisje hurkte ze op de stoel. Ludwigs vond dat ze er betoverend uitzag. 'We kunnen vannacht nog ver komen. Die kamelen zijn snel.'

'Vannacht al?' zei Lore zacht.

'Ja, Lore.' Brockmann legde zijn arm om haar schouders. Tussen de ogen van Aisha vormde zich een scherpe plooi. Zij zou moeten verdorsten, dacht ze wreed. De zon moest haar huid van haar lichaam branden, moest haar hele, trotse schoonheid vernietigen. Ik haat haar. O, Allah, wat haat ik haar.

'Vannacht is de beste tijd daarvoor,' ging Brockmann verder. 'Ik heb voor morgenmiddag een proef met de nieuwe brandstof afgesproken. Tot zolang zal niemand onze afwezigheid opmerken. En als ze het dan in de gaten krijgen, hebben we al een heel stuk afgelegd. Eerst zal men niet weten wat men moet doen, daarna zal men de oase afsluiten, zal men ieder huis apart doorzoeken, iedere stal, ieder gat... en pas dan zal men geloven, dat wij niet meer in Bir Assi zijn. Een gedachte, die niemand zal begrijpen, omdat hij te ongeloofwaardig is.'

'En dan zullen ze met helikopters de woestijn in alle richtingen overvliegen en ons ontdekken. Vijf uiterst kleine puntjes op een schijf van geel zand.' Lore wierp het hoofd in de nek. 'En men zal ons neerschieten als kartonnen soldaten op een schietbaan.'

'Bent u bang?' vroeg Aisha agressief, voor Brockmann er iets tegen kon doen. 'Blijft u dan toch liever hier –'

'Aisha –' vermaande Brockmann.

Lore draaide haar hoofd naar hem toe. 'Ja, ik ben bang,' zei ze luid. 'Niet van wege mijn armzalig hoopje leven... wat is dat waard? Ik ben bang voor jou, Alf. Er zullen anderen zijn die van het avontuur houden... maar ik hou van jou.'

Brockmann liet zijn hoofd hangen. Hij was plotseling verlegen en toch tegelijkertijd gelukkig.

'Dat is de eerste keer dat je dat zegt,' liet hij zachtjes in de stilte horen.

'Ik geloof dat het er ook de juiste tijd voor is.' Lore keek in de richting, waar ze Aisha vermoedde. Ze hoorde haar adem en voelde haar nabijheid op haar huid als een kleverige wind. 'Ik hou van Alf!' zei ze vastberaden.

'En ik laat niet toe, dat hij een risico neemt, dat hem het leven kost.' En plotseling, als een uitbarsting van een vulkaan, wild en ongeremd, riep ze tegen Aisha: 'Ik heb mijn ogen voor hem gegeven... en wat kun jij hem geven? Je lichaam, verder niets! Maar ook dat zal verwelken en vlugger dan bij ons, Europese vrouwen.'

Aisha schoot uit de stoel omhoog als een opgejaagde kat. Haar zwarte ogen gloeiden. Hoe mooi, hoe heerlijk, hoe onbeschrijfelijk, dacht Ludwigs. Verdomme, nu kun je begrijpen, dat er mannen zijn die zich door een vrouw laten ruïneren.

'Als Oulf hier blijft, zal men hem ook doden,' siste Aisha. 'Het pakketje springstof was niet het laatste. Er zijn nog andere middelen.'

Dat klopt, dacht Ludwigs. Jij moet het het beste weten. Jij hebt het pakketje in het huis gelegd. Dat dit meisje blind is, is jouw werk.

Hij beet op zijn lippen om zich niet te verraden. Brockmann was achter de opgewonden en bevende Lore gaan staan en streelde haar geruststellend over haar haar en schouders. Aisha leunde op de leuning van het terras... een kleine, sierlijke, van spanning vibrerende wilde kat. Door het verwarde gordijn van haar lange, zwarte haar staarde ze in de richting van Brockmann.

'Als het donker wordt, gaan we op pad,' zei hij. Daarbij keek hij Aisha verontschuldigend aan. Ze is blind, betekende deze blik. Blinden zijn bijzonder fijngevoelig en prikkelbaar. De eeuwige duisternis waarin zij leven maakt hen wantrouwig en onrechtvaardig.

Aisha maakte een beweging met haar hoofd en verliet het terras. Hij houdt ook van haar. Hij neemt haar in bescherming. Zij mag mij beledigen. Ik ben immers maar een woestijnkind, een smerige bastaard, een fellah-meisje, wier vlechten men vroeger met kameelmest inwreef opdat ze mooi stijf bleven. O, als hij wist wie ik ben. Ik heb in Cairo de middelbare school bezocht, ik heb vier semesters filologie gestudeerd, ik spreek vier talen, ik ken het wereldbeeld van Plato net zo goed als de filosofie van Sartre of Heydecker. Maar in zijn ogen ben ik de kleine, bruine slavin, het dienstbare meisje dat hij uit de officiersclub weggehaald heeft.

O Allah, wanneer schenk je mij het uur, waarop ik hem de waarheid kan zeggen? Wanneer mag ik hem liefhebben? Wanneer mag ik Aisha zijn... zo volkomen van liefde als de grote Aisha, de lievelingsvrouw van Mohammed?

Ze hoorde in de kamer hoe Brockmann zei: 'Laten we gaan inpakken. Ik neem vóór alles mijn huisapotheek mee, Ludwigs. Kom... we zullen eerst eens alle papieren verbranden. Ik zal de oude Alf Brockmann in vlammen laten opgaan.'

Aisha rende naar boven naar haar kamer. Ze zag nog hoe Lore aan de arm van Brockmann het huis binnenkwam. Ze huilde. Van onder de zonnebril stroomden de tranen uit haar dode ogen.

Ze schaamde zich. –

De duisternis komt over de woestijn niet zoals in Europa na een wegglijdende schemering, maar na een kort schemerduister duikt de zon in het niets weg, alsof de woestijn de vuurbal opslokt. Daarna overwelft de sprookjesachtige sterrenhemel de zandduinen en palmen, jakhalzen huilen en hyena's krijsen, in de kreekjes kwaken de kikkers, het concert van de nacht begint, het concert van de koude woestijnnacht, die het raadsel opgeeft, hoe er overdag een hitte van meer dan 60 graden kan bestaan.

Een voor een verlieten Aisha, Ludwigs, Alf en Lore de villawijk en liepen als onschuldige nachtwandelaars in de richting van de inboorlingenwijk.

Eerst Aisha. Als een schaduw gleed zij tussen de palen door en verdween tussen de tuinmuren. Als tweede volgde Ludwigs. Hij deed alsof hij een beetje aangeschoten was, zong zachtjes voor zich heen en praatte zelfs met de wacht, een jonge soldaat, die 's nachts bij de muur van de Europeanenwijk patrouilleerde.

'Ik zoek een mooi meisje,' zei Ludwigs met een dikke tong. 'Een meisje voor vannacht. Kun je me er eentje aanbevelen, jongeman?' De soldaat grijnsde, schudde zijn hoofd en ging verder op zijn ronde.

Brockmann, die met Lore aan de arm liep, werd in het geheel niet gezien. Binnenin Bir Assi hield men veiligheidsmaatregelen voor zinloos... wie zou er zonder herkend te worden de oase binnenkomen? Des te degelijker waren de cordons in een wijde omtrek rond de geheimzinnige, kleine stad. Hier bewaakten honderden soldaten en een afdeling helikopters het geheim van Egypte. Er was ook een compagnie kameelruiters. Op hun witte Hedschaz-kamelen vlogen ze door de woestijn. Hun ontging niets.

Alleen de westelijke kant was bijna zonder bewaking, behalve dan enkele patrouilles en af en toe een helikopter.

Het Westen leverde geen gevaar op. In het Westen strekte zich het dodenland uit. Uit deze richting kwam geen levend wezen naar Bir Assi. En niemand ging die kant uit.

Het afscheid van Hans Ludwigs was kort. Nadat de kamelen in de wadi, in de beschutting van een donkere tuin, beladen waren, en nadat Brockmann de handelaar 1200 Egyptische ponden had overhandigd, gaven Alf en Ludwigs elkaar de hand.

'Het beste dan maar,' zei Ludwigs wat geforceerd. 'En... en past u voor mij goed op Aisha.'

'Ludwigs.' Brockmann haalde verbaasd zijn wenkbrauwen op. Hans Ludwigs knikte.

'Ja. Het heeft me te pakken. Ik heb er nooit met u over gesproken, hoewel ik waanzinnig jaloers was. Maar toen heb ik gezien dat Lore uw hart heeft, niet Aisha. Een ogenblik kwam ik in de verleiding u te vragen Aisha hier te laten, maar daarna overwon het besef dat u Aisha nodig heeft om er doorheen te komen. Alleen één ding, Brockmann –' Ludwigs hield Brockmanns hand omklemd. 'Geeft u het meisje zeker zoveel aandacht als Lore. En als u het redt, neemt u dan Aisha mee naar Duitsland. Ik kom dan ook... ik haal haar daar af... Ik hou werkelijk van haar. Het is niet alleen maar een bevlieging van hartstocht.'

'Dat beloof ik je, Hans,' zei Brockmann ernstig. 'Ik zal Aisha nooit in de steek laten. Allemaal – of niemand.'

'Dank je, Alf.'

De mannen omhelsden elkaar. Daarna tilden ze Lore in het brede zadel van haar kameel en stegen zelf op. De dieren verhieven zich met gebrom en doffe kreten, nors en tandenknarsend, zoals het een kameel betaamt. Nog éénmaal hief Ludwigs beide handen omhoog. 'Het aller-, allerbeste!'

'Allah zal onze leidsman zijn,' zei Aisha.

Ook Lore wuifde. Haar lege ogen staarden daarbij naar de sterrenhemel. Ze had het koud, maar ze zei het niet. Ze had het koud van angst.

Dan gingen de kamelen er vandoor, Aisha ging aan de kop, knarsend, soppend en dreunend reden ze langs de wadi, over de bodem van het uitgedroogde rivierbed, dat in de regentijd niet eens een halve meter water bevatte.

Ludwigs stond nog te zwaaien, toen ze achter palmen en stenen verdwenen. Toen ging hij op een steen zitten en ondersteunde met beide handen zijn hoofd.

Nu het gebeurd was, nu de kleine karavaan in de eindeloosheid van de woestijn trok, kreeg ook hij het gevoel van volledige eenzaamheid. Ze redden het nooit, ging het door hem heen. Ze zullen nooit de Lybische grens bereiken. Nog niemand is langs deze waanzinnige route door de woestijn getrokken.

Hij sprong op en rende terug naar de verlaten witte villa van Brockmann.

Ik moet met Brahms spreken, dat was zijn enige gedachte. Brahms moet helpen. Hoe, dat weet ik nog niet. Maar zij mogen niet omkomen... die woestijn zal hen niet behouden... Ik wil Aisha terugzien... Aisha... ik hou toch van haar.

Zoals Brockmann al voorspeld had, werd zijn verdwijning pas 's middags ontdekt, toen hij niet bij de proef verscheen om het startsignaal te geven. Een bode, die naar het huis gestuurd werd, kwam terug.

'Er is niemand. Het huis staat leeg. Alle deuren –'

Over Bir Assi huilden weer de alarmsirenen. Alle toevoerwegen werden afgesloten, alle colonnes tegengehouden, de helikopters stegen op, de kameelruiters kamden in galop de bedoeïenenpaden uit. Generaal Assban landde 's avonds in Bir Assi, rende door het lege huis en brulde het uit.

'Ze kunnen niet weg zijn!' schreeuwde hij tegen de troepencommandant van Bir Assi. 'Waar zijn ze dan heen? Bij Allah. Kan iemand van de maan vluchten? Nee! En van Bir Assi ook niet, want hier is de maan! Ze moeten dus ontvoerd zijn, binnen de oase!' Assban haalde diep adem. 'En al zal ik de hele oase moeten laten omspitten, ik zal ze vinden!'

Tegen deze tijd liepen de vijf kamelen achter elkaar, in de zogenaamde ganzepas, door het mulle zand. Alf reed nu voorop, Aisha achter Lore als laatste. Tussen hen draafden de beide donkere pakkamelen met de watervoorraden en de proviand.

Aan een touw sleepte de laatste kameel een met vastgebonden stenen verzwaard, oud tapijt achter zich aan. Dat veegde de voetsporen uit en liet slechts enkele sleepsporen achter. Deze werden echter binnen een uur dichtgewaaid.

Vijf kamelen en drie mensen verdwenen in het niets.

Terwijl in Bir Assi de doorzoeking van ieder huis, iedere hut en iedere stal begon, zat de soldaat Hassan Ben Alkir gehurkt in de schuilplaats van Aisha en vernietigde de zender. Hij begroef deze onder de stal in het zand en beëindigde daarmee zijn activiteit voor de 'centrale'.

Hassan had zich door de algemene opwinding niet mee laten slepen. Hij dacht nuchter na toen hij merkte, wat het grote alarm betekende.

Zij is met de blanken weggetrokken, dacht hij. Zij heeft me bedrogen. Zij heeft me liefde beloofd en mij verraden, zoals ze ze allemaal verraden heeft vanwege die Duitser.

Hassan had geen lange overpeinzingen nodig. Hij kende Aisha. Hij vermoedde dat ze een weg had genomen waarover een verstandig mens nooit zou denken, omdat deze regelrecht naar de hel voerde. Maar Aisha zou hem gaan... o, niemand kende Aisha immers.

Op deze avond deserteerde de Egyptische soldaat Hassan Ben Alkir. Hij verschafte zich Bedoeïenenkleding, kocht van zijn agentenloon een snelle kameel en reed alleen, met een zak vol eten, maar zwaar beladen met waterzakken de woestijn in. Naar het Westen. De oneindigheid tegemoet. De Sahara in, de zwijgende, zoals de Arabier hem noemt.

Ik jaag op hem, die blanke, dacht Hassan en streelde liefdevol de ruige nek van zijn kameel. Ik jaag op hem om Aisha... en voor haar ogen zal ik hem neersteken als het feestschaap aan het eind van de vastenmaand Rahmadan...

De stoottroep van Brahms onder leiding van een zekere Franz landde 's nachts met twee platte schuiten aan de oever van de Nijl, iets voorbij de aanlegplaatsen van het veer tussen Abu el Namrus en El Ma'adi. Het waren twee snelle boten met sterke motoren, zoals die door de pioniers worden gebruikt om in tijden van oorlog ook onder een zware beschieting rivieren over te steken.

Kapitein Brahms was meegekomen. Ook de reusachtige Nubiër Baraf was erbij. Hij was de levende stormram. Er bestond geen deur, die hij niet met het gewicht van zijn lichaam kon laten openspringen. Er was geen mens die niet alle moed uit zijn botten verloor als hij tegenover Baraf stond.

Het was een stille nacht. Twee uur. De oever was leeg, op de schuiten en veerboten sliepen de Arabieren, zonder het minste vermoeden wat er zich op enkele meters van hen verwijderd zou afspelen. Enkele positielampen schommelden in de nachtelijke wind. Uit de woestijn klonk het gehuil van de hyena's. Dat hoorde bij de nacht als de sterrenhemel.

Franz keek nog een keer de uitrusting na voor zijn boot op het vlakke zandstrand knerste. De stoottroep bestond uit zeven man. Zij hadden hun gezichten met roet zwart gemaakt en droegen neutrale kleding. Een khaki-broek, een donker hemd, verder niets. Om hun hoofd hadden ze bruine doeken gewonden, net als de Bedoeïenen dat deden. Niemand had kunnen zeggen waar ze vandaan kwamen, hoe ze eruit zagen, welke bijzondere kenmerken ze hadden. Het waren mensen – verder niets. Mensen met roet-gezichten.

'Alles o.k., kapitein!' meldde Franz volkomen onmilitair. Ook de tweede boot liep op het zand van de oever. In elkaar gedoken gestalten gleden in de vale duisternis aan land. Alleen Baraf bleef staan. Hij wachtte op zijn meester.

'Nog eenmaal, Franz,' zei Brahms zacht. 'Zo weinig mogelijk lawaai! Geen doden! En alleen schieten als het absoluut noodzakelijk is. Denk aan het Britse verzorgingskamp. De officieren daarvan hebben bridge gespeeld en thee gedronken, terwijl wij twee vrachtwagens vol wegreden. En niemand heeft wat gehoord.'

Franz knikte. 'En die reuzenbaby?' Hij keek in de richting van Baraf. 'Moet die mee? Hoe kan ik die remmen als hij de hersenpannen als eieren in elkaar drukt?'

'Baraf blijft bij mij.' Brahms keek op zijn horloge. 'Twee uur vijftien. Vooruit jongens! Ik blijf in reserve. Als er om gaat spannen... staat Baraf klaar.'

In het grote, witte paleis van Sahedi sliep ook iedereen, toen de acht mannen over de muur klommen en in het park sprongen. Overdag hadden ze geprobeerd de plattegrond van de in elkaar verstrengelde gebouwen te tekenen. Ze wisten, in welk gedeelte van het gebouw de harem zich bevond, maar ze hadden er geen idee van in welke van de vele kamers en binnenplaatsen Birgit Brockmann te vinden zou zijn.

Franz ging onder een tamarisk zitten en krabde zich op zijn hoofd. Vóór hem lag het paleis, een labyrinth van gangen, binnenplaatsen en vertrekken, platte daken, terrassen en buitentrappen, deuren en wandelgangen.

'Het vrouwenhuis ligt links, dat met die kleine torentjes,' zei Franz zacht. 'Maar het heeft geen zin om alle vrouwen te controleren om uit te vinden wie nu die Birgit is.'

'Dat zou anders wel mooi zijn,' grijnsde een van de mannen. 'Het zijn beslist de lelijksten niet die daar wonen. En van de liefde zullen ze ook wel wat weten.'

'Hou je bek, Fritz!' Franz voelde zich weer terug in de dagen van Tobroek. 'Het gaat niet anders, – we moeten een van de bewakers in zijn kraag pakken en op zijn donder geven.'

De acht schaduwen gleden geluidloos in de richting van het huizencomplex. Ze bereikten een open zuilengalerij, aan het eind waarvan een groot, kunstzinnig, smeedijzeren hek stond. Daarachter bevond zich een kleine binnenplaats met een fontein van marmer. Rondom de binnenplaats lag een veranda met tralies ervoor. De wanden waren betegeld met goud en kobalt. Exotische reuzenbloemen bloeiden in potten van albast.

'Hoera, de harem!' fluisterde Franz. 'Maar dat ijzeren hek is alleen met een speciale springlading te kraken.'

'En daar komt moeders mooiste ook al,' siste Franz. Hij verborg zich in de schaduw van de zuilengalerij. De acht mannen losten op in de nacht, alsof ze arabeske versieringen waren.

De eenzame bewaker, die zijn ronde om de haremvleugel deed, kwam nietsvermoedend bij het hoge ijzeren hek. Hij keek op de binnenplaats, controleerde het slot, wierp een blik op de hoge vensters en liep toen verder.

Vier stappen verder eindigde voor hem de nacht. Er klonk een dof geluid alsof iemand een zware zak neerzet, een fractie van een seconde staarde de Arabier ontzet naar het plafond van de gang, daarna knikte hij in zijn knieën en viel hij in de armen van Franz.

Andere handen grepen naar hem, sleepten het slappe lichaam naar een nis en goten uit een veldfles water over zijn gezicht. Tegelijkertijd werd de bewaker een zijden koord om zijn nek gelegd, dat een beetje aangetrokken werd.

Met een zucht ontwaakte de Arabier uit zijn bewusteloosheid. Hij staarde naar de zwarte gezichten en sloot weer snel zijn ogen. De scheitan, dacht hij en voelde hoe vreselijk koud het om hem heen werd. De duivel is in de buurt. Nu ben je dood en Allah heeft je je zonden niet vergeven. Nu zal de scheitan je verscheuren, je folteren, met gloeiende tangen kraken. Hij sloeg snel zijn ogen weer op, toen hij de duivel plotseling hoorde spreken en verbaasde zich niet dat de scheitan Egyptisch kende.

Bovendien eiste hij iets heel merkwaardigs. De stem zei: 'Vooruit, geef de sleutel van het grote hek hier!'

Karim, zo heette de bewaker, wilde opspringen, maar een paar vuisten drukten hem weer terug op de grond. Tegelijkertijd snoerde iemand zijn keel dicht. Hij hapte naar lucht, zijn brein werd helderder, hij begreep de situatie waarin hij verkeerde en bemerkte het zijden koord om zijn nek.

'Ik heb hem niet –' zei hij moeizaam. Daarna probeerde hij hard te schreeuwen, maar een grote hand werd op zijn mond gelegd en verstikte alle geluiden.

Wat daarna volgde was een geluidloos 'bewerken' van Karim. Petsende slagen vulden de stille nacht, totdat het zich steeds weer oprichtende lichaam stillag. Alleen de ogen waren nog in beweging en staarden vol haat naar de mannen met de zwarte gezichten. Franz hield een bos sleutels in zijn hand, die hij uit Karims broek gehaald had. 'Welke sleutel is het?' vroeg hij.

Karim zweeg.

Weer kletsende slagen. Opnieuw de vraag: Welke sleutel?

Karim zweeg.

Zwetend ging Franz naast de wachter op de grond zitten. 'Die zouden we net zo goed dood kunnen slaan,' zei hij in het Duits. 'Die geeft geen kik. Jongens, we hebben niet de goeie manier om een Oosterling aan het praten te krijgen. Vooruit, laat iemand de reus halen! Ik wed, dat zijn aanblik voldoende is.'

Vijf minuten later waren Brahms en Baraf onder de zuilengalerij. Karims blik werd gejaagd en was vol schrik toen hij de reus Baraf zag en de nijlpaardzweep die aan een lus aan zijn dikke pols bungelde.

Baraf boog zich iets voorover. Zonder iets te zeggen deed hij zijn vingers het handvat van de zweep omklemmen. Er voer een heftige trilling door het lichaam van Karim. Er droop speeksel uit zijn mondhoeken. De doodsangst deed alles wat in hem was oplossen.

Hij hief beide armen omhoog en draaide zijn handpalmen naar boven alsof hij de zon aanbad.

'De sleutels –' stamelde hij.

Franz wierp hem de sleutelbos toe, Karim stak een sleutel omhoog, een kleine met de hand gesmede sleutel.

Franz griste hem de sleutelbos weer uit zijn vingers en stoof naar het grote smeedijzeren hek. De sleutel paste. Geluidloos draaide het hek open. De weg naar de harem was vrij.

'Waar slaapt de blanke vrouw?' vroeg Brahms intussen. Karim zweeg. Maar toen Baraf uithaalde voor de eerste slag en de staalharde zweep op de borst van Karim kletste, wentelde hij zich op zijn buik en hapte van pijn in de zandige bodem.

'In de linkervleugel,' steunde hij. 'Rechtuit, de kleine deur... Er gaat een trap naar boven... dan kom je in een zaal. Daar is weer een deur –'

'Zijn er boven nog meer wachters?' vroeg Brahms.

'Ja. Eén. Voor de deur.'

Brahms knikte. 'Blijf bij hem,' zei hij tegen de mannen met de zwarte gezichten. 'Ik ga zelf naar boven.'

Onder geleide van Baraf rende hij de binnenplaats op, bleef in de schaduw van de muur en bereikte de poort van het vrouwengebouw. De deur was niet gesloten.

'Laat mij dat doen, heer,' fluisterde Baraf toen ze in het duister van het trappenhuis stonden. 'Blijf hier. Ik zal je roepen –'

Brahms aarzelde, maar hij bleef toch staan. Het was niet nodig, dat door een onvoorzichtig geluid er toch nog strijdlawaai in het huis zou ontstaan. Toen hij om zich heen keek, was Baraf al weg. Het was griezelig, hoe stilletjes dat reuzenlichaam zich kon bewegen.

Boven, in de lange hal voor Birgits kamer zat de tweede wachter op een stoel voor de deur te dommelen. De twee uur die hij hier moest uitzitten waren lang. Hij mocht zijn plaats niet verlaten, hij moest zijn ogen en oren openhouden, hij moest op ieder geluid letten, ook als het het gekraak van de balken van het plafond was of de vleugelslag van een slaperige vleermuis.

Baraf had er geen moeite mee.

Als een geest uit de onderwereld stond hij plotseling voor de wachter. Vóór deze een schreeuw kon geven, suisde de reusachtige vuist van Baraf op de schedel die hem tegemoet kwam. De zware val van het lichaam was alles wat de stilte verscheurde. Maar ook die werd door de dikke tapijten gesmoord.

Birgit werd wakker door het geluid van stappen. Zij ging recht overeind in bed zitten, klaar om zich te verdedigen en met gebalde vuisten. De deur naar de voorzaal stond open en twee mannen kwamen op haar af.

Een reus en een kleine, slanke man. Ze zag ondanks de duisternis en haar slaapdronkenheid dat Sahedi er niet bij was.

'Wat wilt u?' riep ze en sprong uit bed. 'Wie bent u?' Ze deinsde terug naar de achterwand. 'Blijf staan of ik begin te schreeuwen... te schreeuwen –'

De reus hield zijn pas in, de kleine man kwam dichterbij.

'Beste mevrouw –' zei Brahms zacht. 'Alstublieft geen opwinding. Wij komen u halen.' Twee meter voor Birgit bleef hij staan en keek in haar opengesperde, knipperende ogen. 'Mag ik mij voorstellen: Brahms. Josef Brahms, kapitein b.d. Ik ben blij dat wij u gevonden hebben en dat alles zo op rolletjes gaat. Maar daarom hebben we niet veel tijd. Heeft u alles ingepakt klaarstaan? We moeten er zo vlug mogelijk vandoor, voor er aflossing van de wacht plaatsheeft. Want dan wordt het schieten. En dat is niet nodig.'

'Waar komt u vandaan? Wie heeft u gestuurd? De hakim–?'

'Welke hakim?' Brahms gaf een wenk. Baraf kwam snel naderbij en rukte de ingebouwde kasten open. Hij wierp alle dingen van Birgit op de grond en pakte die in de reistas die hij ook in de kast gevonden had.

'Wie heeft u gestuurd?' vroeg Birgit nog eens. Ze merkte, hoe haar krachten haar verlieten, hoe ze dadelijk bewusteloos neer zou vallen. 'Waar brengt u mij heen?'

'Naar Duitsland, beste mevrouw – en naar uw man.'

'Naar mijn... naar Alf... Alf leeft –'

'Ja.' Brahms keek om zich heen. 'We hebben geen tijd om ons pontificaal aan te kleden. Kom... we moeten eerst zien weg te komen.'

Hij greep Birgits slappe hand en trok haar de kamer uit. Alf leeft, dacht zij alleen maar. Hij leeft... leeft... leeft... De urn met de as, de doodsoorkonde, alles was bedrog. O mijn God, ik heb het geweten, ik heb het vanaf het eerste moment geweten.

Ze liet zich meetrekken en dook alleen huiverend in elkaar toen ze de wachter voor de deur zag liggen.

'Dood?' vroeg ze toonloos.

'Nee. Hij slaapt alleen onvrijwillig vast. Als hij wakker wordt zal hij alleen een brommende schedel hebben, verder niets.'

Brahms omvatte Birgits hand vaster. Achter zich hoorde hij Baraf... geen stappen, alleen zijn adem.

Ze kwamen op de binnenplaats, renden naar het hek, ontmoetten op de zuilengalerij de acht zwarte mannen en de ondertussen geboeide en geknevelde Karim.

'Goedenmorgen, mevrouw Brockmann,' zei Franz en ging rechtop staan. Birgit keek in het glimlachende, zwart gemaakte gezicht.

'Allemaal Duitsers–' stamelde ze.

'Ja, mevrouw.' Brahms legde een sjaal om Birgits schouders. Ze huiverde in de nachtelijke koude. 'Ik zal het u later verklaren. Nu moeten we eerst maar één ding... rennen... rennen... rennen... in een wedloop met de tijd –'

Pas toen Birgit op een van de platte boten zat en de Nijl opgleed, werd haar duidelijk wat er in de afgelopen minuten gebeurd was.

Ze was vrij. Ze ging Alf tegemoet. Vreemden, van wie ze niets wist, brachten haar naar de vrijheid. Ze raasde nu over de zwarte Nijl van het ene geheim naar het andere, maar ze had één zekerheid: Alf leeft. De wind liet haar blonde haar wapperen, ze legde de sjaal dichter om zich heen en ging in elkaar zitten. Brahms legde zijn arm om haar schouders.

'Als u het niet als handtastelijkheid op wilt vatten, mevrouw: gaat u tegen mij aan zitten. Ik zal u warmen –'

Birgit vlijde haar hoofd tegen de borst van Brahms. Vrij, dacht zij. Vrij. En ik ben niet meer alleen.

'Wie bent u?' vroeg zij.

'Een zwerver in niemandsland.' Brahms legde een deken om Birgit heen. Baraf reikte hem die aan. 'Ik ben iemand over wie men niet graag spreekt en die men in Duitsland wil vergeten: eentje van gisteren, die zich niets anders kan aanwennen. Een eeuwige lansknecht. Volgens de gangbare opvatting dus een slecht mens.'

De beide platte boten joegen de Nijl af, in de richting van Cairo. De lichtletters van de grote hotels aan de Nijl kwamen hen tegemoet.

Het leek Birgit alsof de vrijheid een reusachtige triomfboog was. Wie daar onderdoor kwam, behoorde het leven toe –

VIER dagen woestijn.

Gloed. Stuifzand. Het fijnste zand, zo fijn als stof, dat in iedere plooi doordringt. Door de kleding tot op de huid, waar het gaat jeuken, door de gesloten lippen in de mond, door de neus, in de ooghoeken tussen tenen en vingers. Overal alleen maar zand. Zand. En daarboven een kleurloze hemel, het plafond van een oven, een zon, die geen bol meer is, maar een wijd uitgestroomd, witheet vuur, dat van horizon tot horizon reikt en geen leven meer duldt.

Vier nachten.

Koud en vijandig. Een sterrenhemel, die iemand door zijn pracht gelovig maakt, die de oneindigheid concreet laat worden en de mens zijn kleinheid doet begrijpen. Dat is de wreedheid van de nacht in de woestijn. Overdag laat de gloed de hersenen verdorren... maar onder de sterren beginnen ze glashelder te denken en weten: je bent niets. Slechts een zandkorreltje. Het armzaligste van het armzaligste. Boven is de oneindigheid en beneden is die ook. De woestijn, het zand. De onvermijdelijk opkomende ochtend met de moordende zon. Nu, in de nacht, heeft men het koud, hurkt naast zijn kamelen, tuurt men naar de sterren en denkt: morgen nog... of overmorgen... dan is het voorbij. Daarna loop je waanzinnig door het zand en roept... roept... De gloeiende, dikke lucht. De eenzaamheid. De verlatenheid. De hopeloosheid. De verschrikkelijke oneindigheid. Het vervloekte wachten op de dood.

Vier dagen door de woestijn.

Het zouden ook vier jaar kunnen zijn.

Op de middag van de vierde dag liet Aisha de kleine karavaan stilhouden. Lore hing onder het zonnescherm. Haar vingers hadden zich om de knop van het kameelzadel geklemd en zo hield zij zich vast zonder het te weten, want zij dacht niet meer, ze schommelde door de gloed van de dag, door een brandende duisternis, waar niets meer te voelen was dan de stof van het zeildoek, de knop van het zadel, het harde, wollige haar van de nek van de kameel, de eigen als perkament aanvoelende, uitgedroogde huid. Ze hoorde het snuiven van de kamelen, af en toe een roep van Aisha, het stappen en knersen van de hoeven, het kraken van het zadel en de bepakking. Een paar maal per dag kwam Alf Brockmann bij haar rijden, boog zich voorover en riep haar toe: 'Hoe gaat het, Lore?' En ze antwoordde dapper met een keel die ruw van het zand was: 'Dank je, Alf. Goed. Heel goed. Maak je maar geen zorgen... ik had het me erger voorgesteld.'

's Nachts was het evenwel anders. Aisha kookte op het spiritustoestel maïspap. Verder was er nog vlees uit blik en fruit toe. Ze zette ook thee. Deze deed wonderbaarlijk goed als de kilte van de sterren over de woestijn viel.

'Ons water is voldoende tot de eerstvolgende bron,' zei Aisha op de derde dag. 'We zijn heel zuinig.'

De nacht. Deze was Lore's grote, dagelijkse verlangen. Om de nacht te beleven, leed ze onder de zon. Voor de nacht reed ze door de gloeiendhete duisternis. Als het commando voor de kamelen klonk, als de dieren op hun knieën gingen liggen en Alf haar uit het zadel tilde, wist zij dat de schemering over de woestijn gleed. Dan was de hete dag vergeten, alle narigheid viel van Lore af... ze wachtte op de koude, op de handen van Alf, die haar in de deken wikkelden, op de nabijheid van zijn lichaam, want 's nachts sliepen ze alle drie dicht tegen elkaar gedrukt, omgeven door de kamelen.

Soms, als ze dacht dat allen sliepen, richtte Lore zich op en liet haar hand heel zacht over Alfs gezicht glijden. Ze hoorde zijn adem en haar hand ging op dit geluid af en vond zijn gezicht.

Ik hou van je, dacht ze dan. Het is een bloedende liefde. Ik zal hieraan doodbloeden, ik zal hierdoor op een ellendige manier te gronde gaan, want hoe kan een man als jij een blind meisje liefhebben? Maar jij bent er, ligt naast mij, heel dichtbij, alleen gescheiden door een deken, als man en vrouw liggen wij naast elkaar, het woestijnzand is ons bed. Romantisch, lieveling, niet waar? Dodelijke romantiek. Maar ik ben gelukkig, zo oneindig gelukkig als de oneindigheid van de woestijn. Dat hebben wij beiden gemeenschappelijk, de woestijn en ik: wij vergaan in onze gloed.

Wat is je gezicht koud. En wat is het hard en hoekig geworden de laatste dagen. Maar je slaapt zo mooi, zo vol hoop. Slaap zacht, geliefde.

Ze trok haar hand terug, ging weer liggen en sloot ook haar dode ogen. En het leek haar daarbij of zij alles gezien had. De zandkuil waarin ze lagen, de sterren boven hen, de geknielde kamelen, de zadels die her en der verspreid lagen, het slapende gezicht van Alf, het in de slaap gekromde lichaam van Aisha.

Maar Alf Brockmann sliep niet. Hij lag heel stil toen Lores hand hem streelde. Hij tuurde naar de koude sterren en dacht wat iedereen 's nachts in de woestijn denkt: Halen wij het? Of is de woestijn sterker dan wij?

Ook Aisha sliep niet. Door haar oogwimpers keek ze wat Lore Hollerau deed. Ze is blank, dacht ze vol haat. Ze is zuiver blank. En ik ben maar een halfbloed. Dat is de enige reden die haar tot overwinnares bij Oulf maakt. Haar blanke huid. O Allah, kon ik maar vervellen als een slang. Kon ik mijn huid maar aftrekken. Ik zou het doen, Allah, als ik wist, dat een blanke huid blijvend is.

Op de middag van de vierde dag liet Aisha de karavaan stilhouden. Een pakkameel strompelde. Hij liet zijn linker achterpoot door het zand slepen en de laatste kilometers jammerde hij bij iedere stap hartverscheurend. Ten slotte wankelde hij alleen nog maar en zijn geschreeuw was bijna niet meer aan te horen.

Aisha onderzocht de voet en kwam naar Alf terug, die nog op zijn rijdier zat te wachten. Lore dronk met kleine, voorzichtige teugen een paar slokjes water. Het smaakte verschaald en was zo warm als soep.

'Een beet,' zei Aisha met een ernstige trek in haar gezicht. 'Misschien een schorpioen. Het hele gewricht is dik en opgezwollen en de zwelling kruipt tegen het been op. Hij kan niet meer lopen.'

'Dan moeten we hier rust houden en het afkoelen.'

'Nee. We hebben het water voor onszelf nodig.' Aisha schudde met haar lange haren die nat van het zweet waren. 'We halen de grens ook wel met één pakkameel.'

Brockmann keek naar het gewonde dier. Hij was in het zand geknield en had zijn kop ver achterover gelegd alsof hij de zon wilde smeken hem te helpen. Aisha haalde een pistool uit haar gordel en laadde het.

Brockmann hield haar bij haar arm vast toen ze naar de kameel wilde gaan. 'Is dat wel nodig, Aisha?' vroeg hij met doffe stem. 'Als wij het dier werkelijk afkoelen en 's nachts proberen de zwelling –'

Aisha keek hem met haar grote, zwarte ogen aan. 'De woestijn kent geen genade, Oulf. Weet je wel hoe waardevol een dag is? Wij moeten het overleven, dat dier niet.' Ze ging naar haar kameel toe en haalde twee grote, lege waterzakken, die zij aan de achterkant van haar zadel had vastgemaakt. Brockmann liet zijn kameel knielen en liep naar het gewonde dier.

'Is er wat?' vroeg Lore luid.

'Een van de kamelen heeft een lamme poot. Aisha wil hem doodschieten.'

Lore zweeg. Ze zou mij ook doodschieten als ze de gelegenheid kreeg, dacht ze. Een lamme kameel, een blinde rivale. Dat zou in één moeite doorgaan. Twee keer afdrukken, verder niets.

Aisha droeg de waterzakken naderbij en gooide ze in het zand neer. Bovendien had ze van de tweede pakkameel een grote roerlepel en een plastic emmer gehaald. Brockmann keek verbaasd toe hoe ze alles om de zieke kameel groepeerde, ook een groot, scherp mes. En plotseling begreep hij, schoot hem in gedachten wat hij wel eens gelezen had en wat hem toen al eens van afschuw had doen huiveren.

Aisha stak hem de roerlepel en de emmer toe.

'Dat is toch niet nodig...' zei Brockmann met een rauwe stem.

'Wij hebben nog zeven dagen voor de boeg, Oulf.' Aisha ging bij de kop van de zieke kameel staan. Ze hief het pistool op en plaatste de loop tegen het voorhoofd van het dier. 'Als hij omvalt, snijd ik de halsslagaders door. Jij houdt de emmer eronder en roert zolang tot het bloed vloeibaar blijft.' Ze keek Brockmann met haar prachtige, wilde ogen bijna medelijdend aan. 'Bloed van een kameel is niet alleen een vloeistof, het is ook kracht,' zei ze zacht. 'En wij hebben veel kracht nodig, Oulf, om het te overleven. Pas op... ik schiet–'

Ze drukte af. De klank van het schot was bijna onhoorbaar in de oneindigheid, maar Lore dook in elkaar, alsof het op haar gericht was. De kameel bleef nog even op zijn knieën liggen, hij keek Aisha en Brockmann met rooddoorlopen, uitpuilende ogen aan en viel toen op zijn zij in het zand, hij sloeg zijn poten stuiptrekkend om zich heen en die bleven toen uitgestrekt omhoog staan, vier palen tegen de gloed van de hemel, een huiveringwekkend teken: Ik geef me over...

'Nu opletten!' riep Aisha. Ze boog zich over de hals van het dode dier, legde haar vingers op de slagaders en stak toen bliksemsnel en vastberaden toe. Het bloed spoot in een dikke straal naar buiten toen zij het mes er weer uit trok. Brockmann hield de emmer eronder. Hij kreeg een gevoel van wurging in zijn keel, zijn maag scheen zich om te keren, alles in hem trilde van afschuw..., maar gehoorzaam roerde hij het bloed, terwijl Aisha de snede groter maakte.

'Wat doen jullie daar?' vroeg Lore en keek in hun richting. Zij hield haar hoofd opgeheven en luisterde ingespannen. 'Ik hoor niets meer van jullie. Waar zijn jullie? Alf? Aisha? Waar zijn jullie?' En plotseling schreeuwde ze, omklemde de knop van het zadel en het leek alsof haar hele lichaam met die schreeuw meetrilde. 'Laat mij niet alleen! Laat mij niet achter! Alf! Jij mag me niet alleen hier achterlaten! Ik hou van je! Ik hou van je!'

Brockmann wilde de emmer neerzetten en naar Lore toesnellen, maar de harde stem van Aisha hield hem tegen. 'Roeren! Het kan om ons leven gaan!'

Lore Hollerau hoorde de stemmen. Haar hoofd rekte zich vooruit, ze rukte haar zonnebril van haar dode ogen, alsof ze daardoor meer zou kunnen zien. Maar er was niets dan duisternis, totale duisternis en ze wist, dat ze in de felste zon zat die God geschapen had.

'Jullie zijn zover weg!' riep ze. 'Waar staan jullie? Wat doen jullie? Rijd niet verder zonder mij – Ik smeek jullie –'

'Wij zijn hier!' riep Brockmann terug. 'Wij zijn bezig met een dode kameel.' Het zweet liep in stralen van zijn gezicht, maar hij roerde en roerde en zag huiverend, hoe Aisha bloed in een van de waterzakken liet lopen en er roggemeel bijdeed. Daarna schudde ze de zak als een grote mixer, tot het meel zich met het bloed had vermengd.

'Dat is een goede voeding,' zei ze. 'Je kunt bij het eten ervan je ogen dichtdoen, Oulf..., maar je zal gezond en krachtig blijven.'

Brockmann zweeg. Nadat ze de tweede zak met het vloeibaar gebleven bloed gevuld hadden en hem op de kameel van Aisha geladen hadden, ging Alf volledig uitgeput in de smalle schaduw van zijn knielende kameel zitten. Hij dronk heel voorzichtig een paar slokken water en sloot toen zijn ogen. Zonder zich te bewegen liet hij toe dat Aisha zijn gezicht waste, zijn hemd uittrok en ook zijn bovenlichaam met het lauwe water afwreef. Dat verfriste daadwerkelijk, ook al had hij het gevoel nu in de gloeiende zon te verdampen. Daarna wierp Aisha een deken over hem heen, zodat hij het gevoel kreeg te zullen stikken.

'Je verbrandt als je nat in de gloeiendhete zon zit,' zei Aisha. 'Rust eerst wat, we moeten nog verder werken.'

Twee uur hadden ze later nog nodig om in het woestijnzand een ondiepe kuil te graven en de kameel erin te trekken. Ze schepten het dicht en stampten zo goed mogelijk het zand aan.

'Vanuit de lucht zouden helikopters het kunnen zien, als ze werkelijk hier zouden zoeken,' zei Aisha. 'En een kameel in deze eenzaamheid is een duidelijk spoor. Er mag niets van ons achterblijven. Helemaal niets.'

Nog vóór het intreden van de duisternis braken ze weer op en reden nog vier uur door de avond en de snel invallende nacht. Lore Hollerau sliep. Alf reed naast haar en hield haar in haar zadel vast. Zij zal het niet volhouden, dacht hij en zijn hart kromp ineen. Op een dag zal ze net als die kameel in het woestijnzand liggen. Zou Aisha haar ook kunnen doodschieten? Ik zou het nooit, nooit kunnen... ook als dat een verlossing zou betekenen.

Hij keek van opzij naar Aisha. Al een dag lang reden ze zonder het tapijt dat de sporen uitwiste en niet meer achter elkaar aan. Zo ging het vlugger, zo draafden ze meer kilometers per dag.

Aisha reed alsof er geen hitte was, geen uitputting, geen drukkende levensangst. Haar lange, zwarte haar wapperde en af en toe boog ze zich voorover naar de kameel en sprak met hem. Het klonk als tedere woorden in een onbekende taal.

Wat een meisje, dacht Brockmann. Een zwarte engel met de kracht van de hel. Een nieuw bewijs voor de krachten die er in een mens huizen.

Pas toen de koelte van de nacht te sterk werd, lieten ze in een dal van de zandduinen de kamelen knielen en rustten uit. Aisha zette koffie en maakte macaroni met rundvlees uit blik.

Alf liep op en neer, met stijve, vermoeide benen. Lore Hollerau lag op haar deken en sliep al weer. Het was alsof de zon haar volledig apatisch had gemaakt. De geur van de koffie trok over het dode zand.

Brockmann bleef staan en keek naar boven naar de sterrenhemel. Hij stond zo een hele tijd, tot er een blote arm om zijn hals gelegd werd. Een zacht lichaam drong zich van achter tegen hem aan.

'Waar denk je aan, Oulf?' vroeg Aisha zacht. Haar stem beefde.

'Aan morgen... aan overmorgen... aan alle komende dagen...' Brockmann draaide zich om en trok Aisha tegen zich aan. Haar lichaam drong hem tegemoet, maar hij greep niet toe, nam niet, wat hem aangeboden werd. Hij hield zich stijf en streek Aisha slechts het haar uit haar bevende gezicht. 'Ik geloof niet meer, dat wij door de woestijn heen komen.'

Aisha zweeg. Haar zwarte, grote ogen keken hem glinsterend aan.

'Aisha,' zei Brockmann hees. 'Je zegt niets. Jij... jij gelooft er ook niet meer aan, hè?'

'Ja, Oulf.' Ze legde haar hoofd tegen zijn borst. 'Ik geloof er ook niet meer aan.'

'Als het zover is...' Hij slikte... 'Schiet je me dan dood, net als die kameel?'

'Ja, Oulf.'

'En Lore ook ?'

'Ja.'

'En jij?'

'Ik zal jou in mijn armen nemen en mijzelf ook doden.' Ze hief met een ruk haar hoofd omhoog. Haar ogen vlamden op. 'In de dood zal ik jou toebehoren, jou helemaal alleen... en jij mij, mij alleen. Het zal een mooie dood zijn..., je zou haast willen dat het al zover was.'

'Aisha.'

Ze rukte zich los en sprong een paar passen achteruit, alsof ze voor hem moest vluchten. 'Je wist helemaal niet hoeveel ik van je hou –' zei ze met een sidderende wildheid. 'Maar nu weet je het. O... ik zie het aan je... je bent er bang voor, je vindt het belachelijk, ik ben maar een halfbloed, een smerig fellah-kind... O jij! Ik maak je dood, ik vermoord je dadelijk, als je me nog langer zo aankijkt... zo, zo vol medelijden.' Ze draaide zich met een ruk om en rende terug naar de kamelen. Brockmann volgde haar langzaam. Liefhebben, haten en sterven, dat is er van ons leven overgebleven, dacht hij en bleef staan toen hij voor zich de slapende Lore Hollerau zag. En blindheid, dacht hij. Maar ze was er altijd al, – we hebben haar ondanks ons hele gezichtsvermogen niet opgemerkt.

Sterven. Morgen of overmorgen of over drie dagen. Ergens in deze genadeloze, kokende zandzee.

'Het eten is klaar, heer!' zei Aisha hard bij het spiritustoestel.

'Dank je, Aisha.' Hij ging op het afgegespte zadel zitten en liet zijn hoofd hangen. 'Als jij eens wist, hoe mooi het voor mij zou zijn om bij het opgaan van de zon niet meer te ontwaken.'

De tijd die tussen Hassan en de kleine karavaan van de vluchtelingen lag, bedroeg nauwelijks zes uur.

Twee keer had hij ook een paar uur 's nachts gereden, bezield door zijn haat, Alf Brockmann en zijn geliefde Aisha te vernietigen. Deze haat dreef hem onvoorwaardelijk vooruit. Hij vergat daardoor overdag de gloeiende hitte, de haat brandde ook 's nachts in hem en hij voelde ook daardoor de kou niet.

Hassan was een zoon van de woestijn. Hij kende alle kneepjes net zoals Aisha. Zo liet hij zich ook niet van de wijs brengen door de uitgewiste sporen, maar na drie uur her en der rijden vond hij een aanwijzing van een voorwerp dat door het zand gesleept was. Het zand van de woestijn is anders door de wind een beetje gegolfd, zoals de oppervlakte van de wasplanken van vroeger. Hier echter was een strook glad zand regelrecht naar de horizon. Op Hassans gezicht verscheen een wrede glimlach.

'Ik haal jullie in,' zei hij zacht, toen hij zijn Hedsjaz-kameel weer besteeg. 'Ik ben alleen en sneller dan jullie.'

Op de derde dag werd hij onzeker. Zoveel voorsprong kunnen ze niet hebben, dacht hij, ze kunnen ook niet sneller rijden dan ik. Hij liet zijn kameel stilhouden en tuurde naar de horizon, die in de zonnegloed op en neer leek te dansen.

Zand. Alleen maar zand. Driehonderd – vierhonderd kilometer lang. En daartussenin geen bron, niet eens één groene struik. Alleen maar geel, dood zand.

Hassan schudde zijn hoofd. Verder. Niet omkeren. Ze moeten deze weg gevolgd hebben. Het is echt iets voor Aisha om zelfs voor de hel niet bang te zijn.

Na drie uur begon het in Hassan te jubelen.

Kameelsporen. Als door de hand van een geest in het zand gedrukt, begonnen ze plotseling. Sporen van vijf kamelen.

Het was de plaats waar Aisha het sleeptapijt opgerold had, omdat het van toen af aan niet meer nodig was.

Hassan boog zich diep over de nek van zijn witte kameel. Hij beklopte het harde vel en liet zijn bruine hand over de snuivende neusvleugels glijden.

'Mijn dappere lieveling,' zei hij teder. 'Nu moeten we vlug zijn, hoor je? Er is geen hitte meer, er is geen koude meer... wij kennen alleen nog maar de wraak. Loop, mijn lieveling, loop! Vlieg als de lievelingskameel van Mohammed bij de strijd om Mekka.' Hij richtte zich op, liet de teugels los en riep in de hete lucht: 'Hei! Hei! Allah zij met ons!'

De kameel gooide zijn poten vooruit door het opstuivende zand. Hij zag net als Hassan het spoor, hij rook zijn vijf soortgenoten, hij bespeurde gemeenschap, geborgenheid, veiligheid van de kudde.

Tegen de middag van de vijfde dag kwam Hassan op de plaats, waar Aisha de lamme kameel had neergeschoten. Hij zag nog het bloeddoordrenkte zand, de bodem was in een wijde kring platgestampt, hij onderscheidde ook het graf en begon met een kleine schep de begraven kameel bloot te leggen. Achter hem schreeuwde zijn eigen rijdier, het werd schuw door de geur van ontbinding.

'Hij is pas een paar uur dood, lieveling,' zei Hassan tegen zijn kameel. 'Ze hebben nog maar een kleine voorsprong. Morgenavond hebben we hen bereikt. Dan zal er geen genade meer bestaan, niet waar, mijn lieveling?'

Hij maakte een leren emmer van zijn zadel los, vulde hem halfvol met water en gaf de kameel te drinken. Ik geef water weg, dacht hij daarbij. Het geluksgevoel van vervulde haat trok door hem heen. Ik hoef niet zuinig meer te zijn. Voor mij zijn vier volledig uitgeruste kamelen... die zullen wel voldoende zijn om één enkel mens naar Bir Assi terug te brengen. Want er zal maar één mens overblijven. En die ene ben ik, Hassan Ben Alkir.

En plotseling zong hij, ondanks hitte en stuifzand.

Hij was bijna uitzinnig van moordlust.

JÖRGI liep weer rond. Nog wel langzaam en op onzekere beentjes, maar hij had de zware operatie goed doorstaan, de operatiewond genas tot tevredenheid, de verpleegster die nog steeds voor zijn verpleging aanwezig was maakte een krachtige kost voor hem en verhinderde, dat Jörgi meer dan absoluut nodig was met Zareb in contact kwam.

Steeds weer vroeg Jörgi deze dagen: 'Wanneer mag ik naar mijn mammie terug? Waarom komt oma me niet halen? Waarom ben ik hier? Waarom word ik opgesloten? Wat heb ik dan gedaan?' Vragen waarop hij steeds weer het antwoord kreeg:

'Je weet toch dat je erg ziek was. Wacht maar af... je bent gauw weer bij je mammie – je moet eerst weer helemaal gezond worden.'

Die dag kwam eerder dan Dr. Sikku goedgevonden zou hebben als hij er enige invloed op had gehad. De telefoon ging over bij Zareb en vijf minuten later verscheen de uienimporteur in de kamer van de verpleegster.

'Schattige houri uit het zevende paradijs, je kunt gaan,' zei hij met een brede glimlach. 'Voor wat er verder gaat gebeuren zijn jouw tedere handen niet meer nodig.'

'Ik spreek niet met u.' De verpleegster wilde langs Zareb heen de kamer verlaten, maar hij hield haar aan de mouw van haar gestreepte bloese vast.

'Niet zo hoogmoedig, engel. Ga naar de telefoon... daar is iemand die jij ook zal gehoorzamen.'

Het gesprek, dat de verpleegster met de onbekende man die belde, voerde, duurde bijna een kwartier. Daarna kwam ze terug. Haar mooie gezicht was bleek. Ze bleef voor Zareb staan en keek hem met haat in haar ogen aan.

'Goed. Ik ga. Ik gehoorzaam het bevel. Maar één ding zal ik je zeggen, Zareb..., als de jongen iets overkomt, ben je niet veilig meer. Mij is jouw leven net zo weinig waard, als jou het leven van andere mensen.'

Zareb lachte ruw. Plotseling greep hij toe en kneep de verpleegster in haar volle borst. Een klinkende oorvijg wierp hem achteruit tegen de muur. Bedremmeld staarde Zareb het meisje aan. Bedremmeld over de kracht die in haar armen verborgen was.

's Middags, toen Jörgi sliep, verliet zij het eenzame huis. Een kleine, witte wagen haalde haar af. Zareb stond voor het raam en keek hem met samengeknepen lippen na. Het leek hem alsof hij oud en vermoeid was. Daar heb je nou vier weken met een meisje onder één dak gewoond, deur aan deur geslapen en niets is er gebeurd. O Allah, waar zijn de tijden gebleven toen je kamerdeuren deed openspringen door de kracht van je schouders en de meisjes naar je toe trok en hun weerstand brak? Waar zijn de tijden gebleven, toen de naam Zareb een waarmerk voor gevaarlijke opdrachten was? Nu was hij meer een bewaker, een mannelijke kinderjuffrouw, die sinds weken geen andere taak had dan een jongen bezig te houden, met hem mens-erger-je-niet te spelen en er voor te zorgen dat hij zich zoveel mogelijk op zijn gemak voelde. Het was onterend. Een degradatie. Een uitschakeling van de vroeger zo grote Zareb.

Hij wendde zich van het raam af en liep terug naar de tafel om de autokaart te bestuderen. Zijn nieuwe opdracht beledigde hem. Deze luidde zonder meer: de jongen moet weer in vrijheid gesteld worden. En wel direct.

Vrijheid, dacht Zareb. Dat is een ruim begrip. Ik zal de jongen vrijlaten, maar er moet toch nog enige sensatie rond hem ontstaan, een klein tromgeroffel, waarmee Zareb een opdracht uitvoert, die hem de keel uithangt.

Opnieuw, zoals indertijd bij de ontvoering aan het kanaal, doopte hij een prop watten in chloroform, ging de kamer van het kind binnen en drukte deze Jörgi tegen zijn neus. Een paar maal ademde de slapende jongen diep in, onderbewust voelde hij dat hij bijna stikte, hij sloeg impulsief met handen en benen om zich heen, maar dan, na nog drie ademhalingen verslapten zijn spieren en zonk hij bedwelmd achterover in de kussens.

Zareb wikkelde hem in een deken, droeg hem naar zijn wagen en reed weg. Op de autobaan koerste hij naar het Zuiden, naar Hannover en Westfalen en niet, zoals hem opgedragen was, naar Lübeck. Onderweg stopte hij een paar keer op lege parkeerplaatsen en vernieuwde de chloroformnarcose bij Jörgi als deze zich bewoog en zachte geluidjes liet horen ten teken dat hij ontwaakte.

In de nacht bereikte Zareb de afrit van de autobaan bij Warendorf in Westfalen. Hij reed deze af en schoof met zijn kleine wagen door de duisternis over de verlaten straatwegen. Grote weiden en stukken bos wisselden elkaar af, de boerderijen lagen her en der verspreid in de nacht, omgeven door muren of hoge hagen als verdedigbare, oude vestingen.

Voor de kleine plaats Sassenberg zette Zareb de wagen stil. Links van hem bevond zich een uitgestrekt stuk bos, rechts lag, omgeven door hagen en wilgen een klein boerderijtje.

Hier is het, zei Zareb bij zichzelf. Hij stapte uit, trok Jörgi van de achterbank en droeg hem als een bundeltje naar het bos toe. Daar legde hij de jongen met de deken in het struikgewas van beukehout en varens, overtuigde zich op de terugweg of hij geen sporen had nagelaten op de bosgrond, stapte in zijn wagen en reed verder naar Warendorf en van daar naar Münster.

In Münster vond hij nog een kamer in een hotel, ging gekleed op bed liggen en sliep dadelijk in.

Zijn laatste gedachte was: morgen zal het overal bekend worden. En niemand zal het raadsel oplossen. Het was werk van Zareb. Zareb, de man, die de perfekte misdaad heeft uitgevonden.

JÖRGI ontwaakte en lag, toen hij zijn ogen opsloeg, eerst helemaal stil en stijf in zijn deken. Hij zag boven zich tegen de vale nachtelijke hemel de toppen van bomen, een groot varenblad wipte op zijn ogen, het rook naar vochtige aarde en rottende bladeren.

Waar ben ik, dacht hij. Waar is de boze man die mij bewaakte? Waar is die lieve zuster? Toen ik in slaap viel, lag ik toch in mijn bed, in mijn kamer.

'Hallo!' riep hij aarzelend. 'Hallo! Waar zijn jullie?'

Er antwoordde niemand. Toen richtte hij zich op en keek om zich heen. Hij was alleen. Alleen in een bos. Zijn keel werd van angst dichtgesnoerd. Hij dacht aan de verhalen van rovers, die in het donkere bos wonen. Aan de eenhoorn, aan het witte hert, aan wilde zwijnen en bloeddorstige vossen. Voorzichtig wikkelde hij zich uit de deken, ging rechtop staan en luisterde stil in de nacht.

Een gekraak. Een geruis in de boomtoppen. Ergens een zachte stap.

Jörgi drukte zijn vuisten tegen zijn mond. Hij was bang. Onbeschrijfelijk bang. Hij wilde schreeuwen, maar was nog banger dat daardoor de rovers en dieren aangelokt zouden worden.

Heel langzaam, de deken tegen zijn borst gedrukt als een schild, liep Jörgi door het struikgewas naar de rand van het bos. Daar was een wei die aan een weg grensde. Aan de andere kant van de weg lag een langgerekt huis.

Mensen! Redding! Een huis!

Jörgi rende het bos uit. Enkele donkere schaduwen stoven de wei uit in de beschuttende duisternis. Reeën, die op zoek naar voedsel over de wei getrokken waren.

Met hijgende adem, zijn handen tegen de stekende operatiewond gedrukt, rende Jörgi in de richting van de boerderij. Pas toen hij op het erf stond, verliet hem de panische angst. Hij keek om zich heen, ontdekte de huisdeur en drukte met zijn trillende wijsvingertje op de bel.

Het geluid snerpte door het stille, slapende huis.

Voorzichtige stappen kwamen naderbij, er werd licht in de gang aangeknipt. Achter de deur hoorde Jörgi fluisteren. Daarna een harde, ruwe stem: 'Wie is daar?'

'Ik –,' antwoordde Jörgi klagelijk. 'Ik. Jörgi...'

Achter de deur keken de boer en de boerin elkaar aan. De boer had een dikke eikenhouten knuppel in zijn knuisten, de boerin beefde onder haar gehaakte, lange stola.

'Niet opendoen,' fluisterde de boerin met ogen die wijd openstonden van angst. 'Dat is een valstrik. Iemand verdraait zijn stem. Als je opendoet, slaan ze je neer. Ik roep de politie.'

'Doe dat, Erna.' De boer zwaaide met de eiken knuppel. 'Ik hou ze zolang op een afstand. Schiet op!'

Terwijl de boerin in de donkere kamer telefoneerde, legde de boer zijn oor tegen de deur.

'Wie is Jörgi?' vroeg hij luid.

'Ik. Jörgi Brockmann.'

'Zo. Jörgi! Hou oud ben je dan?'

'Vijf en een half jaar. Doet u alstublieft open... Ik... ik heb het zo koud...'

De boer stak zijn onderlip vooruit. Zijn vrouw kwam ijlings terug en fluisterde: 'De politie komt direct. Wat zeggen ze?'

'Dat hij vijf en een half jaar oud is.'

'Een valstrik. Niet opendoen, Josef.'

Boer Josef bromde iets voor zich heen en liep naar de naast de gang gelegen keuken. Daar gluurde hij voorzichtig door het gordijn en een kier van de luiken.

Voor de deur stond werkelijk een kind. Een kleine jongen in een pyama en met een deken in zijn hand.

'Het is echt een kind, Erna!' riep hij toen hij weer naar de gang rende. 'Verdomme nogaantoe! Een jongen in een pyama! Daar is iets niet pluis.'

Hij schoof met geweld de grendel opzij en stootte de deur open. 'Josef!' gilde de boerin. 'Ze vermoorden ons!'

Toen bleef haar mond openstaan want voor de deur stond echt alleen maar een kind, met slaphangende armen, een oude deken aan zijn voeten. Een klein, tenger, huilend jongetje. 'Kom binnen,' zei de boer en trok Jörgi de gang in. 'Waar kom je vandaan? Zo midden in de nacht. Wie ben je dan? Ben je hem gesmeerd?' Hij bracht Jörgi naar de woonkamer en zette hem op de oude sofa neer.

'Ik ben Detlef-Jörg Brockmann.' Jörgi veegde de tranen uit zijn ogen en zijn gezicht. 'Ik woon in Lübeck. Mijn vader is in Egypte en bouwt daar raketten –'

De boerin trok de gehaakte stola dichter om haar schouders en boog zich voorover naar haar man.

'Hij is gek,' fluisterde ze hem in zijn oor. 'Hij is vast uit een inrichting weggelopen. Maar goed dat de politie straks komt. Die arme kleine jongen.'

Boer Josef legde de deken om Jörgi heen en ging naast hem op de sofa zitten.

'Eerst moet je een kop warme melk voor hem klaarmaken, Erna,' zei hij en streek de haren van Jörgi's voorhoofd. 'En dan doe je er ook een lik honing in. En dan een stevige boterham met spek – de jongen ziet er uit of hij verhongerd is. Verdomd nogaantoe, ook als kinderen ziek zijn moeten ze toch wat behoorlijks te eten hebben. Dat zal ik ook tegen de politie zeggen.'

Boer Josef had er nog geen flauw vermoeden van dat binnen een paar uur zijn naam de wereld rond zou vliegen.

In Cairo, in villa 'Roseneck' wachtte een telefonische melding op Brahms en Birgit. Deze was doorgegeven door Ludwigs en luidde op niet mis te verstane wijze:

'Drie ton speciale buizen zijn onderweg. Het zou goed zijn het transport te bewaken.'

Brahms las de korte mededeling van zijn radio-telegrafist twee maal door voor hij weer naar de kamer ernaast ging. Daar stonden Zuraida en Birgit tegenover elkaar als amazones, die ieder ogenblik op elkaar af kunnen vliegen.

Birgit draaide zich met een ruk om toen Brahms binnenkwam.

'Wat moet dat?' schreeuwde ze. 'Ik dacht dat u een vriend was? En daarbij ontvoert u mij van de ene gevangenis naar de andere! U handelt in opdracht van Zuraida! O, wat zijn jullie allemaal gemeen. Wat gemeen!' Ze wendde zich af en huilde.

'Dit misverstand zullen we gauw uit de weg ruimen, lieveling,' zei Brahms, toen Zuraida hem hulpeloos aankeek. 'Maar eerst hebben we een zware brok te verteren. Hier.' Hij stak het telefoonbriefje omhoog. 'Vriend Hans heeft ons een bericht uit Bir Assi gestuurd. Het is allemaal om van te kotsen, vrienden: Vergeef mij de uitdrukking, mevrouw Birgit, maar er is geen ander woord voor. Uw man –'

'Wat is er met Alf?' Birgit draaide zich met een ruk om. Ze slaakte een kreet.

'Uw man is er op zijn eigen houtje vandoor. Sinds vannacht is hij op weg naar de vrijheid. Hij is uit Bir Assi gevlucht.'

Zuraida sloot voor een seconde ontzet haar ogen. 'Dat is toch waanzinnig –' fluisterde ze.

'Hoezo waanzinnig?' Birgit liep op Brahms toe en klemde zich aan hem vast. 'Zegt u mij alstublieft de waarheid, alstublieft. Wat heeft Alf gedaan? Waarom is het waanzinnig?'

'Er is maar één weg uit Bir Assi... naar het Westen, naar de Lybische grens, door de verschrikkelijkste woestijn op deze aarde. En uw man heeft deze weg gekozen. Wij zijn maar een paar uur te laat gekomen. Ik zou nu, nu wij u in veiligheid hebben gebracht, mevrouw Birgit, voor Alf een andere weg geweten hebben. Nu is het te laat –'

'Te laat...' De ogen van Birgit verstarden. 'Wat betekent: te laat?'

Brahms keek over het hoofd van Birgit naar Zuraida. Deze draaide zich om. Ook zij kende het antwoord.

'Te laat betekent –' zei Brahms zacht. 'Dat nog nooit iemand door deze woestijn is getrokken. Nog nooit. Men kent hem alleen maar vanuit de lucht.'

Birgit sloot haar ogen. Haar kin zakte op haar borst.

'Alf... Alf zal dus nooit meer uit de woestijn komen?' vroeg ze nauwelijks hoorbaar. 'Hij vlucht nu de dood tegemoet –'

'Ja. Een wisse dood tegemoet – als wij hem niet helpen.' Brahms hief beide armen omhoog, een teken van machteloosheid. Daarna drukte hij Birgit tegen zich aan en streelde troostend over haar haar. 'Helpen. Maar hoe? Ik heb geen enkele mogelijkheid meer. Hij is precies vier uur te vroeg gevlucht.' Hij rukte zich los en sloeg met zijn beide vuisten tegen de muur. 'Dat is nou om stapelgek van te worden!' schreeuwde hij in machteloze woede. 'Daar sta je er hier maar bij en kunt niets doen! Helemaal niets! En je moet toezien hoe iemand de verschrikkelijkste dood tegemoet rent, die er bestaat, de dood in de woestijn.'

De vijfde dag.

Zon. Gloed. Wind. Zand. Eenzaamheid. Het snuiven van de kamelen. Kleurloze hemel. Opwervelend stof onder de hoeven. Dorst. Korte rust. Vier, vijf slokken water. Het uitzuigen van een halve citroen. En dan verder... verder... steeds verder de oneindigheid in, het niets tegemoet.

's Middags stopten ze weer, omdat Lore Hollerau over ontzettende hoofdpijn klaagde. Ze zochten weer, zoals iedere dag een dalletje op om daar de kamelen van hun last te ontdoen en zich klaar te maken voor de nacht. Aisha keek naar de horizon, in de richting van de zon, haar horloge. Ze schudde haar hoofd en kwam dicht bij Alf Brockmann rijden.

'Het is nog te vroeg, Oulf, om er voor vandaag mee te stoppen. Gisteren hebben we ook al tijd verloren. Als we iedere dag steeds minder gaan rijden, bereiken we de grens nooit –'

'Lore kan niet meer.' Brockmann keek in de richting van Lore Hollerau. Als een vastgebonden pop met gebroken ledematen wankelde ze op de maat van de stap van de kameel heen en weer.

Aisha stak haar onderlip vooruit. Ze wist, wat er zou gebeuren. De rustpauzes werden steeds langer, het aantal kilometers dat ze aflegden, steeds minder. En op een dag zouden ze in het zand liggen en de woestijnwind zou hen met zand bedekken. Drie mensen en vier kamelen.

Brockmann knikte, toen hij de gelaatsuitdrukking van Aisha zag. 'Ik weet het,' zei hij langzaam. 'Waarom zullen wij bereiken wat totnutoe nog niemand heeft gekund? Zullen we omkeren, Aisha?'

'Nee.'

Het was een hard en duidelijk antwoord.

'Je zult nooit meer een vrij mens zijn als je terugkeert.' Aisha keek Brockmann met een bijna fanatieke blik aan. 'Ik heb geleerd dat vrijheid meer waard is dan al het goud van deze aarde. Wij weten wat knechting is, Oulf. Bij ons waren er altijd alleen maar heren en slaven... en ik stam uit een geslacht dat altijd moest dienen en zich moest krommen onder de zweep van de groten.' Ze boog zich naar Brockmann over en greep zijn arm. 'Ik sterf liever met jou dan met jou in onvrijheid leven.'

Brockmann zweeg. Wat is vrijheid, dacht hij. Bestaat dat eigenlijk wel? Altijd en overal regeert het geweld, heersen de ellebogen en de vuisten, is het succes met de meedogenlozen. De massamens merkt het al helemaal niet meer. Die is daaraan gewend.

Voor Alf iets kon antwoorden, zag hij, hoe Lore Hollerau sterker wankelde, hoe haar om de knop van het zadel geklemde vingers en haar slappe lichaam begonnen af te glijden. Met een luide uitroep en twee zweepslagen dreef hij zijn kameel vooruit en bereikte Lore nog juist toen ze uit het zadel viel. Hij greep mis, kreeg alleen nog maar haar bloese te pakken, de stof scheurde en met ontbloot bovenlichaam viel Lore in het zand en lag onbewegelijk, met uitgestrekte armen in de zonnegloed, als een weggesmeten, versleten pop.

Brockmann liet zich eveneens van zijn kameel vallen nog voor de ceremonie van het knielen beëindigd was. Hij nam Lore's hoofd in beide handen, masseerde haar wangen en haar borst en kuste haar op haar opengesprongen, droge, verdorde lippen. Aisha kwam naderbij rijden en stapte eveneens af. Stokstijf stond ze naast Alf, staarde naar de mooie, blanke borsten en moest zich in bedwang houden om de handen van Brockmann niet terug te trekken, die steeds aan het masseren en afschuwelijk teder waren.

'Water!' schreeuwde Brockmann tegen Aisha. Ze dook in elkaar. Haar zwarte, grote ogen werden tot spleten als de ogen van een slang. 'En de verbandtas! Sta toch niet alleen maar toe te kijken!' En toen er nog steeds geen beweging in Aisha te krijgen was, legde hij het hoofd van Lore in zijn schoot en trok zijn hemd uit, deed dat over het naakte bovenlichaam van het meisje en gaf zichzelf prijs aan de genadeloze zon.

'Goed dan,' zei hij hees. 'Dan is hier het einde. Neem je kameel en rijd terug, Aisha. Ik heb je niet meer nodig.'

Aisha ging langzaam naar de pakkameel en gespte de waterzak en een kist los. In de kist zat de reisapotheek. Ze sleepte de waterzak en de reisapotheek naar Brockmann, dompelde een handdoek in het water en begon zonder wat te zeggen gezicht en borst van Lore te wassen. Daarna hield ze Brockmann een buisje tabletten voor en vulde een leren beker met water.

'Weer een dag minder,' zei ze, toen Lore moeizaam het tablet inslikte en de natte handdoek op haar voorhoofd legde. 'Dat was de watervoorraad voor vierentwintig uur –'

Terwijl Brockmann zich verder met Lore bemoeide, richtte Aisha het nachtkwartier in. De dekens, een zonnescherm, het spiritustoestel, de kist met de blikken proviand. De kamelen knielden in het hete zand en schenen te slapen. Ze hadden hun ogen gesloten en hun koppen zweefden vlak boven de grond.

Na een half uur liep Brockmann op Aisha toe en hielp haar bij het opzetten van de kleine slaaptent. Omdat tentharingen in het zand geen houvast hadden, werd de linnen muur rondom met kisten verzwaard en schepten ze er zand op.

'Ze slaapt –' zei Brockmann en leunde op zijn spade.

Aisha zweeg. Ze knielde voor het spiritustoestel en reinigde de met olie en roet besmeurde brander.

'Ze heeft niemand anders dan mij op de wereld –' zei Brockmann. Hij gooide zijn spa opzij en ging achter Aisha op een kist zitten. 'Ook ik heb niemand meer. Birgit is gestorven, mijn jongen hebben ze ontvoerd. Hem zal ik ook niet weerzien.' Hij veegde met trillende handen over zijn gezicht en zijn ogen.

'Wij zijn allemaal eenzaam.' Aisha's stem was koud. Nog nooit had Brockmann haar zo horen spreken. 'Wie heb ik dan op deze wereld?'

'Jullie Oosterlingen hebt een andere mentaliteit.'

'Hebben wij die?' Aisha's hoofd maakte een heftige beweging. Weer kreeg Brockmann het benauwd door de wildheid in haar blik. 'Overal in de wereld zijn de vrouwen hetzelfde. Overal hebben ze een hart en dat hart voelt liefde. Waarom zou ik anders zijn?'

Brockmann greep Aisha's schouders en trok het zich verwerende lichaam tegen zich aan. Ze hield zich stijf en drukte haar schouders naar voren toen Brockmann zijn handen daarop legde.

'Geloof je nu werkelijk, dat jij en ik samen zouden kunnen leven?' vroeg hij. De avond aan het zwembassin in Bir Assi, dacht hij. Ze zwom in het water als een gouden vis. En daarna stond ze voor me, naakt en gestreeld door het water dat in parels van haar afdroop en ze schaamde zich niet, alsof het de natuurlijkste zaak ter wereld was, naakt voor me te staan en haar schoonheid prijs te geven. Hoe lang is dat geleden? Slechts een paar weken? Of àl een paar weken? Het was een beeld, dat zich in hem vastgezet had. Een bronzen meisjeslichaam. Een levend wonder der schepping. Toen had hij een druk op zijn hart gevoeld, een zoete kriebeling in alle aderen, een tomeloos verlangen, waar hij tegen vocht, dat hij onderdrukte, maar dat 's nachts terugkwam en hem als een koorts overviel, toen hij alleen in bed lag en naar het plafond staarde. Aisha, had hij gedacht. Dat mag je nooit meer doen. Ik heb het gevoel dat ik voor de tweede keer niet meer de kracht zou kunnen opbrengen om met een rustige stem te zeggen: Kleed je aan –

'Wij zouden elkaar waanzinnig liefhebben, Oulf...' zei Aisha zacht. Haar weerstand verslapte. Ze legde haar armen op haar rug. Over haar schouders en borsten woei de sluier van haar pekkleurige haar.

'Liefde alleen is niet alles in het leven, Aisha.'

'Ik zou me voor je laten verscheuren.'

'Ook dat is de zin van het leven niet.'

'Ik zou alles doen wat je zegt.'

'Je zou teleurgesteld zijn, hoe onromantisch, hoe nuchter, hoe ruw het leven is.'

Aisha boog zich ver achterover. Haar hoofd lag op Brockmanns knieën, haar prachtige, zwarte ogen fonkelden.

'Je houdt me voor een halve wilde, hè Oulf?'

'Je bent een kind van de woestijn, natuurlijk.'

Aisha glimlachte. Haar tanden blikkerden tussen haar volle rode lippen. Ze is werkelijk een wonder van God, dacht Brockmann. Hoe kan iemand toch zó mooi zijn –

'Als ik je wat over mij zou vertellen, zou ik er heel anders uitzien.' zei ze.

'Ik weet alles van je.'

'Alles?'

'Je Engelse overgrootvader, je vier broers en zusters, je werk in de officiersclub –'

'En als dat een leugen is?'

'Jij kunt niet liegen, Aisha. Je ogen zouden je verraden.'

'Dan doe ik ze dicht.' Ze sloot haar ogen. 'Ik ben in El Mansurah in de Nijldelta geboren. Mijn vader was geen arme fellah... hij was een rijke grootgrondbezitter en werkte tot 1947 voor de Engelsen als ambtenaar in Suez. In 1947 werd hij doodgeslagen. Door zijn landgenoten, door Egyptenaren, zomaar op straat, omdat hij een vriend van de blanken was. Het was een moord, die nooit opgelost werd. Toen het gebeurde, studeerde ik in Oxford...'

Brockmann wilde opspringen, maar Aisha omklemde zijn knieën en verhinderde dat.

'Ik kwam terug en niemand had medelijden met mij. Ik voelde overal de haat van mijn landgenoten. Ze heeft in Engeland gestudeerd... ze heeft blank bloed in zich... men zou ook haar als een schurftige hond dood moeten slaan, net als haar vader. Ik was plotseling alleen op de wereld, helemaal alleen, want mijn moeder was al gestorven toen ik een kind was. Broertjes of zusjes heb ik niet, verwanten wilden mij niet meer kennen, uit angst voor de nationalisten. Ik stond aan het graf van mijn vader en onbekende handen hadden op de marmeren grafsteen met rode verf gekalkt: Verrader van het volk!' Aisha legde haar gezicht op de knie van Brockmann. 'Verrader. Mijn vader. Doodgeslagen als een rat. Ik werd niet waanzinnig, o nee, maar ik leerde wat haat is. Haat tegen mijn eigen volk. En stelde mij aan diegenen ter beschikking die mijn landgenoten meer haten dan de scheitan: de Israeli's. Ik werd agente –'

Nu sprong Brockmann toch werkelijk op. Aisha viel achterover in het zand, een hoopje mens, ze kroop bijna in elkaar en verborg zich achter het gordijn van haar haar.

'Jij... jij bent ook van de geheime dienst?' vroeg Brockmann stamelend. 'En je bent alleen maar bij me gekomen om me in de gaten te houden.'

'In eerste instantie wel. O, ik kende je nog niet, Oulf. Maar toen zag ik je... weet je nog, in de nacht bij de fontein van Bir Assi. En in de eerste seconde dat ik je zag, wist ik dat mijn leven vanaf die nacht anders zou worden.'

Brockmann liet zijn hoofd hangen. Wat Aisha vertelde, ontstelde hem mateloos. Minder eigenlijk nog haar tragische levensloop dan wel dat ontzettend zich opdringende gevoel, dat hete dringen naar haar toe, naar haar lippen, naar haar katachtige, bronzen lichaam. Hij wendde zich stug af en keek naar Lore Hollerau. Haar zonnebril was weggegleden. Haar oogleden waren vol littekens. En daaronder lagen vale, blauwe, levenloze ogen. Lag de eeuwige duisternis.

'Wie heeft dat pakketje springstof bij mij gebracht?' vroeg Brockmann plotseling heel hard. Hij durfde zich daarbij niet om te draaien en Aisha aan te kijken. Dat kan niet, dacht hij alleen. Als dat waar is, o mijn God, wat moet ik dan doen?

'Wie heeft dat pakketje gebracht?' vroeg hij nog eens toen hij geen antwoord kreeg.

Zwijgen. Daarna de stem van Aisha, heel klein en verstikt.

'Jij zou diegene willen doden, die het pakket heeft gebracht –'

'Ja.'

'Dat zal niet nodig zijn. Oulf –'

Brockmann draaide zich snel om. Aisha lag geknield in het zand en had het pistool tegen haar slaap gedrukt. Hij zag hoe haar vinger doorboog, hoe die vinger het beslissende punt naderbijkwam.

'Aisha!' brulde hij. 'Aisha! Nee! Nee!'

Met drie reusachtige sprongen vloog hij op haar af, stortte zich op haar en sloeg haar het wapen uit de hand. Ze rolden worstelend door het opstuivende zand, ze omklemden elkaar, als een wilde kat beet en krabde Aisha om zich heen... dan lag ze plotseling stil, ze sloeg haar armen om Brockmanns nek en haar halfgeopende lippen kwamen hem als een bloem tegemoet.

'Oulf...' fluisterde zij. 'O, Oulf – ik hou zo veel van je.'

Willoos liet Brockmann zich naar haar toe trekken. Haar mond, haar lichaam kwamen hem tegemoet in één welving. Hij staarde in haar ogen, in die grote, zwarte, gloeiende ogen, die onder zijn strelende vingers schenen te zullen exploderen.

'Ik vermoord je...,' stamelde Brockmann. 'Ik vermoord je....'

'Een heerlijke dood, Oulf.' Haar lichaam beefde.

'Aisha –' fluisterde hij. 'We zijn gek geworden.'

'Dat is de enige toestand, waarin we gelukkig mogen zijn.'

Zijn hoofd viel op haar borst... en daarna bestond er geen woestijn meer om hem heen, geen gloeiende zon, geen hopeloosheid, geen doodsangst... hij zag en voelde en hoorde alleen Aisha maar en had kunnen huilen van gelukzaligheid.

Toen de nacht inviel, wekten ze Lore en gaven haar te eten en te drinken.

Ze vermeden het elkaar aan te kijken en spraken nauwelijks met elkaar. Na de vulkanische uitbarsting van hun hartstocht was de ontnuchtering gekomen. En die overviel hen nu met een veelvoudig versterkte kracht.

Nog zeven dagen woestijn.

Nog zeven dagen zand.

Nog zeven dagen zonnegloed.

Maar de waterzakken bevatten nog een voorraad voor vijf dagen. Aisha had de hoeveelheid vloeistof nauwkeurig berekend. Ze kwam twee dagen te kort. Twee dagen zonder water bij een hitte van 60 graden. Men mocht daarover gewoon niet nadenken. Dan kroop de gruwel door je hele lichaam.

'Ik voel me al weer beter,' zei Lore Hollerau. Ze zat tegen een kist aan geleund en dronk de sterke koffie die Aisha gezet had. 'Eerst dacht ik, dat het met me gedaan was. Ik ben gevallen, hè?'

'Ja, je was er wel aan toe.' Brockmann streelde de rug van haar handen. Aisha's ogen flitsten niet meer. Haar streelt hij, maar hij houdt van mij, dacht ze. Ze was de overwinnares, zij kon zich de luxe van het toestaan permitteren.

'Maar nu voel ik me weer sterk.' Lore richtte zich op en tastte naar Alf. 'Kijk eens hoe goed ik weer kan lopen. Ik geloof, dat het vandaag de warmste dag was.'

Langzaam liepen Brockmann en Lore tussen de rustende kamelen heen en weer. Hij ondersteunde haar en zij hield haar hoofd hoog opgericht en liep aan zijn zijde als op een wandeling in de grote stad.

Daarbij voelde zij zich ellendig en murw. Ik mag het hem niet tonen, dacht ze en beet haar lippen op elkaar. Hij heeft een sterke vrouw nodig. Voor hem kan alleen een vrouw betekenis hebben die zo vast in het leven staat als hij. En ik wil sterk zijn, heel sterk. Ook al ben ik blind, in mij moet een geweldige energie groeien. Ik wil hem niet tot last zijn, maar zijn steun.

Zij rechtte haar rug, verzamelde alle kracht uit haar vermoeide lichaam en liep rechtop en met vaste pas naast Brockmann in een kring rond.

Plotseling dook Alf in elkaar en maakte een sprong achteruit. 'Verdomme!' riep hij. 'Ik heb op iets getrapt en dat beest heeft mij gestoken...' Hij hinkte op één been en trok zijn sok van zijn andere voet. Uit een kleine steekwond op de bal van zijn voet sijpelden een paar druppels bloed. Meer was er niet te zien.

Aisha sprong op en rende op de twee af. Ze sloeg met een knuppel in het zand en toen pas zag Brockmann hoe een met zand bedekt dier, zo groot als een munt van vijf mark met een lang spits toelopend lichaam aan het eind waarvan een angel omhoog stak, zich tegen de neersuizende stok verdedigde.

'Duivel!' schreeuwde Aisha en hakte met blinde woede op het dier in. 'Duivel! Duivel!' Ze sloeg nog steeds toen het dier al vermorzeld in het zand lag en nu onder de stokslagen bijna platgestampt werd.

'Ben je gewond?' vroeg Lore. Haar blinde ogen staarden Brockmann aan. 'Wat was er dan?'

Aisha rende intussen weg, zocht uit de verbandkist een skalpel en hield die in de flakkerende spiritusvlam.

'Kom hier, Oulf!' riep ze daarbij. 'Kom gauw hier! Ga liggen. En bijt je tanden op elkaar! Dit moet gebeuren... dit móét gebeuren...'

Brockmann liet zich op zijn rug vallen, op de plaats waar hij stond. Het gevaar waarin hij verkeerde werd hij zich nu pas bewust. Een beet van een schorpioen! Een beet, die het gif regelrecht in de bloedbaan overbrengt. Ook de kameel was door een schorpioen gebeten. Zijn gewrichten waren opgezwollen en hij had geschreeuwd alsof hij levend gevild werd. En Aisha had geen andere mogelijkheid gezien dan hem dood te schieten.

En nu was hij zelf gebeten. De dood was begonnen zijn lichaam binnen te gaan.

Brockmann boog zich voorover en drukte de beenslagader met beide duimen dicht. Naast hem stond Lore Hollerau, haar hoofd luisterend opgeheven. Ze had er geen idee van wat er zich voor haar voeten afspeelde. Ze wachtte op het volgende woord van Alf, op de voortzetting van de wandeling.

Aisha kwam aangerend, het gloeiende mes in de hand. Ze knielde vóór Brockmann in het zand, legde zijn voet in haar schoot en keek hem met smekende ogen aan.

'Als het te erg wordt, schreeuw dan, Oulf...' zei ze zacht. 'Ik zal het niet horen... ik zal vergeten, dat je ooit geschreeuwd hebt.'

Daarna zette ze het gloeiende mes op de voet en sneed diep in het dikke vlees. Het siste, er ontstond een geur van verbrand vlees, er stroomde bloed over Aisha's handen, maar zij sneed door, maakte een boog om de beetwond en pelde een groot gat uit. Daarna wierp ze het mes weg, hield de voet omhoog en liet het bloed uit de grote, afschuwelijke, aan de rand verbrande wond stromen.

Alf Brockmann was in elkaar gekrompen, toen het gloeiende mes in zijn voet sneed. De pijn was zo onbeschrijfelijk, dat hij dacht dat zijn hoofd uit elkaar zou barsten en zijn hart zou ophouden te kloppen. Hij sperde zijn mond open alsof hij wilde schreeuwen, maar de pijn verlamde zelfs de schreeuw en dempte zijn stem. Pas toen het bloed stroomde, begon hij wild te steunen en met zijn beide vuisten in het zand te slaan.

Lore Hollerau was tot dat moment luisterend blijven staan, tot ze het sissen hoorde en de geur van het verbrande vlees rook. Toen wist ze wat er zich naast haar afspeelde en dat Aisha voor het leven van Alf vocht. Ze liet zich op de knieën vallen en tastte met uitgestrekte handen naar Brockmann. Ze kreeg wat te pakken, maar dat was Aisha's schouder... ze tastte verder en greep in de warme, stromende vloeistof.

Bloed. Een golf van bloed.

'Alf!' riep ze uit. 'Alf! Wat is er gebeurd? Aisha! Aisha! Ik smeek je... zeg iets! Leeft... leeft Alf nog –'

'Alles is in orde.' Aisha's stem was rustig en zonder enige opwinding. 'Hij is door een schorpioen gebeten. Ik heb de wond uitgebrand, zoals men dat bij ons in de woestijn doet.' Ze nam uit de verbandkist een grote laag celstof en drukte die op de wond. Daarna schudde ze penicilline-poeder in de geopende bal van de voet en stelpte het bloeden met gaas. Brockmann keek met een vertrokken gezicht naar haar.

'Ik heb ook een medische cursus gevolgd,' zei Aisha en verbond de voet van Brockmann. 'Dat hoorde bij onze opleiding op het schiereiland Sinai.'

Brockmann knikte. Hij nam de handen van Lore, die nog steeds in het rond tastten in de zijne en hield ze vast. Haar nagels klauwden zich in zijn handpalmen.

'Maak je geen zorgen, Lore,' zei hij tandenknarsend. 'Het is allemaal goedgegaan. Er is helemaal geen gevaar.'

Deze hoop was bedriegelijk.

Drie uur later kreeg Brockmann koorts.

Een uur later zonk hij in een soort delirium. Hij ijlde, had het over natuurkundige formules en schreeuwde: Uit de weg! Uit de weg! De besturing is defekt! Dekking! Hij droomde van een mislukte proef met een raket en sloeg met armen en benen wild om zich heen.

Aisha zat met een versteend gezicht naast hem, hield zijn gloeiend heet voorhoofd koel, gaf hem hartversterkende injecties, spoot supracilline in, omwikkelde zijn benen met natte, koele doeken en ging op haar hurken zitten, zich aan het noodlot overgevend, naast Brockmann die in delirium aan het razen was.

Het gif had zijn werking al gedaan. Het lichaam vocht met de dood. Wie zou het winnen... niemand kon dat weten.

Bij het krieken van de morgen werden de kamelen plotseling onrustig.

Ze hieven hun koppen op, hun starre ogen keken in de richting waar ze vandaan gekomen waren, hun dikke neusvleugels zwollen.

Aisha sprong op. Brockmann sliep nu, een lichaam dat van koorts gloeide en beefde.

Aan de horizon tekende zich tegen de vale morgenlucht een ruiter af. Een kameel en een ruiter. Hij kwam snel naderbij... hij werd van seconde tot seconde groter. De ruiter moest wel als een waanzinnige op zijn kameel door de woestijn stuiven. Achter hem stegen grote stofwolken op.

Hassan Ben Alkir had de karavaan bereikt.

Hij vloog zijn wraak tegemoet. Zijn gezicht glom als na een rondwandeling om de Kaäba in Mekka.

Langzaam trad Aisha uit de beschuttende kring van het kleine nachtkamp.

In haar hand hield ze haar pistool.

Ze liep langzaam en met vaste tred de ruiter tegemoet. Toen ze elkaar zagen en herkenden, Hassan en Aisha, hief ze haar hand met het wapen op.

Een scherpe kreet. De witte hedschaz-kameel stond stil. Een grote wolk zand steeg onder de hoeven op en omhulde ruiter en dier.

Hassan sprong uit het zadel.

'Blijf staan!' zei Aisha kil. 'De volgende stap leidt naar de eeuwigheid.'

Op de ochtend na de nacht van de ontvoering werd Brahms in het oude koningspaleis ontboden. Minister Feisal Abdul Mossou liet zeggen, dat het dringend was. De bode, een jonge luitenant van het Egyptische leger, bleef in de werkkamer van Brahms op hem wachten.

'Dat kan goed fout gaan, meisjes,' zei Brahms toen hij in de kamer onder het dak van Zuraida en Birgit afscheid nam. Hij kuste Zuraida en drukte Birgit de hand. 'Als ik over – laten we zeggen – drie uur niet terug ben, is er wat gebeurd. Dan zal Baraf jullie ergens anders heen brengen. Jullie kunnen hem volledig vertrouwen. En Franz zal er ook voor zorgen, dat jullie veilig uit de buurt komen.' Hij knoopte zijn hemd dicht en trok Zuraida nog een maal tegen zich aan. 'Maar als ik werkelijk terugkom, dat beloof ik jullie, gaan we er vandoor. Meisjes, duim voor mij.'

Hij gaf de reusachtige Baraf een stoot in zijn ribben. De Nubiër glimlachte breed. 'Ik zal oppassen, heer!' zei hij met diepe stem. 'Er zal niets gebeuren.'

Nauwelijks een uur later was Brahms weer terug in de villa 'Roseneck'. Zuraida vloog hem met een kreet van vreugde om zijn nek, toen hij de kamer binnenstormde.

'Dat was een zware bevalling,' zei Brahms. Hij ging zitten en dronk eerst een groot glas vruchtensap met rum leeg, voor hij verdersprak. 'Minister Mossou was als een uitgehongerde stier. 'Jussuf!' brulde hij, toen ik nog maar net de kamer in was. 'Er is een vrouw gestolen! De lievelingsvrouw van mijn vriend Sahedi! Met geweld. Vier doden hebben die smeerlappen achtergelaten! U moet die kwestie onmiddellijk onderzoeken!' Brahms lachte hardop. 'Zo'n boef. Vier doden. Er zijn twee builen gevallen. Dus, ik trek een kwaad gezicht, vloek op de rovers en beloof ze te vangen. En daarna kwam die Sahedi binnen. Dik, bleek, een beeld van vernietigde trots. 'Als u mijn blonde engel terugvindt, geef ik je 10 000 pond, Jussuf,' jammerde hij. 'Blond?' vraag ik. En ze vertellen me een sprookje van een blanke vrouw die Sahedi aan de Rivièra heeft leren kennen en waarmee hij in Rome getrouwd was. Het was een reuze gein om die boeven te horen praten.' Brahms kletste zich op zijn dijen. 'Ik heb direct nagedacht. Ik heb me bijzondere volmachten laten geven. Hier.' Hij graaide in zijn zak en haalde er een pakje papieren uit. 'Ik beschik over een militaire helikopter, alle politie, over het recht om alle gebieden in Egypte te mogen betreden. Ik heb praktisch meer rechten dan die goeie Nasser... en dat alles vanwege een vrouw... vanwege u, Birgit. Sahedi zou bereid zijn iedere blonde haar van u met goud te bestrijken. Daar moet je dan toch wel even over nadenken.'

'Als ik u niet zou kennen, Brahms, zou ik nu zeggen: U bent bovenmate smakeloos.' Birgit glimlachte geforceerd. Brahms stond op en stopte de papieren weer in zijn zak. Zijn energie straalde ook op de beide vrouwen af.

'Nu gaan we alles inpakken, meisjes. Morgen verlaten wij het land, waaruit Mozes al eens gevlucht is. En wij trekken niet door de Rode Zee, maar doen het moderner. Wij vliegen met de helikopter naar het beloofde land.'

'Je wilt naar Israel?' vroeg Zuraida met fonkelende ogen.

'Nee, hoezo? O. Beloofde Land. Dat is bij wijze van spreken, lieveling. Wij vliegen naar Tobruk.'

'Naar Tobruk?'

'In Tobruk staat een compagnie kameraden klaar. Die zitten overal waar maar een plaatsje is. Een van hen is zelfs vóór-eter bij een rijke caid, die voortdurend bang is vergiftigd te worden. En zo zit Julius al jaren te vreten en laat voor de caid maar schamele stukjes over.' Brahms was in een prachtstemming. Toen hij zag, dat de beide vrouwen zijn vrolijkheid niet deelden en ook niet begrepen, hield hij ermee op en trok zijn 'dienstgezicht'.

'Dus –' zei hij – 'in Tobruk stellen we een commando op en keren via de oostgrens nnar Egypte terug. Met andere woorden, wij komen Alf Brockmann van de andere kant van de woestijn tegemoet. Verdomd als het niet waar is: we komen deze keer op tijd en wassen dat varkentje wel even.'

Zuraida keek haar geliefde met een twijfelende blik aan. 'Dat is toch meer dan avontuurlijk. Dat betekent, dat jij een privé-oorlog tegen het Egyptische leger voert... vanuit Lybisch gebied.'

'Ja.'

'Dat is toch waanzin?'

'In de ogen van een verstandig iemand – zeker. Maar wij zijn geen verstandige mensen, schatje. Ik heb al sinds meer dan twintig jaar niet meer volgens de maatstaven van een normaal brein geleefd. En in de situatie, waarin Brockmann zich bevindt, kan ook alleen maar een gek als ik helpen.'

'Wat u ook van plan bent, Brahms – ik doe mee. Ik laat niets onbeproefd om Alf te vinden,' riep Birgit.

'Bravo!' Brahms klapte in zijn handen. 'Dus op naar Tobruk. Morgenvroeg om zeven uur staat de helikopter gereed. Waar heb ik anders mijn volmachten voor? Birgit, dat heb ik alleen aan jou te danken. Zonder je haremavontuur zaten we nu te niksen en braken ons hoofd erover hoe men bij de woestijnzwerver Brockmann kon komen. Zo echter hebben we de enige weg naar het succes vrij – de redding vanuit de lucht.' Brahms werd weer ernstig. Wat hij met zijn sarcastische jongensachtigheid voordroeg was in wezen het opwindendste avontuur van zijn leven, dat toch bepaald niet arm was aan netelige situaties.

Met de dag van morgen gaf hij zijn hele leven zoals dat totnutoe geweest was op. Zijn zekere, goedbetaalde baan als Egyptische man van de contraspionage.

De villa 'Roseneck'.

Zijn raadselachtige invloed bij Egyptische ministers.

Zijn toekomst als zorgeloze Jussuf Ibn Darahn.

Hij ruilde alles in voor de volledige onzekerheid, die in de voor hem 'zogenaamde vrijheid' op hem wachtte.

Zou het lukken Alf Brockmann uit de woestijn te halen?

Wat verwachtte Brahms in Duitsland?

Wat had hij geleerd behalve tactiek en commanderen, schieten en marcheren, leerboek 08/15 en 'Uit hoeveel delen bestaat het geweer 98?'

Brahms keek op zijn polshorloge. Bijna twaalf uur. Een beslissend tijdstip. Hiermee begon de tocht naar een volledig duistere toekomst.

'Zo min mogelijk bagage, meisjes,' zei hij met een wat gedempte stem, die zijn grote, innerlijke opwinding verried. 'In de lucht weegt ieder pond vijftig kilo.'

'Bagage.' Birgit vertrok haar mond. 'Alles wat ik heb is een tas vol.'

'Ook dat kan nog teveel zijn. Wapens zijn belangrijker. Munitie. Aan een kist handgranaten hebben we meer dan aan drie jurken.' Hij keek Zuraida aan, in wier ogen nog steeds twijfel bestond of deze onderneming eigenlijk wel zin had. 'Zorg jij maar voor alles, lieveling. Jij kent de woestijnoorlog. Ik ga nu de evacuatie van mijn mensen regelen.'

De hele namiddag lag villa 'Roseneck' bijna als uitgestorven in de zon. Pas tegen de avond druppelden alleen of met zijn tweeën mannen in burger of in ruime Arabische kledij binnen. Ze verzamelden zich in de tuin, wachtten, rookten en praatten op gedempte toon met elkaar, hoewel daarvoor in het geheel geen reden was.

Zij werden allen beheerst door een onderdrukte nervositeit als een elektrische spanning.

Ook zij, die hier in de tuin stonden te wachten gaven alles op, wat ze zich met jarenlang werken hadden verworven. De getrouwden bleven achter. Ze hadden Egyptische meisjes leren kennen, ze hadden gezinnen gesticht, ze leefden als brave muzelmannen en waren vergeten dat ze ooit eens Meyer of Feldmann hadden geheten, uit Neuss aan de Rijn of uit Memmingen afkomstig waren en met het leger van Rommel naar dit hete, mooie land aan de Nijl waren gekomen.

De anderen echter stonden nu in de tuin van villa 'Roseneck' te wachten.

Brahms en zijn 'adjudant' Franz hadden de zaak georganiseerd.

Bij het intreden van de duisternis kwam een oude autobus de binnenplaats van villa 'Roseneck' oprijden. Hij werd door zes mecaniciens, die al ongeduldig stonden te wachten, omgebouwd. De wanden werden van binnen met stalen platen beschermd, de motorkap kreeg van binnen een volledige bekleding van uit elkaar gehaalde nylon kogelvesten, die Brahms zich op grond van zijn volmachten door het hoofdkwartier van de politie liet geven. Alle ramen werden eruit gehaald, want versplinterend glas kan lelijke wonden veroorzaken. De achterste zitbanken werden gesloopt om plaats voor bagage en wapens te verschaffen. Het enige dat men niet kon veranderen waren de banden. Deze vormden de kwetsbare plek van de autobus, die als een rollende vesting was uitgerust.

Tegen elf uur 's avonds was alles gereed. De mannen stapten in. Hun leven in Egypte was daarmee geëindigd. Ze gingen vrijwillig. Met ieder van hen had Brahms tevoren gesproken. 'Jongens, er is hier niemand die je dwingt,' had hij tegen hen gezegd. 'Maar één ding is zeker: als men ontdekt dat ik hem gepiept ben, zal men jullie allemaal arresteren en van jullie gehakt maken. Allen die ooit met mij te maken gehad hebben. Dat kunnen jullie je allemaal wel voorstellen. En jullie zullen geen poot meer aan de grond krijgen. Misschien zetten ze jullie over de grens... naar de Soedan. Dan kunnen jullie wortels vreten of de opperhoofden bewaaieren. Zoals gezegd – ik laat het aan jullie over. Als uitweg blijft immers altijd nog de Kongo.'

De mannen knikten. Het is toch allemaal rotzooi, dachten ze. Het leven is toch, hoe je het ook bekijkt, naar de haaien. Je bent nu eenmaal het type lansknecht en je vaderland is daar waar je te vreten en te zuipen krijgt en waar je een meisje in je bed kunt vinden. Of dat nu Cairo of Tobruk is, Léopoldville of Dar-es-Salam – wat zijn namen? In de wereld is overal een plaats te vinden waar je kunt leven.

Onopgemerkt reed de vensterloze, zwaar gepantserde en daardoor snuivende en langzaam rijdende autobus door de nachtelijke straten van Cairo naar het Noorden. Via de kustweg zou hij over Alexandrië, El Alamein, Marsa Matruk tot Bardia es Sollum rijden, de kleine grensstad aan de Lybische grens. Daar begon het avontuur: De doorbraak naar het Westen.

BRAHMS zat in zijn grote werkkamer. Birgit en Zuraida zaten in elkaar gedoken tegenover hem in diepe fauteuils.

'Als ze door kunnen rijden, zullen ze morgen vroeg om negen uur aan de grens zijn,' zei hij. 'Dat is precies berekend. Om zeven uur komt onze helikopter. Wij zullen ook tegen negen uur iets zuidelijker over de grens vliegen. Beide acties moeten tegelijkertijd plaats hebben, want op zijn laatst omstreeks het middaguur zullen hier de poppen aan het dansen gaan.'

Deze nacht sliepen Birgit en Zuraida niet. Alleen Brahms snurkte. Hij bezat zenuwen als kabeltouwen. En Baraf, de Nubische reus, sliep ook niet. Hij zat in de hoek van de kamer op zijn hurken als een meer dan levensgroot standbeeld, zonder zich te bewegen of iets van zich te laten horen. Alleen het wit van zijn ogen lichtte op in de weerschijn van de tafellamp, die als enige lichtbron in de kamer brandde.

Om half zeven wekte Franz zijn baas. 'De helikopter is er!'

Brahms keek op zijn horloge en wreef zijn ogen uit. 'Nu al? Hoe komen ze erbij? Twintig jaar lang vecht ik tegen de laksheid en ineens, juist nu, worden ze meer dan stipt.' Hij rekte zich uit en keek naar Baraf, het zwarte standbeeld in de hoek. 'Wie gaat dat ding vliegen?'

'Een jonge sergeant, kapitein.'

'Heb je Eberhard al gewekt?'

Eberhard Haller was de piloot, die de helikopter zou besturen. Vroeger was hij vliegtuigcommandant van een jachtvliegtuig geweest. Twaalf keer neergeschoten boven Afrika. In het squadron van de reeds legendarische kapitein Marseille.

'Hij is al bezig zich daar te installeren.'

'Baraf.'

'Heer –'

Er kwam beweging in de reuzenschaduw.

'Ga naar het vliegtuig buiten en zeg de sergeant dat hij hier moet blijven.'

Baraf grijnsde. Geluidloos verliet hij de kamer. Franz trok zijn schouders op alsof hij door een koude luchtstroom aangeraakt was. 'Met die kerel zou ik buiten dienst niets te maken willen hebben, chef,' zei hij. 'Heeft hij eigenlijk wel hersens?'

'Dat weet ik niet.' Brahms gespte zijn gordel met zijn pistool om. 'Maar hij heeft een hart en dat slaat voor mij. Meer verlang ik niet van hem.'

Wat er in de volgende uren gebeurde, was er een bewijs van hoe nuchter het leven is, ook als dit volledige veranderingen veroorzaakt.

Baraf had met de sergeant 'gesproken'. Men droeg de jonge vlieger het huis binnen, sloeg zijn handen en voeten in de boeien en sloot hem in de kelder op. Daarna stapten Baraf, Birgit, Zuraida, de piloot, Franz en vier andere mannen in de grote vrachthelikopter van het Egyptische leger. Als laatste volgde Brahms. Hij omvatte nog eenmaal met een lange blik de villa 'Roseneck', de tuin, de witte muren, het zwembad, de in de verte in het morgenlicht schitterende Nijl. Een derde van een mensenleeftijd liet hij achter, maar ook jaren van stil, kwellend heimwee. Hij nam afscheid van een deel van zijn leven, dat gevaarlijk, maar ook mooi was geweest.

Daarna stapte hij in en ging zonder iets te zeggen, in zichzelf gekeerd, naast Birgit zitten in de glazen koepel van de helikopter. Birgit legde haar hand op zijn knie.

'Het is moeilijk voor u, hè?'

Brahms knikte. Daarna ging hij rechtop zitten en duwde de piloot zijn vuist in de rug. 'Weg wezen, Eberhard! Uit dit land! O, verdomme nogaantoe, daar heb ik twintig jaar op gewacht! Als er maar niet altijd dat vervloekte heimwee naar Duitsland was –'

Om negen uur 's morgens doorbrak een plompe, vensterloze autobus met huilende motor de grensversperringen bij Bardia es Sollum, reed door de slagbomen en zette zijn weg voort ondanks de wilde beschieting door de Egyptische soldaten. Op de grond van de bus lagen de Duitse mannen, ze hoorden, hoe de kogels tegen de pantserplaten sloegen, achter het stuur zat in elkaar gekrompen Peter Meyer IV en gaf vol gas. Handgranaten explodeerden achter het voertuig en al diegenen die op de grond lagen hadden maar één gedachte: hopelijk worden de banden niet getroffen. Hopelijk halen we het. Nog een paar meter, nog door het niemandsland... rijen, Peter, rijen... in 1943 heb je met een Henschelvrachtwagen door de woestijn gejaagd en de tijgertanks benzine achterna gebracht. Geef gas, Peter –

Om negen uur vloog ook, gadegeslagen door de verblufte grondverdediging en gevolgd op de radarschermen, een grote transporthelikopter van het Egyptische leger over de grens naar Lybië. Voor de granaatwerper zijn loop opgericht had en het bevel tot vuren gegeven kon worden, was de bruingeschilderde libel reeds boven Lybisch gebied en zwenkte af in de richting van de kust. Volledig zinloos vuurde het geschut een salvo in de verlaten Egyptische hemel. Daarna tikten de radiotelegrafisten het griezelige bericht naar het legercommando in Cairo.

Een helikopter naar Lybië. Een bus heeft met geweld de grens doorbroken. Een volle bus.

Brahms keek op zijn horloge toen twee Lybische helikopters hen tegemoet kwamen en hun per radio bevalen direct te landen.

'9 uur 17,' zei hij. 'De doorbraak is gelukt. Wij zullen nu om politiek asyl verzoeken.'

Het dreunende geluid van de roterende vleugel hield op. De aarde kwam dichterbij. Ze landden.

Hadden ze de vrijheid bereikt?

Nog vóór Konrad Gerrath uit Lübeck in Warendorf arriveerde, werd Jörgi door een speciale commissie van de recherche in Münster verhoord. Men had hem 's morgens vroeg uit Sassenberg van het politiebureau afgehaald en hem eerst bij de pastoor van Warendorf in bewaring gegeven. Daar sliep hij eerst een paar uur, dronk daarna twee koppen chocolade en at drie dik met Westfaalse ham belegde boterhammen en werd door de inmiddels gewaarschuwde arts onderzocht.

'De jongen moet naar het ziekenhuis,' zei de dokter later tegen de pastoor. 'Of hij longontsteking krijgt is nog niet zeker – maar het litteken van de blindedarm geeft me zorgen. Het is voor mij volkomen onbegrijpelijk hoe de jongen reeds uit het ziekenhuis kon worden ontslagen. Ik heb het hem gevraagd en toen zei hij iets over een dokter, een zuster en een kamer met tralies. Van de operatie zelf weet hij helemaal niets... toen hij wakker werd, was zijn buik al opengesneden geweest.'

'Wij zullen nog veel horen en zien,' zei de pastoor, die iets vermoedde. 'Wat die kleine Jörgi mij vannacht allemaal al verteld heeft... als alles waar is en niet alleen maar een opgewonden kinderlijke fantasie... beste dokter, dan zitten we met ons achterste in een wespennest.'

De speciale commissie uit Münster, gevormd na telefonisch contact met Lübeck en met de politieke politie in Hamburg, begon direct met de onderzoekingen.

Het was zoeken in het donker, luchthappen in een vacuüm.

Jörgi vertelde, voldaan en zuigend op snoepjes, van het huis met de verwilderde tuin, van een man, die goed bekend was met menseneters, van een oom dokter.

'Het was daar heel leuk, tot ik buikpijn kreeg,' zei hij en keek met één oog naar de reep hazelnootchocolade die een ambtenaar had meegebracht. 'En dat ik oma niet meer zag en ook oom Konrad en mamma was ook weg... ze waren allemaal weg... ik heb steeds gehuild. En steeds heeft die man me weer beloofd een film over Afrika te vertonen. Daar, waar mijn vader raketten bouwt.'

'Waar is dat huis?' vroeg de commissaris geduldig.

Jörgi haalde zijn schouders op. 'Ik weet het niet.'

'Hoe zag het eruit?'

'Oud.'

'Was er een rivier in de buurt?'

'Ja.'

'Met schepen?'

'Veel grote schepen. 's Nachts toeterden ze steeds. Ik kon eerst helemaal niet slapen.'

'Heb je namen gehoord. Denk eens goed na, Jörgi. Hoe hebben ze elkaar aangesproken?'

'Ze praatten altijd in een vreemde taal. Dat klonk heel grappig. Zoals de Indianen op de televisie.'

Tegen het middaguur arriveerden de leider van de politieke politie en een hoge ambtenaar van de veiligheidsdienst in Warendorf. Aan hen vertelde Jörgi hetzelfde.

'De man was altijd bruin in zijn gezicht. Alle mensen die in dat huis kwamen waren zo bruin. Ze hebben chocolade voor me meegebracht. Ik weet alleen niet waarom ze me niet meer naar oom Konrad en oma hebben laten gaan. Ze hebben me 's avonds altijd opgesloten.'

'De situatie is volkomen duidelijk,' zei de hoge ambtenaar na het verhoor. 'De jongen was als pressiemiddel bedoeld. Zoals u reeds zei, collega... mevrouw Brockmann reisde desondanks verder en daardoor werd hij minder interessant en weer afgestoten. Werd de kleine in dat huis geopereerd? Dat is bijna onvoorstelbaar. Alleen – waar is dat huis?

In Lübeck, in Hamburg, ergens aan de kust, aan een kanaal, waar? Hoe komt de jongen uitgerekend in Sassenberg? Als men hem kwijt wil raken, zijn er toch wel andere plaatsen. De kust bijvoorbeeld. Maar midden in het Westfaalse land? Dat is toch te dwaas. Ik heb de indruk dat onze tegenspelers een fataal gevoel voor humor hebben... en een gevaarlijk veilig gevoel. Er is in ieder geval niets méér uit de jongen te krijgen.'

's Middags arriveerde Konrad Gerrath. Zijn grote Citroën was tot aan het dak met stof bedekt. Hij was als een gek over de autobaan en langs de straatwegen geraasd. In Lübeck had Oma Berta Koller weer een hartaanval gekregen, dit keer van blijdschap. De raad van de arts naar bed te gaan, negeerde ze. Ze zat in een fauteuil, dronk sterke koffie en hield de arts bezig met verhalen uit het leven van Jörgi.

'Een lieve jongen!' riep ze steeds weer. 'Een brave jongen! Een moedige jongen! En ze hebben hem geopereerd. Dat arme wurm. Ik ga direct met hem op reis, een kuur doen in een badplaats. Hij moet die verschrikkelijke gebeurtenissen zo gauw mogelijk vergeten.'

En zo gebeurde het ook.

Slechts één dag was Jörgi nog in Lübeck, daarna ging hij met zijn oma op reis. Niemand wist waarheen. 'We willen alles voorkomen,' zei de leider van de politieke politie. 'Doel onbekend – dat is de beste bescherming.'

Berta Koller en Jörgi doken in een klein dorp in het Zwarte Woud aan de Guttach onder. Ze huurden twee kamers in een van de brede Schwarzwald-huizen, vlak aan de rand van het bos, een huis zonder telefoon, zonder televisie, zonder radio.

Ze sloten zich volkomen van de wereld af. En wachtten.

Wachtten op het wonder, dat Alf en Birgit Brockmann weer zouden terugkeren.

Totnutoe weet niemand hoe een verslaggever lucht van deze zaak kreeg. Plotseling verscheen een groot verslag over de terugkeer van Jörgi Brockmann, met foto's uit Sassenberg en Warendorf, met foto's van de boer en de pastoor.

En alle kranten namen dit sensatiebericht over. Ook de Lybische krant, die in Tobroek werd verkocht.

Hassan bleef staan. De ietwat onnozele grijns op zijn gezicht verborg niet, dat hij heel precies wist, hoe ernstig de woorden van Aisha gemeend waren.

'Allah zij met je, wilde woestijnvalk!' zei hij. Het moest spottend klinken, maar in deze situatie klonk er een loerende ondertoon in door.

Aisha hield het pistool voor zich uit. De loop was op de borst van Hassan gericht, haar wijsvinger lag op de trekker.

'Een van ons zal sterven,' zei ze volkomen rustig. 'Dat zie je toch wel in, Hassan.'

'Ik zie het niet in. Waarom jij of ik? Het gaat om je blanke vriend.'

'Alf en ik zijn één. Wie hem wil doden, moet eerst mij doden.'
Zwijgen. Hassan stond licht gebogen in het zand. Achter hem snoof zijn kameel. Langs de bleke, blauwe hemel klom de zon omhoog. Een witgele schijf. Er begon een nieuwe dag. Een dag van onbarmhartige gloed.
'Heb jij geen wapens?' vroeg Aisha, toen Hassan als een paal bleef staan.
'Op de kameel.'
'Haal ze dan.'
'Waarom?'
'Ik schiet geen weerlozen dood.'
Zwijgen. Hassan keek om zich heen. Daarna keek hij in de richting van het kleine kampement. Daar bewoog zich niets.
'Waarom komt je blanke vriend niet?' vroeg hij luid. 'Is hij te laf? Is hij bibberend in de tent gekropen en laat hij het aan een vrouw over om zijn leven te verdedigen?' Hassan ging op zijn tenen staan. 'Kom eruit, laffe hond! Laat je zien, blanke aap!'
'Hij hoort je niet, Hassan,' zei Aisha rustig. 'Hij hoeft niet op de dood door jouw hand te wachten... hij is al op weg naar Allah.'
'Dat lieg je!'
'Hij is door een schorpioen gebeten.'
Hassan stak zijn kin vooruit. Hij wist op dit ogenblik, dat Aisha de waarheid sprak. En een onmatige vreugde beving hem, een gevoel van triomf, een machtige trots van de overwinnaar.
'Ik kan hem redden,' zei hij met plotseling doffe stem. 'Ik heb serum bij me. Daar heb ik aan gedacht, toen ik je achterna reed. Bij de baard van de profeet, ik zou hem kunnen redden!'
'Wat vraag je daarvoor?'
'Niets!' schreeuwde Hassan. 'Ik wil zijn leven! Ik kan hem zijn lijden verkorten door hem de schedel in te slaan. Als jij van hem houdt, Aisha, ga dan opzij en hou je oren dicht.'
'Het serum, Hassan!'
'Dat krijg je niet.'
'Het serum–'
'Nee!' schreeuwde Hassan scherp.
'Het serum –'
'Al zou Allah het voor dit doel eisen – ik laat me eerder door de duivel halen.'
Zonder verder nog wat te zeggen drukte Aisha af. Het schot verwaaide in de oneindigheid van de woestijn, werd opgezogen door de beginnende hitte. Hassan viel op zijn knieën, zijn gezicht begon te trekken, met beide handen hield hij zijn linker dijbeen vast. Tussen zijn vingers sijpelde bloed dat in het zand druppelde.
'Het serum,' zei Aisha kil en ging vlak voor hem staan.
'Nee! Nee! Nee!' brulde Hassan. 'Vermoord me, hoer!'
Aisha schudde haar hoofd. Met de kolf van het pistool sloeg ze Hassan tegen zijn voorhoofd en hij viel neer als een gevelde boom. Daarna dwong

ze de hedschaz-kameel in de ruststand te gaan liggen, gespte de bagage van het zadel en doorzocht deze. In een blikje vond ze een plat flesje met vijf ampullen. Tevens een oude injectiespuit en twee dikke naalden.

Het serum.

Het leven van Alf Brockmann.

Het volgende halve uur was Aisha met Hassan bezig. Ze verbond de schotwond aan zijn dij, een vleeswond, die vlug zou genezen. Daarna sorteerde ze uit de bagage van Hassan alles wat niet meer nodig was, haalde van zijn watervoorraad slechts twee waterzakken af en sleepte toen de bewusteloze Hassan naar zijn kameel. Met inzet van al haar kracht tilde ze het slappe lichaam in het zadel, bond zijn handen aan de knop van het zadel vast en zijn benen aan de gordel, legde een lus om zijn lichaam, maakte die achter aan zijn bagage vast en bond Hassan zo op zijn kameel vast, veroordeeld tot stilzitten, maar zonder het gevaar in de woestijn neer te storten.

Daarna liet ze de kameel weer opstaan en sloeg met haar zweep een paar keer met alle kracht het dier over zijn lijf.

'Lopen, Satan!' schreeuwde ze daarbij. 'Vooruit! Lopen! Maak dat je wegkomt! Terug naar Bir Assi! Je kent de weg immers... hei – hei –'

De witte kameel hief zijn kop op en schreeuwde. Toen gooide hij zijn poten vooruit en galoppeerde de weg terug, die hij gekomen was. Op zijn rug wankelde de gestalte van Hassan, die veilig in de lussen hing.

Twee keer bleef het dier staan en keek achterom. Dan hief Aisha de zweep en de kameel wendde zich af en rende verder. Ten slotte waren ruiter en dier slechts een puntje aan de horizon, tot ook die punt werd opgeslokt en zich in het niets oploste.

Twee dagen later omsingelde een patrouille van het kameelruitercorps een eenzame ruiter en bracht een wild rennende kameel tot staan. Met ontzetting staarden ze naar de geboeide, half verdorste man die nauwelijks nog over zijn zintuigen beschikte. Ze maakten hem van het zadel los, goten water in zijn mond en wachtten of hij zou opspringen en zich als een idioot zou gaan gedragen. Wie zoals deze man uit de woestijn kwam, moest wel waanzinnig geworden zijn.

Hassan lag languit onder een zonnescherm en dronk zijn vierde beker water. Het water liep over zijn kin, zijn hals en zijn borst en het was een heerlijk gevoel weer te kunnen slikken en koelte te voelen.

'Ze zijn daar ginder...' zei hij zwak toen een officier hem vroeg waar hij vandaan kwam. 'Ze zijn vlak voor de grens. De Duitse onderzoeker... en Aisha... en de blanke vrouw... Jullie... jullie moeten haast maken als jullie ze nog te pakken willen krijgen.'

Daarna viel Hassan weer bewusteloos neer.

Maar hij glimlachte in die toestand.

Nu zullen ze de grens nooit bereiken, was zijn laatste gedachte.

NADAT Aisha met kille wreedheid en dodelijke consequentie Hassan teruggestuurd had en de rennende kameel in zand, hitte en trillende lucht opgelost was, ging ze terug naar het kampement.

Lore Hollerau zat naast de zinneloze, koortsige Brockmann en verkoelde zijn voorhoofd met een afgescheurd stuk handdoek. Haar tastende handen gleden over zijn gloeiend heet gezicht, over zijn ingevallen wangen, over zijn opengesprongen lippen. Nog nooit had ze de verschrikking van haar blindheid meer gevoeld dan op dit moment. Weerloos hurkte ze naast Alf, kon hem alleen maar voelen en was veroordeeld om met zich te laten gebeuren wat haar omgeving, wat Aisha nu besloot.

'Ik heb serum,' zei Aisha en ging naast Lore in het zand zitten. 'Ik zal hem daarmee een injectie geven... maar of het nog zal helpen?'

'Kùn je dan een injectie geven?'

'Ja. Dat heb ik geleerd.'

'Geleerd?' Lore hief verwonderd haar hoofd op. 'Aisha – wie ben je eigenlijk? Je bent geen eenvoudig fellah-meisje.'

'Is het zo belangrijk wie ik ben?' Aisha knipte de top van een van de serumampullen af en zoog de kristalheldere vloeistof in de glazen buis van de spuit op. 'Ik weet één ding zeker: Ik heb geen blanke huid.'

'Je zegt het alsof het een vloek is.'

'Het is een vloek. De wereld behoort aan de blanken... ze doen tenminste altijd wel zo. In hun blik is medelijden of afschuw, minachting of afweer, als ze de kleurlingen aankijken. Waarom vergeten ze dat wij ook mensen zijn?'

'Jij houdt van Alf, niet waar?'

Aisha zweeg. Ze legde de arm van Brockmann op haar knie, bond de bovenarm af, stuwde het bloed in de ader op en voelde met haar wijsvinger over de ader die bleekblauw door de gelooide huid schemerde. Daarna stak ze de naald er in, zoog wat bloed uit de ader, zag, dat de naald er goed in zat en spoot toen langzaam het serum in de bloedbaan. Met een snelle ruk trok ze de naald er weer uit en drukte een klein propje watten op de plaats waar ze geprikt had.

'Je geeft geen antwoord –' zei Lore Hollerau. Haar dode ogen staarden naar de gloeiende hemel.

'Ik heb het serum ingespoten.

'Hou je van Alf?' vroeg Lore vasthoudend. 'Zeg toch ja, Aisha... ik heb het gemerkt... toen ik nog kon zien. En nu voel ik het. Met mijn poriën, met alle zenuwen voel ik het.'

'Oulf moet gezond worden,' zei Aisha en legde een doek over het lichaam van Brockmann. 'En we moeten verder...'

'We kunnen nu toch niet rijden. Alf is buiten kennis. Hij heeft rust nodig.'

'We moeten kilometers onder onze hoeven verslinden. Iedere dag kost ons water en kracht. Er is geen weg terug meer... alleen nog maar voorwaarts.'

'Maar Alf –'

'Hij moet maar op het zadel liggen!'

'Onmogelijk.' Lore tastte naar Brockmann. Haar vingers gleden over het doek en lieten met een schok weer los. Als een doodskleed, schoot het door haar heen. Hij ligt daar als een dode. 'Je kunt Alf toch niet als een stuk hout vervoeren?'

'Meer is hij nu niet.'

'O. Je houdt niet van Alf. Nee, je kunt niet van hem houden.' Lore Hollerau sprong op. 'Liefde kent medelijden. Maar medelijden heb jij nog nooit gevoeld.'

'Ik heb geen zin om door medelijden te verdorsten en door de zandvlooien en mieren afgeknaagd te worden. Hier in de woestijn is er door gejammer nog nooit regen gekomen... anders was het hier een bloeiende tuin. We kunnen hier niet blijven liggen.'

'En als Alf sterft –'

Lore keek in de richting, waar ze Aisha naar de klank van haar stem vermoedde.

Aisha nam de injectiespuit en deed het kistje met de instrumenten dicht.

'Dan hoeven we niet meer te rijden.' Haar stem klonk zo rustig als altijd, maar door het lichaam van Lore trok ondanks de zonnegloed een stroom van ijs.

'Dus, dat zou je doen?'

'Wat zou het leven zonder Oulf zijn –'

'Toen je hem voor het eerst zag, wist je toen al, dat zijn vrouw dood was?'

'Nee. Maar nu is ze dood. En wij rijden met hem door de woestijn naar de vrijheid. Daar zal hij beslissen tussen u en mij.'

'En als hij mij kiest?' vroeg Lore Hollerau zacht. Aisha keek voor zich naar het gele zand.

'Waarom zwijg je weer?' schreeuwde Lore. 'Dat zwijgen van jou maakt me gek! Als ik mijn ogen nog zou hebben, zou ik een gelijkwaardige tegenstander zijn. Maar zo ben ik alleen maar een blinde invalide. Een schepsel, dat op het medelijden van anderen is aangewezen. Geloof echter maar niet, dat ik in de duisternis weerloos ben. Ik heb mijn ogen voor hem geofferd –'

Aisha stond van de zijde van Brockmann op. Ze dacht aan de afgelopen nacht, aan de uren van wilde hartstocht en ze kreeg een triest gevoel over zich vanwege het lot van de mooie, blanke vrouw, die aan liefde geloofde en aan de toekomst en nu al verloren had.

'Eerst moeten we de grens bereikt hebben.' Aisha keek achterom naar de horizon, waarachter Hassan en zijn witte kameel verdwenen waren. Van daar zullen ze spoedig komen, dacht ze. Ze zullen Hassan opvangen en weten waar ze moeten zoeken. Met helikopters zullen ze iedere vierkante kilometer afzoeken. Het kameelruitercorps zal door hen per radio gestuurd worden. Ze zullen markeringsbommen neergooien en de kamelen met het lawaai van hun motoren schuw maken, zodat ze waanzinnig worden en ons als stofwolken zullen afwerpen.

'We rijden in een wedloop met de tijd,' zei Aisha vastberaden. 'Als niet alles voor niets was, moeten we nu verder.'

Een uur later reden ze weer door de gloeiende dag.

Aisha had Brockmann in het zadel gezet en reed naast hem, ondersteunde hem, hield hem vast, omklemde zijn slappe lichaam. Oneindig langzaam kropen ze door de woestijn, en kwamen moeizaam meter voor meter verder.

Aan de horizon, ieder uur een beetje groter wordend, tekende zich een kaal, door de zon uitgegloeid, rotsachtig bergland af.

Ons doel, dacht Aisha. We moeten het bereiken voor de helikopters komen. In het labyrint van de rotsen kunnen we ons verbergen, niemand zal ons vanuit de lucht kunnen zien. En de wind zal onze sporen verwaaien. Daar zullen we een dag kunnen uitrusten... of misschien twee of drie dagen, want daar vlakbij is de kleine bron Bir Abu Massa. Een grapje van de natuur. Een gat in de rotsachtige bodem en op de bodem van dat gat: water. Kostelijk, zuiver water.

Met een rode cirkel had Hans Ludwigs deze plaats op zijn woestijnkaart aangeduid. 'Als jullie dat halen,' had hij gezegd. 'Kunnen jullie "pauze" zeggen. Dan hebben jullie nog wel een kleine 300 kilometer voor de boeg, maar jullie hebben vers water, de kamelen kunnen zich weer volpompen. Geloof mij, dat dat weer nieuwe moed geeft.' Dat hebben we nodig, dacht Aisha. Moed en tijd en de genade van Allah.

Langzaam, oneindig langzaam werden de kale rotsen vóór hen groter en beheersten de anders zo verre horizon. Brockmann steunde luid, maar hij had geen pijn. Hij was nog buiten kennis. Hij lag in het hoge kameelzadel door Aisha vastgehouden en schommelde door het zand.

Aisha stopte een paar keer om het slappe lichaam recht te zetten en op de vermoeide, strompelende kameel te wachten, waarop Lore Hollerau zat.

Wat een karavaan, dacht Aisha. Een blinde en een stervende strompelen door de woestijn. Waarom dan eigenlijk nog, waarom? Waarom hecht men toch zo aan het leven en waarom heeft men niet de moed bij zichzelf te erkennen dat alles zinloos geworden is? Waarom neemt men geen pistool en trekt een paar maal af. Het is toch zo eenvoudig... wijsvinger krommen, trekken... een doffe knal... en men is verlost.

De avond begon te vallen. De rotsen kregen een lila kleur. Ze leken nu op een muur met torens, die de woestijn afsloot van een onbekend land achter de muur. Maar alleen een gek zou geloven dat daarachter het paradijs begon... ook daar was woestijn, was zonnegloed, was eenzaamheid, was Allah's vloek.

Na een tocht van tien uur bereikten ze de rotsen. Voor een bizar hol hield Aisha stil, klom over op Brockmann's kameel en hield hem van achter vast. Daarna liet ze het dier knielen en droeg het van koorts gloeiende lichaam naar de koelte van de nis in de rots.

Lore Hollerau gleed uit het zadel, zo gauw haar kameel op zijn knieën lag. Ze viel op de stenige aarde, strekte haar armen ver uit en lag er bij, alsof ze aan het kruis geslagen moest worden.

'Maak er een eind aan –' rochelde ze. 'Aisha... maak er een eind aan. Het gaat niet meer... het gaat niet meer –'

Aisha rekte zich uit alsof ze juist uit een diepe slaap ontwaakte. 'We zijn in de bergen van Bir Abu Massa,' zei ze hard en boog zich over Lore alsof ze het in haar oren moest schreeuwen. 'In Bir Abu Massa. In de buurt van het water. In veiligheid. We hebben de helft achter de rug –'

'De helft –' Lore Hollerau kronkelde zich op haar zij. Haar hele lichaam trilde. 'O, de helft... schiet ons dood. Ik smeek het je... schiet ons dood. Ik wil niet kreperen als een vis op het droge.'

De duisternis viel over de woestijn. Aan de wolkenloze hemel schitterden de sterren. Uit de kloven van de rotsen kroop de koude. De wind ruiste om de toppen.

De zesde nacht.

O God, heb erbarmen –

BRAHMS begroette de luitenant van de Lybische luchtpatrouille als een oude kameraad. Hij salueerde, nadat ze op drie pas afstand van elkaar gekomen waren en het geluid van de propellers verstorven was.

'Jussuf Ben Darahn,' stelde hij zich voor. 'Kapitein in Egyptische dienst.'

'Luitenant Abkir Omaran. Mag ik vragen waarom u het Lybische luchtruim binnengedrongen bent? Bent u uit de koers geraakt? Deden uw instrumenten het niet meer?' Daarna zweeg de jonge luitenant, want uit de Egyptische helikopter stapten Birgit en Zuraida, Franz en de reusachtige zwarte Nubiër Baraf. Niet begrijpend staarde Abkir Omaran naar de beide vrouwen.

'We zijn niet uit de koers geraakt en onze instrumenten hebben het ook niet begeven,' zei Brahms. Het gesprek werd in het Engels gevoerd. 'We zijn naar Lybië gekomen om in de vrije wereld asyl te vragen. Ik verzoek u ons naar uw commandant te brengen.'

De luitenant van de luchtmacht knikte. De blonde haren van Birgit lichtten in de zon. Welke Oosterling wordt dan niet attent? Hij sloeg geen acht meer op Brahms, liep met grote passen op de beide vrouwen af en groette nog een keer met een lichte buiging. Vooral Birgit keek hij stralend aan... zwarte schoonheden als Zuraida waren er in Lybië genoeg, maar dit gouden haar was als een stukgewaaide zon.

'Mag ik u verzoeken in een andere helikopter over te stappen, dames,' zei hij. 'De machine waarmee u bent gekomen, moet helaas in beslag genomen worden.'

Hij maakte nog een buiging en ging tussen Birgit en Zuraida in staan. 'Kom –'

Met snelle pas liepen ze naar een van de Lybische machines. Om Brahms, Franz en Baraf had zich een kring van gewapende Lybische soldaten gevormd. Franz krabde zich op zijn hoofd.

'Ik geloof, chef, dat ze ons als gevangenen beschouwen. Dat doet me verdomd denken aan El Alamein. Toen stonden we ook in de woestijn, omringd door machinepistolen en lieten onze hersenen beschijnen.'

'Dat komt allemaal in orde, Franz.' Brahms stak een sigaret op. 'In ieder geval zijn we een stap verder. En de volgende stap zal de terugkeer naar Egypte zijn.' Franz staarde zijn kapitein aan alsof hij het in Keulen hoorde donderen. 'Terug?' stotterde hij. 'Maar waarom zijn we dan eerst –'

'Dat begrijp je niet, Franz.' Brahms rookte haastig. De eerste helikopter met Birgit en Zuraida rolde al weer over het zand en steeg op. De jonge luitenant kwam terug. 'Er zijn omwegen die sneller naar het doel leiden dan de rechte weg.'

Drie dagen lang werden Brahms en zijn mannen op het Lybische ministerie van Oorlog ondervraagd. Egypte zond een scherp protest naar Tripolis. Men verlangde de uitlevering van Jussuf Ben Darahn. In de protestnota stond onder andere: '...Darahn wordt verdacht van moord op tien Egyptische onderdanen. Hij heeft zijn volmachten als Egyptisch officier schaamteloos misbruikt en lastige mensen die ervan wisten eenvoudig gedood. Hij staat ook onder de verdenking spionage voor de Verenigde Staten ten nadele van de Grootarabische gedachte te hebben bedreven. Als Egyptisch burger staat hij onder de Egyptische rechtspraak. Wij verzoeken zijn uitlevering op korte termijn...'

'Allemaal onzin!' zei Brahms tegen de commissie in Tripolis. 'Het gaat om heel andere dingen. Mijne heren, hebt u al eens van de nieuwe lange-afstand-raket "Walküre" gehoord?'

De heren van het Lybische ministerie van Oorlog keken elkaar snel aan. Raket Walküre... dat was, zo had men vaag vernomen, het geheime wapen van Egypte. Deze zou ergens op een onbekende plaats ontwikkeld worden. Ontwikkeld door een Duits onderzoekersteam.

'De hoofd-constructeur van deze raket, eigenlijk meer van het belangrijkste bestanddeel, de brandstof, bevindt zich op het ogenblik ergens in de Lybische woestijn op de vlucht naar uw land, mijne heren. Om hem te redden, met uw hulp, heb ik mijn hele leven dat ik totnutoe geleid heb opgegeven en ben eveneens naar u gevlucht. Het is de Duitse natuurkundige Dr. Alf Brockmann uit Lübeck. Als alles volgens plan verlopen is, moet hij nu ongeveer 300 kilometer van uw grens verwijderd zijn.'

'In de woestijn –'

'Ja.'

'Dat bestaat niet.' Een overste van het Lybische leger ging bij een grote wandkaart staan. Daar, waar Alf Brockmann zich moest bevinden, was een grote gele vlek.

Zand. Gloeiend zand. Geen karavaanspoor. Geen bron. Geen zweem van leven of overleven. Een vlek op de landkaart. Een verbrand stuk huid van onze aarde.

'Door dit gebied is nog nooit een mens heen gekomen,' zei de overste luid.

'Brockmann zal de eerste zijn.' Brahms ging bij de kaart staan en wees aan, waar de onbekende oase Bir Assi moest liggen. 'Van hier uit, van Bir Assi, dat niemand kent en dat voor de rest van de wereld ook helemaal niet bestaat, is hij in rechte lijn weggereden. Hij moet nu in de buurt van de bergstrook zijn.'

'En?' vroeg de chef van de Lybische geheime dienst. 'Wat moeten we nu doen?'

'Niets, mijne heren.' Brahms deed een paar stappen terug naar de tafel. 'Toch, iets kunt u doen. Geeft u mij de status van een vrij persoon. Beschouwt u mij niet als een gevangene van de staat. Past u de oude wijsheid toe: horen, zien en zwijgen. Laat mij lopen... en van alles wat er de volgende dagen gebeurt, weet u niets. Ik garandeer u dat ik binnenkort de geheimzinnige Dr. Alf Brockmann aan u kan laten zien.' Daarna voegde hij er wat aan toe, waaraan de heren een uur geleden al gedacht hadden en waarom het zoals ze wisten moest gaan. 'Overigens moet het voor u als buurstaat vanzelfsprekend zijn geen buur te hebben die door zijn moderne bewapening de machtigste staat van Afrika wordt. Dr. Alf Brockmann is bij deze plannen een van de belangrijkste persoonlijkheden.'

Op de avond van de derde dag werd Brahms vrijgelaten. Ook de bewaking van zijn mannen en de beide vrouwen in een hotel in Tripolis werd opgeheven. Het was een verlof op erewoord. Brahms beloofde met een handdruk als officier, zich weer te melden, als zijn actie beëindigd was... met of zonder succes. Tot zover beschouwde de Lybische regering Jussuf Ben Darahn als een niet gevaarlijke, maar lastige buitenlander, die men zo gauw mogelijk wilde uitwijzen, maar wiens arrestatie niet gerechtvaardigd zou zijn.

In Tobruk, de stad die reeds met de mystieke naam van de 'woestijnvos' Rommel verbonden was, de stad tussen zee en woestijn, die als Stalingrad een begrip van krijgshaftige moed en strikt genomen zinloos sterven geworden was, werden Brahms en zijn kleine groep al verwacht. De 'Duitse kolonie' was bijna voltallig in het magazijn van een fruithandel verzameld, die toebehoorde aan Omar Hedhab, een trotse Arabier, die twintig jaar geleden nog Fritz Heddenkamp had geheten en afkomstig was uit Ibbenbüren. En zoals deze Omar waren ook de anderen... waardige moslems, brave familievaders, succesvolle kooplieden of handwerkslieden. En toch waren ze aangespoelden van een oorlog, die geen grenzen meer had gekend.

Brahms zat met Birgit en Zuraida op een soort podium. Achter hem stond als een reusachtig monument de Nubiër Baraf.

'Kameraden!' zei Brahms. En reeds dit ene woord werkte als een vonk. Onder de bournoussen en dschellabahs kwamen de gestalten overeind. Kameraden... dat zei men in de afgelopen jaren vaak.

'Door de woestijn, in de richting van onze oostgrens, trekt een Duister. Alleen met twee jonge meisjes –'

'Daar zou ik wel wat beters mee weten te beginnen!' riep iemand. Brullend gelach. De stemming was er. Ze hadden zelden zo gelachen...

'Hij is op de vlucht naar ons toe, hij wil naar de vrijheid. Maar als wij hem niet helpen, gaat hij naar de haaien. Nog niemand is langs deze route door de woestijn getrokken. Wij moeten hem tegemoet. En ik heb jullie nodig, kameraden. Wij hebben vroeger samen Cyrenaica veroverd – moeten wij onze kameraden nu laten kreperen, alleen omdat wij zelf veilig en doorvoed overal door gekomen zijn?' Brahms keek naar de 'Arabische' gezichten, naar de bruine gezichten met de verzorgde baarden. 'Ik heb twintig man met goede kamelen nodig, uitgerust voor een oorlog. En ik moet een helikopter hebben. Verder niets.'

'Verder niets,' riep iemand. 'Als we ergens vandaan een helikopter kunnen toveren.'

'Ik weet bijvoorbeeld,' zei Brahms en glimlachte breed, 'dat hier in Tobruk een Fieseler Storch in de motteballen ligt. Iemand van jullie verzorgt hem als een kostbaar kleinood. Kameraden, die doet het ook. Ik moet alleen maar snel zijn... sneller dan de dood in de woestijn. Als jullie de Storch startklaar maken...'

Zwijgen in het magazijn. Daarna stond er een 'Arabier' op, sloeg de bournous steviger om zich heen en verliet de vergadering. Bij de deur bleef hij staan en draaide zich om.

'Dat zal ik je wel vertellen...,' riep hij in zijn beste Berlijns. 'Als je met die kist naar beneden dondert, maak ik karbonaadjes van je!'

's Avonds stond de Fieseler Storch startklaar op een fabrieksterrein buiten Tobruk. Op de romp en onder de vleugels stonden nog de dubbele kruisen van de oude Duitse luchtmacht.

IN de nacht ontwaakte Alf Brockmann uit zijn bewusteloosheid. Aisha had hem de derde seruminjectie gegeven en het verband verwisseld.

De voet was sterk opgezwollen en bruinrood geworden. Maar waar Aisha bang voor was geweest, was niet gebeurd. Er was geen verdergaan van de zwelling over het hele been te zien, er waren geen ademhalingsmoeilijkheden, de ledematen konden normaal bewogen worden en waren niet verlamd, want ook in zijn bewusteloosheid bewoog Brockmann zich en trok soms armen en benen dicht tegen zijn lichaam om zich daarna weer ijlings uit te strekken als een zwemmende, het water van zich afstotende vis.

'Waar zijn wij?' was zijn eerste vraag. Hij hief zijn hoofd op en staarde naar de rotsen. Hij begreep niet hoe het mogelijk was, dat na dagenlange verte en hitte nu plotseling de horizon niet meer te zien was en onder hen geen zand maar rotsige bodem was.

Aisha drukte Brockmann terug op de deken. Lore Hollerau lag verderop in het hol in een slaap die bijna bewusteloosheid was. De laatste dag was teveel voor haar geweest. Alle reserve van haar kracht was verbruikt; ze was op de deken gevallen en had zich totnutoe niet bewogen. Er is een grens aan de inspanning, waarna het voor een mens hetzelfde is of hij verder leeft of sterft.

'Wij zijn in veiligheid, Oulf.' Aisha waste Brockmann's stoffige gezicht met water. De koorts had hem doen opzwellen. Hij zag eruit alsof men lucht onder zijn huid gepompt had. 'Hoe gaat het met je?'

'Ik ben duizelig.' Brockmann sloot zijn ogen. De koelte van het water en van de nacht waren weldadig. Hij wilde de deken die over hem heenlag afwerpen, maar daar stak Aisha een stokje voor. 'Ik heb het zo warm,' zei hij zacht.

'Je hebt hoge koorts... maar ik ben blij, dat je weer leeft –'

'Was ik dan dood?'
'Jij was nog maar met een fractie van leven bij ons. Maar het serum heeft geholpen.'
'Welk serum?'
'Hassan had het bij zich. Jij kent Hassan niet. Hij is ons achterna gekomen om jou te doden. Maar ik was sneller.'
'Heb... heb je hem om het leven gebracht?'
'Dat weet ik niet. Ik heb hem de woestijn in gejaagd.' Aisha boog zich over Brockmann. 'Waarom die vragen, Oulf. Hij had het serum, ik moest het hebben, ik moest je redden... ik heb alleen maar aan jou gedacht.'
Brockmann zweeg. Toen Aisha zich weer over hem heenboog, sliep hij al weer. Maar het was een andere slaap. Zijn ademhaling was diep en regelmatig. Het was de slaap van iemand die beter wordt.
's Morgens vroeg, de zon begon net op het zand te branden, klonk er een gezoem in de hete lucht. De kamelen tussen de rotskloven hieven hun koppen op. Brockmann en Lore richtten zich op. Aisha kroop uit het hol en keek naar de trillende lucht.
'Helikopters –' zei ze. 'Twee stuks. Ze vliegen langs onze route. Maar zij zullen niets vinden. Vannacht was er een sterke wind. Onze sporen zijn uitgeveegd. En hier tussen de rotsen zullen ze niets ontdekken.'
Ze hebben Hassan al te pakken gekregen, dacht ze daarbij. Van nu af aan zal de weg naar de grens een dubbele, een drievoudige, een honderdvoudige kwelling worden. We zullen alleen maar 's nachts kunnen rijden... overdag moeten we ons in het zand ingraven en een heuvel onder de heuvels zijn. Zogauw we de beschermende rotsen verlaten, zullen we weer in de gele, gloeiendhete eenzaamheid zijn.
De Egyptische helikopters cirkelden in grote bogen over de woestijn en de rotsen. Drie keer vlogen ze ook over de kloof, waarin de kleine karavaan zich verborgen hield. Maar ze konden niets ontdekken. Levenloos lag het land onder hen, levenloos zoals het er al eeuwen gelegen had. Hier was geen mens, hier waren zelfs geen zandvlooien.
Toen Aisha in het hol terugkwam had Brockmann geprobeerd zich op te richten. Hij leunde tegen de wand en wankelde gevaarlijk. Ze sprong op hem toe en steunde hem.
'Het is voorbij –' zei Brockmann, diep ademhalend. 'Hier is ons eindpunt. Helikopters – ze zullen ons morgen of overmorgen zien als vijf kruimels op een tafellaken.'
'We kunnen hier een paar dagen blijven.' Aisha hielp Brockmann om op een kist te gaan zitten. 'In de buurt is een bron. Ik kan de waterzakken vullen. En bovendien hebben we nog het kameelbloed en de bloedkoek –'
Brockmann knikte. Hij kreeg een wurgend gevoel in zijn keel, zijn maag kwam in opstand. Maar hij voelde zich belangrijk sterker dan 's nachts. Hij kon weer staan, de zwelling aan zijn voet werd minder, de koorts omklemde niet meer zijn hersenen.
'En na die paar dagen? Wat dan?' vroeg hij.
'Dan gaan we verder.' Aisha schudde haar hoofd. 'Nee. Ze zullen ons niet meer zoeken. Ze zullen geloven dat de woestijn ons voor zich ge-

houden heeft en het zand ons bedekt heeft.'

Generaal Assban zat in Bir Assi voor het radio-apparaat en ontving voortdurend de meldingen van de zoekende helikopters.

'Niets!' schreeuwde hij. 'Helemaal niets! Ze kunnen zich toch niet in de lucht opgelost hebben? Dat is toch niet mogelijk! Heb ik dan alleen maar idioten in het leger? Je moet toch drie mensen en vijf kamelen in de woestijn kunnen zien!'

'Vier kamelen, generaal,' verbeterde een majoor achter hem.

'Vijf! De vijfde bent u!' brulde Assban. Hij was buiten zichzelf van woede. De staatspresident had met hem een telefonisch onderhoud gehad. Kort en duidelijk.

'U haalt Dr. Alf Brockmann terug of u kunt uw biezen pakken en boer in een oase worden.'

Generaal Assban wist dat dit geen goedkoop dreigement was. Wie nu tekort schoot, had geen plaats meer in de gemeenschap. De drieste vlucht van de Duitse groep van de geheime dienst met een autobus en een helikopter was een tweede slag geweest, die het aanzien van Assban bijna geheel vernietigde. Huilend van woede had hij in zijn hoofdkwartier heen en weer gerend en had gedreigd Jussuf Ibn Darahn de ogen uit te steken en hem te ontmannen als hij hem ooit weer in handen zou krijgen.

Wat hielp echter vloeken en schreeuwen? Brahms was in Tripolis, dat wist men nu. Alf Brockmann was de woestijn ingetrokken, dat wist men nu ook, nadat men in alle windrichtingen gezocht had, alleen niet in het Westen, omdat deze woestijnroute zelfmoord betekende.

'Zoeken! Zoeken! Zoeken!' schreeuwde generaal Assban, toen de helikopters meldden dat ook in de rotsen van Bir Abu Massa geen spoor van leven te vinden was. 'Ze moeten in die richting gegaan zijn! Er moeten toch sporen zijn!'

'In de afgelopen nacht was er een zandstorm, generaal,' zei de majoor stijf. 'Zandstormen hebben de eigenschap sporen in het zand dicht te waaien.'

'Dat wist ik nog niet. Ik dank u voor uw leerzame opmerking,' siste Assban giftig. Toen sloeg hij met zijn vuisten op de kaartentafel, waarop hij met een dikke rode lijn de vluchtroute van Brockmann getekend had. Het zag eruit als een bloedspoor op een gele grond.

'Wat moeten we doen als ook Allah tegen ons is?' klaagde hij en sloeg nog eens op tafel. 'Niemand zal van mij geloven dat drie mensen en vier kamelen eenvoudig kunnen verdwijnen.'

De Fieseler Storch trilde in al zijn voegen, toen de motor aangeslingerd werd en de propeller hijgend en dreunend begon te draaien. Uit de motor kwamen donkere, vette wolken oliedamp te voorschijn.

'Dat ding is sinds 1943 niet meer gebruikt,' zei de Berlijnse Arabier.

'Maar vliegen doet ie. Ik heb er niets aan veranderd. Als we dat maar eens een uurtje laten draaien, dan is ie er wel weer aan gewend.'

Brahms keek nadenkend naar de oude Duitse vogel met de zwarte kruisen. Dat was eens de trots van de Duitse luchtmacht, dacht hij. Als je er nu naar kijkt, in het tijdperk van de enorme straalvliegtuigen, vraag je je af hoe hij eigenlijk kan vliegen.

Birgit trok Brahms aan zijn mouw en rukte hem zo uit zijn weemoedige beschouwingen.

'Wanneer vliegen we?' vroeg ze.

'We? Hoezo we?'

'Ik ga vanzelfsprekend mee.'

'U blijft vanzelfsprekend hier.'

'Nee.'

'Ja. Denkt u dat ik een vrouw meeneem waar geschoten wordt? Het is geen wandelingetje.'

'Mijn tocht naar Egypte was allesbehalve een wandelingetje. Moet ik nu, vlakbij het doel, omkeren?' Birgit hield de arm van Brahms vast, toen hij weg wilde lopen. 'Kunt u niet begrijpen, dat ik Alf wil terugzien?'

'Natuurlijk. Maar niet in de woestijn. In een hotelbed is dat aangenamer...'

'U bent smakeloos, Brahms.'

'Verdomme nog aan toe... denkt u toch eens na. Uw plaats heb ik nodig voor een man die schieten kan. Het zal helemaal een hachelijke zaak worden. De Storch kan maar een paar man meenemen. En of die oude kist dan nog de lucht in wil, is ook maar de vraag. Lieve hemel – wat moet ik dan met u? Wacht u hier maar, totdat ik u uw Alf in uw armen leg.'

Tegelijkertijd vlogen met een lijntoestel van de Lybische vliegmaatschappij twintig Duitsers naar de grote oase Kufra, een groen, weelderig gebied met honderdduizenden palmen en vele kleine dorpen midden in de woestijn. Een oase, groter dan het Rijnland. Van Kufra tot de Egyptische grens waren nog geen 200 kilometer. Een oud karavaanspoor leidde van El Dschof naar een meestal verzande bron. Daar eindigde die... want daarachter, op Egyptisch gebied, was het niets.

Deze twintig voormalige Duitse soldaten huurden direct na hun aankomst in de Kufra-oase in de grote plaats Bzéma een vrachtwagen, twee jeeps en zes kamelen en gingen op weg naar de grens. De inboorlingen hielden hen voor zelfmoordenaars of dwazen, ze begeleidden de stoet nog een poos met geschreeuw en waarschuwingen en keerden pas om toen na de groene gordel van de oase de gele verte van de zandduinen begon.

In Tobroek steeg de Fieseler Storch op, cirkelde drie keer over het fabrieksterrein en verwijderde zich daarna ratelend naar het Zuidoosten.

De Berlijner tuurde naar de blauw trillende lucht en zwaaide met beide handen. De zwarte kruisen zweefden weer boven de woestijn. Het was een merkwaardig gevoel, dat hem te pakken kreeg, het was alsof de tijd teruggedraaid was. Een Duits oorlogsvliegtuig boven Tobroek.

Ook de Lybiërs tuurden naar de hemel toen de Fieseler Storch over hen heen ronkte. De gronddiensten van de Lybische luchtafweer hadden bevel gekregen geen aandacht aan het vliegtuig met het Duitse teken te schenken. Dat bestond gewoon niet.

Brahms zat naast de piloot en bestudeerde de woestijnkaart. Achter hem zaten Franz en de Nubiër Baraf. Ze hadden machinepistolen op hun knieën liggen en in hun koppels oude Duitse handgranaten. Deze waren uit een verborgen magazijn plotseling tevoorschijn gekomen. Drie kisten vol. Netjes bewaard. Bij een proef in de woestijn bleek dat ze nog konden exploderen.

'Aan de andere kant van de rotsen te zoeken is zinloos,' zei Brahms en wees op de kaart. 'Ze kunnen voor de rotsen zijn of – als ze goed gereden hebben – er tussen. Hopelijk komen we nog op tijd. Ik heb geen zin om die drie uit een compagnie kameelruiters te hakken.'

Zoemend bewoog de Fieseler Storch zich naar het Zuiden. Hij vloog ook over de oase Kufra en werd door iedereen, zoals overal, als een wereldwonder, als een vliegende geest aangegaapt.

'Daar zijn ze!' riep Franz plotseling en wees opzij. In de woestijn kropen drie wagens en zes kamelen door het zand. Ze hadden de laatste bron achter zich gelaten. Omdat de woestijngrens alleen maar een lijn op de kaart is en in het zand slechts om de dertig of vijftig kilometer door een eenzame stok met een Egyptische vlag herkenbaar is, vlaggen die per helikopter in het zand waren gezet, bewoog de kleine troep daar beneden zich reeds op Egyptisch grondgebied. Ver weg aan de horizon, in het schijnsel van de zon drijvend als een blauwig fata morgana, waren de rotsen te zien.

De Fieseler Storch ging wat lager vliegen. De mannen beneden in de wagens zwaaiden naar boven, de piloot liet de draagvlakken bewegen ter begroeting, daarna trok hij de machine weer omhoog en zette koers naar het blauwe gebergte.

Er was een unieke bevrijdingsactie op gang gebracht.

Ze was deskundig voorbereid en zo ongeloofwaardig, dat zowel Egypte als Lybië erover zwegen, omdat er in de wereld geen plaats meer is voor avonturen, die niet waar kunnen zijn.

In de late middag bereikte de Fieseler Storch de rotsketen. Tegelijkertijd landden ook twee helikopters van de Egyptische luchtmacht bij de rotsen, waaruit tien soldaten stapten. Ze hadden opdracht met bescherming vanuit de lucht de rotsen en kloven systematisch uit te kammen.

'Alleen daar kunnen ze zich verborgen houden!' had generaal Assban geschreeuwd. 'Alleen dáár! Jullie vinden ze... anders hoeven jullie helemaal niet meer terug te komen!'

Het noodlot van Alf Brockmann was tot enkele uren teruggebracht.

EEN uur na het vertrek van de Fieseler Storch ontsnapte Birgit Brockmann uit de – door Brahms heimelijk bevolen – bewaking van Zuraida uit haar hotelkamer en reed met een snelle taxi naar Bengasi. Daar bereikte ze het laatste vrachtvliegtuig van de Lybische transportmaatschappij, dat dagelijks vier keer goederen naar de oase Kufra vloog.

'Ik geef u een flinke bakschisch,' zei ze tegen de piloot in de hangar van golfplaat aan de rand van het vliegveld. 'Neem mij mee. Ik ga wel op een kist zitten, ik neem dan geen plaats in en zwaar ben ik ook niet. En vraag niet... ik geef u zoveel als u anders in een hele maand verdient.'

De Lybische piloot haalde zijn schouders op. Geld is de sterkste magneet, dacht hij. Dat zuigt zelfs alle verstand uit de hersenen.

'Ik zal u straks in de vrachtruimte van de machine verbergen,' zei hij in stuntelig Engels. 'Maar als iemand u ontdekt... ik weet van niets. U bent een blinde passagier.'

'Afgesproken.' Birgit stopte een paar grote bankbiljetten in de bruine hand van de Lybiër. 'Wanneer vliegt u weg?'

'Over tien minuten.'

Toen Zuraida de nieuwe ontsnapping van Birgit ontdekte, – ze wilde haar afhalen om thee te drinken – was het al te laat om iets te ondernemen. Brahms kon niet meer op de hoogte gebracht worden, Birgit zweefde al in de lucht, de 'stoottroepen' hadden de oase Kufra al lang verlaten en bevonden zich in de woestijn.

'Ze had vastgebonden moeten worden!' riep Zuraida wanhopig. 'Nu zal ze in het raderwerk terechtkomen en vermalen worden. Ze kan nu toch niets meer uitrichten... waar wil ze toch heen?'

Tegen de avondschemering landde Birgit op het kleine vliegveld Bzéma in de oase Kufra.

400 kilometer verder naar het Zuidoosten stootten op dit ogenblik Brahms en de Egyptische militairen in de rotsen op elkaar.

De Fieseler Storch cirkelde als een reusachtige gier boven de rotsketen. In het eerst waren het grote bogen, maar daarna werden de cirkels steeds kleiner en kleiner, als bij een roofvogel die zijn prooi waarneemt.

Weliswaar was dit bij Brahms nog niet het geval. Hij tastte als het ware de rotsen stuk voor stuk af, steeds in de hoop, dat Alf Brockmann zich hier werkelijk verborgen hield en bij het herkennen van de Duitse kruisen uit zijn schuilhoek zou komen en hen toezwaaien.

Voor de vierde keer cirkelde de oude vogel met de knetterende motoren reeds over de kloof, waarin het hol was. Aisha had de kamelen een voor een in een zijkloof geleid, aan dikke stenen vastgebonden en ze doen liggen. Vanuit de lucht zagen ze eruit als verweerde rotsen, waar grijsbruin zand overheen gewaaid was. Toen het vliegtuig naderbij kwam rende ze terug naar het hol en sloeg vanaf de ingang het beangstigende cirkelen boven de kloof gade.

'Weer helikopters, Aisha?' vroeg Brockmann. Hij was tot aan de ingang gewankeld. Achter hem aan tastte Lore Hollerau zich een weg langs de rotswand. Ook zij wist, dat de helikopters het einde van hun vlucht betekenden. Hoe vreselijk de toekomst ook zou worden... ze was bijna blij, dat de jacht door zand en zonnegloed een eind had. Ze zullen Alf niets doen, dacht ze. Ze hebben hem en zijn onderzoekingen nodig... ik ben een blinde vrouw, ik ben meegesleept als een waterzak of een zadel... maar Aisha zullen ze veroordelen, doodschieten en ergens begraven. Zij zal de verliezer zijn in dit avontuur.

'Het zal niet lang duren voor ze ons gevonden hebben,' zei ze luid. 'Misschien is dat wel het beste. We zouden het toch nooit gehaald hebben.'

Doodschieten, dacht ze vol triomf. Ze zullen Aisha doodschieten. Ik zal het niet kunnen zien... maar horen zal ik het. Horen. Attentie! Leg aan – vuur! Het zal een klank zijn, die niet meer uit mijn hart zal gaan.

'Dat is geen helikopter,' zei Aisha vanaf de ingang. 'Dat is een normaal vliegtuig met een merkwaardig teken onder de vleugels en de romp. Het lijkt op een zwart kruis –'

'Als een zwart kruis –' Alf Brockmann veegde over zijn gezicht. Stof en zweet bedekten hem. Overdag waren ook de holen warm en het stuifzand maakte een omweg hier doorheen. 'Zoiets bestaat toch immers niet meer –' zei hij zwak.

'Ja, hoor. Het is een kruis.'

Brockmann strompelde naar Aisha. Hij leunde op haar schouder, deed een stap buiten het hol en staarde naar de hemel.

De Fieseler Storch trok weer zijn cirkels. Het kruis van de Duitse luchtmacht glom in de avondzon.

'Een Duits vliegtuig...' stamelde Brockmann en hapte naar lucht. 'Een Duits... uit de laatste oorlog... een Storch... Aisha... Aisha... die zoeken ons... ons... ons. Ze zoeken ons... vrienden...'

Voor Aisha hem kon vasthouden was hij de kloof ingegaan. Wankelend stond hij op de stenen, trok zijn hemd van zijn lichaam en zwaaide ermee in de lucht. En toen riep hij... de hele ellende van de afgelopen dagen uitte zich in een zinloze kreet. Hij brulde 'Hoera! Hoera! Hoera!' en wierp het hemd in de lucht, ving het weer op, zwaaide ermee en liep struikelend heen en weer. Ontzet, maar als verlamd stond Aisha aan de ingang van het hol en liet hem begaan. Het heeft geen zin meer, dacht ze. Het is teveel voor ons allemaal. Wij hebben ons overschat.

Allah sta ons nu bij.

'Daar!' brulde Brahms na een lange lus en stootte met zijn wijsvinger tegen het glas van de kabine. 'Daar. In die kloof! Daar staat iemand te zwaaien! Dat is hij! Dat is hij! Hij heeft het kruis herkend!' En ook Brahms stak zijn armen vooruit en brulde: 'Hoera! Hoera!'

'Waar landen wij eigenlijk?' De piloot trok de Storch weer op en vloog over de kam van de rotsen heen. Aan de andere kant van de kloof, waar de oneindigheid begon, die drie zwakke mensen bedwongen hadden, schommelden als twee horzels twee helikopters in het rond.

'Verdomme!' zei Brahms, toen de piloot zonder wat te zeggen met zijn duim naar voren wees. 'Nu krijgen we toch gedonder. Jongen, land ergens op het vrije veld. Wij moeten de terugtocht met schieten verzekeren. Het is om van te kotsen!' Hij draaide zijn hoofd naar Baraf, die in de kabine zat alsof hij er niets mee te maken had. 'Baraf?'

'Heer?'

'Jij zorgt voor de mensen die we gevonden hebben. Jij rent direct de kloof in. Al het andere komt wel in orde. Zo, en nu naar beneden, jongen. Wat mij betreft landen we op de hoofden van de Egyptenaren.'

De Fieseler Storch zweefde nog één keer met een grote boog over de kloof. Beneden tussen de rotsen zwaaide Alf Brockmann nog steeds met zijn verscheurde hemd. Daarna scheerde het vliegtuig laag over de kam en kwam met een reuze stofwolk in het zand van de woestijn terecht.

'Wat een pech,' zei de piloot toen de machine uitreed en het stof langzaam wegtrok. 'Zoiets hadden we op de jachtvliegerschool moeten leren. Maar daar hadden we alleen maar betonnen landingsbanen. In ieder geval – de kist staat. Alleen hoe we hier weer de lucht inkomen is me een raadsel.'

'Mij ook, jongen.' Brahms schoof de glazen koepel open. Opzij ging de deur van de kabine open. Met een tijgersprong dook Baraf in het woestijnzand. Verre schoten ontvingen hem. Van opzij, uit de richting van de rotsen naderde een ketting van soldaten. Franz was de volgende die in het zand rolde en achter de wielen van het vliegtuig dekking zocht.

'Dat doet me denken aan Marsa Matruk,' zei Brahms en zette de zekering van het machinepistool vast. 'Toen vielen de Tommies ook in een cordon aan en wij zaten in een bunker met zeven man en hadden in drie dagen niets meer gevreten. Tot op dertig meter lieten we ze doormarcheren en toen –' Hij wreef over zijn ogen. 'Vooruit jongens – het moet.'

Toen Brahms in het zand viel en achter het landingsgestel van de Fieseler Storch kroop, begon Franz reeds te schieten. Over de woestijn als een reusachtig zwart dier stormde Baraf op de rotsen af. Achter hem spoten de inslagen van de Egyptische geweerschoten in het zand op. Hij rende, voorover gebogen, voor zijn dood uit.

'Laag schieten!' schreeuwde Brahms. 'We willen niemand doden!' Hij vuurde een paar salvo's op het cordon en zag met een grimmige glimlach hoe de soldaten zich op de grond wierpen en als hagedissen in het woestijnzand lagen te woelen.

Baraf rende en rende. Hij bereikte het stenenveld voor de rotsen, sprong over grote keien heen en struikelde over verweerde steenbarricades. Toen bleef hij als vastgenageld staan. Uit de kloof kwam een blanke man met opengesperde, flakkerende, koortsige ogen hem tegemoet strompelen. Hij zwaaide nog steeds met zijn verscheurde hemd boven zijn hoofd en stootte onbegrijpelijke, bijna krankzinnige geluiden uit.

Toen hij Baraf zag, die reusachtige, zwarte Nubiër, viel hij op zijn knieën en kroop verder naar hem toe. Op dat ogenblik rende tussen de rotsblokken vandaan een meisje met lange, fladderende haren, die een pistool in haar hand hield. Dat richtte ze op Baraf, ging wijdbeens staan en zei met heldere stem:

'Blijf staan! Nog één stap en ik schiet!' En toen Baraf haar ontsteld aanstaarde, riep ze: 'Handen omhoog, zwarte aap! Draai je om! En verroer je niet!'

Gehoorzaam deed Baraf alles wat Aisha eiste.

Uit de woestijn klonk opnieuw geweervuur.

Vanaf zijn plaats, een rotsblok waartegen hij geleund stond, keek Alf Brockmann over de voor hem liggende woestijn.

Hij zag het gelande vliegtuig met de zwarte kruisen, zag, hoe drie mannen in de beschutting van de wielen in stelling gingen en het vuur op de in cordon aanvallende Egyptische soldaten openden.

'Het zijn Duitsers!' schreeuwde Brockmann en stak zijn armen weer in de hoogte. 'Aisha! Niet schieten! Het zijn vrienden – ze helpen ons! Ze halen ons! Wij zijn gered! Gered!'

Aisha hield de brede, zwartglanzende rug van Baraf in de gaten. Tussen de rotsen vandaan dook nu ook Lore Hollerau op... ze tastte met vooruitgestoken handen door het stenen labyrint en ging op de klank van de schoten af.

'Alf –' riep ze daarbij. 'Alf, waar ben je? Neem mij mee! Ze moeten mij ook doden, als ze jou doden!'

Baraf draaide zich langzaam weer om. Zijn brede gezicht was door het grijnzen nog breder geworden. Aisha had het pistool laten zakken.

'Hebben jullie nog meer wapens?' riep hij met zijn rauwe, donkere stem.

'Natuurlijk! Geweren –'

'Geef hier!'

'Wie zijn jullie?'

'Mijn heer is kapitein Brahms.'

'Brahms?' Aisha liep naar Brockmann toe en keek de woestijn in. Zij zag hoe de Egyptische soldaten rondkropen en drie mannen achter de vliegtuigwielen met snelvuurgeweren steeds weer in dekking dwongen te gaan.

Brahms, dacht Aisha. Wij zijn werkelijk gered. De vreselijke woestijntocht is voorbij. Wat niemand vóór ons gewaagd heeft, hebben wij volbracht. De hel van de waterloze woestijn heeft ons weer vrijgegeven.

Alf Brockmann leunde tegen het rotsblok en wankelde. 'Niet schieten–' stamelde hij met zijn laatste kracht. 'Aisha, niet schieten. Het zijn Duitsers – Duitsers... het kruis... mijn God, in welk jaar leven we eigenlijk? Draait de wereld terug?' Hij viel op zijn knieën en steunde met zijn voorhoofd tegen de kale steen.

Baraf kwam de kloof uitgerend, in zijn armen twee geweren en een paar gordels met munitie. Hij wierp Aisha een geweer toe en ging zelf achter een grote, verweerde hoop stenen in dekking.

'Vooruit!' riep hij. 'Sta niet te lummelen, heks! Als we ze van opzij beschieten, laten ze mijn baas wel met rust.'

Aisha keek Brockmann lang aan. Hij lag krachteloos op zijn knieën en zweefde in een toestand tussen bewustzijn en onmacht. Lore Hollerau zat aan de ingang van de kloof, haar hoofd achterover en luisterde naar het geweervuur. Ze kon niet meer verder, haar handen vonden geen houvast meer, grepen in de leegte. Ze dook in elkaar en deed dat bijna onwillekeurig toen dicht bij haar de eerste geweerschoten klonken.

Aisha en Baraf beschoten de Egyptische soldaten.

'Niet schieten!' jammerde Brockmann tegen het kale, hete rotsblok. Hij dacht dat Aisha op het Duitse vliegtuig richtte. 'Niet schieten! Het zijn Duitsers –' Hij probeerde zich op te richten, maar zijn benen weigerden volledig de dienst, ze gleden onder hem weg als houten palen op een ijsvlakte.

De Egyptenaren staakten het vuren. Een officier kwam uit zijn snel in het woestijnzand gegraven, ondiepe mangat overeind en zwaaide met een witte zakdoek. Brahms kroop vanachter de beschermende vliegtuigwielen tevoorschijn en stond eveneens op. De plotselinge stilte in de woestijn was beklemmend.

De Egyptenaren verzamelden zich nu. In hun midden droegen ze vier gewonde kameraden en sleepten hen naar de helikopters. De jonge officier zwaaide nog steeds met zijn zakdoek en ging als laatste van de kolonne naar de kamelen terug.

Met een ijzige rust mikte Baraf op die laatste man. Maar voordat hij de trekker kon overhalen, gaf Aisha een klap op de loop van zijn geweer. De kogel sloeg in de rotsen en ketste over hun hoofd terug.

'Hij heeft zich overgegeven!' schreeuwde ze. Baraf was opgesprongen en maakte aanstalten Aisha met de kolf van zijn geweer neer te slaan. Hij zwaaide met het wapen boven zijn hoofd en het was zeker, dat deze slag het hoofd van Aisha volledig zou vermorzelen.

'Dat is een list!' schreeuwde hij daarbij. 'Ze willen tijd winnen! Ze halen versterking! Doodmaken, allemaal doodmaken! Alleen een dode man is vreedzaam!'

Door het zand renden Brahms en Franz naar de rotsen. De piloot was weer in de kabine geklommen en zette de motor aan. De propellers gingen draaien, maar na een paar meter zonken de wielen diep weg in het zand en wervelden een ondoorzichtige stofwolk op, die het hele vliegtuig omhulde.

'Wat een klerezooi!' zei de piloot daarbij. 'Als ik het al niet dacht... hier komen we niet meer uit.'

Alf Brockmann stond met zijn rug tegen de rots geleund en staarde verdwaasd naar het beeld dat zich aan hem voordeed. Aisha stond hoog opgericht voor een reusachtige neger, die zijn geweer boven zijn hoofd zwaaide en ieder ogenblik kon toeslaan. 'Nee,' stamelde hij nauwelijks hoorbaar. 'Nee. Niet Aisha. Niet.' Hij trok zijn revolver uit zijn gordel en het leek hem of die honderden kilo's woog. Met trillende handen omklemde hij het handvat, hield de revolver op ooghoogte en mikte, zo goed als de wiebelende loop dit toeliet. Toen drukte hij af en zag nog vóór hem het wapen uit zijn verlammende handen viel, hoe Baraf ineenkromp, zijn geweer liet vallen en met een dierlijk gebrul naar zijn bovenbeen greep. Als een gevelde boom viel hij om, sloeg met zijn achterhoofd tegen de stenen en bleef stijf liggen.

Op dit moment bereikte Brahms de rotsen. Zwetend, hijgend, naar adem happend overzag hij de kleine groep mensen en de uitgestrekte Baraf.

'Wat hebben jullie met Baraf gedaan?' brulde hij. 'Zijn jullie gek?

Baraf is de trouwste van allemaal!' Hij zag Aisha naast de Nubiër staan, het pistool nog steeds in haar hand. 'O, jij hoerenkind!' schreeuwde Brahms. 'Als Baraf dood is, ga jij ook naar de hemel!' Hij hief zijn snelvuurgeweer op en liep op Aisha toe.

Het meisje deinsde achteruit. In haar ogen stonden angst en haat. Ze waagde het niet het pistool als afweer op te heffen. Brahms zou zonder pardon schieten, dat wist ze. Zijn vinger lag aan de trekker, hij hoefde hem alleen nog maar te krommen.

Alf Brockmann drukte zich met zijn rug langs een rotsblok op tot hij stond. Waar hij de kracht vandaan haalde, was hemzelf een raadsel. Maar hij stond, hij kon zich zelfs bewegen, de totnutoe slappe benen droegen zijn lichaam, hij deed een paar stappen, en al was het alleen maar wankelen... hij bewoog zich in de richting van Brahms.

'Brahms!' riep hij met een laatste krachtreserve. 'Laat Aisha met rust! Ik heb geschoten! Ik! Hij wilde Aisha's hoofd in elkaar slaan...'

Brahms draaide zich met een ruk om. Hij wierp het geweer over zijn schouder en rende naar Brockmann. Franz knielde reeds bij Baraf en onderzocht hem. In de woestijn stegen de beide Egyptische helikopters op. De Fieseler Storch deed nog steeds moeite uit het mulle zand te komen om de rotsen dichter te kunnen naderen.

'Kerel, is dat een warboel! Ik ben zo gelukkig als een maagd die de liefde ontdekt heeft, omdat ik u gevonden heb en u schiet mijn beste man neer.' Brahms omhelsde Alf Brockmann en ondersteunde hem tegelijkertijd omdat hij nog niet vast op zijn benen stond.

'Ik dank u, Brahms. Ik dank u...,' zei Brockmann moeizaam. Hij legde zijn hoofd tegen Brahms' schouder. 'Ik had al alle hoop opgegeven.'

'Niet zolang Brahms nog wat kan zeggen.' Hij keek naar opzij. Franz en Aisha sleepten Baraf naar het hol. Uit zijn bovenbeen sijpelde bloed. Brahms haalde opgelucht adem. 'Hebt u die goeie Baraf in zijn donder geschoten?'

'Ja. Hij wilde –'

'Allemaal misverstand. Die mensen hebben geen militaire opleiding. Als ze kunnen knallen, schieten ze links en rechts, als het maar mooi dondert. In ieder geval ben ik gerustgesteld dat Baraf maar licht gewond is. Weet u, Brockmann, die Baraf is zoiets als een verzekeringspolis. Zolang ik die heb, heb ik geen zorgen voor de toekomst. Baraf is veiliger voor mij dan een nylon kogelvest.' Hij pakte Brockmann onder zijn armen en zette hem op zijn benen. 'Hoe gaat het met u?'

'Zoals het met iemand gaat die door een schorpioen gestoken is.'

'Schorpioen? Wat een ellende!' Brahms keek naar de verbonden blote voet van Brockmann. 'En u leeft nog? Heeft Aisha die wond uitgebrand?'

'Ook. Maar zij had serum. Waar vandaan weet ik niet. Ik mis een paar uur volledig... misschien ook een hele dag.'

Brahms schroefde het mondstuk van een veldfles en hield die Brockmann aan zijn lippen. Na de eerste slok begon hij heftig te hoesten.

'Wat is dat voor een duivels spul?' hijgde hij.

'Thee met gin. Dat brengt murmelende grijsaards weer op de been.

Nog een slok, Brockmann. Bij de vierde slok danst u de samba.'

De beide helikopters van de Egyptenaren waren als nietige insecten langs de hemel verdwenen. De kameelruiters stonden bij hun dieren en wachtten. Ze keken toe, hoe de Fieseler Storch tevergeefs moeite deed om uit het mulle zand te komen. De jonge luitenant zat voor zijn radioapparaat en ontving de scheldkanonnade van generaal Assban.

'Aanvallen!' seinde Bir Assi naar de vierhonderd kilometer van hen verwijderde soldaten in de gloeiende woestijn. 'Vernietig ze! Aanvallen! Als er over een uur geen melding komt dat de strijd voortgaat, wordt de hele patrouille wegens lafheid tegenover de vijand doodgeschoten!'

De jonge luitenant schakelde op zender. 'Generaal,' gaf hij door, 'het is zinloos aan te vallen. We liggen tegenover Duitsers. Ze schieten ons als hazen neer. Ze kennen geen angst.'

Handel terug. Ontvangst. Generaal Assban: 'Jij laffe jakhals! Er zijn versterkingen onderweg. Vier helikopters met aanvulling en granaatwerpers. Als jullie dan niet willen vechten, verhinder dan de vlucht van die Duitsers, tot de versterking komt.'

De jonge luitenant schakelde het toestel uit. Laffe jakhals zei hij. Ik heb mijn eer verloren. Voor ik als lafaard aan een paal sterf, wil ik ondergaan als een dappere moslem, als een kind van de profeet.

'Klaarmaken!' commandeerde hij. 'Stijg op je kameel! Wij gaan het vliegtuig halen!'

De soldaten beklommen hun kamelen. Schreeuwend stonden de kamelen op en draafden direct in galop. Brahms omklemde zijn snelvuurgeweer en liet Brockmann los.

'Ze bestormen onze Storch!' riep hij uit. 'Godverdomme!' Met een paar sprongen rende hij terug, wierp zich in het zand en begon op de kamelen te schieten.

Op dit ogenblik had het vliegtuig zich in een reusachtige stofwolk door de zandkuil geboord en scheen wat vastere bodem onder de wielen te krijgen. Met een ruk schoot de Fieseler Storch naar voren, alsof hij door een katapult was afgeschoten. Hij dook uit de zandwolk op en vloog regelrecht op de aanstormende kamelen af.

'O lieve God!' stamelde Brahms en staakte zijn geweervuur. 'Dat wordt een bijzondere botsing.'

De eerste kamelen bleven plotseling staan. Ze zetten hu n poten als stormrammen in het zand en de soldaten vlogen met een grote boog over hun nek in het zand. De hierna volgende kamelen maakten een zijwaartse beweging en renden er onder een rechte hoek vandoor. Het donderende lawaai van de propeller, het in het zand wippende, grote wezen met zijn grote vleugels liet ze geweldig schrikken. Bovendien wierp de piloot vanuit de geopende kabine rechts en links handgranaten. Het was een hels lawaai, waar geen kameel tegen kon.

De laatste die in wilde wanhoop de dingen een wending probeerde te geven, was de jonge luitenant. Hij sprong van zijn schuw-geworden kameel, zette zich schrap in het zand en schoot op de razende wieken van de propeller.

Brahms kneep zijn lippen op elkaar. Hij had de eenzame, dappere gestalte in het vizier en er bleef hem geen andere keus over dan af te drukken om het vliegtuig en daarmee hen allen te redden.

'Arme kerel,' zei hij toen de jonge luitenant zijn armen ophief en in het zand viel. 'Wat heb je daar nu aan om morgen als held gehuldigd te worden?'

Het vliegtuig beschreef een grote halve cirkel en kwam toen met afgeslagen motoren op de rotsen af. De wild geworden kamelen renden naar de horizon. Hoe zeer de soldaten ook aan de teugels rukten en op hun dieren met hun dikke kameelzwepen sloegen – ze waren niet meer in bedwang te houden. In paniek renden ze terug naar de oneindigheid van de woestijn.

Brahms ging terug naar Alf Brockmann, die achter zijn rotsblok dekking gezocht had. Hij zag Lore Hollerau niet, die op de tast verder gegaan was en twee meter van hem af tussen keien en grotere stenen lag met kapotte handen en knieën en opengeschaafd gezicht. Ze was een paar keer gestruikeld en neergevallen en zonder te klagen weer opgestaan.

'We moeten direct wegvliegen, Brockmann,' zei Brahms en ging naast Alf zitten. 'Het is zeker dat er binnen een paar uur versterkingen door de lucht uit Bir Assi komen en dan begint de poep te stinken. Dan moet u er allang vandoor zijn. Overigens –' Brahms glimlachte breed en klopte Brockmann op zijn schouders. 'In Tobroek wacht iemand op u. Ik wilde het u eerst in het vliegtuig pas zeggen, maar na vier slokken thee met gin bent u sterk genoeg dat te verdragen.' Hij maakte een lange pauze, terwijl Brockmann hem verbaasd aankeek.

'Wacht er iemand op mij?' vroeg Alf hoofdschuddend.

'Ja. Middelgroot. Blond haar. Goedgevormd figuur met rondingen overal op de plaatsen waar ze horen. En het is bovendien een moedig wezen, dat voor de duivel niet bang is en zich door de hel heenvreet alleen om bij haar Alf te komen aan wiens dood zij nooit geloofd heeft –'

Brockmanns hart hield op met kloppen. Dat is niet mogelijk, dacht hij. Dat is een verwisseling. Birgit ligt in Bir Assi. Onder een maluwestruik staat haar prachtig geciseleerde koperen urn. Met een vliegtuig is die uit Duitsland gekomen, generaal Assban heeft hem zelf gebracht... Dat kan helemaal niet –

'Nou?' zei Brahms met een brede glimlach. 'Nu kunt u gerust jubelen, Brockmann.'

'Het is niet waar,' stamelde Alf. 'Dat kan niet waar zijn –'

'Er gebeuren nog wonderen. Ik heb uw prachtige vrouw zelf naar Tobroek gebracht. Ja. Geloof het nou maar. Birgit wacht op u –'

'Ze is dood. Haar urn –'

'Dat weet ik. Die heeft u me immers laten zien. Een bijzonder grote rotstreek van Assban. Wie weet, wat voor as er in de urn zit. Men wilde u voor altijd in Egypte vasthouden, uw verleden uitwissen, alle contacten met Duitsland achter uw rug verbreken. Daarom moest uw Birgit voor u sterven, net zoals u eveneens door een ongeval om het leven kwam en men uw vrouw ook een urn overhandigde – met uw as. Alleen geloofde uw dappere vrouw niet aan uw dood en ging op weg om u te zoeken.'

'En om haar tegen te houden, werd mijn Jörgi ontvoerd...'

'Precies, zo was het!'

'En Birgit leeft dus?' Brockmann sloot zijn ogen. Er stroomden tranen van onder de gesloten oogleden over zijn ingevallen, trillende wangen en groeven smalle gootjes in het dikke stof, dat zijn gezicht bedekte. 'Ze leeft werkelijk –'

'Ze wacht in Tobroek op u. Ze wilde eerst meevliegen, maar ik heb haar met geweld tegengehouden'.

Brockmann knikte. Hij was nu niet in staat te spreken.

Birgit leeft, dacht hij alleen maar steeds weer. Ze leeft. Ze leeft. Mijn Birgit –

En toen draaide hij zijn hoofd af alsof Brahms kon zien wat er nu in zijn ziel omging.

Wat zal er van Lore terechtkomen, dacht hij en merkte hoe zwaar zijn hart werd. Wat komt er van Aisha terecht? Lore houdt van mij en zij heeft haar ogen voor mij geofferd. En Aisha is mijn geliefde geworden, twee dagen geleden, in het zachte bed van het woestijnzand.

Maar Birgit leeft –

O mijn God, hoe kon ik zoiets vermoeden?

Mijn leven is toch opnieuw begonnen... en nu gaat het op het oude spoor verder.

Wat nu? Met de blinde Lore en de van liefde vlammende Aisha? Birgit, je leeft. Je wacht op mij in Tobruk. Je hebt nooit opgehouden aan mijn leven te geloven... alleen ik heb aan je dood geloofd en ben begonnen je te vergeten in de armen van Aisha. O, Birgit – waren we maar echt gestorven –

Brahms zweeg. Hij voelde zelf dat woorden nu niet meer konden helpen. Het is een zeldzaam voorkomend verschijnsel, dat twee doden elkaar in levende lijve ontmoeten.

Niemand hoorde hoe achter hen Lore Hollerau terugkroop door de stenen. Het lawaai van de motoren van de naderbij komende Fieseler Storch overstemde alle andere geluiden.

Birgit leeft, dacht ze. Haar mooie gezicht met de levenloze blauwe ogen vertoonde zenuwachtige trekken. Nu heb ik hem voorgoed verloren.

Mijn God, laat mij sterven. De genade, mijn dood niet te zien, heb ik al... laat het nu ook pijnloos gebeuren. Pijnloos en snel... want erger dan mijn hart nu bloedt, kan het niet worden.

Iemand greep haar bij haar schouders beet, zette haar overeind, en liet haar tegen de rotswand leunen.

'Wat ziet u eruit?' vroeg een stem.

Aisha.

Lore Hollerau tastte met beide handen naar voren en kreeg Aisha's borst te pakken. Haar vingers sloten zich, ze klauwden zich in het zachte vlees vast.

'Ze leeft...' hijgde ze. 'Ze leeft... zijn vrouw... Ze wacht op hem in Tobroek... Brahms heeft het net verteld... Birgit Brockmann leeft.'

Aisha deed net of ze de pijn door Lore's vingers niet bemerkte. Haar warme bloed was plotseling als ijs. Het leek haar alsof ze van binnen verstarde.

Ze leeft, dacht ze.

De gelukzalige nacht in de woestijn zullen we vergeten.

De eenzaamheid zal weer om me heen zijn, zoals vroeger en altijd. Er zal geen geluk meer zijn. Wat is echter een leven zonder geluk?

'Aisha –' Lore bracht haar hoofd naar voren. 'Wat wil je nu doen?'

'Ik wil niet meer leven,' antwoordde Aisha rustig.

'Neem mij dan mee,' fluisterde Lore. Haar hoofd viel op haar borst. 'Laat mij niet achter in deze verschrikkelijke wereld –'

Aisha knikte. 'Kom –' zei ze met vastberadenheid in haar stem, legde haar arm om Lore's trillende schouders en bracht haar terug naar het hol.

DE Fieseler Storch had de rand van de rotsketen bereikt en draaide bij. De ondergrond was zo duchtig met kiezel vermengd, dat er een betrekkelijk goede startbaan ontstond, als men een goed piloot was. De propeller draaiden in het rond. Brahms veegde over zijn stoffige gezicht en keerde zich naar Brockmann die stil voor zich uit zat te staren.

'Kom!' zei hij. 'Ontzetting kan in het vliegtuig ook. Waar het ons aan mankeert, is tijd. Ik zou het liefst over de Lybische grens zijn als de helikopters van generaal Assban eraan komen zwalken. Ik heb het zo gedacht, dat u en juffrouw Lore samen met mij gaan vliegen, terwijl Baraf en Franz hier blijven en proberen met Aisha verder naar het Westen te komen. Vanuit Kufra komt hen een goed uitgeruste kolonne tegemoet, een stoottroep van oude kwaliteit. Louter rauwe kerels, die niet hebben vergeten, hoe je een woestijnoorlog moet voeren. Als uw kameelkaravaan ook direct op pad gaat, kunnen de beide groepen elkaar morgenavond ontmoeten. Mijn mensen zijn gemotoriseerd en hebben een weg ontdekt die bijna zonder gevaar naar deze smerige rotsketen leidt.'

Alf Brockmann schudde zijn hoofd. Verbluft keek Brahms hem aan.

'Wat heeft dat te betekenen? U schudt uw hoofd?'

'Ik kan Aisha niet hier achterlaten. Garandeert u mij, dat haar niets overkomt?'

'U weet precies dat zo'n garantie onzin is. De Egyptenaren zullen de karavaan voortdurend aanvallen.'

'Nou dan –'

'Baraf en Franz zijn met de modernste vuurwapens uitgerust.'

'Ik heb aan Aisha veel, zo niet alles te danken. Dat ik leef, dank ik aan haar. Aan de andere kant heeft Lore Hollerau het licht van haar ogen geofferd. Ik weet het, ik weet het – Aisha heeft het pakket afgegeven. Maar wat ze de laatste dagen voor mij gedaan heeft, was meer dan een boetedoening.'

'Alles goed en wel. Maar wat moeten we?' Brahms stond op en trok Brockmann met zich mee overeind. De piloot wenkte. 'Voortmaken. Wij moeten naar de machine. Ik haal Lore –'

'Stop!' Brockmann hield Brahms vast. 'Haalt u Lore en Aisha... ik ga met Baraf en Franz mee.'

'Helemaal gek geworden, hè?' Brahms begon plotseling te brullen. 'Denkt u dat ik hier een privé-oorlog voer om twee verliefde wijven los te krijgen? Ik kom u halen, Brockmann! U bent alleen belangrijk! Uw vrouw wacht in Tobroek op u. Uw vrouw, die u uit de hel wilde halen.'

'Dat weet ik.' Brockmann stond tegen de rots aangeleund. 'Maar ik weet ook wat ik de meisjes schuldig ben. Het zou een rotstreek zijn een van hen in de woestijn achter te laten.'

'Verdomme nog aan toe, zo'n vervloekte opvatting van eer!' Brahms sloeg tegen de hete steen. 'Heb u nu nog niet genoeg van de woestijn?'

'Laat u de meisjes instappen!' Brockmann's stem klonk opeens hard. 'Ik weiger alleen te vliegen. Ik zie wel in, dat de Storch niet te zwaar beladen mag worden... neemt u daarom dus de meisjes mee.'

'Nee!' brulde Brahms met een vuurrood hoofd.

'Goed dan!' Brockmann ging weer zitten. 'Dan gaan we allemaal zonder uitzondering voor de bijl.'

Het was zinloos te proberen Brockmann te overreden. Een moment dacht Brahms erover om de geleerde een klap op zijn hoofd te geven en hem eenvoudig als een stuk bagage mee te nemen. Maar hij verwierp die gedachte. Wie weet, wat je in zo'n hoofd allemaal kan beschadigen, dacht hij. Hij is een genie. Het is bekend dat zij gevoelige hersenen hebben. Een klap op het achterhoofd kan dan veel kapot maken.

'Goed dan,' herhaalde hij Brockmann's woorden. 'Ik neem de meisjes mee. Wat mij betreft krepeert u in de woestijn. Idioten hebben niet anders verdiend.'

Enkele minuten later was alles klaar voor de start. Het afscheid was kort. Brockmann kuste Lore en Aisha, terwijl Brahms reeds naast de piloot zat en gebaarde zich te haasten.

'Vaarwel, Oulf –' zei Aisha betekenisvol. 'Allah zij altijd bij je. Ik dank hem, dat hij mij een paar uur het geluk van de liefde heeft geschonken. Ze zullen voor eeuwig voldoende zijn tot in het paradijs –'

Daarna maakte zij zich los, klom in het vliegtuig en keek Brockmann niet meer aan. Lore Hollerau werd naar binnen getild, ze omklemde zo lang en zo vast Alf's hand tot Brahms haar vingers met geweld terugboog en de deur dichtsmeet. Daarna kwam de machine in beweging, de propeller ruiste, de motor begon te brullen, de wielen hobbelden over de kiezelstenen en de zwarte kruisen op de draagvlakken trilden.

Brockmann hief beide handen omhoog en wenkte. 'Tot ziens,' zei hij zacht.

'Tot ziens?'

Bestond dat?

Een weerzien tussen Birgit, Lore en Aisha en een man die zij allen liefhadden?

Brockmann's handen vielen uit de hete lucht langs zijn lichaam terug.

Adieu – dacht hij. Vaarwel.

Het zou een verlossing zijn, als de woestijn ons behield.

De blanke vrouw met de gouden haren viel overal in Bzéma op. De kinderen liepen haar achterna, de mannen kregen fonkelende ogen, de gesluierde moslemvrouwen keken haar door de kijkspleten van haar sluiers vol haat aan.

Het was niet moeilijk voor Birgit te weten te komen, dat een troep Duitsers de woestijn in getrokken was. Een groentehandelaar verwees haar naar een tapijtenhandelaar, die in staat was, een voertuig te verschaffen om de Duitsers mee achterna te rijden.

De tapijtenhandelaar heette Omar Sharifan en begroette de mooie vrouw met het gouden haar met diepe buigingen. Hij sprak vloeiend Engels, bijna zonder accent.

'Een wagen? Maar natuurlijk. Ik sta volledig tot uw beschikking, miss. Ik zal u zelf de Duitsers achternabrengen.' Daarbij nam hij Birgit op als een paardehandelaar een edel ros. Zijn blik gleed van haar tenen tot aan haar gouden door de wind verwaaide haar. Wat een lichaam, dacht Omar Sharifan. En wat een blanke huid. Ik geef haar niet voor minder dan 5000 pond. Ik zal de sensatie van de markt zijn en ik zal haar doorgeven aan Bomboko. De enige die haar kan betalen is Bomboko.

'Wanneer kunnen we vertrekken?' vroeg Birgit. 'Zullen we de troep nog kunnen bereiken?'

'Ik heb een snelle wagen voor ieder terrein, miss. Als we binnen een uur kunnen gaan, kan het lukken. Ze zijn langzamer dan wij, omdat ze ook kamelen bij zich hebben.'

'Dus we kunnen direct weg?' zei Birgit.

'Over tien minuten.'

Omar Sharifan rende een van de achterkamers binnen om zich voor de plotselinge reis voor te bereiden. Telefonisch gaf hij een telegram op aan Mr. Luele Bomboko, Lagos/Nigeria met de tekst: 'Een zak witte bonen onderweg.' Het is niet erg galant om die mooie vrouw als een zak witte bonen aan te kondigen, dacht Omar, toen hij de hoorn weer op de haak legde. Maar in het zakenleven heeft men vaker ongalante codewoorden.

Birgit zat voor het huis in de schaduw van de markiezen van de tapijtenwinkel, toen Sharifan zijn wagen uit de garage reed. Ze dacht aan Alf. Die Fieseler Storch vertrouwde ze niet. Ze wist uit gesprekken met Zuraida, dat in de woestijn een vliegtuig in het zand weg kan zakken. Als Alf terugkwam dan liever met de karavaan die hem nu tegemoet ging. En nog voordat hij volledig in veiligheid was, wilde ze hem in zijn armen lopen en hem tegemoet roepen: 'Ik heb nooit geloofd, dat je dood bent! Nooit! Nooit!'

Omar Sharifan boog zich uit de wagen en wenkte. 'Instappen, Miss!' riep hij. 'Heb ik het gauw gedaan?'

Birgit knikte en stond van de bank op. Dat zij zo dicht bij het doel was kwam haarzelf bijna onwaarschijnlijk voor. Ze deed een paar aarzelende stappen en bleef toen weer staan. Voor haar lagen de in de zon verblindend witte huizen van de Arabieren, een palmentuin, een bron met een waterbewaker, die volgens een zonnewijzer het kostelijke nat in verschillende kanalen verdeelde, waardoor het naar de bloeiende tuinen en velden stroomde, een plein met spelende, lawaai makende kinderen. Maar daarachter begon de woestijn, strekten zich de zandduinen uit tot aan de trillende horizon.

'Kom, miss!' riep Omar en toeterde. Birgit vatte al haar moed bijeen en liep met vastberaden stappen naar de wagen toe.

Ik kom, Alf, dacht ze. Ik ben niet bang meer. Nog één dag misschien – en niemand kan ons meer scheiden.

Met huilende motor rolde de wagen uit Bzéma de woestijn in.

Maar hij reed niet naar het Oosten, naar de Lybische grens, maar naar het Noorden en later weer naar het Westen. Birgit merkte het niet. Zij zag alleen maar de eindeloze woestijn om zich heen.

En wie de woestijn niet kent, voor diegene ziet iedere plek in de woestijn, ieder duin, ieder stoffig spoor er net zo uit als de duizenden andere zandduinen erachter.

In plaats van Alf tegemoet te rijden, verwijderde Birgit zich ieder uur meer van hem.

Ze hobbelden zonder onderbreking urenlang door de zandduinen, over een nauwelijks zichtbare karavaanweg, die alleen een geoefend oog kon herkennen. Omar Sharifan scheen geen vermoeidheid te kennen. Hij zat achter zijn stuur en reed met het starre gezicht van een ralleyrijder, die aan het eind van het veld door andere wagens in het nauw gebracht wordt.

5000 pond, dacht hij voortdurend. Daaronder geef ik haar niet weg. Al begint Bomboko nog zo te dreigen. 5000 pond en geen penny minder. O Allah, waar vind je zo'n mooie vrouw nog eens? Wanneer schenkt het leven iemand nog eens zo'n geluk?

Nadat ze zes uur gereden hadden, viel Birgit in slaap. Omar stopte even, legde haar op de achterbank, tankte de wagen uit reservetanks weer vol en reed verder.

De hele nacht door raasde hij over het oude woestijnspoor, dat reeds sinds eeuwen door de karavanen gebruikt werd. Drie keer stopte hij, dronk warme koffie uit een thermosfles en ging daarna weer op zijn harde stuurstoel zitten.

Verder. Verder. Naar de oase Uau-el-Chebir. Daar was de markt van de mooie vrouwen. Meisjes uit Nubië en de Soedan, uit Niger en uit Mauretanië, uit Tsjaad, dat de 'zwarte parels' leverde, en uit Mali. En nu kwam hij. Omar Sharifan. Met een sneeuwwitte parel. Met de mooiste vrouw, die ooit op de markt van Uau-el-Chebir had gestaan.

Tegen de morgen werd Birgit uit een onrustige slaap wakker. Ze ging overeind op de achterbank zitten en tuurde door het vergeelde celluloidraam naar buiten.

Woestijn, zand, vermengd met zwerfstenen. Her en der verspreide, door de wind verwaaide, stoffige bomen met bizarre takken. Ze kende hun namen niet, maar dat hier bomen groeiden, bewees, dat de lange paalwortels het water bereikten.

Ze boog zich wat voorover en tikte Omar op zijn schouder.

'Waar zijn wij?'

'We zijn er bijna, miss.' Omar draaide zich grijnzend om. 'Nog vier uur misschien –'

'Maar hier is toch geen woestijn meer.'

'Toch wel, miss.'

'Daar staan bomen.'

'Waarom niet?'

'Ik heb mij laten vertellen, dat aan de grens in een omtrek van honderden kilometers geen groen sprietje groeit.'

'Dat was een vergissing, miss. U ziet het immers.'

'Waar rijden we dan heen?'

'In de goeie richting.'

Birgit hurkte op de achterbank. Ze wist er geen verklaring voor, maar plotseling kwam de tocht haar onplezierig voor. Haar paniek werd erger toen ze de eerste kamelen zag. Traag trokken zij door het zand. De kameeldrijvers zaten er niet op, maar liepen vooruit. Een bewijs, dat men niet ver van een nederzetting was. Daar echter, waar Alf moest zijn, waren geen mensen meer. Alleen zand. Oneindig veel zand.

Birgit boog weer voorover.

'Waar zijn wij?' riep ze.

Omar draaide zich weer om. 'In Uau-el-Chebir, miss.'

'Waar?' Birgit omklemde de leuning van de voorbank. 'Waar heeft u mij heengebracht?' schreeuwde ze.

Ze wilde de deur van de wagen openen, maar Omar Sharifan sloeg haar hand weg. Toen stopte hij, graaide onder de zitting en haalde er een zweep met kort handvat, maar met een lang dun gevlochten snoer onder vandaan. Hij legde hem naast zich en keek Birgit met kille ogen aan.

'Miss –' zei hij expres langzaam. 'U zult nu alles doen wat ik u zeg, of u krijgt zweepslagen.'

Birgit beet haar lippen op elkaar. 'Nee,' antwoordde zij. 'Ik zal scheeuwen.'

'Schreeuwen?' Omar glimlachte. 'Hier let niemand meer op het geschreeuw van een vrouw. Dat is een dagelijks geluid. Hier hebben al duizenden vrouwen geschreeuwd en de mannen stonden er omheen en waren blij dat ze zulke gezonde stemmen hadden. U moet echter stil zijn, miss. Het past niet bij u om hard te schreeuwen. Uw blanke schoonheid moet vol deemoed zijn. Gouden haar en de zachtmoedigheid van een getemde vogel... dat maakt een goede prijs.'

'Prijs –' Birgit sperde haar ogen vol ontzetting wijd open. Omar knikte.

'Ik ga u verkopen, miss. Op de slavenmarkt van Uau-el-Chebir.'

'Maar er is toch geen slavenhandel meer!' riep Birgit uit.

'Niet officieel. Maar overal in Afrika worden nog meisjes en jonge mannen verkocht. Men moet alleen maar weten waar. In Uau-el-Chebir is iedere week markt. U zal niet alleen zijn, miss.'

Op dit ogenblik begon Birgit te schreeuwen. Ze sloeg om zich heen, gaf Omar die zich over haar heen wierp, een trap, voelde enkele zweepslagen over haar lichaam dat zich kromde. Ze rukte de deur open, sprong uit de wagen, maar Omar rukte haar terug en duwde haar op de zitplaats. Verbeten worstelden ze met elkaar, tot Birgit merkte hoe de kracht in haar minder werd en al het krabben, bijten en schoppen niets hielp tegenover de kracht van Omar en zijn grote handen.

Na een slag tegen haar slapen zonk ze in een schemertoestand weg. Ze zag en voelde hoe Omar haar bond, maar ze had geen kracht meer zich daartegen te verweren. De slag had haar bijna verlamd.

Zo reden ze de oase Uau-el-Chebir binnen, door niemand gadegeslagen, want men kende de wagen van Omar Sharifan en wist, dat hij weer waren bracht. Morgen was het markt, in de lage huizen lag al weer een aantal meisjes, aan handen en voeten gebonden, als gevangen wilde dieren.

Voor een huis dat uit meerdere in elkaar grijpende delen bestond stopte Omar Sharifan, wierp Birgit over zijn schouder, zoals slagers het met een varken doen en droeg haar het huis binnen. Daar legde hij haar in een kleine, bedompte, warme kamer op een versleten divan en vergrendelde de deur achter zich.

Birgit Brockmann was een stuk handelswaar geworden.

Een kapitaal van 5000 pond.

BIRGIT ontwaakte toen Omar haar boeien losmaakte. Ze lag nog steeds in de kamer, maar nu waren de geweven, kleurige gordijnen voor twee smalle vensters weggetrokken en er scheen een felle zon in het vertrek. Bij de deur stond een grote, in een witte haikh geklede neger. Op zijn kale schedel droeg hij een rode, met gouddraad geborduurde, ronde vilten muts. Hij zag er verzorgd en intelligent uit en rookte een zoetige sigaret uit een lang gouden sigarettenpijpje. Toen hij merkte, dat Birgit wakker was, maakte hij een beleefde buiging en drukte zijn sigaret tegen de gewitte muur uit.

'Madame hoeft niet bang te zijn,' zei hij in een mengeling van Frans en Duits. 'U zult in Lagos in een wit paleis wonen en monsieur Bomboko, mijn opdrachtgever is een gentleman. Hij heeft in Europa gestudeerd en zal het vorstelijk belonen om een blanke vrouw van uw schoonheid, madame, zijn eigen te noemen.'

Birgit zweeg. Met ogen wijdopen van angst staarde ze Omar en de grote, deftige neger aan. Omar Sharifan wenkte. In zijn rechter hand bungelde de zweep.

'Sta op en kleed je uit,' zei hij eenvoudigweg.

Birgit's hart hield op met kloppen. Ze bleef liggen en staarde naar het plafond. Mijn God, bad ze woordeloos. Help mij! Help mij!

Omar trok een brede grimas tegen de neger. 'Ze is nog schuchter, heer,' zei hij. 'Ze weet nog niet hoe het hoort. Maar ze zal het vlug begrijpen.' Hij hief de zweep op, het lange, dunne snoer zoefde door de lucht en kletste tegen de benen van Birgit. Met een kreet van pijn kwam ze overeind.

'Kleed je uit!' zei Omar weer.

'Nee!' schreeuwde Birgit. 'Nee! Al sla je me dood met die zweep van je!'

Weer dat zoevende geluid. Het dunne snoer tegen haar benen. Twee keer. Drie keer. Omar keek de neger aan. 'Ik zou niet graag haar mooie, blanke lichaam willen toetakelen, heer,' zei hij, 'anders zou ik anders tuchtigen.' Hij deed twee grote passen en voor Birgit zich kon verweren, had hij met beide handen bloese en rok van haar lichaam gerukt. In bustehouder en broekje stond Birgit voor de blikken van de beide mannen. Omars borst zette bij deze aanblik uit als een opgepompte blaasbalg. 'Heb ik teveel beloofd, heer?' vroeg hij hees.

'Het is een engel.' De neger stak zijn kin vooruit. 'Monsieur Bomboko zal heel gelukkig zijn. De prijs?'

'6000 pond, heer. Dat is voor niets.'

'Dat is waanzin, Omar.' De neger maakte een buiging voor Birgit alsof hij een dans beëindigd had en zijn partnerin naar haar tafeltje terugbracht. 'Madame… verontschuldigt u de ruwe zeden van dit land. In Lagos zal u dat niet gebeuren. Daar zult u over een schaar van bedienden en dienaressen heersen. Maar u bent nog het eigendom van Omar. Ik hoop echter dat ik het met hem eens word.'

De neger wierp nog een lange blik op de als een zoutzuil in de zon staande, halfnaakte Birgit. Haar gouden haar lichtte, haar blanke huid, doorsneden door bustehouder en broekje, glansde als geschuurd marmer.

'5000 en niet meer,' zei de neger zuchtend. 'Dat is de hoogste prijs die ooit op een markt werd betaald.'

Hij duwde Omar de kamer uit. De grendel schoof weer in het slot. In een andere kamer gingen de onderhandelingen verder. Het handelen om het lichaam van een mooie, blanke vrouw.

Onder de tamarisk-struiken in Uau-el-Chebir was intussen de normale slavenmarkt in volle gang. Meisjes met een donkere huid in alle schakeringen van bruin tot ebbenhout-zwart stonden in het zand en werden door de kopers bekeken. Men keek hen in de mond en controleerde de tanden, men bevoelde hun arm- en beenspieren, men betastte hun borsten en heupen. Een goede slavin moest sterk zijn, mooi gevormd, en gezond genoeg om vele kinderen te baren.

In Uau-el-Chebir was topdrukte. Honderden kamelen knielden rondom de markt, de limonadeverkopers hadden een goede verdienste. In Afrika is mensen verkopen nog altijd de beste handel.

Birgit lag weer op de versleten divan en had haar ogen gesloten. Zij wist, dat er nu geen weg terug meer was, nooit meer een weerzien met Alf.

Ik heb nog gif bij me, dacht ze en vouwde haar handen over haar borst. Zuraida heeft het mij gegeven voor het uiterste noodgeval. Een kleine ampul. Ik draag hem verborgen in mijn bustehouder.

En ik zal hem doorbijten op het ogenblik dat in Lagos de hekken achter mij gesloten worden. Zolang zal ik nog wachten en hopen… al is er ook geen hoop meer.

Vaarwel, Alf.

Ze tastte langs haar borst en vond de kleine ampul. En plotseling werd ze rustig. Heel rustig. Ze verbaasde zich slechts, hoe weinig moed ervoor nodig is om uit het leven te gaan.

In Tobroek landde Brahms woedend op het fabrieksterrein. De twee geredde meisjes spraken niet met hem... alleen Lore Hollerau had na een uur vliegen zachtjes gezegd: 'Klopt het, dat Alf's vrouw in Tobroek op hem wacht?'

'Ja,' had Brahms geantwoord.

En daarna weer zwijgen. Met twee vrouwen kom ik terug, dacht Brahms en vloekte innerlijk. Verdomme nog aan toe, ik had die Brockmann toch een klap onder zijn kin moeten geven en niet langer moeten vragen. Wat ben ik nu in de ogen van mijn oude kameraden? Als redder van twee vrouwen. Ze zullen me allemaal voor een idioot houden.

Maar op het fabrieksterrein stond niemand, behalve de 'bezitter' van de Fieseler Storch en een bijzonder angstige Zuraida. Brahms vermoedde iets onheilspellends toen hij Zuraida niet zag zwaaien. Ze stond daar met hangende armen, alsof er nu van de hemel een vernietigend oordeel zou komen.

Het vliegtuig reed uit, de motor sloeg af, de propellers kwamen tot stilstand en daar sprong Brahms reeds uit de kabine en rekte zich uit. Verwonderd keek hij in de richting van Zuraida die hem niet tegemoet liep. En nu pas viel hem ook op dat Birgit Brockmann niet op het terrein stond en op de terugkeer van haar man wachtte. Niemand in Tobruk wist immers, dat Brockmann niet met het vliegtuig terugkwam.

'Waar is Birgit?' schreeuwde Brahms die iets vermoedde nog voor Zuraida iets kon zeggen. 'Dat wordt me te gek! Waar is Birgit?'

'Weg –' zei Zuraida zacht en liet haar hoofd hangen.

'Wat betekent weg?' Brahms staarde verdwaasd om zich heen. Uit de Storch klommen Aisha en daarna, ondersteund door de piloot en de Berlijnse Arabier, de blinde Lore Hollerau. 'Ik had je opgedragen op haar te passen.'

'Niemand weet hoe ze er vandoor gegaan is. Ik heb direct alles ondernomen.' Zuraida sloot haar ogen. Het vuurrode gezicht van Brahms joeg haar schrik aan. Nu gaat hij me slaan, dacht zij. Nu slaat hij me tegen de grond. En ik zal het hem niet kwalijk nemen. 'Ze is naar Kufra gevlogen.'

'Naar –' Brahms rukte zijn pet van zijn hoofd en wierp die in het stof. 'Het is om van te kotsen!' brulde hij. 'Ik marcheer nog liever met een hele divisie door de Dnjepr dan met een vrouwspersoon rondom het huis! Naar Kufra! Wat wil ze daar dan?'

'Misschien haar man tegemoet rijden.'

'Dat is toch waanzin! De Lybische woestijn is geen plaats voor afspraakjes.' Brahms rende naar het vliegtuig terug en pakte de piloot, die zojuist zijn leren muts afnam bij zijn arm.

'Vooruit, jongen!' schreeuwde hij. 'Niks uitrusten! Op naar Kufra! Wij vliegen tegenwoordig alleen nog maar vrouwen. Verdomme nog aan toe, we moeten die balkenkruisen verwisselen. Nieuw teken: wapperende broekjes. Vooruit, de kist in en op naar Kufra. Hopelijk komen we nog op tijd om dat idiote heldenwijf tegen te houden.'

'Wat is er dan aan de hand?' De Berlijnse Arabier kwam onder de vleugels vandaan. Hij had enkele gaten van het schieten geteld. Totnutoe zeventien. 'Er is mooi geknald, hè? Wat sta je daar toch te brullen, kapitein?'

'Ben je getrouwd?' vroeg Brahms zwaar ademend.

'Natuurlijk. Als Mohammedaan heb ik vier vrouwen.'

'Vier. En je leeft nog?' Brahms klom weer in de kabine. 'Dan moet je de natuur van een stier hebben.

'Totnutoe gaat het nog.' De Berlijner grijnsde. 'Waarheen nu nog? Ik dacht –'

'Naar Kufra! De derde vrouw halen. Ik lijk wel een pasja, die zijn weggelopen vrouwen weer bij elkaar haalt.' Brahms boog zich uit de kabine en zwaaide tegen Zuraida. 'Pas op die twee daar achter!' riep hij. 'Vooral op Aisha... dat is een satan!'

'Waar is die onderzoeker eigenlijk?' vroeg de Berlijner.

'Die komt te voet. Als cavalier. Jongen, praat me er niet over, anders spring ik uit mijn vel.'

Brahms sloeg met een klap de deur dicht. De motor loeide, de propeller snorde in de hete lucht. Langzaam kwam de Fieseler Storch weer op gang.

Aisha en Lore stonden aan de rand van het fabrieksplein en keken het vliegtuig na. Lores dode ogen schenen het net zo na te kijken als de vurige van Aisha.

'Waar vliegt hij nu dan heen?' vroeg Aisha. Zuraida haalde opgelucht adem. Hij heeft mij niet geslagen, dacht ze. Iedere Oosterling zou me met een zweep geslagen hebben, maar mij heeft hij niets gedaan. O, wat hou ik van je – 'Hij haalt Birgit Brockmann,' zei ze opgelucht. 'Ze is haar man tegemoet gevlogen naar Kufra.'

Aisha en Lore wendden zich af. Aisha ondersteunde de blinde en langzaam liepen ze over het stoffige plein naar de wachtende auto.

'Jullie logeren bij ons!' zei Zuraida. 'Wij hebben aan de rand van de stad een huis gehuurd. Over twee dagen is alles voorbij en dan begint voor ons allemaal een nieuw leven.'

Lore en Aisha zwegen.

Hun nieuwe leven was al begonnen. Een leven zonder Alf.

's Nachts verdwenen de beide vrouwen uit het huis van Zuraida, hoewel alle deuren op slot waren. Ze waren uit het raam van de tweede etage geklommen. Een blinde van de tweede etage! Verbluft stond Zuraida 's morgens voor het geopende venster en staarde in de diepte.

Niemand had hen 's nachts gezien. Hoe Zuraida ook moeite deed met hulp van de voormalige Duitse soldaten... niemand kon inlichtingen geven. Hun schuilhoek bleef onbekend.

Aisha en Lore Hollerau bleven weg.

Hun gemeenschappelijk lot, de ongelukkige liefde voor Alf Brockmann, werd een nieuw geheim van de oneindige woestijn.

IN Bir Assi ging generaal Assban als een gek tekeer. Hij sloeg een kaartentafel kapot, twee ramen en het glas voor het portret van Albert Einstein, dat in de voormalige villa van Brockmann in diens werkkamer hing. Daarna brulde hij tegen zijn officieren en wilde niet inzien, dat 's nachts ook een helikopter niets kan uitrichten.

'U hebt schijnwerpers!' tierde hij. 'U moet alles belichten! Sinds wanneer vinden oorlogen 's nachts niet meer plaats? Moet ik het de piloten voordoen? Terwijl je vliegt, verlicht je van onderen de grond!'

'Als men weet, wat men verlicht, generaal. Maar weten wij, welke weg de karavaan volgt?'

Generaal Assban liet zich ten slotte overtuigen. Vier helikopters, tot aan de rand vol met soldaten en munitie, vlogen in de avondschemering weg en landden 's nachts bij de kameelruiters die elkaar inmiddels weer gevonden hadden. Deze hadden een kampvuur aangestoken en wezen de helikopters op die manier de weg.

'We moeten tot de ochtend wachten,' zei de jonge, gewonde luitenant, die niet, zoals Brahms aannam, dodelijk getroffen was. 'Maar dan nemen we ze in de tang. Vier helikopters en dertig man... broeders, we kunnen ons niet nog eens blameren.'

De nachtrust werd echter de redding van Alf Brockmann.

Terwijl de Egyptenaren in hun bivak waren, trok de kleine karavaan in de nacht verder naar het Westen, in de richting van de Lybische grens. Franz reed vooruit, gevolgd door Baraf met een zwaar verbonden bovenbeen en Alf Brockmann, die verbazingwekkend snel van de schorpioenvergiftiging genas. Het tegengif werkte in zijn lichaam en dreef koorts en slapheid op de vlucht. Af en toe bleef Franz staan en wachtte op Brockmann.

'Gaat het nog, doctor?' vroeg hij. 'Of zullen we even uitrusten?'

'Nee. Nee.' Brockmann wees het steeds af. 'Verder. Ik voel me sterk genoeg. Ik voel me als een berserker, nu ik weet dat mijn vrouw leeft en op mij wacht.'

Franz lachte en reed weer voorop. Als alles volgens plan verloopt, dacht hij, ontmoeten we tegen de middag de stoottroep, die we tegen moeten komen. Dan mag een Egyptisch bataljon ons volgen – dan halen we het wel.

Alf Brockmann voelde zich werkelijk sterk. Birgit leeft... deze gedachte werkte als een tovergeneesmiddel. Over twee dagen kan ik haar in mijn armen houden en ik zal tegen haar zeggen wat er tussen Lore en Aisha en mij gebeurd is. Ze zal het begrijpen, ze is een verstandige, lieve vrouw en ze zal ook wel een weg weten voor de toekomst van Aisha en Lore. Eerst vrij zijn. Vrij. Nooit meer het gevoel hebben op een kist dynamiet te zitten. En rust. Eindelijk rust.

In het Oosten kroop een vale streep over de woestijn. De horizon werd oranjerood gekleurd.

De ochtend kwam. De laatste dag in de woestijn.

Aan de andere kant van de rotspartij stegen op dat ogenblik de vier helikopters in de lucht. De kameelruiters zaten op hun dieren.

Vanuit het Westen kroop de kolonne van de Duitse stoottroep. Slechts veertig kilometer scheidden hen nog van de kleine karavaan van Brockmann.

De beslissing over het leven van Alf Brockmann was teruggebracht tot twee uur.

VIER grote, brommende insekten snorden om het kleine kampement in de woestijn waar geen dekking te vinden was. Toen de zon omhoog geklommen was, hadden de helikopters na enkele rondvluchten, waarvan de radius steeds groter werd, de eenzame karavaan in het oog.

Er ging een radio-telegram naar Bir Assi.

We hebben ze. Ze liggen in de woestijn. Honderd kilometer van de grens verwijderd. We omcirkelen hen.

En generaal Assban beval: Vernietigen! Zonder pardon vernietigen. Alf Brockmann mag nooit de grens bereiken. Hij draagt in zijn brein het grootste geheim van Egypte. De drietrapsraket voor lange afstanden 'Walküre'. De enige raket, die van Cairo tot Israel reikt, van de Nijl tot aan de Jordaan.

Vernietigen!

De vier helikopters daalden wat en vlogen over de kleine karavaan heen. Wat ze vanuit de lucht konden zien, was volledig raadselachtig en tegelijk schrikwekkend.

Op de grond schoot iemand de kamelen dood. Hij liep van dier tot dier, zette zijn geweer tegen hun voorhoofd en drukte af. De kamelen vielen in het woestijnzand, lagen op hun zij of staken hun verstarde poten naar de gloeiende, blauwe hemel.

Ook dat seinden de helikopters naar Bir Assi. Ze schieten hun kamelen dood!

Generaal Assban bekeek de kaart. Waar ze Alf Brockmann nu gevonden hadden, had hij een dikke rode cirkel getekend.

Overal woestijn. Geen bron. Tot aan de grens nog honderd kilometer. En ze vermoorden hun dieren –

'Of Brockmann is krankzinnig geworden of deze zinloze daad ontpopt zich weer als een weergaloze belazerij,' zei Assban tegen zijn officieren. 'Geen mens met verstand schiet zijn kamelen in de woestijn dood.'

De vier reuzenhorzels omcirkelden ondertussen de drie mannen en hun doodgeschoten vier kamelen. Baraf had deze dierenmoord begaan en het werd nu duidelijk dat hij, de man uit Nubië, juist gehandeld had.

'Heer –' had hij tegen Brockmann gezegd toen de vier helikopters aan de horizon verschenen en op hen toe kwamen vliegen. 'We moeten stoppen. Over twee uur moeten de mannen uit Kufra hier zijn, zolang kunnen wij ons verdedigen. Maar de kamelen moeten sterven. Levende kamelen rennen weg... dode zijn een goede bescherming tegen geweerkogels.'

'En als de mannen uit Kufra niet komen?' vroeg Brockmann onzeker, Franz keek op zijn horloge.

'Ze komen vast en zeker. Alleen wanneer dat is niet precies te zeggen. Het zijn allemaal ervaren Afrika-strijders.' Hij keek omhoog naar de helikopters. 'Verdomde rotzooi! Een paar uur te vroeg. Maar wat helpt het? Baraf heeft gelijk. We hebben kogelvangers nodig. En ze zullen gegarandeerd met handgranaten gooien. Dan is een kamelenlichaam veiliger dan honderd volle zandzakken.' Hij liet zijn kameel knielen en sprong in het zand. 'Bij de veldtocht door Polen was het een keer bijna net zo. Toen heb ik achter drie gesneuvelden gelegen, op elkaar gestapeld als drie tegels en heb een tegenstoot opgevangen. Op een aardappelveld, zo glad als een tafel. Daar is de woestijn nog een gebergte bij. Dus vooruit! Baraf... ga je gang...'

De kamelen werden doodgeschoten. Het ging heel snel. De reus uit Nubië had een talent voor het doden. Om de dode kamelen heen stapelden ze hun bagage op. De kisten en pakken, de zadels en de ingepakte tenten. Ieder maakte zo voor zichzelf een kleine burcht, gooide er aan de buitenkant zand overheen en groef zich naast de kadavers in.

Honderd meter van hen af, landden in een cirkel de helikopters. Rechts en links hiervan sprongen er soldaten uit en formeerden een kring die op een commando naar de kleine dodenburcht marcheerde. Een kring van vernietiging, een lus, die langzaam aangetrokken werd.

Baraf knikte grimmig. Franz lag achter de nek van zijn dode kameel en wachtte. Tussen nek en kop van het dier had hij een oude Duitse MG 42 in stelling gebracht. Ook dit wapen was nog in Tobruk te vinden, goed geolied en verzorgd, alsof er morgen wapenappèl in de kazerne was.

Nergens op verdacht marcheerden de Egyptenaren naar de kleine burcht in de woestijn. Hun snelvuurgeweren blonken in de zon. Een nieuw commando. De kring stond stil. Door een megafoon riep iemand de Duitsers toe.

'Kom eruit!' riep een officier in het Engels. 'Handen omhoog! Het heeft geen zin meer. Als we dichterbij komen, zullen we jullie vernietigen.'

'Lik m'n gat!' zei Franz luid. 'Jij kent nog geen MG 42. Als ik mijn vinger krom, kookt het water in je achterwerk.'

De officier wachtte een minuut.

Geen antwoord. Achter de dode kamelen verroerde zich niets.

Een schot in de lucht. De kring marcheerde verder.

'Nog tien meter, mensen,' zei Franz, 'dan zullen ze ervan lusten. Attentie – vuur!'

Achter de dode met zand overgoten kamelen klonken de schoten. Baraf en Brockmann schoten met hun geweren, daar echter waar Franz lag, bonkte en zoefde het. Rrrrr. Rrrrr... Rrrrr... drie vuurstoten slechts, maar ze waren genoeg om de Egyptische soldaten in paniek te brengen. Ze wierpen zich in het zand, plat als verwelkte bladeren en bleven roerloos liggen alsof ze dodelijk getroffen waren. Een vierde schot... Rrrrr... zoefde over hun hoofden en dwong hen ook hun gezicht in het zand te verbergen.

'Het oude liedje!' schreeuwde Franz en nam een nieuwe gordel. 'Toen de MG 42 in Rusland voor de eerste keer verscheen, leerde zelfs de roodste Iwan bidden. Met het pistool in de aanslag moesten de commissarissen hun mensen tot de aanval aanzetten.'

De eerste storm was dus afgeslagen. De soldaten lagen hulpeloos in het zand. Geen commando, geen bedreiging kon hen bewegen zich in het spervuur van dit duivelse machinegeweer te storten. De machteloze officier draaide zich op zijn rug en schoot een rode lichtkogel de lucht in.

'Nu gaat het beginnen, jongens,' zei Franz zeer ernstig. 'Nu worden we vanuit de lucht bestookt.'

De vier helikopters stegen inderdaad weer op. Ze verenigden zich ten Noorden van de kleine zandburcht en vlogen daarna in gesloten formatie op de drie mannen af.

Franz lag op zijn rug, de MG over zich heen.

Toen de eerste glazen koepel boven hem huilde, trok hij af en mikte op de beide piloten. Tegelijkertijd vielen er als dikke zwarte druppels handgranaten uit de helikopters.

Het knalde en gierde om Franz heen. Hij zag hoe Baraf en Brockmann onder de lijken van de kamelen kropen, hoe ze zich in het zand ingroeven en de kadavers van de dieren de splinters opvingen. De lichamen werden opengereten, stukken vlees en darmen wentelden door de lucht, een poot van een kameel die in de lucht stak werd afgesneden en vloog een eind de woestijn in.

Franz schoot. Eerste helikopter. Koepel verwoest.

Tweede helikopter. Deze verloor olie en benzine.

Nummer drie. Naast.

Nummer vier. Een voltreffer. In de motor. Het vliegtuig hing een ogenblik in de lucht alsof het door een reuzenvuist werd vastgehouden. Daarna zakte het weg en viel als een steen op de aarde. Tien meter buiten de kamelenburcht kwam het neer, brak uiteen en begon te branden. De beide piloten kropen uit de wrakstukken en renden voor hun leven. Toen de benzinetanks explodeerden waren ze al zover weg, dat ze door de luchtdruk alleen maar omvergeworpen werden, maar niet meer gedood.

De helikopter met de kapotgeschoten koepel landde. De tweede helikopter met de lekke tanks cirkelde zolang rond totdat de benzine eruit gelopen was. Daarna probeerde hij een noodlanding te maken, kwam goed op de grond, maar bij de aanraking braken de wielen en het staartstuk. Alleen de onbeschadigde helikopter cirkelde verder, maar niet meer boven de kamelenburcht, maar iets verder westelijk boven een zandduin.

Vanuit dit vliegtuig vernam generaal Assban in het verre Bir Assi de tragedie van zijn soldaten.

'Strijd in volle gang –' seinde men hem over. 'Een helikopter aangeschoten, twee door beschieting uitgevallen en noodlanding gemaakt.

Wij cirkelen nog rond en zien vrij dichtbij een onbekende troep, die vanuit het Westen komt aanzetten. Drie wagens en zes kamelen. We worden al vanuit de wagens met MG's beschoten. We gaan lager vliegen en beantwoorden het vuur. De wagens zijn van onbekende nationaliteit, maar ze komen de karavaan van Brockmann ontzetten.' Daarna een tik in het seinapparaat en de stem van de piloot riep opgewonden: 'Wij zijn getroffen! We proberen een noodlanding te maken! De tweede motor staat in brand! Leve het vaderland!' Daarna stilte.

Generaal Assban begon te schreeuwen en scheurde de grote kaart van de muur. 'Heb ik nou een leger nodig om één enkele Duitser te vangen?' brulde hij. 'Vier helikopters naar de knoppen! Mijn beste strijdkrachten! Allah, Allah, is die Brockmann dan onsterfelijk?'

Uit de woestijn kwam geen bericht meer door. Maar iedereen wist, dat er zich daar in de eenzaamheid een tragedie voltrok.

Met hoog opgeheven armen stonden de Egyptische soldaten in de zon en wachtten op de drie wagens, die als vuurspuwende monsters door het zand joegen.

Alleen de voormalige sergeant-majoor eerste klas Franz zag hen niet meer.

Hij lag op zijn rug en zijn opengesperde, starre ogen keken in de volle zon.

Een dwars inslaande kogel uit zijn eigen MG 42 had zijn borst opengereten. De woestijn was zijn noodlot geworden.

EEN uur later schoot in Bir Assi generaal Yarib Assban zichzelf dood.

Hij had zijn nederlaag aan Cairo gemeld. En Cairo had geantwoord: kom direct op rapport.

Assban wist wat dat betekende. Hij verkortte met een schot in zijn mond alleen maar zijn ellende.

Maar zelfs zijn lijk werd nog misprezen. De doodkist mocht niet naar Cairo worden overgebracht.

En zo werd generaal Assban aan de rand van Bir Assi in het woestijnzand begraven. In de woestijn, waar hij van hield en die hij haatte en eens een 'mooie vrouw' noemde, waarmee een man zich ruïneren kan –

BRAHMS organiseerde in de oase Kufra een kruisverhoor. Met hulp van de Lybische commandant verhoorde hij in Bzéma alle handelaars, alle kinderen, alle vrouwen, alle nomaden en doorgaande reizigers, de grijsaards en de invaliden.

Het was een vreselijk verhoor waarbij de nijlpaardzweep een rol speelde die de monden opende. Pas tegen de avond kwam hij te weten dat de tapijtenhandelaar Omar Sharifan de mooie, blanke vrouw met een stationcar weggebracht had. Waarheen, dat wist niemand.

'Omar Sharifan?' zei de commandant van Bzéma. 'Dat is volkomen ongevaarlijk. Een eerlijke, vlijtige koopman. Als de blanke vrouw hem heeft overgehaald heeft mee op reis te gaan, is ze in veiligheid. Daarvoor kan ik instaan.'

Maar deze zekerheid verdween toen een aantal getuigen zei dat ze de wagen van Omar Sharifan gezien hadden en dat hij naar het Noorden reed.

'Naar het Noorden?' Brahms schudde zijn hoofd. 'Naar het Oosten.'

'Nee.' De getuigen schudden energiek hun hoofd. 'Hij is de weg naar El Arach opgereden.'

Brahms nam de commandant van Bzéma terzijde. 'Daar klopt iets niet,' zei hij. 'Als er één richting was die mevrouw Birgit op wilde, dan was dat het Oosten, naar haar man, naar de Egyptische grens. In het Noorden heeft zij helemaal niets te zoeken. Waar woont die Omar?'

In de tapijtenwinkel was alleen een jonge verkoper aanwezig. Wanneer Omar Sharifan terug zou komen, was onbekend. Zelfs van een blanke vrouw was de zwartgelokte jongeman niets bekend, ook niet na een paar zweepslagen en de dreiging om hem tot aan zijn nek in het hete zand te begraven. 'Allah zij mijn getuige!' schreeuwde hij in doodsangst. 'Omar is weggereden – meer weet ik werkelijk niet.'

'Laten we afwachten,' zei de commandant en haalde zijn schouders op. 'Wat kunnen we anders doen? Het zal zich wel vanzelf oplossen. We kennen Omar allemaal. Het is een braaf mens.'

Brahms vertrouwde niet op deze karakterisering. Hij had te lang in het Oosten geleefd om te weten wat er achter zulke woorden stak. Hij kwartierde zich, zonder lang te vragen, in de winkel van Omar in, rookte een waterpijp, at schapenvlees met maïs en chilisaus, verwonderde er zich over waar Omar eigenlijk van leefde, want er kwam niemand in deze tijd om ook maar een snippertje tapijt te kopen en ging toen de nacht inviel voor het huis in de koelte wandelen.

Tegen middernacht kwam Omar Sharifan terug. Hij reed zijn wagen in de garage, nam de zak met de verworven 5000 pond en wilde in vrolijke stemming zijn huis binnengaan. Een krachtige hand verhinderde dat. Voor hij wist wat er gebeurde, viel hij door een slag met de zijkant van een hand om en verloor het bewustzijn.

Hij ontwaakte ergens in de woestijn, buiten Bzéma. Boven hem fonkelden de prachtige sterren, hij lag in het zand, naast hem zag hij de donkere schaduw van zijn eigen wagen en – op een krukje, die hij als onderdeel van zijn winkel herkende – een grote mannengestalte die hem aanstaarde.

Met een vloek op de lippen wilde Omar Sharifan opspringen, maar machteloos viel hij in het zand terug. Zijn benen en handen waren geboeid. Bovendien was hij helemaal naakt, wat hem het meest verwonderde.

'Goed geslapen, Omar?' vroeg de gestalte in het Arabisch. Deze bewoog zich en liet met een zaklantaarn licht op het gezicht van Sharifan schijnen. 'Laten we geen lange redes houden, vriend, want een duidelijk woord siert de man, zegt de profeet. Ik vraag en jij antwoordt.'

Brahms belichtte de van haat vervulde ogen van Omar. Met zijn voet schoof hij een reiszak in het gezichtsveld van de geboeide en Sharifan herkende de zak met het geld.

'Waar heb jij 5000 pond vandaan?' vroeg Brahms.

Omar zweeg. Brahms wiegde met zijn hoofd heen en weer. 'Dat is dom, Omar. Zo komen we niet verder en onze vriendschap wordt verbroken. Laten we het anders doen. Ik vertel en jij zegt ja.' Brahms schraapte zijn keel. 'De blanke vrouw heeft jou gevraagd haar naar het Oosten, naar de grens te brengen. Je hebt haar dat beloofd maar je bent met haar naar het Noorden gereisd. Waarheen, dat zullen we zo dadelijk weten. Daar heb je de blanke vrouw voor 5000 pond verkocht. Zulke prijzen betalen mannen met grote harems. Jij was dus met haar op een van de geheime slavenmarkten. Klopt het tot zover?'

Omar Sharifan zweeg. Alleen in zijn ogen stond een bandeloze haat. Brahms haalde zijn schouders op. Hij ging naar de wagen en kwam met een gesloten houten kist terug. Deze zette hij naast het bovenbeen van Omar in het zand en ging weer op het bewerkte krukje zitten.

'Weet jij wat dat is?' vroeg hij. 'Dat is een klein bijenvolk. Nu slapen die lieve diertjes, als de zon opkomt, hebben ze behoefte om uit te zwermen en zoetigheden te vergaren.' Brahms keek op zijn horloge. 'Over drie uur begint de ochtend... zolang kunnen we nog met elkaar praten. Dan echter, beste kerel zal ik je onderlichaam met honing insmeren en de bijen vrijlaten. Dat is een aanleiding die iedereen aan het zingen heeft gebracht. Ik heb dat op de agentenschool in Cairo geleerd. Men noemt dat de 'natuurlijke methode van verhoor'!'

De ogen van Omar werden groter. Hij staarde naar de houten kist. Er stroomde plotseling zweet over zijn lichaam, hoewel de nacht koel was.

'Heer –' stamelde hij.

'Hé heb jij toch een mond?' Brahms boog zich naar voren. 'Waar heb je die blanke vrouw heen gebracht? Aan wie heb je haar verkocht?'

'Ik weet niet, waarover je spreekt, heer –' stamelde Omar.

'Het is zinloos.' Brahms stond op en liep naar de wagen. Hij ging op de kussens liggen en wachtte tot de zon boven de horizon kwam. Toen ging hij terug naar Omar.

Sharifan had geprobeerd de boeien los te maken. Hij had in het zand gewoeld, maar de lussen en knopen hielden. Brahms knikte hem toe, draaide hem weer op zijn rug en doopte een lepel in een blikje honing. Hij smeerde het onderlijf van Omar met de kleverige brij in, gooide het blik daarna ver van zich af in het zand en boog zich over de houten kist. Binnenin was het een gezoem en gebrom. De opgesloten bijen wilden naar buiten.

'Heer!' brulde Omar Sharifan en rukte aan zijn boeien. 'Allah zal je voor dit ogenblik vervloeken!'

'Dat kan me weinig schelen. Waar is die blanke vrouw?'

'Dat weet ik niet!' jammerde Sharifan.

'Vlieg, bijtje, vlieg –' zei Brahms en schoof de kist open.

Luid zoemend schoot een wolk uit het gat en cirkelde boven het liggende, naakte lichaam. Toen roken de bijen de honing en als op commando stortten ze zich op het onderlichaam van Omar.

Brahms wendde zich af en liep naar de wagen.

Achter zich hoorde hij een felle kreet. Daarna een tweede, daarna een aanhoudend jammeren en steunen.

Na tien minuten brulde Omar Sharifan met een niet meer menselijke stem. Nog vijf minuten later joeg Brahms de bijen met een insektenspray weg en boog zich over de half waanzinnige Sharifan.

'Waar is de blanke vrouw?' vroeg hij.

'In Uau-el-Chebir –' rochelde Omar. 'Bomboko heeft haar gekocht. In Lagos. Ze is nu op weg naar Niger, waar een vliegtuig op haar wacht.'

Brahms sleepte het naakte lichaam van Omar naar de wagen terug en gooide hem op de achterbank.

'Dat had allemaal wel wat eenvoudiger gekund, jongen,' zei hij. 'Als je veel geluk hebt, word je straks in Bzéma niet met zweepslagen afgemaakt. Het zou eigenlijk de juiste straf zijn voor een smeerlap als jij.'

Toen ze weer in de Kufra-oase aankwamen, stond de militaire commandant hen op straat al op te wachten. Hij nam Omar Sharifan in ontvangst en liet hem wegvoeren. Tegen Brahms zei hij ietwat bedremmeld: 'Alstublieft, neemt u mij niet kwalijk, kameraad.'

Van Omar Sharifan heeft men nooit meer wat gehoord of gezien –

DE slavenkaravaan, die in Uau-el-Chebir werd samengesteld en nog dezelfde dag afmarcheerde, bestond uit drieënveertig zwarte meisjes, twintig jonge mannen, negen Arabische bewakers en de 'leider', die zich trots met 'Bei' liet aanspreken. Hij reed op een witte hengst met zilverbeslagen tuigage en joeg af en toe langs de lange kolonne van te voet door de hitte wankelende slaven en liet ze de moed erin houden door slagen met een lange leren zweep.

'Lang leve Boran-Bei!' moesten de mannen dan roepen.

Als de vermoeidheid te erg werd, liet Boran-Bei zingen. Een voorzanger met een schrille stem gaf de maat en de melodie aan en de slaven, met lussen aan elkaar vastgemaakt vielen in een dof koor in. Ook de meisjes zongen mee. Hun heldere stemmen waren meer een noodkreet dan een melodie.

Zo trokken ze urenlang door een steenachtige woestenij, kregen drie keer te drinken en een keer te eten. Gerstepap met droge vruchten, rustten een uur uit en marcheerden daarna verder.

Naar het Zuiden. Naar Niger. Naar hun nieuwe toekomst als slaven.

Een uitzondering vormde alleen Birgit. Zij hoefde niet te lopen. Voor haar had men een soort draagstoel geconstrueerd. Op vier ronde balken lag een planken vloer, waarop een kleine tent opgezet was. Acht jonge, sterke negers droegen dit bouwwerk, waarin Birgit op zijden kussens zat en zonder tranen voor zich uit staarde.

Een paar keer liet Boran-Bei stoppen en sloeg de toegang tot de tent iets open.

'Hoe gaat het, madame?' vroeg hij. 'U moet niets te klagen hebben.'

Op deze vragen antwoordde Birgit niet. Ze keek opzij of draaide zich om. Boran-Bei haalde zijn schouders op, liet de opslagen van de tent weer vallen, sloeg op de dragers in en schreeuwde: 'Verder, uitwerpselen van een jakhals! Verder!'

's Nachts – ze hadden een kamp tussen verweerde, lage rotsen opgeslagen, in de laatste, spaarzaam begroeide strook land, voor de troosteloze zandwoestijn hen weer opnam – lagen of zaten de slaven in een kring van kampvuren, dicht tegen elkaar aangedrukt en met de voeten aan elkaar vastgebonden. Buiten de kampvuren stonden de tenten van de begeleiders en bewakers. Boran-Bei had de mooiste slavin, een zestienjarig meisje uit Tsjaad, zwart als ebbenhout en met een figuur als Venus, in zijn tent gehaald. Daar kreeg ze voor haar liefdesdienst een schotel vlees en rijstebrij. Een vorstelijke beloning, waar de andere meisjes haar om benijdden.

Naast de tent, waarin Birgit ongeboeid uitrustte, lag de neger Dumba. Hij was een man van middelbare leeftijd, met een kroeskop en twee diepe stamtekens op beide wangen. Slavenjagers hadden hem in de binnenlanden van de Soedan gevangen en als een zeldzaam dier tweeduizend kilometer ver naar de markt van Uau-el-Chebir gebracht. Nu moest hij terug naar het Zuiden, naar Ghana, als tuinman van een rijke koopman. Hij was al vier maanden onderweg. Hij had geen schoenen meer nodig. Zijn voetzolen waren met een dikke hoornhuid overtrokken.

Dumba tilde een puntje van de tent op en keek naar binnen. Hij had de blanke vrouw zachtjes horen huilen. 'Psst,' deed hij en Birgit zweeg direct. Ze staarde in de duisternis, maar kon niets onderscheiden. Pas toen naast haar de linnen wand zich een beetje bewoog, tastte ze met haar hand in die richting en greep in de wollige haren van Dumba. De neger lag plat op de grond en had zijn hoofd onder de tent doorgeschoven.

'Geen angst, vrouw...' fluisterde Dumba in onbeholpen Engels. Hij had een jaar op een plantage gewerkt en zoveel geleerd, dat hij zich verstaanbaar kon maken. 'Ik helpen. Dumba hoeft niet geholpen, maar blanke vrouw moet weg...'

Hij zweeg, strekte zich en lag stil, alsof hij sliep. De wacht deed zijn ronde. Niemand schonk aandacht aan de tent en Dumba. De blanke vrouw was veilig. Waar zou ze ook heen vluchten? Te voet? Men zou haar een paar uur later oprapen als een verloren zak gerst. Hetzelfde gold voor Dumba. Zijn thuis was de Soedan. Daar kon hij nooit meer heen komen. Voor hem was de toekomst veiliger en mooier dan een vlucht in het ongewisse. Hij genoot daarom ook voorrechten in de slavenkaravaan. Hij was de kalfaktor. Hij gaf de andere slaven water en gerstebrij, hij bepaalde, wie de draagstoel van Birgit moest dragen, hij was de bemiddelaar tussen de levende, zwarte handelswaar en de handelaars. Daarom werd hij 's nachts ook niet vastgebonden. Waar zou Dumba het beter kunnen hebben dan hier, dacht iedereen.

'Hoe wil je me helpen?' fluisterde Birgit terug.

'Jij vluchten.'

'Waarheen?'

'Zeventig mijl van hier, naar het Noorden, is een militaire post. Daar moet je heen.'

'En jij?'

'Dumba heeft geen eigen leven meer.'

'Wil jij hier blijven?'

'Nee. Ik meegaan. Maar dan jou alleen laten. Beter zo, vrouw, ik ga weg naar de opgaande zon, jij rechtuit. Ik maak breed spoor... jij niets. Dan ben je veilig.'

Birgit zweeg. Vlucht of gif, dat waren de enige mogelijkheden, die er voor haar overbleven. Het laatste het gif, als al het andere niet hielp.

'Wanneer?' fluisterde zij.

'Ik haal jou, vrouw. Wacht –'

Het tentdoek ritselde zacht, de wollige schedel gleed weg.

Om de slaven heen brandde nog steeds de vuurkring. Uit de tent van Boran-Bei klonk gezang. De mooie slavin uit Tsjaad zong en danste voor haar gebieder. Dumba stapte naar een van de vuren, waarachter de witte wollen dschellabah van een van de bewakers oplichtte. Het was kort na middernacht. De slaven sliepen, tot zwarte kluwens samengebald.

'Vriend!' zei Dumba in het Arabisch en stapte uit de kring van vuur. 'Ik geloof dat de blanke vrouw dorst heeft. Kan ik water halen?'

De Arabier knikte. Hij was moe en zat rechtop te slapen. Waarom waken, dacht hij. Er is nog nooit een slaaf weggelopen, tenminste niet een van ons. We hebben drie keer een vluchteling weer gevangen en voor de ogen van de anderen hem de huid van het lijf geslagen. Dat weten ze allemaal. En geboeid zijn ze ook. Ze zouden dus wel allemaal tegelijk moeten vluchten, huppelend op één been.

Hij lachte om deze voorstelling en keek daarom niet meer waar Dumba heen ging.

De neger uit de Soedan luisterde eerst bij de tent van Boran-Bei. Daar was alles stil. De bei lag in de armen van de zwarte slavin en sliep. Bij een kampvuur, dat precies tegenover dat vuur lag waarlangs Dumba uit de kring was gelopen, zag hij een tweede bewaker zitten. De anderen lagen te snurken in hun kleine tenten.

Zachtjes, onhoorbaar, kwam Dumba terug. Met zijn blote vuist sloeg hij de in slaap gesukkelde bewaker op zijn hoofd. Geluidloos viel de Arabier in het zand.

Dumba trok hem uit het schijnsel van het vuur, kleedde hem uit en wierp zichzelf de witte dschellabah om zijn schouders. Hij deed de hoofddoek om en liep toen rechtop, alsof hij door Boran-Bei gestuurd was naar de vuurkring en verdween in de tent van Birgit.

Niemand schonk aandacht aan hen toen ze samen de tent verlieten. De bewaker tegenover hen dacht dat de bei de blanke vrouw naar hem toe liet halen. Hij rookte verder en staarde naar het knappende vuur vóór hem.

'Hard lopen, vrouw –' zei Dumba toen ze de tent van Boran-Bei voorbij waren. Hij had Birgit vooruit gestuurd en was een paar seconden achtergebleven om de verdoofde bewaker met een slag van een steen nog dieper in zijn bewusteloosheid te laten zinken. Nu had hij Birgit ingehaald en greep haar hand. 'Geen angst, vrouw!' zei hij, toen hij merkte hoezeer zij trilde. 'Niemand zal vinden blanke vrouw –'

Ze renden alsof ze achterna gezeten werden. Toen Birgit zich nog een keer omdraaide, zagen ze nog zwak de weerschijn van de kampvuren tegen de donkere, nachtelijke hemel.

'Kom vrouw!' riep Dumba en trok haar met zich mee. 'Niet blijven staan! Zon komt snel –'

Hoelang ze tussen de zwerfstenen door liepen, wist Birgit niet. Ze voelde alleen hoe haar benen steeds zwaarder werden, hoe ze ten slotte slechts wankelde en Dumba haar aan zijn hand met zich meetrok als een vermoeide, koppige ezel.

'Ik kan niet meer,' hijgde Birgit en liet zich eenvoudig op de stenen vallen. 'Ik ...ik krijg geen lucht meer...'

Dumba ging naast haar zitten en keek naar het Oosten. De horizon werd reeds vaal.

'Ga nu rechtuit verder, vrouw,' zei hij. 'Al maar rechtuit. Ik ga terug en dan een andere kant uit. Vaarwel, vrouw.'

Birgit hield zijn hand vast. 'Waarom ga je niet mee, Dumba?'

'Dan zouden ze ons snel gevonden hebben, vrouw.' Het zwarte gezicht van Dumba was zonder uitdrukking en glinsterde van de zweetparels. 'Jij verder lopen... ik laat ze spoor bijster worden.'

'En als ze jou vinden? Dan zullen ze je doden.'

'Ja, vrouw,' zei Dumba onverschillig.

'Jij gaat met mij mee!' riep Birgit.

'Nee. Wat is Dumba, vrouw? Vader van Dumba is doodgeslagen. Moeder van Dumba is doodgeslagen. Vrouw van Dumba en kinderen van Dumba, allemaal doodgeslagen. Waarom moet Dumba alleen leven? Maar jij moet leven, vrouw. Loop – loop – al maar rechtuit.'

Hij rukte zijn hand uit de omklemming van Birgit los en rende de weg terug. Als een schaduw zag ze hem door de nacht rennen, tot hij door de duisternis werd opgeslokt.

Dumba rende met grote passen twee kilometer terug. Daarna maakte hij een hoek van negentig graden en rende de woestijn in. Zijn grote voeten lieten duidelijke sporen in het zand achter.

Bij het krieken van de dag werd de vlucht ontdekt. Boran-Bei zelf vond de neergeslagen bewaker. Hij stormde direct op de draagstoel-tent af, gooide de ingang open en zag dat de tent leeg was.

Het alarm deed de karavaan schrikken. Alle slaven werden tot een dichte kluwen aan elkaar vastgebonden en moesten zo in de zon gaan zitten. Daarna sprongen de Arabieren op hun kamelen en zwermden uit om de sporen van de vluchtelingen te zoeken.

Na drie uur vonden ze de afdrukken van Dumba. Met wild geschreeuw joegen ze door de woestijn.

Een uur later hadden ze Dumba ingehaald. Hij zat achter een zandduin en wachtte op hen. Hij gaf op geen enkele vraag antwoord, hij liet alleen zijn hoofd hangen en sloot zijn ogen toen de nijlpaardzwepen de huid in stukken van zijn lichaam scheurden.

'Jij hoerenzoon!' brulde Boran-Bei. 'Jij misgeboorte! Jij zwarte donder – waar is de blanke vrouw?'

Dumba zweeg. Hij viel op zijn knieën, liet zich voorover in het zand vallen, om hem heen kleurde het gele woestijnzand rood door zijn bloed, zijn gekwelde, kapotgeslagen lichaam trilde... maar er kwam geen geluid over zijn lippen. Geen kreet van pijn, geen gesteun en zeker geen woord.

Boran-Bei gaf een wenk en wendde zich af. Met de zilveren knoppen van hun kameelzwepen sloegen de Arabieren Dumba dood. Ze vermorzelden zijn schedel en sloegen nog op hem in, toen hij allang het rijk van zijn voorvaderen binnengegaan was.

Daarna zochten ze verder, de hele dag door, terwijl de vastgebonden slaven zonder beschutting in de felle zon bij elkaar zaten. Maar ze vonden het spoor van Birgit niet, hoe luid Boran-Bei ook de hemel aanriep en Allah en zijn profeten om hulp smeekte.

De terugkeer van Alf Brockmann verliep nuchterder dan te verwachten was van onze aan sensatie gewende wereld.

Niemand nam notitie van hem toen de autokolonne weer in Bzéma arriveerde. Wat zich daar ginds in de woestijn had afgespeeld, wist hier niemand, alleen de Lybische regering moest zien klaar te komen met een scherpe protestnota van Egypte en zolang met het antwoord wachten, totdat Alf Brockmann het land had verlaten. Dat moest direct gebeuren, zoals Brahms beloofd had.

In Bzéma stapte Brockmann in een van de lijnvliegtuigen naar Tobroek. De 'stoottroep' kwam er met een vrachtvliegtuig achteraan. Samen met Brockmann reisde ook een smalle, eenvoudige doodkist. Franz Overhalt, sergeant-majoor eerste klasse b.d., sinds 1943 in Afrika vermist, in Duitsland reeds tien jaar geleden doodverklaard, keerde voor het laatst uit de woestijn terug. Men had besloten, hem in Tobroek te begraven. Op het oorlogskerkhof. Naast de honderden rijen graven, onder een wit houten kruis zonder naam.

Een onbekende soldaat.

Maar ook in Tobroek wachtte zijn vrouw Birgit niet op hem, wel een zwartharig meisje met de bijzondere schoonheid, die Aisha ook bezat.

'Ik ben Zuraida,' zei het meisje. 'De verloofde van Brahms.'

Brockmann keek om zich heen. Geen Birgit, geen Lore, niet eens Aisha. Niemand stond op hem te wachten, behalve de voor hem vreemde Zuraida. Zelfs Brahms was niet gekomen en dat was het wat Brockmann onrustig maakte.

'Is er wat gebeurd?' vroeg hij.

Zuraida gaf Alf een arm en trok hem weg uit het gedrang van de passagiers. 'Kom mee naar de wagen,' zei ze. 'We gaan direct naar huis...'

'Waar is mijn vrouw?' Brockmann bleef als een koppige jongen staan. 'U verbergt iets voor me, Zuraida. Brahms is er ook al niet. En Aisha. Zeg toch wat. Wat is er gebeurd?'

'Wij weten het niet –'

'U weet –' Brockmann merkte, hoe hij koud van binnen werd. 'Is Birgit wat overkomen?'

'Nee.' Zuraida rukte aan Brockmann's arm. 'Maar komt u nu alstublieft eerst eens mee naar de wagen.'

Tijdens de rit naar Tobroek vertelde Zuraida hakkelend en ten slotte door tranen onderbroken de turbulente gebeurtenissen van de laatste dagen. Brockmann luisterde zonder haar in de rede te vallen.

Birgit verdwenen terwijl ze op zoek naar hem was. Aisha en Lore Hollerau verdwenen... een raadsel, waar hij alleen de oplossing van wist. En in zijn hand hield hij een oude krant waarin onder een vette kop stond: Jörg Brockmann, de zoon van de Duitse raketspecialist weer terug! – Ontvoerd en vrijgelaten! – Wie is de man, die de jongen wekenlang verborgen hield? – Wie heeft Jörgi geopereerd?

'Mijn God...' stamelde Brockmann en legde zijn hoofd in zijn nek. 'Mijn God en ik geloofde dat ik in een vreedzame wereld terug zou komen –'

In het huurhuis van Brahms liet hij zich nog een keer alles in details vertellen. Na de eerste schok kon hij weer nuchter denken. De grote teleurstelling die hem bijna verdoofde en de angst om Birgit maakten plaats voor koele berekening.

'Brahms is onderweg om Birgit te halen,' zei hij tegen Zuraida. 'In Bzéma was ze niet, dus moet Brahms weten welke weg ze genomen heeft. In geen geval is ze mij tegemoet gereden, want dan hadden we elkaar op zijn laatst aan de grens moeten ontmoeten.' Hij veegde over zijn gezicht en dronk dorstig de met ijs gekoelde grenadinelimonade. 'Ik kan voor Birgit nu helemaal niets doen, dan weer – net als een jaar geleden – te wachten. Maar Lore en Aisha... die zijn nog hier in Tobroek. Ze houden zich verborgen en ze zullen proberen hier weg te komen. Een blind, blank meisje valt overal op – ze zullen dus alleen tevoorschijn komen op het laatste moment voor hun vertrek!'

Brockmann keek Zuraida aan. Haar ogen glommen nog van de tranen.

'Er zijn twee plaatsen vanwaar ze het land kunnen verlaten: het vliegveld en de haven. Zuraida, neemt u het vliegveld voor uw rekening. Ik ga naar de haven. Lore Hollerau zal een zonnebril dragen. Aan de arm van Aisha zal ze zich zo zeker bewegen alsof ze kon zien. U kunt hen absoluut niet mislopen. Lore is groot, slank, sportief, heeft bruin, kort haar en boven haar neus een litteken. Dat is ook onder de zonnebril te zien. Wat ze aan heeft, weet ik niet. Ze zal wel nieuwe kleren gekocht hebben. Ze heeft uit Bir Assi 2000 pond meegenomen, genoeg om in Europa te komen.'

'Ik zal hen dit keer niet weer laten ontkomen,' zei Zuraida en glimlachte. 'Uw beschrijving klopt precies, Mr. Brockmann. Lore is een aardig meisje.'

'O, natuurlijk, u kent haar immers.' Brockmann keek naar zijn handen. Zou ze in de gaten hebben waarom Aisha en Lore uit mijn leven willen vluchten? Zou ze het met de fijngevoeligheid van een liefhebbende vrouw merken? Hij bekeek haar van top tot teen, maar Zuraida keek uit het raam.

'Ik ga direct,' zei ze. 'Naar Europa gaat drie keer per dag een vliegtuig. Aan de haven heb ik overigens ook gedacht. Aan de kade ligt een Italiaans en een Frans schip. Ze varen alle twee vanavond weg...'

Brockmann sprong op. Hoewel hij nog onder zijn vergiftiging leed, zijn been nog gezwollen was en hij verlangde naar rust, slaap, naar een volledig vergeten, zette hij er zich toe weer naar buiten te gaan en aan de kade in de haven bij de loopplanken van de schepen te staan als een bedelaar die op een goede gever wacht.

Mijn God, dacht hij, toen hij tegen de balustrade van de loopplank van het Italiaanse schip leunde, dat het eerst zou vertrekken. Laat Brahms mijn Birgit vinden. Mijn jongen hebt gij mij teruggegeven... schenk mij nu ook dit geluk weer...

Op het schip gingen de lichten op. Het promenadedek werd verlicht door veelkleurige lampen. Op het sportdek begon de boordkapel vlotte marsen te spelen.

De passagiers kwamen aan boord. Boven, bij de ingang, stonden de officieren in witte uniformen en begroetten iedere gast afzonderlijk.

Alf Brockmann ging wat in de schaduw staan toen hij vanuit de verte Aisha en Lore zag komen. Hoog opgericht liep Lore aan de arm van Aisha, zeker en met grote stappen, alsof zij kon zien waar ze haar stappen zette. Ze droeg een nieuw reiskostuum van lichtgrijze zijde. Aisha had ook Europese kleding aan. Haar witte jurk, waarover haar lange, zwarte haren vielen, was een demonstratie van bedekte, maar duidelijk herkenbare schoonheid van het vrouwelijk lichaam.

Vlak voor de loopplank kwam Brockmann uit de schaduw te voorschijn en ging voor de meisjes staan. Aisha dook in elkaar. Lore bleef daardoor staan en keek Brockmann met haar dode ogen aan.

'Wat is er, Aisha?' vroeg zij.

'Waarom doen jullie zo vreemd?' zei Brockmann zacht. Het leek of Lore door elektrische stroom getroffen werd. Haar hoofd kwam met een ruk omhoog.

'Gaat u alstublieft opzij, mijnheer –' zei ze luid. 'Ik weet helemaal niet wat u wilt –'

'Lore...' Brockmann's stem beefde. 'Wat moet dat toch allemaal? We zijn toch één familie, wij allemaal. Wat zou ieder van ons zonder de hulp van de ander geweest zijn? Waarom weglopen? Het heeft toch geen zin, Lore. Wij kunnen niet voor ons zelf vluchten –'

'Alf –' Lore's hoofd zakte naar voren. Ze omvatte de schouders van Brockmann en legde haar gezicht tegen zijn borst. 'Alf, ik wou dat de bom me helemaal gedood had, niet alleen mijn ogen.'

Aisha keek strak langs Brockmann heen naar het fel verlichte schip. Ze had haar vuisten gebald. Ze was prachtig in haar wildheid.

'Mag ik tenminste gaan?' siste ze.

'Nee, Aisha.'

'Wat moet *ik* dan in deze romantische club?'

'Kom.' Hij pakte haar rechter vuist. Ze sloeg hem met al haar kracht op zijn hand, haar ogen flitsten, haar prachtige rode mond maakte trekkende bewegingen.

'Laat me! Ik kan overal leven! Ik heb je niet nodig!'

'Maar ik heb je nodig, Aisha.'

Ze draaide haar hoofd met een ruk om. Het was alsof er een bliksemschicht over haar mooie gezicht trok. Als een sluier waren haar lange, zwarte haren.

'Ik kan niet blijven,' zei ze gejaagd. 'Ik zou je vrouw en Lore moeten doden om je alleen te hebben. Ik zou het eenvoudig mòeten doen. Wil je dat?'

'Aisha!'

'Laat me gaan, Oulf! O, alsjeblieft! Ik smeek het je. Maak er geen tragedie van. En maak je geen zorgen om mij. Ik ga naar Beirut. Daar heb ik goede vrienden. Daar ga ik wonen en zal ik werk vinden.'

'Weer bij een geheime dienst?'

'Misschien. Vaarwel, Oulf. Het beste, Lore...'

Ze rukte zich los en rende met wapperende haren de loopplank op.

'Aisha!' riep Brockmann. Hij liet Lore los en wilde Aisha over de loopplank achterna gaan. Twee matrozen hielden hem vast en trokken hem van de brug af, hoezeer hij zich ook verweerde.

'Aisha!' brulde hij weer toen zij boven op het schip door een van de officieren werd begroet, haar ticket liet zien en door een steward naar haar kabine werd gebracht. 'Aisha! Je mag niet gaan! Kom terug, Aisha!'

Een ogenblik verlangzaamde Aisha haar pas, toen haalde ze haar schouders op en liep snel achter de steward aan. Ze keek niet meer om, ze verborg haar gezicht onder het gordijn van haar prachtige zijden haar. En niemand zag de tranen die over haar bruine wangen stroomden en in haar mondhoeken terechtkwamen.

Brockmann schrok, toen de hand van Lore hem aanraakte. Zij had zijn stem gevolgd en legde nu haar arm om zijn schouders.

'Is ze weg?' vroeg ze zacht.

'Ja, Lore...' stamelde Brockmann.

'Heb je veel van haar gehouden?'

'Ja, Lore. Ze was voor mij een vervulde droom. Ze was een levend geworden sprookje uit de 1001 nacht.'

'Dromen vergaan... en sprookjes blijven sprookjes, Alf.' Lore streek Brockmann licht over zijn van zweet druipend haar en over de plooien die zich op zijn gezicht gevormd hadden. 'Nu is de werkelijkheid er weer, het werkelijke leven... en dat betekent Birgit.'

'En Lore –' zei Brockmann nauwelijks hoorbaar. 'O mijn God, hoe gespleten kan een mens zijn –'

De boordkapel speelde de afscheidsmars, de loopplank werd ingehaald, sirenes en toeters klonken op, de trossen werden losgegooid, er werd met honderden zakdoeken gezwaaid. De 'Leonardo' maakte zich los van de kade. Een sissende raket schoot in de avondhemel en liet zilveren sterren in zee regenen. Het witte lichaam van het schip deinde in de branding.

'Tot ziens, Aisha –' zei Lore en stak haar hand op.

'Adieu...' Brockmann wendde zich af. Het leek hem of een deel van zijn leven de zee ingleed en daarmee in de eeuwige vergetelheid.

In haar kabine lag Aisha op bed en hield beide handen voor haar gezicht. 'Oulf! O, Oulf!' riep zij tegen haar handpalmen. 'Ik weet niet hoe het verder moet gaan! Ik kan niet leven zonder jou! Ik kan het niet – Ik kan niet meer leven –'

Door het raam van de kabine klonk lachen en klaterende muziek.

En in de verte zonk de kust van Afrika weg.

VOLGENS de aanwijzingen van Omar Sharifan raasde Brahms nu al vier uur alle straatwegen en karavaansporen af, die van Uau-el-Chebir naar het Zuiden leidden.

Toen de Fieseler Storch met de zwarte kruisen aan de rand van de kleine oase Chebir landde, wierpen velen zich in het zand en dachten dat een roofzuchtige reuzenvogel op hen neergekomen was. Brahms liet ze in die waan en sloeg intussen op de ruggen van de inwoners en vroeg hen schreeuwend waar de slavenkaravaan heengetrokken was. Daarna steeg hij weer op in de loodkleurige hemel en vloog met grote bogen over de woestijn.

'Het zijn bijna honderd man!' schreeuwde hij tegen het lawaai van de motor in en boog zich in de richting van de piloot. 'Zo iets moet je toch kunnen vinden! Ik zie toch ook honderd mieren die over een tafellaken krabbelen –'

'Hieronder is het allemaal verward.' De piloot vloog in grote bogen en vloog toen verder naar het Zuiden. 'Hier wisselen woestijn met bergen af en daartussen is zelfs zoiets als savanne. Als ze in zo'n dal gaan uitrusten, zien ze eruit als verweerde stenen.'

'Al zou ik in de lucht verhongeren!' brulde Brahms. 'Ik moet die karavaan vinden!'

'Voor zolang, ben ik bang, is onze benzine niet voldoende.'

Ze vlogen en vlogen. Om benzine te sparen liet de piloot het vliegtuig in de cirkels die hij maakte uitvliegen en gaf weer gas als ze verder gingen.

Eindelijk, na vijf uur, zagen ze in de steenwoestenij een samengeklonterde donkere massa. Smeulende vuren lagen in een kring om hen heen, hier en daar stond een tent in de felle zon.

'Dat zijn ze!' brulde Brahms en sloeg van blijdschap met zijn vuisten tegen de glazen koepel. 'Dat zijn ze! Jongen! Jongen!' Brahms drukte zijn gezicht tegen het glas aan en staarde naar beneden. 'Ze zitten dicht op elkaar, als bromvliegen op hun prooi. Vooruit, jongen, naar beneden! Naar beneden met die kist! Over hun hoofden heen en dan landen!' Hij greep naar zijn machinepistool en de oude, goed bewaard gebleven Duitse handgranaten. 'We zullen hen laten zien, wat voor een tovenaar daar uit de lucht komt.'

De Fieseler Storch ondernam een soort duikvlucht. Beneden in de woestijn staarden zeventig zwarte hoofden naar hen. Honderdveertig ogen wachtten op een wonder.

En plotseling begon er iemand te zingen en ze vielen allemaal in als in een koraal.

Boven de zingende slaven ronkte de reuzenvogel met de kruisen en landde in een wolk van stof en opspattende stenen.

Brahms wierp zich met een grote snoeksprong in het zand, want vanuit een tent kwam hem geweervuur tegemoet. Ook de piloot sprong uit de kabine en kroop naar Brahms. Achter een hoop stenen lagen ze in dekking en sloegen het slavenkamp gade.

Behalve de zingende, aan elkaar vastgebonden negers en negerinnen en de weinige tenten, waarachter één enkel geweer op het vliegtuig schoot, scheen het kamp te zijn verlaten. Geen kameel, geen voertuig, geen in het wit geklede Arabieren.

'Merkwaardig,' riep Brahms zijn piloot in het oor. 'Het lijkt of ze allemaal weg zijn! Er is maar èèn man achtergebleven! Vervloekt, waar zijn de anderen?'

Het was op hetzelfde tijdstip, waarop enige kilometers verder naar het Oosten de neger Dumba door de nijlpaardzwepen verminkt werd en Boran-Bei Allah om hulp smeekte.

Brahms legde zijn machinepistool op de stenen en wachtte tot achter een van de tenten vandaan weer de kruitdamp van een schot in de hete lucht opsteeg. Daarna haalde hij de trekker over en hoorde een felle kreet.

'Vooruit!' schreeuwde Brahms, sprong op en stormde op het kamp af.

Achter de beschoten tent zat een Arabier en hield met beide handen zijn schouder vast. Er sijpelde bloed tussen zijn vingers door en kleurde de witte dschellabah met lelijke rode strepen. Toen hij de beide blanken aan zag komen rennen, hief hij een van zijn bloedige handen omhoog als teken van overgave en gaf een trap tegen zijn geweer, zodat het meters ver over het zand vloog.

'Goed zo, mijn zoon!' schreeuwde Brahms en richtte zijn machinepistool op het hoofd van de geschrokken Arabier. 'Waar is de blanke vrouw?' Hij riep het in het Arabisch en gaf zijn woorden een zekere nadruk, terwijl hij de loop van zijn wapen tegen de borst van de bewaker drukte. 'Vooruit, spreek op! Waar is de blanke vrouw –'

'Weg, o heer. Weg. Vannacht.'

'Krijg het nou helemaal!' brulde Brahms. 'Vrouwen met zo'n dadendrang zouden aan de ketting gelegd moeten worden! Vlucht uit een slavenkaravaan de onbekende wildernis in.'

Hoewel hij woedend was, klonk er toch een grote achting in zijn woorden door. Zo'n vrouw, dacht hij. Ze heeft meer moed dan een handvol mannen. Ze geeft het gewoonweg niet op, ze resigneert niet, zoals vrouwen vaak in hopeloze situaties doen. Ze kijkt naar de grond en stormt voorwaarts, als een stier in de arena. Een duivels wijf!

'Wat nu?' vroeg de piloot. Hij staarde naar de zwarte kluwen van zingende slaven. De meisjes waren voor het merendeel naakt, lichamen van ebbenhout. Prachtige, heerlijke lichamen. Daartussen de jonge mannen. Gespierd, brede schouders. Werkdieren.

'Verder zoeken. Als Birgit 's nachts gevlucht is, kan ze niet ver gekomen zijn. Alleen, weet ik nu in welke richting ik moet zoeken?' Hij boog zich weer voorover naar de gewonde bewaker. 'Waar zijn jullie nu aan het zoeken?' schreeuwde hij tegen hem.

'In het Noorden.' De Arabier wankelde. Het bloedverlies had hem zodanig verzwakt, dat hij haast niet meer kon zitten. Brahms bracht zijn onderlip naar voren. In het Noorden. Ergens daarginds in de steenwoestenij.

'We stijgen direct weer op,' zei hij tegen de piloot. 'Eerst zal ik echter die arme kerels verlossen.'

Hij ging naar de slavenkluwen en sneed de touwen van de eerste rij door. Van toen af aan was het slechts een wirwar van lichamen, van weggeworpen touwen en zich oprichtende, naakte lijven. Het gezang verstomde echter niet... het werd integendeel luider en voller tot een waar furioso.

'Dank, o heer, dank!' stamelde een neger en viel aan de voeten van Brahms. Voor Brahms er wat tegen kon doen, omringde hem een tiental vrouwen en mannen en kuste zijn laarzen, zijn handen en zijn lichaam. Een vloed van zwarte lichamen overspoelde hem en drukte hem bijna plat van overvloeiende dankbaarheid.

Met geweld bevrijdde hij zich van de handen en hoofden en baande zich een weg naar de wachtende piloot. 'Die maken me af!' schreeuwde hij. 'Vooral de vrouwen! Goeie hemel, zoveel bloot vlees heb ik nog nooit onder mijn vingers gehad!'

'Wat gaat er met de slaven gebeuren?' vroeg de piloot. Hij keek om naar het kamp. De negers vormden weer een gesloten, zwarte massa, zodat het leek alsof ze nog steeds aan elkaar vastgebonden waren.

'Niet vragen, jongen.' Brahms' gezicht werd doodernstig. 'Over een paar uur zal hier iets gebeuren, wat wij Europeanen nooit kunnen begrijpen. Het belangrijkste is nu echter – weg wezen en Birgit vinden. Om de slaven hoeven we ons niet meer te bekommeren...'

Na drie vergeefse pogingen om te starten – steeds weer lagen er hopen stenen in de weg om een aanloop te krijgen – stegen ze weer naar de loden hemel en zetten koers naar het Noorden. Ze vlogen laag om onder zich alles te kunnen waarnemen.

Maar de woestijn was leeg.

De terugkeer van de Arabieren in hun slavenkamp was de terugkeer van schuimbekkende monsters die woedend waren en op wraak belust. Boran-Bei reed aan het hoofd. 'Ik zal drie van die zwarte apen voor de ogen van allemaal laten verscheuren!' brulde hij. 'Bij mij vlucht niemand meer! Ik zal ze waarschuwen, die stinkende jakhalzen!'

Zo kwamen ze aangereden, de zwepen in de hand, met bloeddorst en wreedheid in hun hart.

Het was stil in het kamp. De slaven zaten net zoals men ze een paar uur geleden verlaten had. Een samengeklonterde massa mensen, waarop de zon zonder erbarmen haar gloed wierp.

Boran-Bei's gezicht begon te grijnzen. Wat een stompzinnigheid, dacht hij. Zo kan alleen een neger maar zijn. Ze hebben geen hersens.

De Arabieren stegen af, de kamelen knielden. Met zwaaiende zwepen in hun vuisten gingen Boran-Bei en zijn mensen op de zwarte kluwen af, op deze honderdveertig ogen, die hen aankeken.

Wat er toen gebeurde, was een van die geheimzinnige tragedies, waarvan niemand ooit iets hoort.

Vóór Boran-Bei iets kon zeggen, verhief zich de trage, zwarte massa van lichamen en stroomde op hem toe. Als een reusachtige, donkere golf wierpen de slaven zich op de mannen in de witte dschellabahs, alles neertrappend, wat op hun weg kwam. Deze golf werd begeleid door één grote uitroep van triomf, waarin het jammeren, rochelen en brullen van de Arabieren onderging als gefluister in een storm.

Het duurde geen vijf minuten.

Wat er van Boran-Bei en zijn mannen overbleef, was niet meer menselijk. Het was de moeite niet meer waard om de overblijfselen te begraven. Men wierp ze weg als voedsel voor de gieren en hyena's die al vier uur om het kamp zwierven alsof ze deze bloedige verschrikking vermoed of geroken hadden.

Daarna formeerde zich een nieuwe karavaan. Op de kamelen zaten de zwakke vrouwen, die niet lang meer konden lopen. Voor en achter de kamelen trokken de mannen door de woestijn, geleid door een neger uit Tsjaad, een bul van een kerel met brede schouders.

'Ik breng jullie naar mijn vaderland!' had hij verkondigd. 'De grens is niet ver meer. Maar vier dagreizen. Wie meewil, komt maar achter mij aan.'

En ze volgden hem allemaal. Waar zouden ze ook anders heen moeten? Ze waren ontheemden... en daardoor behoorde hun de gehele wereld toe.

Intussen vloog Brahms systematisch het gehele gebied af. Hij zag onder zich een gordel van zandduinen, daarna enkele kale rotsen met kloven, een wadi, spaarzaam met tamarisken en stoffige agaven begroeid, maar in ieder geval een bewijs, dat hier in de regentijd het rivierbed niet leeg bleef, maar water bevatte.

'Niets,' zei Brahms met een doffe klank in zijn stem. 'Helemaal niets. Als Birgit deze kant opgegaan is, moet ze ons in ieder geval horen of zien. Maar ik geloof niet meer dat ze in het Noorden is.' Hij staarde weer naar het wilde landschap onder hem en veegde het zweet van zijn gezicht. 'Het kan ook zijn, dat de Arabieren –' Hij sprak niet verder. Die gedachte was te verschrikkelijk. 'Als dat het geval is, jongen –' zei hij na een poosje zacht – 'vergeet ik alles, wat ik geleerd heb aan christendom, cultuur en menselijkheid. Bij God, ik zou bij de Chinese folteraars in de leer gaan –'

Voortdurend beschreef de Fieseler Storch zijn bogen en vier brandende ogen tastten iedere meter grond af en zochten een eenzame, voor haar leven rennende vrouw...

NADAT de neger Dumba haar verlaten had en om de sporen uit te wissen teruggelopen was, rustte Birgit ongeveer een uur uit en zette toen haar tocht in het ongewisse weer voort.

Almaar rechtuit, had Dumba gezegd. Wat betekende rechtuit? In de woestijn ziet iedere meter er hetzelfde uit... iedere steenhoop lijkt op de vorige, iedere heuvel is een tweeling van de voorgaande, iedere met hoop begroete stekelige tamariskenstruik kan dezelfde zijn, die men reeds een uur geleden bijna had kunnen omarmen. Wie kon zeggen of zij niet in een kring rond liep? De zon, ja, dat was een aanknopingspunt. Maar ook de zon beweegt... van het Oosten naar het Westen en daartussen lag dus het Noorden, een richting die zich van uur tot uur verplaatste, als men zo onervaren was als Birgit.

Na een moeizame zwerftocht – ze had alle begrip van tijd verloren en onderbrak het lopen alleen maar om kleine slokjes uit de leren zak met water te nemen, die Dumba van de neergeslagen bewaker had afgenomen – bereikte ze een uitgedroogde rivierbedding, een wadi. Hij liep in rechte lijn naar het Noorden, zoals Birgit aannam, en vormde zodoende een weg, waar ze alleen maar langs hoefde te lopen.

Waar een wadi is, is ook water, dacht ze. Ook al is de rivierbedding nu uitgedroogd – de agaven hebben voedsel nodig en ergens ginder in de verte zal misschien een plas liggen, een bron, een schaduwplekje, een paar palmen. Ze liep naar een van de grote agaven en brak er een blad af. Het was dik en vlezig en toen ze het platdrukte, liep er groen sap over haar handen.

Van dorst omkomen zal ik niet, dacht ze verder. Ik zal de agavenbladen uitpersen en van het sap leven.

De wadi lag vol grote keien, die snel lopen moeilijk maakten. Na een uur merkte Birgit, hoe haar knieën trilden en haar voetzolen brandden. Ze voelde de pijn in haar hele lichaam, iedere stap meer werd nu een kwelling en ten slotte voelde ze één afschuwelijke steek, die haar hele lichaam beheerste.

Met haar laatste kracht stapelde ze enkele grote stenen op elkaar en ging uitgeput in deze 'burcht' op de grond liggen. Ze legde een paar grote agavenbladeren als een dak over haar heen en niemand, die van de rand van de wadi of zelfs vanuit de lucht over het land keek, kon ontdekken, dat daar een mens lag die naar rust verlangde.

Een paar keer hoorde ze in de verte het ronken van een vliegtuig. Ze zoeken me, dacht Birgit. Waar hebben ze echter zo gauw een helikopter vandaan gehaald? Natuurlijk, ik ben hun waardevolste handelswaar. 5000 pond heeft een zekere Bomboko uit Lagos voor mij betaald.

Ze stapelde de grote agavenbladeren dichter over haar stenen burcht en kroop weer weg.

Het geluid van het vliegtuig kwam dichterbij, donderde over haar heen, verwijderde zich weer. Birgit lag als een egel in elkaar gerold in haar schuilplaats en verroerde zich niet.

Ze hebben me niet gezien, juichte het in haar binnenste. Ze vliegen verder. Ik heb hier een prachtige schuilplaats gebouwd.

Nog drie maal ratelde het vliegtuig over de wadi. Bij de vierde keer waagde Birgit een blik door de kieren van haar agavendak.

Onder de gloeiende hemel cirkelde een zilveren reuzenvogel. Geen helikopter, maar een eendekker. En onder de vleugels en op de romp stonden zwarte balkenkruisen.

Birgit stond als het ware verlamd.

Brahms... dat kon ze denken, maar het besef, gered te zijn, niet meer te hoeven lopen, Alf weer te zien, naar Duitsland terug te kunnen gaan, Jörgi in haar armen te sluiten, die heerlijke toekomst die in deze seconden als kleurige beelden aan haar voorbijtrok, maakte haar volledig machteloos. Met wijd opengesperde ogen staarde ze naar de hemel en het cirkelende vliegtuig. En pas toen, toen ze zag, dat de Fieseler Storch een andere kant wilde uitgaan, verliet de verlamming haar... ze trok het bladerdak weg, rende naar het midden van de uitgedroogde wadi, trok haar bloese van haar lichaam en zwaaide die met beide armen in de lucht.

Het vliegtuig kwam terug, maakte een grote boog, vloog lager, maakte nog een boog en begon met de draagvlakken te schommelen.

'Ik ben het!' schreeuwde Birgit in de hete lucht. 'Ik ben het!' En hoewel het volledig zinloos was en alleen maar kracht kostte, schreeuwde ze het steeds weer, liep heen en weer, zwaaide met haar bloese, huilde van vreugde en uitputting en merkte niet hoe de zon haar ontblote borsten verbrandde en het zweet op haar huid verdampte als water op een gloeiende kookplaat.

'Daar is ze!' had Brahms een paar minuten eerder in de koepel van het vliegtuig geroepen en de piloot bijna in gevaar van neerstorten gebracht, omdat hij hem zo'n krachtige slag op de schouders gaf dat de stuurknuppel naar voren schoot. 'Naar de wadi! Daar staat ze te zwaaien! Naar beneden, jongen, naar beneden! O verdomme nog aan toe, ik geloof, dat ik ga huilen...'

Hij wreef over zijn ogen en toen hij zijn handen terugtrok, waren ze inderdaad vochtig.

Iets opzij van de wadi, waar er minder stenen waren en het vliegtuig kon uitrijden, landden ze. Brahms sprong eruit en rende naar de wadi. Hij struikelde en stortte bijna van de wand van zwerfkeien, het laatste stuk gleed hij zelfs op zijn achterste, tot een agave hem remde.

Birgit rende hem tegemoet, nog steeds met haar bloese zwaaiend, afwisselend lachend en huilend.

Midden in de rivierbedding ontmoetten ze elkaar en Birgit breidde haar armen uit als een kind, dat zijn vader een eindje tegemoet gegaan is.

Brahms maakte een correcte buiging en keek een beetje schuchter naar de naakte borsten van Birgit.

'Ik groet u, mevrouw,' zei hij correct. 'Mag ik tegenover u mijn bewondering uitspreken, dat u zelfs in de woestijn volgens de nieuwe mode van de 'monokini' gekleed bent...'

Birgit lachte door haar tranen heen en drukte haar bloese tegen haar borst.

'U heeft het leven geschonken, Brahms,' zei ze. 'En geboren wordt men altijd naakt –'

Daarna zonk ze in de armen van Brahms, de laatste kracht had haar verlaten.

Als een kind nam Brahms Birgit op zijn armen en droeg haar uit het uitgedroogde rivierbed naar het wachtende vliegtuig.

In Cairo kwam in deze dagen het kabinet onder voorzitterschap van de minister van Binnenlandse Zaken Feisal Abdul Mossou in een bijzondere zitting bijeen.

Het enige punt van de geheime besprekingen was de vlucht van Alf Brockmann en de uitschakeling van het onderzoekingscentrum Bir Assi. De dood van generaal Assban werd in het geheel niet vermeld, zomin als de nederlaag van de Egyptische achtervolgingstroepen in de woestijn tegen een Duitse stoottroep. Deze aangelegenheid was het voorwerp van een protest in Lybië en bovendien te gênant om over te spreken. Staatschef Nasser bevond zich op een reis naar Jordanië.

'Mijne heren,' zei minister Mossou en keek over de schare van zijn collega-ministers, 'wat de laatste dagen gebeurd is, is een zuiver binnenlandse aangelegenheid van Egypte en mag in geen geval in de buitenlandse politiek terechtkomen. Ik heb een informatiestop ingesteld en kan u zeggen, dat niemand afweet van de gebeurtenissen in Bir Assi en aan de Lybische grens behalve wij en de Lybische regering. Deze zal in haar eigen belang alles doen om dit incident eveneens te verzwijgen. De reis van president Nasser naar Jordanië is belangrijker. U weet allen waarom het gaat: het aanzien van Egypte moet bij zijn Arabische vrienden behouden blijven en zelfs versterkt worden.' Minister Mossou liet zijn hand over zijn schaarse haren glijden. 'Wat leert ons de toestand van het ogenblik? Wat hebben wij te doen? Het valt te verwachten, dat Lybië Alf Brockmann niet uitlevert, maar hem naar Europa laat gaan. Het zou gemakkelijk zijn, Brockmann in Duitsland zelf door onze geheime dienst onschadelijk te maken. Maar dat zou weer groot opzien baren, hetgeen wij onder alle omstandigheden willen vermijden.' Mossou bladerde in zijn papieren. Wat hij te zeggen had, was niet zijn mening, maar die van de staatschef.

'Mijne Heren! Op deze dag sluiten wij de kwestie Brockmann af. Alle Duitse ingenieurs en onderzoekers, die zich in het land bevinden worden, omdat ze nog contracten met ons hebben, geïsoleerd en krijgen onbelangrijke taken in het kader van het ruimte-onderzoek. Het zal onze taak zijn de Duitsers zo langzamerhand weg te werken.' De stem van Mossou verhief zich. 'Ik kan aan de andere kant de verheugende mededeling doen, dat de werkzaamheden aan de ontwikkeling van de langeafstandsraketten en een intercontinentale raket voortgang zullen vinden. Russische raketspecialisten zijn reeds onderweg om de plaatsen van de Duitsers in te nemen en ons met hun nieuwste vindingen van dienst te zijn. Bij de Russen bestaat het gevaar niet, dat ze vluchten. Ze beschouwen Egypte als een nieuwe basis voor de verovering van Afrika en Azië voor het bolsjewisme. Laten wij ze in die waan laten zolang ze voor ons werken en ons de wapens leveren om eens onze erfvijand Israel te vernietigen.'

Minister Mossou sloeg zijn aktenmap dicht. Hij keek naar de twijfelende gezichten van zijn collega's en wees die twijfel met een groots gebaar af.

'Egypte bestaat 6000 jaar!' zei hij luid. 'Het zal niet aan een Alf Brockmann ten gronde gaan! We hebben een Caesar en Antonius overleefd, we hebben de Engelsen na een taaie strijd de macht ontnomen, we zijn een eigen natie geworden... we kunnen het ook zonder een Brockmann. Laten we de kwestie zo laten, mijne heren. Een nieuwe episode in ons raketonderzoek begint reeds overmorgen. Op die dag zal uit Moskou de Russische expert Prof. dr. Konstantin Michailowitsch Projewnew arriveren... hij neemt alles in Bir Assi over.'

De buitengewone zitting van het kabinet was daarmee beëindigd. Minister Feisal Abdul Mossou reed naar huis. Daar wachtte zijn vriend Faruk ben Sahedi op hem met een bijzonder mooi meisje uit Somaliland. Een betoverend, zeventienjarig wezen met panterogen en het lichaam van een wilde kat.

Mossou zuchtte diep.

O Allah, dacht hij. Wat is het leven mooi... Egypte is mooi... alles is mooi op deze wereld, als men een mooie vrouw verwacht.

In de armen van een vrouw vervliegen de zorgen – wie dat eens gezegd heeft, was werkelijk een filosoof die dicht bij het leven stond.

De Fieseler Storch landde 's nachts weer op het fabrieksterrein. Alleen de Berlijner was aanwezig en rende op zijn vliegtuig af, toen de propeller nog nadraaide.

'Ik dacht, die hebben het afgelegd!' schreeuwde hij en omhelsde Brahms. 'Al drie uur loop ik hier rond als een zwerver die geen bank meer kan vinden om op te slapen. Die hebben geen benzine meer, heb ik tegen mezelf gezegd. Die liggen nu in de woestijn en dobbelen erom wie het langste leeft. En nu komt er geronk uit de lucht – hebben jullie dat mooie vrouwtje gevonden?'

'Het mooie vrouwtje is er.' Birgit klauterde uit de nauwe kabine en sprong op het plein van de fabriek. De Berlijner keek verlegen naar Brahms, ging toen rechtop staan en maakte een buiging.

'Beste mevrouw,' zei hij een beetje bedremmeld, 'dat schoot me zo uit mijn mond. Ik bedoel –'

'Ik dank u van ganser harte.' Birgit omhelsde de stijve Berlijner en kuste hem op beide wangen. 'Als uw oude Fieseler Storch er niet was geweest, wie zal zeggen wat er dan van mij was geworden. Nu leef ik echter – en dat dank ik ook aan u.'

'Beste mevrouw –' De Berlijner keek hulpeloos naar Brahms. Die lachte en maakte een afwijzend gebaar.

'Doe geen moeite. Zet je kist maar weer in de motteballen. Ik denk, dat het de laatste vlucht van de grijze vogel was.' Maar toen werd ook Brahms ernstig en gaf de Berlijner een hand. 'Ik dank je, kameraad!'

zei hij en het klonk een beetje gek hier op het nachtelijke fabrieksterrein van de Afrikaanse stad Tobroek. 'Ik heb altijd gedacht dat die hele rotzooi ten einde was in 1945. Maar de anderen, de zogenaamde demokraten, maken het iemand verdomd moeilijk om pacifist te zijn.' Hij sloeg de Berlijner op zijn schouders en lachte geforceerd. 'Zo, rol nu je vogel maar weer in het hooi. Hij heeft zijn genadebrood verdiend –'

In het huis van Brahms sliep iedereen, toen ze uit de wagen stapten. Alleen Baraf, de zwarte reus, was wakker. Hij zat achter de huisdeur en hield de wacht terwijl de anderen sliepen.

'Waar is Dr. Brockmann?' vroeg Brahms toen ze in de gang stonden.

'In de kamer, heer. Hij slaapt sinds een uur.'

'En Zuraida?'

'Wacht op de heer –'

'Wat is er verder tijdens mijn afwezigheid gebeurd?'

'Veel, o heer. De meisjes –'

Birgit pakte Brahms bij de arm. Ze trilde van opwinding.

'Waar is Alf?' fluisterde ze. 'Breng me eerst naar hem toe. Of is dat andere zo belangrijk?'

'Natuurlijk niet.' Brahms glimlachte stilletjes. 'Wat Baraf te vertellen heeft, kan wel een minuutje wachten.' Hij knikte de reus toe. 'Breng haar bij de blanke man.'

Brahms bleef beneden in de gang staan en keek Birgit na toen ze achter Baraf de trap opging. Haar benen trilden, haar handen beefden. Met beide handen hield ze zich aan de trapleuning vast, alsof het haar onmogelijk was de kracht op te brengen om trede voor trede naar boven te gaan.

Brahms wendde zich af en ging de woonkamer binnen.

Wat is het mooi als iemand op iemand wacht, dacht hij. Wie wacht er op mij? Zuraida? Misschien – Ze houdt van mij en ik ben dol op haar kussen... maar zal dat lang duren? Zullen de tegenstellingen toch niet op een dag alles stukmaken? Zijn Zuraida en ik twee mensen die zich kunnen binden, die een heel leven lang als een burgerlijke familie kunnen leven, in een tweekamerwoning, tussen bankstel en wasmachine, tussen kindergeschreeuw en luiers, tussen het ei 's morgens, vijf minuten gekookt en het flesje bier 's avonds? Zijn wij geboren voor dat brave leven?

Brahms ging in het donker bij het raam zitten en keek naar buiten naar de stille Afrikaanse straat. Er kwam bitterheid in hem op. Hij voorvoelde, dat hij zichzelf bedroog als hij alle vragen met ja beantwoordde.

Hij was de eeuwig rusteloze. Hij vond nergens meer een vaderland. Hij was als een clochard, die nergens banger voor was dan voor geborgenheid en burgerlijkheid, een schoon bed en een stropdas om zijn nek.

De deur ging open en dicht. Er sloop een schaduw in de donkere kamer. Twee zachte, blote armen legden zich om zijn nek, de zoetige geur van een vrouwenlichaam omgaf hem met een onweerstaanbare verleiding.

'Zuraida –' zei Brahms hees. 'Mijn engel –'

En alle duistere gedachten stierven aan haar lippen en onder haar strelende handen.

ALF Brockmann lag aangekleed op bed en wierp zich in zijn slaap van zijn ene op zijn andere zij, toen Birgit de deur opende, de kamer binnenging en hem achter zich weer zachtjes dichttrok.

Op haar tenen ging zij naar het bed en boog zich over haar man.

Alf, riep een stem in haar. Alf! Ik ben nu bij je! Ik ben er! Na een jaar! Eindelijk, eindelijk!

Heel voorzichtig en zacht ging ze op de rand van het bed zitten en streek met de toppen van haar vingers over zijn gezicht. Alf rekte zich wat uit in zijn slaap en murmelde onverstaanbare woorden.

Ik heb nooit geloofd, dat je dood bent, liefste, dacht Birgit. Ja toch, ik lieg. Eén ogenblik was ik onzeker... toen men je urn bracht, toen je voor mij stond, een handvol as en ik tegen mijzelf moest zeggen: dat is alles wat er van Alf is overgebleven, van mijn geluk, van mijn liefde. Maar daarna was ook dat voorbij en ik zei: Nee. Hij leeft. Ik voel dat hij leeft.

Ik heb het zo zeker gevoeld, liefste. En nu lig je voor me en weet nog niet, dat ik naast je zit en je aankijk. Je hebt er veel rimpels bij gekregen... hier, om je mond en op je voorhoofd en in je ooghoeken. Ach, ik kende alle plooien van je gezicht. Weet je nog hoe ik ze noemde? Wegen van rijpheid... Wij lagen in de zon, in het hoge gras van onze kleine tuin en ik ging met de toppen van mijn vingers over je gezicht... zoals nu. 'Ik ben een oude man, niet waar?' zei je toen. En ik heb geantwoord: 'Ik hou van je!' Zou je dat nog weten, liefste?

Zij legde haar hoofd naast het zijne op de geplooide deken en keek hem van opzij aan. Zijn adem gleed over haar gezicht, en zijn mondhoeken trilden in zijn slaap.

Liefste – er bestaat niets anders op de wereld dan jij. Dat weet ik nu. Jij en onze Jörgi. Hij leeft, hij is weer thuis en wij zullen zo gelukkig worden als nooit tevoren. Wij zullen elkaar bij de hand nemen en nooit meer uit elkaar gaan. Nooit meer. Beloof je me dat, ja? Alsjeblieft, beloof me dat –

Zachtjes stond zij weer op en stroopte haar stoffige, versleten kleding van haar lichaam. Naakt liep ze terug naar het bed en ging weer naast haar man liggen.

Brockmann draaide in zijn slaap zijn hoofd naar haar toe, zijn handen legden zich op haar lichaam en haar linker borst.

'Alf –' fluisterde ze hem in het oor.

Hij bromde iets, maar de druk van zijn handen werd sterker. Toen kuste zij hem op zijn mond en wekte hem.

'Birgit –' zei hij.

Alleen maar Birgit.

Maar de wereld was volkomen.

Het klopte niet wat Baraf zijn heer gemeld had. Niet allen sliepen in het huis, toen Brahms met Birgit terugkwam. Naast de kamer van Zuraida lag Lore Hollerau wakker in haar bed en luisterde naar ieder geluid dat er in het huis te horen was. Ze hoorde de naderbijkomende auto, het slaan van de deuren, de zachte stemmen beneden in de gang.

Ze zijn er, dacht Lore. Brahms heeft haar gevonden. Nu is ze er... Birgit Brockmann, zijn vrouw.

Ze ging rechtop in bed zitten, wierp haar hoofd in haar nek en luisterde ingespannen. Daarna ging ze het bed uit en liep op haar tenen naar de deur, legde haar oor daar tegen aan en volgde alles wat er in het nachtelijk donkere huis gebeurde.

Stemmen. Brahms sprak. Toen zij... Birgit. Wat spreekt ze helder, ik had me haar timbre veel donkerder voorgesteld, dacht Lore. Nu klapt er een deur. En stappen komen de trap op... een zware stap, de planken trillen tot hier toe... dat is Baraf, de zwarte reus. En daarachter aan komt zij, ik hoor haar niet, maar ik weet dat ze achter hem aan loopt... hij brengt haar naar Alf's kamer... en straks zal ze daar naar binnen gaan, straks zal ze bij hem zijn, straks zal mijn eigen wereld ineenstorten.

Stilte.

Lore hield haar adem in. Een gerommel, weer de zware stap. Baraf ging de trap af. Alleen. Zij was boven gebleven, stond voor de deur van Alf... Doe hem open, doe hem toch open. Ik wil het knarsen horen en het dichtvallen van het slot. Dan zal ook mijn lot dichtvallen. Waarom ga je niet naar binnen? Het is toch jouw man... *jouw* man! Jij bent een mooie, trotse, moedige vrouw. Ik ben slechts een blinde invalide. Zijn liefde behoort *jou* toe, voor mij blijft er alleen zijn medelijden over.

Waarom ga je niet naar binnen? Doe de deur toch open, blonde satan! Ga toch! Ga!

Lore Hollerau beet in haar vuist, die ze tegen haar mond aandrukte. Haar gezicht dat nat van tranen was, rustte tegen de deur. Ze had het gevoel in het hout te moeten bijten van oneindige, onverdragelijke ellende.

Daar... een zacht piepen, een klik.

Ze is naar binnen gegaan.

Nu is ze bij hem.

Ze buigt zich over hem heen.

Ze kust hem.

Ze... ze...

Lore Hollerau wankelde van de deur naar bed. Het laatste beeld van haar voorstelling verscheurde ze totaal. Onder luid snikken wierp ze zich achterover op de deken en stopte een punt van haar kussen tussen haar tanden om haar uitroep te onderdrukken.

Nu is ze bij hem. Nu zijn ze gelukkig. Nu zijn ze weer man en vrouw. En alles, wat daartussen ligt, is vergeten.

Zuraida en Brahms verhinderden het ergste. Toen ze innig omstrengeld naar hun slaapkamer gingen en langs de deur van Lore kwamen, hoorden ze zacht steunen.

Ze vonden Lore Hollerau in een grote plas bloed. Uit haar verminkte linker handgewricht spoot het bloed stootsgewijze. Het was een vreselijke wond. Met een scherf van een gebroken zakspiegeltje had Lore Hollerau haar polsaderen opengesneden.

De Italiaanse plezierboot 'Leonardo' legde op een reis door de hele Middellandse Zee rond ook in Tel Aviv, in Israël, aan.

Hier ging Aisha van boord, zoals alle andere passagiers om de stad te bezichtigen. Voor Aisha was het echter een weggaan voor altijd. Toen ze de kade betrad, wachtte reeds een onopvallende, in een wit kostuum geklede heer op haar. Een moderne strohoed bedekte zijn hoofd, achter de donkere zonnebril keken harde ogen het meisje aan.

'Welkom, miss Aisha,' zei hij en kuste haar hand alsof hij langverwacht bezoek ontving. 'Hebt u een goede reis gehad?'

'Wat heeft dit theater te betekenen, majoor Silverston?' Aisha streek het door de wind verwaaide haar uit haar gezicht. 'Ik ben gekomen om rekenschap af te leggen.'

'Dat hebben wij ook niet anders verwacht, miss Aisha.' Majoor Silverston gaf Aisha een arm. Maar het was minder een teder gebaar dan wel de manier waarop je iemand gevangen neemt. 'Onze wagen staat achter het douanegebouw te wachten. Wij hoeven er niet doorheen...'

'Waar brengt u me heen?' Aisha bleef staan en keek om zich heen. Zou ik dat allemaal nog wel eens weerzien, dacht ze. De witte schepen, de vrolijke mensen, de gekleurde vlaggen, de kleine witte wolken aan de hemel, de glanzende zon, de glinsterende zee –

'Eerst naar generaal Absalom. Hij wil u enige vragen stellen.'

'Dat weet ik.' Aisha liet haar hoofd hangen. 'Ik geloof dat ik de enige vrouw ben tot nu toe die in Israël standrechtelijk doodgeschoten wordt, niet waar?'

Majoor Silverston schudde zijn hoofd. 'Wie heeft het daarover, miss Aisha? U maakt zich een totaal verkeerde voorstelling van de consequenties. Als u een man zou zijn –' De majoor haalde veelbetekenend zijn schouders op. 'Maar u? Ik zou me in uw geval met de gedachte vertrouwd maken enige jaren in een kibboets in de Negev-woestijn te leven en de grond te cultiveren.'

'Verbanning?'

'Nee. Eredienst bij de opbouw van ons volk.' Majoor Silverston leidde Aisha langs twee groetende militaire wachtposten naar een donkere limousine die voor het gebouw van de douane geparkeerd stond. 'Waarom hebt u zo totaal gefaald?' vroeg hij voor ze instapten. 'Verklaart u me dat eens, miss Aisha, voor we naar generaal Absalom rijden. Heeft u daarvoor een verklaring?'

'Ja,' antwoordde Aisha vastberaden.

'En die is?'

'Ik heb voor de eerste keer in mijn leven gevoeld wat liefde is.'

'Dom.'

'In uw ogen, majoor. Maar ik ben een vrouw. Ik ben altijd en in de eerste plaats alleen een vrouw en daarna pas agente. Dat heb ik nu beseft en dat had men in de centrale ook moeten beseffen. Men kan mij met lessen en opdrachten volpompen, met logica en met angst... zolang men mij niet het hart uitrukt, heb ik gevoel.'

Majoor Silverston knikte een paar keer. 'Dat is het kwetsbare punt bij alle vrouwelijke agenten. Van Mata Hari via Mademoiselle Docteur tot de poes. Dat verdomde, liefhebbende hart!' Hij keek Aisha van opzij aan. 'Was deze liefde het waard, dat u nu in de Negev-woestijn het land gaat ontginnen?'

'Ja,' zei Aisha trots.

'Die Brockmann?'

'Ik zal hem nooit vergeten, majoor. En al zou u mij laten doodschieten... mijn laatste gedachte zou hem gelden.'

'Zo kan alleen een vrouw praten.'

'Ja... en zo kan ook alleen maar een vrouw voelen.' Aisha ging naar de deur van de wagen. 'Kunnen we nu gaan?'

'Ja – dat wil zeggen – nog één vraag. Een laatste.' Majoor Silverston hield Aisha's hand vast, die reeds op de klink van het portier lag. 'Wat had u gedaan als Alf Brockmann u niet sympathiek was geweest?'

'Ik had hem, overeenkomstig mijn opdracht, om het leven gebracht.'

Silverston haalde weer zijn schouders op. 'Stap maar in, miss Aisha,' zei hij hees. 'U bent een griezelige vrouw –' Hij zwaaide het portier open. 'Met u samen te leven moet een hel zijn.'

'Alleen, wanneer men voordien voor mij de hemel verscheurd heeft.' Aisha glimlachte triest. 'En ik heb geen hemel meer –'

In het kleine ziekenhuis van Tobroek vochten de artsen om het leven van Lore Hollerau.

Bloedplasma was niet aanwezig. Om dat uit Bengasi of Tripolis te halen was het al te laat. Het bloedverlies was te hoog, de hartslag was nog nauwelijks hoorbaar, de pols was heel zwak en niet regelmatig.

Men probeerde het daarom met druivesuikeroplossingen om het vochtverlies van het lichaam op te vangen. In de beide bovenbeenaderen waren dikke canules gestoken, die de aderen met bloedsurrogaat vulden. Intussen werkten twee chirurgen aan het gescheurde handgewricht. Het was moeilijk de ader te hechten en het lukte ook maar in zoverre dat tenminste het bloeden tot staan gebracht werd.

'Ze moet direct naar Tripolis,' zei de chefarts Dr. Halemi tegen Brahms, die naast de operatiezaal in de wachtkamer zat en onrustig de ene sigaret na de andere rookte. 'De ader moet over een stuk van twee centimeter vervangen worden door een ader van kunststof. Dat kunnen echter alleen de collega's in Tripolis. Wij zijn daar helemaal niet op ingericht en hebben het – eerlijk gezegd – ook nog nooit gedaan. In ieder geval is het grootste gevaar geweken. Ze blijft in leven.'

'Zo'n dom loeder!' Brahms liep opgewonden in de kleine kamer heen en weer. 'De hand aan zichzelf slaan. Alsof er geen andere oplossingen zouden zijn.'

'Zij zal blind blijven, niet waar?' vroeg Dr. Halemi.

'Ja.'

'Een ongeluk?'

'Nee. Een politieke aanslag. Een pakketje springstof. Het was voor haar chef bedoeld.'

'Smeerlapperij!' zei Dr. Halemi luid. Brahms hief zijn armen omhoog. 'Bij de geheime dienst zijn de middelen niet kieskeurig. Een mensenleven is niets waard. En men mag vermoorden zonder risico. Het is door de staat gewenste moord. Het is zelfs een bewijs van vaderlandsliefde. Tegenwoordig overtuigt niet meer het verstand, maar de geluiddemper op een revolver.'

'Een idiote tijd.'

'Of een noodzakelijke tijd, dokter. Misschien vermoorden de mensen elkaar allemaal wel... dan is er eindelijk vrede op aarde.'

's Middags kwamen Alf en Birgit Brockmann in het ziekenhuis. Lore Hollerau was weer in zoverre hersteld, dat ze bezoek kon ontvangen. Zuraida zat aan haar bed en waakte.

In de uren na de ontdekking van de poging tot zelfmoord had Alf Brockmann zijn vrouw alles opgebiecht. Hij had langzaam gesproken, woord voor woord beklemtonend en zich moeite gevend niets te vergeten. Alles wat er in het afgelopen jaar gebeurd was, rolde nog eens voor zijn ogen af en vormde zich in zinnen.

De onderzoekingen in de geheime fabriek van Gizeh, de verhuizing naar Bir Assi, het voortdurend vergroeien van Lore Hollerau en hem door de gemeenschappelijke arbeid, de aanslag, die Lore haar ogen kostte, haar dagboek, dat hij vond, de dood van Birgit, waaraan hij geloofde, vooral toen de urn arriveerde en zijn ernstige gespletenheid toen Aisha in zijn leven kwam, dit vuur, waarin hij bijna verbrand was.

Birgit had hem aangehoord zonder hem te onderbreken. Alleen haar handen beefden en haar vingers verkrampten zich in elkaar.

'Dat was het, Birgit,' zei Brockmann aan het eind van zijn biecht. 'Nu kun je ook begrijpen waarom Lore voor altijd wilde gaan. Wij allen zijn slachtoffers van een gemeen bedrog geworden, waarbij ieder van de ander dacht dat hij dood was.'

'Ik heb het nooit geloofd, Alf –' zei Birgit met een klein stemmetje. 'Ik ben door honderd hellevuren gegaan om bij jou te komen.'

Brockmann liet zijn hoofd hangen. Hij voelde het stille verwijt, maar hij voelde zich niet schuldig. 'Ik had jouw urn,' zei hij. 'Ik heb hem onder een bloeiende maluwe-struik gezet, omdat jij altijd zo van bloemen hield. Assban beloofde mij voor jou in Bir Assi een mooi grafmonument te bouwen. Voor mij was jij daar in die koperen urn... en het leven moest verdergaan. Ik heb pas in de woestijn, bij mijn bevrijding door Brahms gehoord dat je nog leefde.'

'En hoe... hoe is je besluit uitgevallen?' vroeg Birgit heel zacht.

'Besluit? Hoezo?' Hij keek haar volkomen verbluft aan.

'Lore – of ik, Alf?'

'Mijn God! Hoe kan je zoiets vragen?' Brockmann trok Birgit naar zich toe. 'Wij hebben in ons leven één jaar verloren, verder niets. Het komt me nu voor alsof ik nooit van je gescheiden ben geweest –'

'Laten we dan naar Lore gaan.' Birgit legde haar armen om de hals van haar man. 'Laat mij met haar spreken? Alleen. Zoiets kunnen vrouwen met elkaar beter bespreken dan een man, die met zijn zogenaamde logica veel te veel praat. Kom, laten we direct gaan.'

Alf Brockmann kuste Birgit op haar gouden haar en drukte haar dicht tegen zich aan.

'We gaan zo.' Zijn stem klonk wat gedempt, toen hij verdersprak. 'Ik moet je nog wat opbiechten, Birgit...'

'Nog een vrouw?'

'Nee. Ik ben eigenlijk een lafaard... dat wilde ik nog zeggen. Als je wist hoe bang ik was voor deze uiteenzetting –'

'Domme jongen!' Birgit lachte en trok hem aan zijn oren. 'Daarin ben je niet anders dan andere mannen. Die zijn allemaal zo –'

Nu stonden Birgit en Alf voor de kamer van Lore en luisterden naar de raadgevingen van Dr. Halemi. 'Geen opwinding. Niet langer dan een half uur. De patiënte heeft het erg te kwaad met haar zenuwen.'

'Als ik met haar gepraat heb, zal ze gauw weer gezond worden.' Birgit drukte Alf stilletjes de hand. 'Wees niet bang, liefste. Het zal allemaal wel goed gaan.'

'Mag ik nu in de kamer?' vroeg ze Dr. Halemi.

'Ja. En u?' Hij keek Brockmann aan.

'Ik wacht hier op de gang –'

Birgit haalde opgelucht adem. Daarna drukte ze de klink naar beneden en betrad de lichte ziekenkamer.

Lore lag, door jaloezieën voor de zon beschut onder een witte deken. Haar zwaar verbonden en gespalkte hand rustte op een klein kussen. Toen ze het zachte piepen van de deur die openging hoorde, draaide ze haar hoofd om en keek in de richting van het geluid. 'Wie is daar?' vroeg ze nauwelijks hoorbaar.

Birgit schrok. 'Ik ben het –' zei ze stokkend.

Het hoofd van Lore viel opzij. De zwaar verbonden armen persten zich in de dikke wollen deken, waarmee ze toegedekt was.

'*Wie* bent u?'

'Birgit Brockmann – Alf's vrouw –'

Secondenlang was er een verlammende stilte tussen de twee vrouwen. Birgit ging op de stoel zitten die naast het bed van Lore stond. De kracht in haar benen verliet haar, ze merkte, hoe ze begon te wankelen. Het hoofd van Lore lag van haar afgewend. Vanaf haar kin tot in haar hals waren zenuwtrekken waarneembaar. Ze huilt van binnen, dacht Birgit en verstrengelde haar handen in elkaar. Ze huilt om Alf... ze houdt zo van hem, dat ze wilde sterven. En ik zit hier voor haar en moet haar troosten en ik weet, dat ook Alf van haar begon te houden.

Het is een merkwaardig gevoel tegenover je opvolgster te zitten, dacht ze. Als ik werkelijk gestorven was, zoals Alf gedacht had, dan had deze vrouw eenmaal mijn plaats ingenomen. Ze had dan Alf in haar armen gehouden, zoals ik, ze had gelukkig aan zijn zijde gedroomd, zoals ik, ze had de kleine Jörgi als een moeder verzorgd, zoals ik, ze had liefgehad en liefde ontvangen – en ik zou zijn vergeten in dit nieuwe, nieuw ontstane geluk.

Maar nu leef ik. En Alf hoort mij toe. En ik geef hem nooit, nooit weg.

'Wat wil je van me?' vroeg Lore met een merkwaardig heldere stem. Birgit dook in elkaar.

'Ik wilde je troosten –' Birgit boog zich voorover en legde haar hand op het gescheurde handgewricht van Lore. 'Nu, nu ik hier zit, zie ik in dat dat dom is. Wij hebben andere problemen, is het niet?'

'Ik heb geen problemen meer!' zei Lore hard.

'Het feit dat je zoiets kunt zeggen, is al een nieuw probleem!'

Birgit nam Lores hoofd in beide handen en draaide het naar zich toe. Ze voelde de weerstand in haar hals, maar ze liet niet los, tot Lore zuchtend toegaf aan de druk van haar handen. 'Ik heb met Alf gesproken en Alf heeft mij alles verteld. Alles. Wij zijn allen het slachtoffer geworden van ontzettende intriges en leugens en wij hebben gehandeld zoals die leugens het wilden. Je kunt niemand een verwijt maken – het was, zou je kunnen zeggen, allemaal logisch. Maar nu is de werkelijkheid heel anders en wij zouden er ons mee tevreden moeten stellen dat dromen nu eenmaal alleen maar dromen zijn en het leven steeds weer wensen doet ontstaan en wensen verstopt en desondanks verdergaat. Ook jouw leven, Lore.'

'Welk leven?' De stem van Lore klonk vol bitterheid. 'Een leven in de eeuwige duisternis. Ik heb niet de kracht dat op te brengen... alleen op te brengen.'

'Dat begrijp ik.' Birgit liet haar hoofd hangen. 'Alf was jouw grote steun –'

'Mijn enige –'

'Wat moet er nu gebeuren?' Birgit leunde achterover en bedekte haar gezicht met beide handen. O God, geef mij de kracht ook dat nog te doorstaan. Laat mij heel rustig zijn, heel nuchter denken, heel menselijk handelen. 'Wij gaan over een paar dagen naar Duitsland terug. Vanzelfsprekend ga je met ons mee, Lore. Alf wil de beste oogartsen raadplegen. Hij heeft grote hoop, dat een operatie zou kunnen lukken.'

'Hoop?' Lore's mondhoeken vertrokken zich tot bittere spot. 'Waarvoor hoop? Wat heb ik eraan als ik weer kan zien? Als ik Alf zie –'

'Als je weer kunt zien, staat de wereld voor je open, Lore.'

'O. De operatie als vrijkaartje om te verdwijnen. Dat is ook een versie van liefdadigheid.'

'Waarom ben je zo verbitterd, Lore?' Birgit vouwde haar handen in haar schoot. 'Het is niet mijn schuld, dat ik niet echt ben gestorven. Maar ik weet – je wenst mij de dood toe.'

'Nee! O nee! *Ik* zou willen sterven! Jij hoort bij Alf – wie zou dat wagen te betwijfelen? Alleen ik ben teveel op de wereld. Ik was altijd teveel… zesentwintig jaar lang. Ik was altijd een lastig aanhangsel van de andere, meer gelukkige mensen. Ik was als een aanslag op hun prachtige goud, als schimmel, als oxyde, als roest. En nu wil ik niet meer. Ik haat dit leven –'

'Ik zal je niet meer alleen laten, Lore,' zei Birgit zacht maar dringend. 'Tot we naar Duitsland gaan zal ik bij je zitten en je bewaken. En ik zal bij je zijn als je in Duitsland geopereerd wordt.'

'Maar waarom dan?' Lore probeerde zich op te richten, maar Birgit drukte haar terug op het bed. 'Moet ik dan steeds zonder huis zijn?'

'Hoe kun je zoiets op je zesentwintigste zeggen?' Birgit hield de witte, slappe, ijskoude handen van Lore vast. 'Eens zal een andere liefde je pad kruisen –'

'Liefde? Mannen – misschien. Daarvan hebben er zich genoeg aangeboden. Maar liefde?' Ze probeerde haar handen van Birgit los te maken. 'Ga toch alsjeblieft en laat me alleen. Maak je geen zorgen over wat er met mij gebeurt. Ik ben het niet anders gewend.'

'Maar dat gaat nu anders worden. Dat is ook de wens van Alf. En je wilt toch niet tegen een wens van Alf ingaan, Lore?'

Er lag weer een muur van zwijgen tussen de beide vrouwen die dezelfde man liefhadden. Er liepen trekkingen over Lores gezicht, zelfs haar dode ogen schenen weer tot leven te komen. Langzaam rolden er dikke tranen uit haar ooghoeken en liepen over haar ingevallen wangen. Birgit boog zich voorover en veegde ze met haar zakdoek af.

'Alsjeblieft – ga nu –' zei Lore nauwelijks hoorbaar tussen haar snikken door. 'Laat me nu alleen… Ik moet nu alleen zijn. Ik beloof je geen domme dingen te doen. Maar ik moet met mezelf praten… en daarbij wil ik geen toehoorders hebben –'

Birgit stond op. Ze begreep Lore Hollerau. In de volgende uren zou alles beslist worden. Het ging erom afscheid van Alf Brockmann te nemen en desondanks in zijn nabijheid te kunnen leven.

'Ik kan met je meevoelen, Lore,' zei Birgit zacht. 'En ik geloof, dat ik niet de kracht zou hebben tegen mezelf te vechten.'

'En van mij verlang jij het?'

'Men verlangt vaak van iemand anders iets dat men zelf graag zou doen. Het is mij tot nu toe nog een raadsel waar ik de kracht vandaan gehaald heb om alle gevaren te doorstaan tot ik in Egypte was. Ik ben anders een schuchtere, bange vrouw.'

'Maar je beminde. En deze liefde gaf je al die kracht.'

'Dat klopt –' Birgits stem nam in kracht af. 'Lore… uit die kracht moet ook jij putten om verder te leven –'

Lore hief haar hoofd op. Haar lege ogen keken Birgit aan.

'Kom je morgen weer, Birgit?'

Het was een vraag vol ingehouden angst.

'Ja, Lore,' antwoordde Birgit vastberaden. 'Iedere dag… zo vaak je wilt…'

'Dank je – Birgit.' En toen Birgit al bij de deur was, voegde Lore er aan toe: 'Waar is Alf?'

'Hij staat op de gang te wachten.'

'Doe hem dan de groeten, alsjeblieft... van een vriendin...'

'Ja.' Birgits keel werd dichtgesnoerd. 'Van een vriendin... zo zal het voortaan altijd zijn, niet waar?'

'Ja –'

Lores hoofd viel terug in het kussen. De uitputting bracht haar in een verlammende toestand. Haar gezicht viel in alsof ze in deze seconden zou sterven. Vlug verliet Birgit de ziekenkamer.

Op de gang liep ze met snelle pas Alf en de chefarts tegemoet.

'Nu? Hoe is het?' vroeg Alf en keek Birgit diep in haar fonkelende ogen. Een groot schuldgevoel maakte hem onzeker. Birgit knikte meerdere malen voordat ze sprak.

'Het is allemaal goed, Alf,' zei ze zacht en liet haar hoofd tegen zijn schouder rusten. 'Ze gaat met ons mee naar Duitsland. Wij... wij zijn vriendinnen geworden –'

TWEE dagen later – Birgit zat weer in de ziekenkamer van Lore en las uit de nieuwste kranten voor – traden Alf Brockmann en Brahms uit het gebouw van het Lybische staatsministerie de zonovergoten straat op. Ze staken die over en gingen onder een zonnescherm op het terras van een Arabisch café zitten.

De teerling was geworpen. De protesten van de Egyptische regering en verzoeken om uitlevering van Brockmann en Brahms waren zo sterk geworden, dat een staatssecretaris hen een uur geleden voor de keus moest stellen: 'Of u verlaat binnen vierentwintig uur het Lybische grondgebied óf wij moeten u arresteren. De goede betrekkingen met Egypte zijn voor ons van belang. Als u op reis gaat – goed, dan bent u weg. Dan is er niets meer aan te doen. Maar over uiterlijk vierentwintig uur moeten wij politiek optreden... en dat sluit alle menselijke aspecten uit.'

In aansluiting hierop overhandigde de staatssecretaris nog een juiste dienstregeling van de vliegtuigen. Volgens deze vertrok er een machine de volgende morgen om 7 uur naar Rome, waar ze aansluiting op een machine naar Frankfort zouden hebben. 'De beste en veiligste weg, mijne heren,' zei de Lybische ambtenaar. 'We hebben voor alle zekerheid tien zitplaatsen laten reserveren.'

'Het is dus zover,' zei Alf Brockmann, nadat de kelner de gloeiend hete dikke mokka had gebracht. Daarbij duwde Alf met zijn vuist Brahms tegen zijn borst, want hij had de indruk dat Brahms helemaal niet luisterde. 'Aan tien plaatsen hebben wij echter niet genoeg. Lore, u, Zuraida, mijn vrouw, ik, Baraf, uw stoottroepen –'

Brahms glimlachte flauwtjes en schudde zijn hoofd. 'U hoeft niet te rekenen, Brockmann. U heeft maar drie plaatsen nodig –'

'Maar hoezo dan? We hebben toch besproken, dat u –'

'Mijn beste vriend, ik heb u laten praten om uw prettige stemming niet te bederven.' Brahms ging achterover zitten en keek naar de gloeiende hemel. 'Duitsland... dat zou te mooi zijn. De sparrenwouden van het

Sauerland, de dennen van het Zwarte Woud, de zoute wind op Westerland, de stilte van de Harz, de sneeuw. Heerlijke sneeuw. Hoe vaak heb ik daarover gedroomd als het Kerstmis was en de zon met veertig graden boven de woestijn stond te branden. Twee meter sneeuw heb ik mij gewenst. Onderduiken in de witte vlokken. En dan het bos in de winter. De stilte. De kerstklokken. Als het ruikt naar pepernoten en speculaas. O God, ik heb van verlangen en heimwee gehuild. Iedere keer als het kerstmis was. Vorig jaar nog.'

'Gaat u dan mee. Over vier maanden sneeuwt het weer.'

'Het gaat niet, beste kerel.' Brahms liet zijn hoofd hangen en roerde in zijn kopje mokka. 'Het gaat niet, omdat het ontzettende complicaties zou geven. Begrijpt u? Wij zijn allemaal sinds jaren doodverklaard... velen van ons hebben sinds 1946 geen teken van leven meer naar Duitsland gezonden. Voor Duitsland zijn wij dood. Nu zouden we dan terugmoeten en zeggen: daar zijn we weer. Nee, dat gaat niet. De meesten van ons zijn hier een tweede leven begonnen... wij dromen van ons vaderland, maar we zullen er nooit meer terugkomen.'

'Maar waarvan wilt u dan leven, Brahms?'

Brahms glimlachte speels. 'Voor mijn 'stoottroepen' is al gezorgd. Ze hebben aanstellingen gekregen bij Lybische firma's. Baraf blijft bij mij. En ik –' Brahms keek Brockmann een seconde lang stil aan. 'Alf, beschouw me nu niet als een idioot, want zo en niet anders is mijn leven nu eenmaal: ik heb een aanbod van de Lybische regering. Ik krijg morgen een nieuwe pas. Op naam van Mahmout Hahlemi. En ik neem een deel van de Lybische contraspionage over –'

'Brahms!' Brockmann wilde opspringen, maar Brahms duwde hem op zijn stoel terug. 'U bent werkelijk gek. En Zuraida?'

'We gaan trouwen, krijgen veel bruine kindertjes en worden goede Arabische burgers. Is dat geen heerlijk leven... ook zonder sneeuw –?'

'Ik geef het op.' Brockmann hief beide armen en liet ze lachend langs zijn lichaam neervallen. 'U bent geen levenskunstenaar, maar een levensartiest.'

'Precies.' Brahms nipte aan de gloeiend hete mokka. 'Ik zou eraan gaan als een primula zonder water als ik bij u in de tuin komkommers moest planten. Want dat was u toch met me van plan, niet waar? Ik zou bij u tuinman worden.'

'Laten we daar niet meer over praten, Brahms.' Alf Brockmann leunde achterover. 'Morgen vroeg om zeven uur – naar Duitsland. Vrij zijn. Zonder bewaking in je eigen tuin liggen. Met Birgit en mijn kleine Jörgi. Soms zou een mens toch aan wonderen moeten geloven –.'

'Ook, als het van een vrouw komt.' Brahms tilde zijn kopje op. 'Een toast op uw dappere Birgit, Alf! Zonder haar liefde zat u nu nog in Bir Assi, speelde weduwnaar en bouwde raketten. Ik heb nooit aan het domme gezegde geloofd, dat liefde bergen kan verzetten. Nu neem ik mijn hoed af voor iedere vrouw, die tegen me zegt: ik ga voor mijn man door de hel. Verdomme nog aan toe – ik geloof haar zelfs.'

In de volgende achtenveertig uur had het noodlot geen tijd meer. Om zeven uur 's morgens vloog de machine naar Rome. Toen men van de startbaan vrijkwam, stonden beneden bij het gebouw van het vliegveld velen hen na te wuiven. Een afscheid voor altijd? Wie zou het zeggen. 'We komen terug!' hadden Alf, Birgit en Lore bij het afscheid gezegd. Maar Brahms en Zuraida en de voormalige Duitse lansknechten wisten, dat men zoiets altijd bij een afscheid zegt, omdat het dan gemakkelijker wordt om te gaan. Als laatste dienst droeg de Nubische reus Baraf de tere Lore Hollerau naar het vliegtuig en zette haar op haar stoel. 'Auf Widdersähn!' zei hij voor de eerste keer in een onbeholpen Duits. Daarna stapte hij eruit, alsof hij het vliegtuig wilde vertrappen.

In Rome wachtte Konrad Gerrath al op Alf en Birgit. Hij was hen tegemoet gevlogen. Hij hield het in Lübeck eenvoudig niet meer uit, temeer omdat hij alleen wist, waar de kleine Jörgi met zijn grootmoeder ondergedoken zaten.

'Welkom, Alf,' zei hij. Meer niet. Wat zegt men anders ook onder mannen? Men drukt elkaar de hand, kijkt elkaar aan en weet wat een vriend is. Daar zijn geen woorden voor.

Daarna kuste Gerrath Birgit en het was de eerste kus van haar lippen die hij kreeg. 'Ik dank je voor alles wat je voor ons hebt gedaan, Konrad,' zei Birgit met tranen van blijdschap en opluchting. 'Wij kunnen deze schuld nooit vergoeden.'

'Onzin.' Gerrath wendde zich bijna grof af. De zoen van Birgit had hem uit het veld geslagen. Wat sinds maanden zijn wens was geweest kwam nu tot uiting in een kus, zoals die tussen familieleden gebruikelijk is. Het grote, heerlijke liefdesgevoel was volledig bij hem verdwenen en vol schrik besefte hij, dat hij met Birgit innerlijk anders verbonden was dan door manlijke liefde. Ze was als het ware een zuster van hem geworden.

'Onzin,' herhaalde hij. 'Ik heb alleen maar gedaan wat vanzelfsprekend is.'

Een uur oponthoud in Rome.

Verder naar Frankfort.

Daar stonden twee wagens klaar. De grote Citroën van Gerrath en een wagen van het academische oogziekenhuis.

'Overmorgen komen we terug in Frankfort,' zei Birgit tegen Lore toen een jonge arts haar in de wagen hielp. 'En sterkte, Lore, sterkte.'

'Ik zal dapper zijn.' Lore knikte. Haar tastende handen vonden de hand van Alf en omklemden deze. 'Geloof jij, dat ik weer zal kunnen zien?'

'Ja,' zei Brockmann vastberaden.

'Dan wil ik daar ook aan geloven.' Een milde glimlach gleed over het bleke gezicht van Lore. 'En als ik alleen maar een schimmetje kan zien, alleen het silhouet van een bloem – dan zal ik tevreden en gelukkig zijn –'

Na drie uur rijden in het Zwarte Woud bereikten Alf, Birgit en Gerrath een afgelegen dal met hier en daar breed uitgebouwde huizen met lange, bewerkte balkons.

Over de toppen van de dennen viel het avondrood. De weiden werden met goud besprenkeld, de hemel brandde, de schaduwen van de bergen waren blauw. De Citroën verlangzaamde zijn tempo, hobbelde over een pad en naderde een huis, dat aan de rand van het bos lag. Door een weide die langzaam naar omlaag liep stroomde een beek en aan deze beek zat een jongen en probeerde met een zelfgeknutselde hengel een vis te vangen.

Birgits hart bleef stilstaan. Ook Alfs keel werd dichtgesnoerd.

Jörgi. Onze Jörgi –

Gerrath toeterde. De jongen sprong op, wierp de hengel weg en rende met uitgestrekte armen de wei af naar de weg.

'Mamma!' riep hij met zijn hoge jongensstem. 'Mamma! Mijn mamma is er! En pappie. Mijn pappie!'

Met grote sprongen rende Birgit hem tegemoet. Alf Brockmann was bij de wagen blijven staan, de tranen liepen hem over zijn gezicht. Als door een sluier zag hij hoe Birgit en Jörgi in elkaars armen vielen en elkaar kusten... daarna kwam het kleine jongenslichaam op hem af, twee armen wierpen zich om zijn hals en een kleverige kindermond drukte zich op zijn vochtige lippen.

'Pappie,' schreeuwde Jörgi en hing aan Brockmann's hals. 'Pappie, heb je een krokodil voor me meegebracht? Je weet toch... je hebt me beloofd een krokodil uit Egypte mee te brengen...'

Alf Brockmann knikte. Hij was niet in staat een woord te zeggen. O God, wat is de wereld mooi, dacht hij alleen maar. O God, laat ons nu tot aan ons einde altijd bij elkaar blijven –

VIER weken later bracht de post twee brieven.

De eerste was in Frankfort gepost en bevatte een brief met grote, nog onbeholpen letters.

'Dit zijn de eerste regels, die ik schrijf...' stond erin. 'Het is nog wel alles een beetje schemerig voor me en ik moet grote letters schrijven om ze te zien en te controleren. Maar ik kan weer zien, ik kan rood en groen onderscheiden, donker en licht, een mens van een dier, een venster van een deur. Ik keer weer in het leven terug. Nog twee operaties en Professor Maintz denkt, dat dan mijn gezichtsvermogen weer voor driekwart in orde is. Meer niet... maar – lieve hemel – wat is dit een hoeveelheid licht!

Ik ben zo gelukkig. Vanmorgen heb ik een vogel gezien. Een groene vogel met een rood kopje. Dat alles kan ik weer zien. Ik ben zo gelukkig, dat ik helemaal vergeet wat ik eigenlijk wilde schrijven... eigenlijk altijd:

Dank... dank... dank... dank... dank... dank...

Lore'

De tweede brief was nog korter.

Hij was in Tanger afgestempeld.

'Ik groet jullie uit mijn nieuwe vaderland. Ik ben hier in Tanger als kamermeisje in een internationaal hotel. Mijn taak is heel interessant. Je leert hier veel belangrijke personen kennen – Als jullie naar Tanger komen, vraag dan naar Asraf Belimah. Zo heet ik nu. Ik denk veel aan jullie en deze herinnering is zo zoet als een rijpe mango-vrucht. Of ik gelukkig ben? Vraag daar niet naar. Ik leef – dat alleen is belangrijk. De Heer bescherme jullie voor eeuwig,

Jullie Aisha.'

Brockmann legde de beide brieven zonder wat te zeggen in een doosje van ivoor en sloot dit af.

Verleden en toekomst waren daarin en het was de moeite waard beide te bewaren.

Daarna ging hij naar buiten in de tuin en knielde weer naast zijn zoon Jörg in de zandbak. Vanwege de post had hij de bouw van een grote burcht moeten onderbreken.

Jörgi zat in gepeins verzonken op de houten rand van de zandbak, zijn hoofd door beide handen ondersteund en keek met een kritische blik naar het halfvoltooide bouwwerk van zijn vader.

'Daar klopt iets niet, pappie,' zei hij toen Brockmann weer op zijn knieën in het vochtige zand ging zitten en nieuwe vormen kneedde.

'Wat klopt niet, mijn jongen?' vroeg Alf.

'Als dat daar de Nijl is… waar zijn dan de schepen?'

'Die kun je nu niet zien.'

'En waarom niet, pappie?'

'Omdat het nacht is, jongen. Eén van de nachten aan de Nijl die zo donker zijn dat men de punten van zijn eigen schoenen niet meer kan zien.'

Jörgi hief zijn hoofd op. 'Nu jok je toch, pappie!' riep hij.

Brockmann lachte. Hij maakte een breed handgebaar en maakte daarmee alles kapot wat hij totnutoe in het zand gebouwd had.

'O, pappie!' riep Jörgi. 'Waarom doe je dat?'

'We gaan iets heel anders bouwen, jongen.' Alf Brockmann ging naast zijn zoon op de rand van de zandbak zitten. 'Ik bouw een mooi, klein huis voor jou met een tuin, die naar beneden loopt tot aan het kanaal met de schepen. Een huisje als ons huis.'

Hij legde zijn arm om de schouders van Jörgi en trok hem tegen zich aan. 'Jij weet nog helemaal niet hoe onbeschrijfelijk mooi het is om 'thuis' te kunnen zeggen –'

Ze zaten op de rand van de zandbak en keken over de tuin, het huis en het kanaal. Een sleepboot trok drie aken langs hen heen, kleurige was wapperde in de wind, uit de schoorsteen kwam puffend de rook die naar de wolken omhoog trok. In de verte, ergens op het kanaal, klonk het geluid van een scheepstoeter.

'Pappie –'

'Ja, jongen?'

‘Als ik groot ben, ga ik ook naar Egypte.’
‘Natuurlijk, jongen.’
Alf Brockmann knikte. Hij glimlachte.
Als je groot bent – dacht hij. Wie weet, hoe de wereld er dan uitziet –